MARCUS IMBSWEILER

Schlossblick

TATORT SCHULE Freds Imbiss »Schlossblick« steht – anders, als der Name vermuten lässt – fernab der Touristenströme am südlichen Stadtrand von Heidelberg. Besonderer Beliebtheit erfreut er sich bei Schülern eines Privatgymnasiums und einer Hauptschule, an deren Sportgelände er angrenzt. Eines Nachts wird ein Lehrer der Hauptschule, Thorsten Schallmo, vor dem Imbiss erschossen.

Privatdetektiv Max Koller nimmt die Ermittlungen auf. Bereits zuvor hatte ihm Imbissbesitzer Fred von anonymen Drohungen berichtet. Kollers Recherche führt ihn zunächst in die Hauptschule, denn Schallmo hatte dort nicht den besten Ruf als Lehrer. Ein persönlicher Racheakt aus seinem beruflichen Umfeld scheint denkbar. Dann aber erfährt Koller, dass das Opfer ein Verhältnis mit einer Schülerin des benachbarten Privatgymnasiums hatte – ist der Mörder also dort zu suchen?

Marcus Imbsweiler, geboren 1967 in Saarbrücken, lebt seit 1990 in Heidelberg. Er studierte Musikwissenschaft und Germanistik und veröffentlicht regelmäßig Artikel im Bereich Feuilleton sowie wissenschaftliche Beiträge. Im Herbst 2007 gab er mit dem Roman »Bergfriedhof« sein sehr erfolgreiches Krimidebüt. »Schlossblick« ist der fünfte Band seiner Krimireihe um den Heidelberger Privatermittler Max Koller.

Bisherige Veröffentlichungen im Gmeiner-Verlag:
Die Erstürmung des Himmels (2011)
Himmelreich und Höllental (2011, als Peter Paradeiser)
Butenschön (2010)
Altstadtfest (2009)
Schlussakt (2008)
Bergfriedhof (2007)

MARCUS IMBSWEILER
Schlossblick
Kollers fünfter Fall

GMEINER *Original*

Besuchen Sie uns im Internet:
www.gmeiner-verlag.de

Im Ehnried 5, 88605 Meßkirch
Telefon 07575/2095-0
info@gmeiner-verlag.de

1. Auflage 2012

Lektorat: Claudia Senghaas, Kirchardt
Herstellung: Julia Franze
Umschlaggestaltung: U.O.R.G. Lutz Eberle, Stuttgart,
unter Verwendung eines Fotos von: © Ray – Fotolia.com
Druck: Bercker Graphischer Betrieb GmbH & Co. KG, Kevelaer
Printed in Germany
ISBN 978-3-8392-1242-4

Figuren und Handlung dieses Romans sind erfunden. Auch der auf S. 244 erstmals erwähnte ägyptische Staatspräsident hat mit dem Herrn, der im März 2010 in der Heidelberger Chirurgie behandelt wurde, lediglich Krankheit und politisches Schicksal gemein.

1

Eine Hand schnellte aus dem Regen auf mich zu und legte sich wie ein Schraubstock um meinen Hals. Ihre Innenseite fühlte sich rau und feucht zugleich an, und entweder war sie außerordentlich groß oder mein Hals ungewöhnlich dünn – jedenfalls packten mich ihre fünf Finger so fest, dass ich keine Luft mehr bekam.

»Na, endlich!«, hörte ich jemanden zischen.

Es war Tischfußball-Kurt. Sein Gesicht schob sich vor meines. Schwaches Licht einer entfernten Straßenlampe fiel über seine Züge. Seine Augen waren zusammengekniffen, die Lippen ein Strich, der linke Mundwinkel zuckte nervös, wie unter Stromschlägen. Und erst seine Haut! Auf seiner Halbglatze verdampften die Regentropfen, so glühte sie.

»Na, endlich!«, wiederholte er mit mühsam unterdrückter Wut.

Ich versuchte, ihm meinen Hals mit einem Ruck zu entziehen. Keine Chance. Kurts Hand war keine Hand, sondern eine Zange, aus deren Griff es kein Entrinnen gab. Der Druck seiner Finger ließ einfach nicht nach.

»Glaubst du mir jetzt, Max?«, keuchte er. »Ich habe es dir gesagt: Irgendwann wird es hier Tote geben! Hundert Mal habe ich es dir gesagt, tausend Mal! Aber nein, der Herr Privatdetektiv weiß es besser. Ist sich zu fein für den Hasenleiser, was? Nimmt nur noch die Schnösel aus Neuenheim. Unsereins kann ja warten, richtig? Aber jetzt haben wir den Schlamassel!«

»I-diot!«, presste ich hervor. Mein Gesicht musste mittlerweile ebenso rot angelaufen sein wie Kurts. Ich holte aus, um seinen Arm mit letzter Kraft zur Seite zu schlagen, doch in diesem Moment ließ er los. »Bist du völlig übergeschnappt?«, krächzte ich. Mehr gab mein schmerzender Kehlkopf nicht her. Wenn es eines Beweises bedurft hätte, dass Kurt in seiner Jugend ein guter Rugbyspieler war, hier hätte ich ihn gehabt.

»Pass auf, was du sagst!«, schnauzte er zurück. Seine Äuglein funkelten. »An deiner Stelle würde ich jetzt keine große Lippe riskieren. Ich bin so kurz davor, dich zu vermöbeln. Verstehst du: so kurz!« Daumen und Zeigefinger, eben noch an meinem Hals zugange, näherten sich einander, bis höchstens ein Blatt Papier dazwischenpasste. Dabei zitterten sie. Nun bemerkte ich auch die Flecken in Kurts Gesicht. Seltsam, so kannte ich ihn gar nicht. Ich kannte seine Wut, den üblichen Jähzorn, Sekundengrimm eines Vulkans namens Tischfußball-Kurt. Aber hier war mehr. Etwas, was ich von meinem Trinkkumpan aus dem Englischen Jäger nicht gewohnt war: Angst.

»Mann, Mann, Mann«, stöhnte ich und betastete meine Kehle. Kurts Brustkorb hob und senkte sich. Ja, er hatte Angst, der Depp. Aber warum?

Hinter ihm wurde ein Mann sichtbar. Er kam über den Parkplatz auf uns zu geschlurft, in der einen Hand einen Baseballschläger, in der anderen einen Regenschirm. Trotz des Schlägers wirkte der Kerl nicht im Geringsten bedrohlich. Er war eher eine Witzfigur: groß, leicht untersetzt, mit hängenden Schultern und auffällig dicker Unterlippe. Sein Haar war so schütter, dass es kaum die Kopfhaut bedeckte; dafür hatte er es wachsen lassen und im Nacken zu einem dünnen Zopf zusammengebunden. Vom einen Ohr baumelte ein Ring mit silbernem Kreuz, die Augen waren rund und wässrig. Und ganz unten lugten unter verwaschenen Jeans die furchtbarsten Pantoffeln hervor, die mir jemals zu Gesicht gekommen waren. Das musste Fred sein, der Imbissbesitzer.

»Seid doch mal ein bisschen leiser«, lamentierte der Typ. »Am Ende läuft noch die ganze Nachbarschaft zusammen.«

»Die Nachbarschaft schläft«, blaffte ich zurück. »Und was soll das mit dem Schläger?«

Er sah auf seine Hand herab, als bemerke er erst in diesem Moment, was ihm da in die Finger geraten war.

»Ach, der«, murmelte er. »Ich hab nix anderes, um mich zu verteidigen. Der Knirps, dem ich das Ding abgenommen habe, war erst zwölf, aber besoffen wie Harry.«

»Klingelt's jetzt, Max?« Das war wieder Kurt. Ein zackiger Knuff gegen meinen Oberarm: »Hasenleiser ist Wildwest! Aber du hörst ja nicht auf mich.«

»Und warum habt ihr mich nun gerufen? Mitten in der Nacht?«

»Elf Uhr«, fuhr Kurt auf. »Seit wann ist das mitten in …«

»Warum, Kurti?«

Er schnappte nach Luft. Kurti mochte er nicht. Zumindest nicht in diesem Zustand. Wenn mein Freund Kurt Schneider kurz vorm Explodieren steht – sein Normalzustand –, braucht man ihn bloß Kurti zu nennen. Wie es seine erste Frau immer tat, bevor sie mit seinem Geld durchbrannte. Wer sehr mutig ist, krault ihn noch hinterm Ohr. Das funktioniert besser als jeder Zünder. Paff!

Und tatsächlich leuchteten die Flecken in Kurts Gesicht, seine Brauen spielten ein wildes Sträubespiel. Gleich würde er mich erneut am Hals packen! Und nie wieder loslassen. Vorsichtshalber wich ich einen Schritt zurück. Doch er griff bloß nach meinem Arm und zerrte mich durch den Regen. Über den ganzen Parkplatz ging es, bis zu einem maroden Jägerzaun, an den sich ein ungepflegter Garten anschloss. Sein Finger richtete sich auf das Grünzeug.

»Da«, sagte er heiser. »Schau's dir an, Besserwisser!«

Und ich schaute es mir an. Es: Das waren die Beine eines Mannes. Er lag der Länge nach im Gesträuch, und um ihn in Augenschein zu nehmen, musste ich das Grundstück betreten. Der Regen prasselte auf mich herab, als ich einen Schritt über den niedergetrampelten Jägerzaun machte. Ich schob ein paar Zweige beiseite. Der Mann lag auf dem Rücken, regungslos, die Augen geschlossen. Ich schätzte ihn auf etwa 40 Jahre. Er trug Jeans und eine Regenjacke mit herabgerutschter Kapuze, das nasse Haar hing ihm strähnig in die Stirn. Mich vorbeugend, tastete ich mit drei Fingern nach seiner Halsschlagader. Da war nichts, kein noch so schwacher Herzschlag. Nur das Raspeln seiner kurzen Bartstoppeln unter meinen Fingerkuppen.

»Na, was sagst du jetzt?«, hörte ich Kurts erregte Stimme hinter mir.

Schweigend richtete ich mich auf und starrte den Toten an. Dann sah ich mich um. Auf dem Parkplatz standen einige Autos sowie Freds hell erleuchteter Imbiss. Der Rest lag im Dunkeln. Dunkel war auch das Haus, das zu dem Garten gehörte. Ein kleines, zweistöckiges Gebäude.

»Was ist passiert?«, fragte ich. »Woran ist der Mann gestorben?«

»Verdammt, hast du das Loch in seinem Schädel nicht gesehen?«, zischte Kurt. »Er ist erschossen worden, Max!«

Erneut beugte ich mich über den Toten und bewegte vorsichtig seinen Kopf. Tatsächlich, hinter dem rechten Ohr klaffte ein kleines, hässliches Loch. Das Haar ringsum war dunkel verklebt. Ein Austrittsloch fand ich nicht, so sehr ich auch suchte. In meinem Nacken sammelte sich die Nässe. Ich trat einen Schritt zurück und stieg wieder über den Zaun.

»Wer ist das?«, fragte ich meine beiden Helden.

Kurt schwieg.

»Schallmo heißt er«, antwortete Fred und kratzte sich am Kopf. Aus Rücksicht auf seine letzten Haare kratzte er sehr vorsichtig. »Thorsten Schallmo, ein Lehrer von der Hauptschule drüben. Hat ab und zu was bei mir getrunken.«

»Und weiter?«

Er zuckte regelrecht zusammen unter seinem Schirm. »Wie weiter? Mehr kann ich dir über den Typen nicht erzählen.«

»Was geschehen ist, will ich wissen. Aber nicht hier, im Regen. Stellen wir uns unter.«

Zu dritt trotteten wir zu Freds Imbiss hinüber. Schlossblick stand in geschwungener Leuchtschrift über einer Art Wohnwagen, der schon mindestens 50 Jahre auf dem Buckel hatte. Eine Seite des Wagens war über die gesamte Länge aufklappbar und gab den Blick auf ein reiches Innenleben mit Regalen, Spüle, Friteuse, Mikrowelle und Bratrost frei. Ich entdeckte auch einen Minifernseher. In der Durchreiche stand einsam und allein eine Halbliterflasche Orangensaft. Unter der hochgestellten Klappe stand es sich trocken. Ich nahm meine Mütze ab und schüttelte sie aus. Meine Regenjacke war dicht, immerhin.

»Wo sind eigentlich deine Dackel, Kurt?«

»Im Auto. Schlafen, Gott sei Dank! Ich will mir gar nicht ausmalen, was hätte passieren können, wenn die beiden mit mir …«

»Schon gut. Jetzt raus mit der Sprache: Was ist hier passiert?«

Kurt sah Hilfe suchend zu seinem Kumpel hinüber, der den Wagen durch eine rückwärtige Tür betreten hatte und gerade den zusammengeklappten Schirm in eine Ecke stellte. Fred bemerkte den Blick. »Erzähl du's ihm. Du hast ihn ja auch angerufen.«

»Stimmt«, sagte ich.

»Ja, weil sich der Herr sonst nie her bequemt hätte«, grollte Kurt. »Da muss es erst einen Toten geben, bevor sich ein Max Koller in die Suburb aufmacht!«

»Jetzt bin ich aber da. Verdammt, nun erzähl schon!«

Knurrend und fluchend fügte sich Tischfußball-Kurt. Während seines Berichts tänzelte er auf und ab, ganz Löwe vor der Fütterung, schüttelte die Fäuste, fuchtelte mit den Armen, und wenn er gar zu laut fauchte, ermahnte ihn Fred zur Vorsicht. Aber wer sollte uns bei diesem Sauwetter schon stören? Der Parkplatz im Heidelberger Süden, auf dem Freds Imbissbude stand, grenzte an ein Sportgelände, außer dem einen Häuschen mit den dunklen Fenstern gab es keine Anrainer, und die Straße lag um diese späte Stunde verlassen da. Sollte doch jemand vorbeistreunen, sah er außer drei Männern, von denen einer wild gestikulierte, nichts Verdächtiges.

Schallmo war um kurz vor elf gestorben. Kurt hatte am Imbiss gestanden und einen Orangensaft geschlürft, Fred war mit Aufräumen beschäftigt gewesen. Abendliches Geplauder: Was man so quatscht, wenn man quatscht. Der eine schlürft, der andere räumt. Und der Regen? Prasselt friedlich auf das Dach des Imbisswagens. Plötzlich ein kurzer, heftiger Schlag; irgendetwas ist in die Decke der Bude gefahren. Bevor die beiden noch ergründen können, was den Schlag verursacht hat, hören sie ein zweites Geräusch, ein viel leiseres, entferntes, dem ein Stöhnen folgt – und auf der anderen Seite des Platzes bricht Schallmo zusammen.

»Genau«, nickte Fred.

»Nun denk aber nicht«, rief Kurt, »ich hätte den kommen sehen. Hab ich nämlich nicht! Fred auch nicht, stimmt's?« Kopfschütteln beim Budenbesitzer. »Der war plötzlich da, der Schallmo. Muss von der Straße her gekommen sein, an den Autos vorbei, und dann – zack! Voll erwischt hat's den, von hinten!« Kurt griff nach der Saftflasche, öffnete sie und nahm einen großen Schluck. Dann merkte er, dass ich dastand und ziemlich dämlich dreinschaute. Wahrscheinlich sogar sehr dämlich, denn sofort begann es um Kurts Mundwinkel heftig zu zucken. »Was ist los, Max? Zu viel gesoffen?«

»Nein, bloß … wenn ich ehrlich bin, kapiere ich das nicht.«

»Was denn, verdammt?«

Ich zeigte zu dem halben Dutzend abgestellter PKW hinüber. »Du meinst, Schallmo wurde getroffen, während er hier zwischen den Autos hindurchging?«

»Nicht durch. Dran vorbei! Rede ich Chinesisch, Max?«

»Ja, aber warum liegt er dann im Garten?«, rief ich. »Dort hinten, auf einem fremden Grundstück?«

»Weil wir ihn da hingeschleift haben.«

Ich schnappte nach Luft. »Wie bitte? Was habt ihr?«

»Verdammt, was soll die Frage?«, brüllte Kurt. »Machst du jetzt einen auf minderbemittelt, oder was?«

»Selber minderbemittelt!«, brüllte ich zurück. »Ich will wissen, was ihr euch dabei gedacht habt, eine Leiche fortzuschleppen! Kannst du mir darauf eine klare, verständliche Antwort geben?«

»Wir wollten nicht, dass er von der Straße aus gesehen wird«, erklärte Fred und starrte mich mit seinen großen Augen an. »Der fiel ja auf, wie er da lag. Also haben wir ihn da, in die Dings …« Seine freie Hand wedelte in Richtung Garten. »So hatten wir erst mal Ruhe.«

»Und wo lag er ursprünglich?«

»Da.« Fred zeigte auf einen roten Golf.

»Quatsch, da«, widersprach Kurt und wies auf den Kombi daneben.

»Es war links vor dem Golf.«

»Also näher am Kombi!«

»Gebt mir Bescheid, wenn ihr euch geeinigt habt«, seufzte ich und rieb mir die Augen. Der Regen musste den beiden Vollidioten das Gehirn ausgewaschen haben. Da schleppten sie eine Leiche über den halben Platz, um sie am Ende in einem fremden Grundstück abzulegen! Hinterher telefonierten sie einen Kumpel herbei und vertrieben sich die Wartezeit bei einem Bier und Radiogedudel. Solche Leute wollte ich nicht kennen.

»Kombi«, verkündete Kurt mit einer gewissen Endgültigkeit. Sein Kumpel schwieg.

»Und was, wenn die Bewohner des Hauses dort hinten etwas gemerkt haben?«

»Da gibt's keine Bewohner«, wischte Kurt meinen Einwand weg.

»Nur den alten Böker«, ergänzte Fred.

»Und der ist balla-balla, der kriegt nichts mit.«

»Dann hoffen wir mal, dass ihr recht behaltet«, brummte ich. »Hatte der Lehrer keine Tasche bei sich? Einen Rucksack oder sonst irgendetwas?«

»Nein!«, knurrte Kurt. Fred schüttelte den Kopf, dass hinten sein Schwänzchen ins Trudeln geriet.

»Gut. Also noch mal: Schallmo kommt auf den Parkplatz, aber bevor ihr ihn überhaupt wahrnehmt, spürt ihr einen Schlag. War das der erste Schuss?«

Fred nickte. »Der muss so einen Schallschlucker benutzt haben. Ein Knall war nämlich nicht zu hören. Nur dieser Schlag – zack.«

»Schalldämpfer.«

Er zeigte nach oben. »Wenn du ein paar Schritte zurückgehst, siehst du das Loch.«

Gemeinsam mit Kurt trat ich hinaus in den Regen. Etwa

eine Spanne über der hochgeklappten Seitenfront, kurz unterhalb des eigentlichen Wagendaches, entdeckte ich ein Einschussloch, um das herum das Holz gesplittert war. Ich drehte mich um. Auf der anderen Seite des Parkplatzes, vielleicht 20 Meter entfernt, standen die Autos, hübsch eins neben dem anderen. Dahinter lag das eingezäunte und von einer schütteren Hecke umgebene Sportgelände in völliger Dunkelheit.

»Schöne Scheiße«, knurrte Kurt. »Letztes Mal hat der Kerl die Leuchtschrift zerballert. Heute wollte er uns persönlich an den Kragen.«

»Und warum?«

»Weil er den Hass auf uns hat, weil er verrückt ist, keine Ahnung! Vielleicht mag er keine Feuerwürstchen. Alles schon mal vorgekommen! Nächstes Mal sind wir dran.«

Ich schob ihn zurück unter das Vordach. »Du siehst also einen Zusammenhang zwischen den Schüssen von damals und heute?«

»Du etwa nicht?« Kurt starrte mich an, als sei ich völlig verrückt geworden.

Er wollte noch mehr sagen, doch ich bedeutete ihm, ruhig zu sein. Von der Straße her näherte sich jemand. Es war ein Halbwüchsiger auf einem Fahrrad, der völlig durchnässt auf uns zuflitzte und unter dem Vordach eine Vollbremsung hinlegte.

»Hey, Fred«, rief er und hielt sich an der Wagenwand fest. »Schiebst du mal zwei Dosen Pils rüber?«

»Hab schon geschlossen«, brummte der Imbissbesitzer.

Der Junge schaute überrascht. »Ist doch noch alles offen hier.«

Fred schwieg.

»Oder nicht?«, wandte sich der Radler an uns. »Sieht doch offen aus.«

Ich zuckte die Achseln.

»Ich geh dann mal pissen«, knurrte Kurt und verschwand im Regen.

»Zwei Pils«, rief der Junge fröhlich und legte ein paar Münzen auf die Durchreiche. Wortlos öffnete Fred einen Kühlschrank, entnahm ihm die Dosen und reichte sie nach draußen. Wir warteten, bis der Typ außer Sichtweite war.

»Siehst du?«, murmelte Fred. »Ist doch besser so, mit dem Schallmo in Bökers Garten, wo ihn keiner entdeckt. Wär ja sonst die Hölle los hier.«

»Kannst du mir erklären, warum ihr die Polizei nicht gerufen habt?«

Fred zuckte leicht zusammen. So, als habe er die ganze Zeit auf diese Frage gewartet. »Nee«, sagte er und kratzte sich wie vorhin am Kopf, nur deutlich heftiger. »Also, schon. Weißt du, ich mag keine Bullen. Die sind immer so …« Er überlegte, dann winkte er ab. »Ehrlich, ich mag die nicht.«

»Ist das alles? Weil du sie nicht magst, zieht ihr die Leiche ins Gebüsch und tut, als sei nichts geschehen? Nach dem Motto: Pils verkaufen und abwarten? So stellt ihr euch das vor?«

»Keine Sorge, wir rufen die Bullen noch. Kurt meinte halt, wir sollten erst dir Bescheid sagen, damit du dir ein Bild von der Lage machen kannst.«

»Von der Lage des Toten? Die habt ihr ja längst verändert.«

»Ich meine nur. Mit der Polizei will ich nichts zu tun haben.« Er ging zum Kühlschrank. »Magst du ein Bier?«

»Nein, verdammt! Wenigstens einer von uns sollte klaren Kopf bewahren.«

Fred seufzte. »Also, ich brauche jetzt eins. Sonst trinke ich nie, verstehst du? Nicht während der Arbeit. Aber heute …« Er griff sich eine Dose, riss sie an der Lasche auf und nahm einen großen Schluck.

Ich sah auf meine Uhr. Gleich Viertel vor zwölf. Höchste Zeit, die Angelegenheit zu einem Ende zu bringen. »Der Schütze«, sagte ich zu Fred, »kann es sein, dass er auf dem Sportgelände stand? Hinter dem Zaun?«

Eifriges Nicken. »Wir haben ihn ja noch weglaufen sehen.«

»Was habt ihr? Seid ihr ihm nach?«

»Quatsch, ich bin doch nicht lebensmüde! Das mit dem ersten Schuss haben wir ja gar nicht kapiert. Da war dieser Schlag, die Bude zitterte, und wir wussten nicht, was los ist. Als wir uns umguckten, stand plötzlich der Schallmo vor den Autos, glotzte zu uns rüber – und brach auch schon zusammen. Was glaubst du, was wir da taten?«

»Sag's mir.«

»Wir gingen in Deckung, was dachtest du! Ich in meiner Bude, und Kurt hat sich auf den Boden geschmissen. Einfach raus aus der Schusslinie. Aber dann passierte nichts. Gar nichts. Und als wir uns vorsichtig wieder hervorwagten, hörten wir jemanden durch die Hecken am Sportplatz abhauen.«

»Und gesehen habt ihr ihn auch?«

Er zuckte die Achseln. »Was man so sieht im Dunkeln. Einen Schatten halt.«

»Ein Mann? Groß, klein, dick?«

»Keine Ahnung. Eher nicht dick. Auch nicht groß, würde ich sagen.«

»Also klein und dünn.«

»Geht so. Max, im Dunkeln, überleg mal!«

Ich rollte mit den Augen. Überleg mal! Es war zum Haareraufen mit den beiden Chaoten. Zum Überlegen gab es hier nur eins: ob ich nicht doch Zuflucht zum Alkohol nahm, um all diesen halbgaren Mist hinunterzuspülen. Ein Schuss rauscht in den Imbisswagen – die beiden glotzen blöd. Ein Mann wird erschossen – die beiden räumen die Leiche weg. Und als der Mörder das Weite sucht, sehen die beiden bloß einen Schatten. Im Grunde sollte ich sie ihrem Schicksal überlassen und einfach gehen.

Aber das tat ich nicht.

Denn so, wie irgendwo tief drinnen in Tischfußball-Kurt die Angst hockte, lauerte in mir das schlechte Gewissen. Es drückte und zwickte, drängte mächtig nach oben, und so sehr ich auch Gegendruck ausübte, bekam ich es nicht fort. Kurt hatte mir in den letzten Monaten tatsächlich mit dem Schlossblick in den Ohren gelegen. Fred fühle sich bedroht, sagte er. Es hatte Schmierereien gegeben und einen Zettel mit wüsten Beschimpfungen. Eines Nachts hatten irgendwelche Typen am Imbiss randaliert. Na und, hatte ich entgegnet, so was kommt vor. Hasenleiser halt. Was hätte ich tun sollen? Wache vor dem Schlossblick schieben? Personenschützer spielen? Darauf hatte auch Kurt keine Antwort gewusst, und so war es beim Nichtstun geblieben.

Vor sechs Wochen aber hatte ein Unbekannter in der Nacht Freds Leuchtschrift kaputt geschossen. Mitten rein in die grellgelben Buchstaben, dass es rauchte. Das hätte natürlich Anlass für mich sein können, mich um den Imbiss zu kümmern. Wenn ich nicht gerade bis zum Hals in Arbeit gesteckt hätte. Für das Schachturnier im Englischen Jäger musste ich unbedingt die Marshall-Eröffnung auswendig lernen, die mit dem cleveren Bauernopfer, außerdem standen die letzten Korrekturen meines neuen Buches an. Nicht zu vergessen die Ermittlungen für diesen Promianwalt, der seine Ehefrau der Untreue verdächtigte. Ich gab sie ihm, die untreue Ehefrau, aber nicht sofort, denn es war mein lukrativster Auftrag seit Jahren, dessen Abschluss es so lange wie möglich hinauszuzögern galt. Also blieb mir gar nichts anderes übrig, als Tischfußball-Kurt abzuwimmeln. Okay, das mit der Leuchtschrift war natürlich ärgerlich, aber ein Muster konnte ich hinter all diesen Attacken gegen seinen Kumpel Fred nicht entdecken. Bestimmt hatten die Schüsse und die Schmierereien und der Zettel nichts miteinander zu tun. Genau so sagte ich es Kurt, woraufhin der kein Wort mehr mit mir sprach. Bis heute. Meinen Rat, Anzeige zu erstatten, ignorierte er natürlich.

»Ich nehme doch ein Bier«, seufzte ich. Fred nickte.

Ja, das schlechte Gewissen. Um kurz nach elf hatte mich Kurt angerufen. Angebrüllt trifft die Sache eher. Dass mein Handy das ausgehalten hatte! Kurt pflegt schon in Normalform jeden zweiten Satz zu schreien, wenn er nicht gerade krank oder verliebt ist. Aber das hier war eine komplett andere Stufe von Erregungszustand. Christine kam durch die halbe Wohnung geeilt, um zu sehen, welches Gerät da am Bersten war. Über die Entfernung von drei Kilometern warf mir Kurt Beleidigungen an den Kopf, dass es nur so schepperte. Von einer Leiche sagte, nein, brüllte er kein Wort. Ich verstand nur Schlossblick und Fred und Kackeamdampfen, was mich stante pede und glühenden Ohres in den Heidelberger Süden radeln ließ.

Ich wäre sogar bei Glatteis gefahren.

»Und jetzt?«, wollte Fred wissen. Seine dicke Unterlippe glänzte feucht.

»Jetzt rufen wir die Polizei.«

»Warum?«

»Warum?« Das Echo kam von Tischfußball-Kurt, der mit regennassem Schädel hinter mir stand.

Wortlos nahm ich einen Schluck Bier. Beim Absetzen der Dose verschüttete ich ein paar Tropfen, denn Kurt hatte mich bei den Schultern gepackt und zu sich gedreht.

»Verdammt, Max, so kannst du dich nicht aus der Dings, aus der Verantwortung stehlen«, fauchte er. »Du hast Fred hängen lassen, obwohl du wusstest, dass es hier Probleme gibt. Wie oft habe ich dir damit in den Ohren gelegen?«

»Oft. Außerdem habe ich wegen dir gerade Bier verschüttet.«

»Jetzt wird nicht schon wieder gekniffen, hörst du, Max? Du bist uns etwas schuldig!« Meine Schultern schmerzten unter seinem Griff. Aber was in seinen Augen aufleuchtete, war eher Panik als Wut. »Also kümmere dich gefälligst um diese Sache hier und finde heraus, wer Schallmo erschossen hat!«

»Diese Sache?«

»Ja, verdammt!«

Ich machte mich los. »Mann, Kurti, komm endlich runter von deinem Trip! Ihr glaubt doch wohl nicht, dass ihr die Polizei außen vor lassen könnt? Hier geht es nicht um eine Rauferei unter Halbwüchsigen, sondern um Mord. Ich werde jetzt Kommissar Fischer anrufen und ihm erklären – nein, ich werde versuchen, ihm zu erklären, warum ihr Schallmo ins Gebüsch geschleift habt. Ob er euch glaubt, weiß ich nicht. Das ist das Einzige, was ich für euch tun kann.«

»Das Einzige, ja? Und damit ist die Sache für dich erledigt? Ein schöner Freund bist du!« Er schlug mit der Faust gegen Freds Imbisswagen, dass es durch die Nacht dröhnte. »Weißt du was, Max? Du kannst mir gestohlen bleiben, du mit deinem elitären Ermittlergehabe!«

Ich weiß nicht, warum ich in diesem Moment zu dem verwilderten Garten hinüberschaute. Dorthin, wo Schallmo lag. Vielleicht hoffte ich, dass er von Kurts Faustschlag aufwachte, sich erhob und seiner Wege ging. Damit der Spuk ein Ende hatte und ich nach Hause konnte. Zu Hause stand ein Bier im Kühlschrank, das dreimal besser schmeckte als Freds Spülwasser in Weißblechummantelung.

Aber Schallmo verschwand ebenso wenig wie mein schlechtes Gewissen. »Okay«, sagte ich und griff nach der Dose. »Ich werde der Sache nachgehen. Bedingung: Ihr müsst mir den Rücken freihalten. Wenn die Polizei erfährt, dass ich ermittle und wir uns kennen, können wir die Sache gleich vergessen.«

»Klar«, sagte Kurt und rieb sich die Hände. »Völlig klar. Hätte ich nicht besser formulieren können.«

»Schön. Dann gebe ich euch jetzt die Nummer von Kommissar Fischer. Den ruft ihr gleich an. Aber erst«, mit einer Handbewegung brachte ich Kurt, der schon wieder aufbrausen wollte, zum Schweigen, »aber erst, nachdem ich hier weg bin. Ich werde Schallmo durchsuchen und vielleicht noch ein Foto von ihm machen. Anschließend verschwinde ich, und ihr beiden erwähnt mit keinem Wort, dass ich hier war. Außerdem bringt ihr die Leiche wieder an ihren Platz. Schafft ihr das?«

Fred nickte.

»Ich schon«, sagte Tischfußball-Kurt kämpferisch.

2

»Ach, Herr Koller.« Kommissar Fischer versteckte ein Gähnen hinter vorgehaltener Hand. »Natürlich haben wir damals sofort gemerkt, dass die Leiche bewegt worden war. Ihre Lage, die Blutspuren, der Zustand der Kleidung – dazu bedurfte es nicht einmal moderner Untersuchungsmethoden. Wir haben sogar Blätter in Schallmos

Haar gefunden. Es war klar wie Kloßbrühe, dass Ihre beiden Freunde irgendetwas mit ihm angestellt hatten. Bloß was, wollten sie uns nicht verraten.«

»Das sind nicht meine Freunde«, wehrte ich ab. »Diesen Fred kannte ich vorher überhaupt nicht, und Kurt … na ja.«

»Sie behaupteten natürlich, nur so ein bisschen herumgefummelt zu haben. Hier gezupft, da gezupft. Um zu sehen, ob er auch wirklich tot sei.« Er winkte ab. »Hielten uns wohl für selten dämlich, Ihre Freunde. Wohin soll ich mich setzen, Herr Koller?«

Wortlos schob ich einen Stuhl in die Mitte des Raumes. Fischer nahm Platz. Während er ein Stofftaschentuch aus der Tasche zog, um sich seine breiten Nasenlöcher auszuwischen, sprach er weiter: im zufriedenen Ton eines Mannes, der gerade einen erholsamen Urlaub verbracht hat. Dabei hatte er bloß einen Fall abgeschlossen – mit meiner Hilfe!

»Dieser Fred, der Imbissbesitzer, dachte wohl, wir können ihm nichts, wenn er einen auf zurückgeblieben macht. Ich sehe ihn noch vor mir, mit seinem Kulleraugenunschuldsblick. Versteht unsere Fragen nicht, verliert den Faden, erinnert sich an nichts und so weiter. Blätter im Haar der Leiche? Ach, Herr Kommissar, die wird der Wind hineingeweht haben. Gartenerde auf dem Rücken Schallmos? Vielleicht ist der arme Mann in den Dreck gefallen, bevor er auf den Parkplatz kam. Was für einen Mist man sich da anhören muss!«

»Ich würde mal behaupten, dass der den Idioten gar nicht zu spielen brauchte«, meldete sich Kommissar Sorgwitz aus dem Hintergrund. »Der war einfach er selbst.«

»Komisch«, wunderte sich sein Busenfreund Greiner, der neben ihm saß. »Dasselbe wollte ich gerade sagen.«

»Der mit der Halbglatze dagegen«, fuhr ihr Chef fort, »gab den Renitenten. Zumindest am Anfang. Brüllte rum, beschimpfte uns als Faschos und Stasibeamte und warf mit dem Aufnahmegerät nach Herrn Sorgwitz.« Skeptisch begutachtete der Kommissar das Ergebnis seiner Nasenreinigung. »Dass Herr Sorgwitz zurückwerfen würde, damit hatte er nicht gerechnet.«

»Seitdem war er handzahm wie ein Zwerghase«, ergänzte der blonde Jungkommissar.

»Dumm, dass er ins Krankenhaus musste, bevor er uns gestehen konnte, was er und dieser Bremer mit der Leiche angestellt hatten. Lebensmittelvergiftung! Wir hielten das zuerst für einen Trick.«

»Kein Trick«, sagte ich. »Kurt war kurz vorm Abnippeln.«

»Hübsch formuliert. Aber was ist nun? Wollen Sie nicht allmählich anfangen mit Ihrer Spezialbehandlung? Ich bin gespannt wie ein Flitzebogen, Herr Koller!«

Seufzend legte ich meine Fingerspitzen auf Fischers dünne Haarpracht und begann, seine Kopfhaut zu massieren. Ganz leicht, ohne Druck, in langsam kreisenden Bewegungen. Der Kommissar ließ ein wohliges Schnurren hören. Ja, wirklich, er schnurrte wie ein alter Kater! Greiner und Sorgwitz legten das Manuskript beiseite, das sie sich brüderlich geteilt hatten, und beobachteten uns interessiert. Ich überlegte, ob ich ihnen das Gegaffe verbieten konnte, doch an der Situation war nichts zu ändern, da musste ich durch.

Eine Weile herrschte Stille, unterbrochen nur von den Katzenlauten des Kommissars. Vor dem Fenster, das auf den Innenhof des Polizeireviers Mitte ging, strichen ab und zu Köpfe vorbei. Hoffentlich wurde niemand auf die kleine Szene aufmerksam. Am Ende drückten sie sich noch die

Nasen an der Scheibe platt, nur um zu sehen, wie ich dem Kommissar den Hinterkopf liebkoste.

»Dass Schallmos Handy fehlte«, beendete Fischer das Schweigen, »fiel uns natürlich ebenfalls gleich auf. Er trug es nicht bei sich, es lag weder in seinem Wagen noch in seiner Wohnung. Jemand musste es an sich genommen haben. Da wir von Ihnen nichts wussten, tippten wir zunächst auf einen Ihrer beiden Freunde.«

»Das sind nicht meine Freunde.«

»Aber als Sie dann plötzlich auftauchten«, mischte sich Sorgwitz, der Kampfhund, ein, »war die Sache klar. Sonnenklar!«

Fischer nickte. »Ja, meine Mitarbeiter wollten mit mir wetten, dass Sie es waren, der das Handy eingesteckt hatte. Und sie hätten die Wette gewonnen.«

»Eingesteckt ist das falsche Wort«, sagte ich.

»Und welches wäre das richtige?«

Ich überlegte. »Nun … es fiel mir quasi in die Hand. Sehen Sie, das war so: Ich wollte eben versuchen, ob ich Schallmo nicht wiederbeleben könnte, da kam eine SMS.«

»Ach!«

»Ja. Ich beuge mich über ihn, da brummt es in seiner Jacke.«

»So ein Zufall aber auch.«

»So ein Schreck, meinen Sie wohl! Damit konnte doch keiner rechnen.«

»Mit einer brummenden Jacke?«

»Sie nehmen mich nicht ernst«, klagte ich. »Da will man Ihnen etwas erklären, und Sie machen sich nur lustig. In Ihrem Alter!«

»Wieso, in meinem Alter?«, fuhr er auf. »Was geht Sie mein Alter an? Darf man mit 60 keine Witze mehr machen?«

»Nicht über mich. Also: Ich höre das Signal von Schallmos Handy, nehme es an mich – und vergesse es. Ehrlich, ich war so mit anderen Dingen beschäftigt, dass ich es einfach vergessen habe!«

»Gleich vergesse *ich* mich«, knurrte er. »Und dann können Sie sich vergessen, Koller!«

»Um diese Uhrzeit kam keine SMS mehr«, meldete sich Greiner. »Ihre Geschichte ist erstunken und erlogen, Koller!«

»Wie soll ich mich auch auf die Wahrheit konzentrieren, wenn ich die ganze Zeit massieren muss? Dann habe ich das Handy eben am Morgen danach gefunden. Und das war dann wirklich Zufall.«

»Zufall!«, lachte Sorgwitz. Auch Kommissar Fischer brummte ungnädig.

»Könnte sogar stimmen«, sagte Greiner. »Immerhin habe ich ihn in dem verlotterten Garten herumstreunen sehen. Mit diesem typischen schuldbewussten Gesichtsausdruck. Gleich danach ist er ja auch getürmt.«

»Angeborener Fluchtreflex«, murmelte ich. Sollten sie doch glauben, was sie wollten! Ich bereute schon lange, das Handy an mich genommen zu haben.

»Wo steckte eigentlich Ihr beleibter Kumpel die ganze Zeit?«, wollte Fischer wissen. »Dieser fröhliche Kindergärtner. Er ist uns im Laufe der Ermittlungen nicht ein einziges Mal über den Weg gelaufen. Krank?«

»Fortbildung.«

»Ein Kindergärtner auf Fortbildung? Was es nicht alles gibt.«

»Es heißt Erzieher, Herr Fischer. Und die haben pro Jahr mehr Fortbildungsveranstaltungen als Sie in einem kompletten Polizistenleben.«

Na, da protestierten sie aber, die drei. Vor allem die beiden Jungspunde. Dauernd seien sie unterwegs, riefen sie, würden landverschickt, gecoacht, gebrieft, geteambuilded. Jedes zweite Wochenende! Und abends, da besonders. Wenn die liebe Seele Erholung brauchte. Auch der alte Fischer nickte und schüttelte sein Haupt gleichzeitig, außerdem so heftig, dass ich meine Massage unterbrechen musste.

»Überhaupt«, rief der schwarzhaarige Greiner und schwenkte mein Manuskript, »überhaupt haben Sie, Herr Koller, ein total falsches Bild von uns Polizisten.«

»Verkürzt und klischeehaft«, assistierte Sorgwitz.

»Absolut klischeehaft!« Mit dem Zeigefinger trommelte Greiner auf den Papieren herum. »Wie Sie uns hier schildern! Der Leser meint ja, er hätte es mit den letzten Deppen zu tun.«

»Nicht nur der Leser«, murmelte ich.

»Wenn es wenigstens zum Lachen wäre! Aber die beiden Polizisten in Ihrem Roman sind ja die reinsten Langweiler. So können Sie das nicht stehen lassen.«

»Sondern?«

»Sie müssen die Stellen mit uns ändern. Und zwar grundsätzlich. Passen Sie auf: Entweder Sie führen zwei neue Superhelden ein, jung, gutaussehend, mit Vorbildcharakter …«

»Träumt weiter!«

»… oder Sie überzeichnen uns völlig. Machen richtige Knalldeppen aus uns, so dass jeder Leser merkt, mit realen Figuren haben die beiden nichts zu tun.«

»Genau«, nickte Sorgwitz. »Sie müssen viel mehr übertreiben, sonst kapieren es die Leute nicht.«

Ich schaute vom einen zum anderen. »Meinen Sie das ernst? Ich soll echte Dummbeutel aus Ihnen machen?«

»Keine echten. Übertriebene!«

»Sind Sie sicher?«

»Die Leser werden es Ihnen danken.«

»Kein Problem. So viel ist da gar nicht zu ändern.«

»Vorsicht!« Kommissar Greiner drohte mir mit dem Finger.

»Gut, dann wäre das ja geklärt«, dröhnte Fischer. »Zurück zur Realität. Schauen Sie mal aus dem Fenster, Herr Koller. Sehen Sie die junge Polizistin dort? Die kleine Blonde mit den traurigen Augen. Wissen Sie, was? Die war auch in Schallmo verknallt!«

»Nein!«

»Aber ja! Nadja heißt die Kleine. Hat Rotz und Wasser geheult, als sie von seinem Ableben hörte. Nicht, dass da etwas gelaufen wäre. Die haben sich nett unterhalten, nach einer Verkehrskontrolle, das muss man sich einmal vorstellen. Dann waren sie wohl zusammen einen trinken, aber ganz freundschaftlich, hat sie gesagt. Wobei sie schon in Flammen stand. Keine Ahnung, was die Weiber an diesem Schallmo fanden! Und bevor sie ihn das nächste Mal treffen konnte, war der Mann tot.«

»Nicht zu fassen«, murmelte ich düster.

»Sie sagen es.«

»Nadja ist ihr Name?«

»Kennen Sie das Mädchen?«

»Nein.«

»Hätte mich auch gewundert. Sie ist schließlich Polizistin. Aber selbst Polizistinnen sind vor Unfug nicht gefeit. Die Sache mit Schallmo hat sie so mitgenommen, dass sie tagelang nicht ans Telefon ging.«

»Das habe ich gemerkt.«

»Wie bitte?«

»Ach, nichts.« Mit geschlossenen Augen knetete ich weiter. Nadja! Wie mich dieser Name verfolgt hatte! Immer, wenn ich mit meinen Ermittlungen nicht weitergekommen war, hatte ich mich an ihn geklammert. Und war prompt in der nächsten Sackgasse gelandet. Ein blondes Polizistenhascherl! Das Schicksal schlägt manchmal ironische Volten.

Das Schicksal? Oder doch ein Großmeister namens Zufall?

Seit dem Mord an Thorsten Schallmo tendiere ich zu Letzterem. Aber bring das mal drei eingestaubten Beamtenhirnen bei! Bis man denen das einmassiert hat!

3

»Bist du krank?« Mitfühlend strich mir Christine über den Kopf. »Mein Mäxchen wird doch kein Fieber haben?«

Vor Schreck bekam ich einen Hustenanfall. Wenn es etwas gab, was mir das Zusammenleben mit meiner Ex verleidete, dann das: überfallartiges Gekümmere am frühen Morgen, Besorgnisattacken vom ersten Sonnenstrahl an. Diese Muttchenattitüde!

»Kaffee«, brummte ich und entzog ihr meinen Kopf.

»Bitte?«

»Kaffee, dann wieder gesund.«

Sie ging in die Küche. »Kaffee hast du auch schon aufgesetzt?«, hörte ich sie rufen. »Und wo kommen die Brötchen her?«

Vom Bäcker vielleicht, dachte ich und kniff die Augen zusammen. So sehr ich auch kniff, die Bilder in Christines Laptop wurden nicht scharf. Und ich war zu müde, um zu entscheiden, ob es an mir lag oder an der Aufnahmequalität.

Christine kam zurück, die dampfende Kaffeekanne und zwei Becher in der Hand. »Was ist los mit dir? Habe ich heute Geburtstag? Theoretisch wäre das denkbar, aber dazu müsste ich ungefähr 100 Tage am Stück geschlafen haben.«

»Becher«, sagte ich. »Kaffee. Voll.«

»Namenstag vielleicht?« Stirnrunzelnd schenkte sie ein. »Das letzte Mal, dass du mich mit frischen Brötchen geweckt hast, das muss …« Sie überlegte. Und weil sie überlegte, hielt sie mit dem Einschenken inne. »Damals hat man noch in D-Mark gezahlt, glaube ich. Oder Reichsmark?«

»Ich werde es nie wieder tun. Gibst du mir nun endlich meinen Becher?«

Sie lächelte. Mann, wie sie lächelte! »Das ist mein Becher, Max. Und ich platze vor Neugier, womit ich mir all das verdient habe.« Sie pustete in die Flüssigkeit und nahm einen winzigen Schluck.

»Gar nicht«, knurrte ich. Auch die Umrisse der Kaffeekanne ließen an Schärfe zu wünschen übrig, aber ich schaffte es, mir ohne Geschlabber einzuschenken. Vielleicht brauchte ich eine Brille. An der heißen Flüssigkeit verbrannte ich mir die Lippen. Egal. Hauptsache, schneller trinken als meine Exfrau.

»Frische Brötchen«, seufzte sie. »Von Max gebracht!«

»*Von* Max? Für Max! Ich muss nämlich arbeiten.«

»Quatsch.«

»Doch.«

»Es ist sieben Uhr! Du schläfst doch noch!«

Natürlich glaubte sie mir nicht. Ich hätte mir auch nicht geglaubt. Gut, dann mussten halt überzeugende Argumente her. Christine starrte ohnehin schon die ganze Zeit so neugierig auf den Laptopbildschirm. Ich klickte zum ersten Foto zurück: Thorsten Schallmo, das Gesicht vom Blitz meines Handys grellweiß entstellt, eine Brombeerranke um den Hals.

»Ach du Schande«, entfuhr es ihr. Dann sagte sie eine ganze Weile nichts mehr.

Ich zeigte ihr die anderen Bilder, die ich gestern Nacht aufgenommen hatte. Schallmo aus der Nähe, seine Lage im Gebüsch, der Inhalt seiner Brieftasche.

»Na?«, meinte ich. »Ist das ein Grund, früh aufzustehen und Brötchen zu holen?«

Sie räusperte sich. »Fürs Aufstehen, ja. Für die Brötchen – ich weiß nicht. Der Mann ist tot, richtig?«

»Woran siehst du das?«

»Das sieht man. Und jetzt ermittelst du?«

Ich berichtete ihr kurz von Kurt und Fred und von meinem dumpfen Gefühl, den beiden etwas schuldig zu sein. Dabei stand ich auf, ging in die Küche und schmierte mir ein Brötchen. Der Kaffee tat seine Wirkung.

»Es regnet nicht mehr«, sagte Christine.

»Das habe ich schon auf dem Weg zum Bäcker festgestellt.«

»Warum hast du seine Scheckkarten fotografiert? Und den Fitnessstudioausweis?«

»Ich habe einfach alles dokumentiert, was in seinem Geldbeutel war. Den konnte ich ja schlecht entwenden. Die Bullen wären sofort misstrauisch geworden.«

»Wurden sie es nicht sowieso, als sie dich bei der Leiche sahen?«

»Mich? Bei der Leiche?« Grinsend ließ ich mich in den Stuhl fallen. »Als sie kamen, war ich längst wieder auf dem Heimweg.«

»Max, Max, Max«, murmelte sie. »Ihr und eure Männergeschichten.«

»Frauengeschichten wären dir auch nicht recht.«

»Und was hast du jetzt vor?«

»Ich werde mir Schallmos Arbeitsplatz anschauen. Eine Schule, unten im Hasenleiser. Aber sag mir vorher, was du davon hältst.« Ich zeigte ihr eines der Fotos, die ich vom Taschenkalender des Toten gemacht hatte. Der Kalender war klein und hatte in Schallmos linker Gesäßtasche gesteckt. Von seinen Eintragungen dort interessierte mich neben dem Stundenplan vor allem eine: die einzige, die sich unter dem Datum von gestern fand.

»Chir. 015«, las meine Ex. »Unterstrichen und mit Ausrufezeichen. Vielleicht hatte er einen Termin in der Chirurgie.«

»Wohl eher einen mit einer 15-Jährigen namens Christine. Ich lese nämlich bloß Chr. Nix Chir.«

»Und das da?« Sie tippte mit dem Finger auf den Bildschirm. »Das ist eindeutig ein i nach dem h.«

»Ein unmotivierter Schlenker ist das.«

»Ein Schlenker mit i-Punkt?«

»Wo?«

»Herrje, da!« Sie deutete wieder auf das Bild.

»Das ist nichts. Dreck auf dem Papier oder auf der Linse.«

»Ein i-Punkt ist das, Max!«

Und so ging es eine Weile hin und her. Eben erst hatte es sieben Uhr geschlagen, aber Herr Koller und Frau Markwart, einstmals verehelicht und mittlerweile wieder zusammenlebend, stritten sich über Schlenker und Fliegendrecke im zerknitterten Taschenkalender eines Toten. Vielleicht hatte Christine recht, und da stand wirklich Chir. 015. Aber erstens war ich mir nicht sicher, und zweitens wollte ich ihr so früh unter keinen Umständen recht geben. Von diesem Triumph würde sie sich den ganzen Tag nicht mehr erholen!

»Klar ist das ein i. Chir heißt es, nicht Chr.«

»Chirstine? Kenne ich nicht.«

»Blödmann! Chirurgie ist gemeint. Chr. 015 ergibt keinen Sinn.«

»Natürlich gibt das Sinn. Jede Menge sogar, vor so viel Sinn kann man sich kaum retten. Die 15-jährige Christine, Christian bekommt 15 Punkte in der Klausur, Christof hat am 15. Geburtstag.«

»Albern.«

»Der christliche Psalm Nummer 15.«

»Mach dich nicht lächerlich!«

»Vielleicht hat er eine Acht vergessen. Christine ist auch nur 08/15.«

Sie stöhnte auf. »Diese Brötchen sind wirklich teuer erkauft.«

»Okay, nehmen wir mal an, mein fortgeschrittenes Alter schlüge sich im Verfall meiner Sehkraft nieder. Dann stünde dort also Chir. 015. Und was bedeutet das?«

»Chirurgie, Zimmer 015.«

»Oder?«

»Keine Ahnung. Zimmer klingt vernünftig. Hast du eine Alternative?«

»Nicht unbedingt. Station 015?«

»Es gibt doch keine 15 Stationen in der Chirurgie.«

»Du meinst, in der Heidelberger Chirurgie.«

»Welche käme sonst in Frage?«

Ich schwieg. Wenn Christine recht hatte mit ihrer Lesart, war der Vorschlag mit der Zimmernummer tatsächlich der überzeugendste. Vielleicht ging es um einen Patienten. Schallmos Erbtante lag mit Oberschenkelhalsbruch im Krankenhaus und wollte besucht werden. Ganz normal, ganz harmlos. Falls meine Ex aber noch schlechter sah als ich, wurde es kompliziert. Chr. 015 konnte alles Mögliche bedeuten. Warum hatte dieser Schallmo auch so eine Sauklaue? Ein Lehrer, das sprach Bände!

»Gut«, sagte ich. »Womöglich steckt etwas total Belangloses dahinter. Es ist halt der einzige Eintrag vom Todestag. Ich werde der Sache nachgehen.«

4

Als ich mein Rad um Viertel vor acht vor der Rohrwaldschule an einen Laternenpfahl schloss, hatte ich noch keinen genauen Plan, wie ich vorgehen sollte. Schulen gehörten nicht gerade zu meinen bevorzugten Gebieten für Ermittlungen. Aber wo sonst hätte ich herumschnüffeln sollen? Durch Schallmos Wohnung wuselten Fischers Leute, den Tatort kannte ich schon. Mit etwas Glück kam ich hier der Polizei zuvor. Eine kleine Hoffnung nur, und sie zerschlug sich, als ich den Streifenwagen sah, der ein Stück entfernt parkte.

»Cooler Schlitten«, sagte jemand, und im ersten Moment glaubte ich, die Polizeikarre sei gemeint.

Dann sah ich die drei jungen Kerle, die sich über mein Rad amüsierten. Sie standen rauchend außerhalb des Schulgeländes. Ich schätzte sie auf 16, und sie schienen nicht zu wissen, wohin mit ihren Händen. Der eine verbarg sie in den Hosentaschen, die anderen beiden kratzten sich, fummelten, popelten unablässig. An wem und was auch immer. Schwarz war offenbar groß in Mode in dem Alter. Schwarz und aufsässig.

»Cooler Schlitten«, wiederholte einer der Fummler. »Was macht der Spitze?«

Seine Kumpel grinsten. Sieh mal einer an, sooo früh am Morgen, aber die Gesichtsmuskulatur funktionierte schon. Vorsichtshalber nahm ich die Luftpumpe vom Rahmen und steckte sie ein. Okay, vielleicht war es ja nett gemeint, das Gealber. Die Jungs waren nicht die Ersten, die meinen roten Uraltklepper mit der Teufelsgesichthupe als Quell der Belustigung empfanden. Trotzdem hatte ich zu dieser Stunde keine Lust auf Scherze, und Schwarz ist einfach eine Scheißfarbe. Wortlos schritt ich Richtung Schulhof.

»Sieht irgendwie schwul aus, das Ding.«

So, jetzt reichte es aber. Welcher Teufel war schon schwul? Ich ging zu meinem Rad zurück, zeigte auf den Vorderreifen, der ein brandneues Profil hatte, und sagte: »Hey, ihr Klugscheißer! Seht ihr die Kerben hier? Da steht jede für einen Hauptschüler, den ich höchstpersönlich umgenietet habe.«

Jetzt hatte ihre Heiterkeit wenigstens einen begründeten Anlass. Sie lachten noch, als ich das Schulgebäude betrat.

Es war ein Bau aus den Siebzigern, anheimelnd wie eine Tiefgarage. Wände und Decken aus Beton, zu meinen Füßen ein Marmorimitat. Das Licht funzlig, unangenehme Halleffekte. Auf einer seitlich angebrachten Tafel mit Steckbuchstaben fand sich der Raumplan. Die Rohrwaldschule bestand aus einer Grund- und einer Hauptschule. Letztere nannte sich aber nicht mehr Hauptschule, wie ich erfahren musste, sondern Werkrealschule. Aha. Raider heißt jetzt Twix. Ich suchte nach Klasse 8. Laut Stundenplan hätte Schallmo in ihr Ethik geben müssen. Dass die Polizisten aus dem Streifenwagen im Klassenzimmer auftauchten, hielt ich für unwahrscheinlich. Eher saßen sie gemütlich beim Rektor, tranken ein Tässchen Tee und philosophierten über die Schlechtigkeit der Welt.

Von einem Mädchen ließ ich mir den Weg zeigen. Quer

durch das Foyer, hinten rechts, bis zum Ende des Ganges. An den Wänden fristeten Bilder und Skulpturen von Schülern ein trostloses Dasein. Ein Plakat warnte vor Drogen: Es geht auch ohne! Ein Witzbold hatte mit schwarzem Marker hinzugesetzt: Macht aber keinen Spaß.

Es war fünf vor acht, als ich die Tür des Unterrichtsraums erreicht hatte. Einzelne Schüler kamen angestrolcht und musterten mich. Die einen neugierig, die anderen argwöhnisch. Dann traten sie ein. In eine Höhle namens Klassenzimmer, Schauplatz kindlicher Dramen auf Leben und Tod. Jahre brachte man hier zu, Jahre, die einen komplette Häutung lehrten. Weg mit der alten Hülle, rein in eine neue, dickere, robustere, bis man zum Schluss einen Panzer trug, der Erfahrung genannt wurde. Reife. Erwachsensein. Ich hatte mich erfolgreich dagegen gewehrt, ein ganzes Schülerleben lang. Tat nur so, als sei ich älter geworden. Gab den Lehrern, was sie hören wollten, und schob ansonsten eine ruhige, einsame Kugel. Zwei, drei Freunde, aber aus anderen Klassen. Pfarrerssöhne sind so, hieß es. Klar. Danke für euer Verständnis. Die Extrarunde wegen Latein hätte nicht sein müssen, aber passiert ist passiert. Jeder trägt so seinen Buckel mit sich rum.

Ich atmete tief durch. Eine Minute bis acht.

Eine Schülerin – klein, Rehaugen – blieb stehen, sah an mir hoch. »Suchen Sie was?«

Ich schüttelte den Kopf. Achselzuckend betrat sie das Klassenzimmer. Wie alt war man gegen Ende des achten Schuljahres? 14, 15. Sitzenbleiber etwas älter. Konfirmation, der erste Freund, Tanzstunde, Stimmbruch. Kinder, die sich wie Erwachsene benehmen mussten. Erwachsene, die in Kinderkörpern steckten. Mein Gott, ich wusste es nicht, das war alles viel zu lange her.

Nach dem Läuten der Schulglocke wartete ich noch eine

oder zwei Minuten ab. Weitere Schüler kamen, ohne jede Eile übrigens, aber kein Erwachsener. Dann gab ich mir einen Ruck und trat ein. Die Tür schloss ich hinter mir.

Hallo? War da was? Nimmt mich jemand wahr?

Kurze Umschau. 25 Schüler, und sie alle springen wie auf ein Kommando in die Höhe, Hände an der Hosennaht, Mund auf, im Chor: »Gu-ten-Mor-gen-Herr-Koller!« Brav, Kinder! Setzen.

Nein?

Okay, dann so: 25 Schüler, die vor Schreck fast vom Stuhl fallen, die nicht begreifen. Ist das der Schularzt? Wird jetzt gepiekst? Überraschungsbesuch des Oberschulamts? Drogenfahndung in Zivil? Müssen wir alle in den Knast? Probealarm? Verkehrserziehung? Was geht ab, ey?

Nichts dergleichen geschah. Ich kam rein, legte meinen Rucksack mit der Luftpumpe auf den freien Lehrerstuhl und stellte mich vor die Klasse. Die Reaktion war gleich null. Ein paar schauten auf und wieder weg, Unterhaltungen wurden nur kurz unterbrochen, es gab Gekicher und Bemerkungen, die ich nicht verstand. In der ersten Reihe saßen zwei mit dem Rücken zu mir auf ihren Tischen. Ein Mädchen schlurzte seine Wasserflasche leer, um sie anschließend unter großem Lärm zu zerknüllen. Lediglich zwei oder drei, darunter die Kleine mit den Rehaugen, sahen mich erwartungsvoll an.

Ich wartete. Stand einfach da, breitbeinig, mit verschränkten Armen, die Ruhe selbst. Mein Blick: stahlhart.

Nichts passierte. Die Sekunden verrannen, doch es blieb alles beim Alten. Die einen quasselten, die anderen lachten, die dritten hielten ihren Mund. Da, die nächste Nuckelflasche. Hinten begannen zwei eine Balgerei.

Ich wartete. Und verdammt noch mal, es fiel mir sauschwer. War mein Blick etwa weniger stählern, als ich glaubte? Ich hatte es doch bloß mit einer Handvoll Konfirmanden zu tun! Okay, sie sahen nicht aus wie Konfirmanden, jedenfalls nicht wie die, die damals bei meinem Vater vorm Altar rumgeschleimt hatten. Die hier trugen Nasenstecker und Lidschatten und Tattoos, ihre Hosen hingen in den Kniekehlen, unter ihren T-Shirts wulstete das Bauchfleisch. Schwarz war anscheinend doch nicht in Mode – leider, muss ich sagen, denn was sich die Mädchen an Farben zumuteten, war zu keiner Tageszeit zu ertragen, am allerwenigsten frühmorgens.

Apropos ertragen. Ich hielt es nicht mehr aus. Meine Lippen öffneten sich wie von selbst. »Guten Morgen«, sagte ich.

Der Effekt – siehe oben. Gerundet null. Eher minus. Sollte jemand meinen Gruß erwidert haben, ging das im allgemeinen Klassenlärm unter. Die zwei Supercoolen auf ihrem Tisch drehten sich nicht einmal um. Ganz ruhig bleiben, Max, ganz ruhig. Das hier ist ein Machtkampf, und du verlierst ihn, wenn du zu früh aus der Deckung gehst.

Ich räusperte mich, so laut ich konnte. »Guten Morgen«, wiederholte ich. »Mein Name ist Max Koller, und ich habe euch etwas mitzuteilen. Ich bin Psychologe.«

Wahrscheinlich hätte ich auch behaupten können, ich sei die Bundeskanzlerin oder ein ausgestopfter Elefant; das Resultat wäre dasselbe gewesen. Sie ignorierten mich mit allem, was sie taten oder ließen, da fielen die drei halbwegs neugierigen Gesichter zwischendrin überhaupt nicht auf.

Und ich? Ich beherrschte mich, dass mir fast der Schädel platzte. Ehrlich, die Knochen leisteten Schwerstarbeit, um mein Hirn davor zu bewahren, sich selbständig zu machen. Das Gemisch aus Wut und Erniedrigung war hochexplosiv. Aber was tun? Wenn ich jedem dieser Bengel eine Tracht Prügel gab, wurde ich bis zur zweiten Stunde nicht fertig und verstauchte mir nur die Hand. An Schallmos Schüler musste ich anders ran.

In der letzten Reihe standen zwei Mädchen auf und stellten sich ans offene Fenster. Einen Popsong plärrend. Die mit der Wasserflasche hielt sich rülpsend eine Hand vor den Mund. Dann packte sie einen Kaugummi aus. Selbst das Rehaugengirlie begann, in einem Buch zu blättern.

Schön, Leute. Ihr lasst mir keine andere Wahl.

Ohne Hast nahm ich die Luftpumpe aus meinem Rucksack und hielt sie einen Moment abwägend in den Händen. Dann stürzte ich auf einen der beiden Tischsitzer zu, packte ihn am Kragen und rammte ihm die Pumpe gegen den Hinterkopf.

»Hier hat ihn die Kugel getroffen«, brüllte ich mit allem, was die Lunge hergab. »Hier! Und dann war er tot, euer Ethiklehrer. Kapiert ihr das? Tot!«

Nun schau einer an.

Mit einem derart durchschlagenden Erfolg hatte ich nicht gerechnet. Es wurde augenblicklich mucksmäuschenstill im Klassenzimmer der Achten, so still, dass mein Atem das einzige vernehmbare Geräusch war. Kein Popsong mehr, kein Rülpsen, kein Fetzen einer Unterhaltung. Selbst mein Opfer war zur Salzsäule erstarrt. Sein Kumpel daneben hatte sich umgedreht und glotzte mich mit einer Miene an, als sei ich vom Himmel direkt in die Rohrwaldschule geplumpst.

»Herr Schallmo ist ermordet worden«, sagte ich in die Stille hinein. Ich musste nicht einmal die Stimme heben. »Können wir jetzt darüber reden?«

Der Typ, den ich am Kragen gepackt hielt, brachte in Zeitlupe eine zitternde Hand nach hinten, um die Luftpumpe vorsichtig zur Seite zu schieben. Ich ließ ihn los.

»Euren Mist könnt ihr gleich weitertreiben«, sagte ich

und steckte die Pumpe zurück. »Nachher in der Pause oder bei anderen Lehrern. Aber jetzt sprechen wir über das, was Thorsten Schallmo zugestoßen ist. Und ihr beiden setzt euch normal hin.«

Ohne sich zu mucksen, leisteten die zwei Helden Folge.

»Das dürfen Sie nicht«, kam es von der Seite. Dort saß ein türkischer Junge im gestreiften Pullover, einen halben Kopf kleiner als seine Klassenkameraden. Aber hier den starken Mann spielen! »Das ist Gewalt gegen Schüler, was Sie da machen.«

»Gewalt?«, gab ich zurück. »Was Gewalt ist und was nicht, darüber können wir zwei stundenlang streiten. Einen nicht zu Wort kommen zu lassen, ihm den Rücken zudrehen, wenn er mit euch reden will, hat vielleicht auch was mit Gewalt zu tun. Aber eines ist ganz sicher Gewalt: einer wehrlosen Person von hinten in den Kopf zu schießen.«

Der Türke schwieg. Eine Schülerin meldete sich: »Ist das dem Herrn Schallmo passiert?«

Ich nickte.

Die Stimmung war gekippt. Schockstarre nennt man das wohl. Die Mädchen saßen mit entsetzten Mienen da, die Jungs versuchten, ihre Betroffenheit hinter einstudierten Grimassen zu verbergen. Was noch an Grinsen übrig blieb, war falsch und verlegen. Die zwei Sängerinnen vom Fenster kehrten still an ihre Plätze zurück.

»Und wer hat das getan?«, fragte ein Junge.

»Keine Ahnung. Die Polizei ermittelt. Habt ihr eine Idee?«

Natürlich, da schüttelten sie synchron die Köpfe. Niemand will etwas mit einem Mörder zu tun haben, nicht einmal gedanklich.

»Einen Moment, ihr macht es euch zu einfach. Ich will,

dass ihr nachdenkt, jeder von euch. Wer könnte etwas mit dem Tod von Herrn Schallmo zu tun haben? Und was könnte dahinter stecken? Hatte er Feinde, war jemand schlecht auf ihn zu sprechen? Gab es Drohungen? Hatte Herr Schallmo ungewöhnliche Kontakte, spezielle Hobbys?«

Sie schwiegen immer noch. Wichen meinem Blick aus, flüsterten miteinander. Ich sah von einem zum nächsten, versuchte sie einzuschätzen: Wer war Leader der Klasse, welche Gruppen gab es, wer würde als Erster plaudern? Es war wie beim Schachspiel. Jeder hatte seine Rolle, seine Funktion. Es gab Bauern, die sich innerhalb der Gruppe nur in kleinen Schrittchen vorwärtsbewegten, es gab Türme, die immer geradeaus polterten, und Pferde, die im Zickzack hüpften. Und es gab eine Königin.

Das Mädchen mit den Rehaugen war keine Königin. Trotzdem wandte ich mich an sie: »Was war euer Lehrer für ein Mensch?«

Sie erschrak. »Wieso? Ganz normal. Weniger streng als die anderen. Und er war oft krank.«

Pause. »Das ist alles?«

»Ein Heuchler war er«, rief der türkische Schüler. »Ein elender Heuchler!« Protest erhob sich, doch er fuhr fort: »Kommt uns mit Moral, der Typ, aber selbst rumhuren und auf sein eigenes Geschwätz scheißen!«

»Immer mit der Ruhe«, versuchte ich die aufkommende Erregung zu dämpfen. Andererseits hatte der Aufruhr auch sein Gutes, so erfuhr ich wenigstens etwas. »Wie heißt du, Junge?«

»Warum?«

»Weil ich mit dir reden will. Ich habe euch meinen Namen schon genannt.«

»Fikret heißt er«, mischte sich einer ein. »Wie Fick net, aber mit r.«

Unter anderen Umständen hätte der Witzbold wohl die Lacher auf seiner Seite gehabt, heute aber wurde er von seinen Mitschülern zurechtgewiesen. Fikret warf ihm einen hasserfüllten Blick zu.

»Also, Fikret. Was meinst du mit rumhuren?«

»Was ich damit meine? Na, war der vielleicht verheiratet, der Schallmo? War er nicht! Aber jede Woche ein anderes Weib im Bett. So einer war der, unser toller Ethiklehrer.«

Einige Schülerinnen protestierten. »Das stimmt nicht. Jede Woche ist übertrieben. Außerdem, wenn einer nicht verheiratet ist, kann er machen, was er will.«

»Kann er nicht! Scheiße ist das.«

»Typisch Türke!«

»Hey, ich bin auch Türke, und mir ist egal, was so einer treibt!«, kam es aus einer Ecke.

»Okay«, griff ich ein, bevor es unübersichtlich wurde. »Herr Schallmo hatte also wechselnde Frauenbekanntschaften. Das ist doch was. Gab es da mal Streit? Ärger mit einem anderen Mann? Einem verheirateten vielleicht?«

Einige schüttelten den Kopf, andere grinsten und deuteten ein Nicken an.

»Was jetzt? Ja oder nein? Wer weiß was von Streitigkeiten?«

»Zuletzt muss der Schallmo eine Abreibung gekriegt haben«, erklärte das Mädchen mit dem Kaugummi und zupfte mit kalkulierter Geste sein T-Shirt zurecht. Achte Klasse, aber eine oktoberfesttaugliche Oberweite! »Ist wohl zusammengeschlagen worden. Jedenfalls kam er mit einer geplatzten Augenbraue in die Schule.«

»Nachdem er wieder mal einen Tag gefehlt hatte«, ergänzte ihre Nachbarin.

»Und wer hat ihn da zusammengeschlagen?«, forschte ich nach.

Achselzucken. »Irgendein Typ, der auf ihn sauer war, wird es schon gewesen sein.«

»Oder eine Mutti.« Jetzt kicherten doch einige.

»War Schallmo euer Klassenlehrer? Ja? Hattet ihr ihn nur in Ethik?«

»In Sport auch.«

»Der Grapscher!« Das war wieder Fikret.

»Na und?«, blaffte die mit der Oberweite. »Der wusste wenigstens, wie man es macht. Im Gegensatz zu dir.«

Fikrets Antwort ging im Lärm der Klasse unter. Einige prusteten hinter vorgehaltener Hand, andere wiesen die Sprecherin zurecht. Die lehnte sich Kaugummi kauend zurück und verschränkte die Arme vor der Brust. Eine Schönheit war sie nicht, aber hübsch verächtlich konnte sie blicken. Wahrscheinlich wusste sie ganz genau, dass ihre Weiblichkeit durch die gekreuzten Arme noch besser zur Geltung kam.

In der ersten Reihe meldete sich der Junge, dem ich die Luftpumpe in den Nacken gehalten hatte. Ganz brav reckte er den Finger und sprach erst, als ich ihn drannahm. Mit tiefer, geradezu höflicher Stimme erklärte er, dass Herr Schallmo früher ein sehr guter Sportler gewesen sei. Hürdensprint und so. Von Leichtathletik habe er daher Ahnung gehabt.

»Von Ethik aber nicht«, murmelte sein Nebenmann.

Ich wollte eben nachhaken, als die Tür geöffnet wurde. Eine Frau im hellbeigen Kostüm betrat das Klassenzimmer. Sofort standen alle Schüler auf. Es ging ja doch! Überrascht musterte mich die Frau von oben bis unten. Bevor sie ihre Überraschung in Worte fassen konnte, sagte ich: »Mein Name ist Koller, guten Morgen. Ich bin Psychologe und habe die Klasse schon mal vorbereitet.«

»Aber wir haben doch unseren eigenen …?« Wie um sich

zusammenzureißen, schüttelte sie den Kopf und wandte sich der Klasse zu. »Guten Morgen. Setzt euch bitte.«

»Guten Morgen, Frau Hufschmidt«, tönte es 25-stimmig durch den Raum, gefolgt von Stühlerücken und Gerumpel.

»Polizei?«, fragte mich die Hufschmidt misstrauisch.

»Ich arbeite gelegentlich mit der Polizei zusammen«, antwortete ich, was nicht einmal gelogen war. »Sie sind die Rektorin?« Und als sie nickte, fuhr ich fort: »Wie gesagt, ich habe die Klasse über das Geschehen informiert. Geben Sie den Kindern heute frei. Es wäre ein wichtiges Zeichen, wenn die Schulleitung signalisierte, dass man nach so einem Ereignis nicht sofort zur Tagesordnung übergeht. Ich muss jetzt weiter. Wenn Sie meine Hilfe brauchen, wenden Sie sich an Kommissar Fischer. Danke.« Ich schnappte meinen Rucksack und ging zur Tür. »Euch alles Gute! Tschüs.«

Aufatmend verließ ich die Rohrwaldschule.

5

Zwischen der Schule und dem Tatort lagen nur zwei Straßenecken. Ich näherte mich vorsichtig, ständig auf der Hut vor Kommissar Fischer und seinen beiden Wadenbeißern. Der gesamte Parkplatz einschließlich des Imbisswagens war abgesperrt, dazu ein Teil der Sportanlage. Ich sah Kriminaltechniker in weißen Overalls gebückt über das nasse Gelände streifen. Eine andere Gruppe, die mit diversen Vermessungsgeräten hantierte, versuchte anscheinend, den exakten Standpunkt des Schützen zu ermitteln. Einige Uniformierte standen außerhalb der Absperrung und sprachen mit Passanten und Anwohnern.

Diese Jungs hatten den härtesten Job.

»Ich brauche mein Auto«, hörte ich einen aufgebrachten Dicken im Anzug poltern. »Und zwar jetzt sofort! Wie soll ich sonst zur Arbeit kommen? Ich habe ein Recht auf mein Auto, verstehen Sie, ein Recht!«

Der Polizist erklärte ihm, dass sein Wagen noch nicht freigegeben sei. Man sichere weiterhin Spuren.

»Ich bin Mitglied im ADAC«, wütete der Anzugmensch. »Seit 1980!«

»Das spielt keine Rolle.«

»In Frankfurt warten sie auf mich. Ich bin ohnehin schon spät dran.«

»Steh halt früher auf«, meckerte eine Frau. Der Polizist, der vermutlich nicht halb so viele Kilos auf die Waage brachte wie der im Anzug, schenkte ihr einen dankbaren Blick.

Auch ich war froh um diesen kleinen Ausbruch von Volkszorn, denn so beachtete mich keiner. Hinter dem Schlossblick entdeckte ich Fred. Ein Handy am Ohr, ging er zwischen Imbisswagen und Absperrband immer im Kreis herum, wobei er nach jeder vollständigen Runde die Richtung wechselte.

»Ja«, sagte er emotionslos, »ich hole das Zeug dann gleich morgen früh. Klar geht das in Ordnung. Die werden mir die Bude einrennen in den nächsten Tagen. Eine bessere Werbung gibt's ja nicht.«

Er beendete das Gespräch und steckte das Handy ein. Dann sah er mich, wie ich mein Rad abstellte. Nachdenklich kratzte er sich am Kopf. Sollte er vergessen haben, wer ich war?

»Na, Fred, alles klar?« Ich schlüpfte unter dem Band durch.

»Hallo, Max.«

Also nicht vergessen. Machte wohl sein dumpfer Gesichtsausdruck, dass man ihn für nicht ganz zurechnungsfähig hielt. Immerhin betrieb der Junge seit Jahren einen gut gehenden Imbiss im Süden der Stadt. Dass er ihn seit Jahren betrieb, sah man; dass er florierte, wusste ich von Kurt.

»Rauchst du eine mit?«, fragte er.

Ich schüttelte den Kopf. Fred öffnete die rückwärtige Tür des Imbisswagens, langte hinein und holte eine leere Getränkekiste heraus, die er mir als Sitzplatz anbot. Er selbst ließ sich auf dem Wagentritt nieder. Ruhig, mit den gemessenen Bewegungen eines Mannes, der alle Zeit der Welt hat, begann er sich eine Zigarette zu drehen.

»Werbung für deinen Imbiss«, griff ich seine Worte von eben auf. »Findest du das nicht ein bisschen makaber?«

Verständnislos schaute er mich an. Dann nickte er. »Ach so, das meinst du. Sicher, du kannst es makaber nennen. Der Schallmo macht den Abgang und ich den großen Reibach. Aber so ist es nun mal. Selbst wenn ich es wollte, könnte ich nichts daran ändern. Ich kann ja auch nichts daran ändern, dass die Bullerei meinen Imbiss in Beschlag genommen hat. Vor morgen darf ich nicht wieder öffnen. Soll ich mich drüber aufregen? Keine Lust. Lieber sage ich meinen Lieferanten für heute ab und bestelle für morgen die doppelte Menge. Die Kunden werden kommen, so oder so.«

»Katastrophentourismus.«

»Genau. Drüben, auf der anderen Straßenseite, hat es vor Jahren mal gebrannt. Kam keiner zu Schaden, aber die Feuerwehr machte ein mächtiges Spektakel. Und von hier hatte man freie Sicht. Was meinst du, wie mein Laden da brummte. Den Rest des Jahres hätte ich gar nicht mehr aufmachen müssen.« Sorgfältig verteilte er den Tabak auf dem Papierstreifen.

»Klingt ja fast nach einem Mordmotiv.«

»Motive gibt es genug. Jeden Tag, jede Stunde. Nur dass

man in der Regel zu träge ist, sich von ihnen verleiten zu lassen.«

»Wie gut kanntest du den Schallmo?«

Er leckte über das eine Ende des Papiers, bevor er es zusammenrollte. Dann kramte er ein Feuerzeug hervor. »Gar nicht. Wusste bloß, dass er Lehrer ist und gern mal ein Feuerwürstchen verdrückt.«

»Hatte er Familie?«

»Glaube nicht.«

»In der Schule hieß es, er habe seine Freundinnen ziemlich oft gewechselt.«

»So ein Typ war er, allerdings.« Fred sah dem Rauch nach, den er ausstieß.

»Also kanntest du ihn doch.«

»Den Schallmo musste man nicht kennen, um das zu wissen.« Er zeigte über die Schulter. »Dort drüben, auf dem Sportplatz, habe ich ihn ab und zu mit einer Klasse gesehen. Wenn man so viel mit Menschen zu tun hat wie ich, bekommt man einen Blick dafür, auf welche Weise ein Erwachsener junge Mädchen anlangt.«

»Du meinst, er hat sich schon mal an einer vergriffen.«

»Das hast du gesagt. Ich sage bloß, dass er gern angefasst hat, wo es was anzufassen gab. Immer auf der Suche nach Körperkontakt.«

»Bei Minderjährigen.«

Fred überlegte. »Bei älteren Minderjährigen.«

»Das passt ins Bild.« Ich dachte an den jungen Fikret. Der hatte auch etwas von Grapschereien erzählt. Noch so ein paar Bemerkungen, und ich würde froh sein, dass es Schallmo erwischt hatte.

»Was passt schon ins Bild?«, murmelte der Imbissbesitzer.

»Riecht übrigens ganz schön süßlich, dein Tabak.«

Er schwieg. Das kleine Kreuz an seinem Ohr blinkte in der Sonne.

»Wann machst du deine Bude morgens auf?«, wollte ich wissen.

»Um neun.«

»So früh?«

Achselzucken. »Noch früher wäre besser. Der Bedarf ist da. Aber irgendwann braucht der Mensch ja seine Ruhe. Vor zehn Uhr abends endet mein Tag nie.«

»Und im Winter?«

»Gibt's Glühwein.«

»Nein, ich meine, stehen die Leute bei null Grad auch in Scharen vorm Imbiss rum?«

»Stehen halt kürzer«, sagte er und nahm einen tiefen Zug.

Ich grinste. Wahrscheinlich brauchte man Freds Bärenruhe, um in diesem Metier erfolgreich zu sein. Jemand wie ich, mit meiner Ungeduld und meinen Vorurteilen, könnte den Schlossblick nicht eine Woche lang führen. Der Krach wäre vorprogrammiert: mit Lieferanten, renitenten Kunden und sämtlichen Ämtern der Stadt.

»Apropos«, sagte ich. »Warum heißt dein Imbiss eigentlich Schlossblick?«

»Wieso?« Fred hob eine Braue. »Wie soll er denn sonst heißen?«

»Wo ist der Blick auf welches Schloss?«

»Was ist denn das für eine scheiß Frage?« Die halbgerauchte Kippe wurde weggeschleudert und landete in einer Pfütze. »Gibt es neuerdings ein Verbot, einen Laden so zu nennen, nur weil gerade kein verdammtes Neuschwanstein um die Ecke linst?«

»Nein«, entgegnete ich überrascht. »Ich habe mich nur gefragt …«

»Falls du es nicht weißt: Drüben in Rohrbach gibt es ein Schloss«, fauchte Fred. Von wegen Bärenruhe! Jetzt fuhr er die Grizzlytatzen aus. »Ist zwar nur ein Schlösschen, aber wenn du dir ein paar Häuserzeilen wegdenkst, kannst du es sehen. Und komm mir bloß nicht mit dem Sandsteinkadaver, der sich Heidelberger Schloss nennt! Das kann mir gestohlen bleiben, mit all seinen Gaffern und Touristen. Von meinen Kunden war noch keiner dort oben und wird auch keiner je hinstiefeln. Ich betreibe einen ehrlichen Imbiss, für Leute, die keine Zeit zum Kochen haben oder keine Küche.«

»Was regst du dich so auf, Fred? Mir ging es doch nur um den Namen deiner Bude.«

»Ich weiß schon, nur der Name.« Mein Gott, er war wirklich wütend. Unter den zurückgekämmten Haarsträhnen warf seine Stirn wilde Falten. »Nur der Name, klar. Seit über zehn Jahren stehe ich hier unten im Hasenleiser, und ich kenne meine Leute. Darauf kommt es doch an, oder?«

»Sicher.«

Missmutig kramte er seinen Tabakbeutel hervor. Während er sich eine neue Kippe rollte, herrschte Schweigen. Ich zerbrach mir den Kopf, warum der Kerl bei diesem Thema so empfindlich reagierte, fand aber keine Antwort. Auf dem Parkplatz kam einer der Kriminaltechniker in Sicht, stieg aus seinem Overall und wischte sich den Schweiß von der Stirn.

»Meine Oma«, brummte Fred schließlich, »hat den Imbiss nach dem Krieg aufgemacht. Damals stand er in Neuenheim auf der Neckarwiese, mit diesem gottverdammten Blick aufs Schloss. Trotzdem Zufall, der Name. Sie hätte ihn auch anders nennen können, irgendwas mit Neckar zum Beispiel. Oder Annis Imbiss, egal. 50 Jahre lang hat sie das

Ding betrieben, hörst du, 50 Jahre lang. Eine Woche nach dem Jubiläum: Schlaganfall.«

»Und dann?«

»Übernahm ich die Bude. Aber die Stadt hatte was dagegen. Der Pachtvertrag sei auf meine Oma ausgestellt und nur auf sie; wenn ich den Imbiss weiterführen wollte, müsste ich woanders hin. Eine Genehmigung für die Neckarwiese gab es nicht mehr.«

»Deshalb bist du hierher.«

»Erst in die Südstadt, zu den Amis. Aber dort gab es nur Ärger. Also nach ein paar Jahren wieder Aufbruch und einen neuen Standort gesucht.« Ein Krümel Tabak war ihm zwischen die Lippen gekommen; er schnippte ihn fort. »Hier fühle ich mich wohl. Alles lästert über den Hasenleiser, aber für mich ist er der schönste Stadtteil. Die Leute sind ehrlich hier, verstehst du?«

Ich nickte. Ehrlich – dieses Wort hatte er vorhin schon einmal in den Mund genommen. Das Verhalten der Stadt empfand er wohl als extrem unehrlich. Deshalb die Wut, wenn man ihn nach dem Namen des Imbisses fragte.

Freds Feuerzeug kam wieder zum Einsatz. »Übrigens: Die Bullerei hat mich schon dreimal gefragt, ob der Schallmo kein Handy bei sich hatte.«

»Und? Was hast du gesagt?«

Er sah mich an, mit seinem trüben Wassermannblick. »Na, was wohl? Dass du es an dich genommen hast.«

»Wie bitte?«, fuhr ich auf. Und dann, mehr über mich verärgert als über ihn: »Sehr witzig, Fred. Das heißt also, dass sie keines bei ihm gefunden haben.«

»Sieht so aus. Komisch, heutzutage.«

»In seiner Tasche war auch keines.«

»Und in seinem Auto nicht.« Sein Daumen wies Richtung Parkplatz. »Der silberne BMW, das ist seiner. Den nehmen sie gerade auseinander. Wenn ich du wäre …« Er sog an seinem Glimmstängel.

»Ja?«

»Wenn ich du wäre, würde ich mal im Garten vom alten Böker suchen.«

»Du meinst, beim Transport könnte ihm das Handy aus der Jacke oder der Hose gerutscht sein?«

»War ein ordentliches Ziehen und Zerren, bis wir den Schallmo überm Zaun hatten. Ich hätte selbst nachgeschaut, aber mich haben die Jungs ja auf dem Kieker. Dauernd kommt einer vorbei und will was wissen.«

Wie zum Beweis näherten sich Schritte. Zügige Schritte. Ehrlich gesagt gefiel mir das Geräusch nicht, das da beim Auftreffen der Schuhsohlen auf dem Asphalt entstand. Es hatte etwas Herausforderndes. Und tatsächlich: Bei dem Mann, der in der nächsten Sekunde mit dem Elan des jugendlichen Karrieristen um den Imbisswagen bog, handelte es sich um keinen anderen als Herrn Sorgwitz, den blonden Kampfhund aus dem Verschlag von Kommissar Fischer. Mein erklärter Lieblingsfeind.

Oder gebührte dieses Attribut seinem Zwillingsbruder Greiner, dem Dunkelhaarigen mit seiner lächerlichen Sportskanonenaufdringlichkeit? Schwer zu sagen. Wen von beiden ich im Fall eines Falles als Ersten vor einen Laster schubsen würde, war eine Sache der Tagesform. Meiner und ihrer.

Gott sei Dank besaß der Mensch zwei Hände zum Schubsen.

Dass ich überhaupt die Zeit für derart alberne Gedanken besaß, lag an Kommissar Sorgwitz. Der Kerl hatte seinen Aufmarsch abrupt unterbrochen, seine weißblonden Haarspitzen standen als tausend Ausrufezeichen vom Kopf ab, während die Augen fast aus ihren Höhlen kullerten. Und wie er nach Luft schnappte! Hoffentlich ließ er Fred und mir noch ein paar Atome Sauerstoff übrig.

»Tut mir leid, Kollege«, grinste ich. »Der Imbiss ist geschlossen. Heute keine Feuerwürstchen.«

Stille. Fred, an seiner Kippe nuckelnd, schaute interessiert von mir zu dem Polizisten und wieder zurück.

»Was ist los, junger Mann?«, spielte ich das Spiel weiter. »Sprachcomputer noch nicht angeschlossen? Festplatte defekt?«

»Ich hab's geahnt«, stieß Sorgwitz hervor. Ein paar Sekunden später, und er wäre geplatzt! »Ich habe es geahnt!« Mit der geballten rechten Faust stieß er sich in die Handfläche der anderen. »Da lag so was in der Luft, so ein Geruch … Über dem ganzen Platz, schon heute Morgen. Dieser Geruch nach Einmischung, nach Unbotmäßigkeit, so eine echte Privatermittlerausdünstung.« Er schüttelte sich.

»Feines Näschen haben Sie, Herr Sorgwitz.« Ein Kampfhund, ich sagte es ja.

»Koller!«, machte der Kommissar angewidert. Er spuckte meinen Namen geradezu aus. »Was treiben Sie sich hier herum? Ihr Revier ist ganz woanders.«

»Man wird doch einen alten Freund noch besuchen dürfen!« Ich klimperte mit den Augenlidern. »Zumal in so schwerer Stunde, wo ihm die deutsche Bürokratie verwehrt, seiner Arbeit nachzugehen.«

»Freund?« Sorgwitz glotzte, was die Äuglein hergaben. »Der da? Sie kennen wohl jeden Heidelberger, was?«

»Nicht ganz. Auf das Du des Oberbürgermeisters warte ich noch, aber mit dem Polizeipräsidenten gehe ich jeden Dienstag kegeln.«

»Sie haben hier nichts zu suchen. Hauen Sie ab, bevor wir Ihnen Ärger machen.«

»Ich weiche der staatlichen Gewalt«, sagte ich und stand auf.

»Und Sie kommen mit«, herrschte der Kampfhund Fred an. »Wir brauchen Ihre Aussage.«

»Darf ich noch zu Ende rauchen?«, erkundigte sich der Imbissbesitzer.

»Wenn Sie sich die Lunge teeren wollen, meinetwegen.«

»Siehst du?«, wandte sich Fred an mich. »Deshalb mag ich diese Typen nicht.«

6

Nein, diese vom Ehrgeiz zerfressenen Polizisten mochte ich genauso wenig wie Fred. Jedenfalls nicht die beiden aus meinem Buch. Was dagegen den echten Kommissar Sorgwitz betrifft und den echten Kommissar Greiner … – aber das gehört nicht hierher. So wie ich nach Ansicht des Kampfhundes nicht auf den Parkplatz vorm Schlossblick gehörte, und genau aus diesem Grund kehren wir jetzt schleunigst dorthin zurück. Während Fred sein Kippchen zu Ende paffte, und zwar betont langsam, wie ich annehme, fuhr ich einmal mit dem Rad um den Block. Ebenfalls nicht allzu schnell. Als ich wieder an Ort und Stelle eintraf, sah ich meine beiden Gesprächspartner gerade in einen Wagen steigen. Sorgwitz vollführte einen Kavalierstart. Gischt sprühend brausten sie davon.

Das Rad erneut abstellen, sich einen Überblick verschaffen. Was an Kriminaltechnikern vor Ort war, tummelte sich in den Büschen des Sportgeländes oder auf dem Parkplatz, beim Fundort der Leiche. Um das komplette Areal lief rot-weißes Flatterband. Der Garten, in dem Schallmo bei meiner gestrigen Ankunft gelegen hatte, gehörte hingegen nicht zum Sperrgebiet. Warum auch? Dass der Zaun schon vor Monaten niedergetreten worden war, sah man auf den ersten Blick. Dahinter herrschte Wildwuchs: schießendes Buschwerk, selbst ausgesäte Bäumchen, Disteln, Löwenzahn, auf dem Boden Efeu und andere Ranken. Kein Ort, an dem mit Spuren eines Mordfalls zu rechnen war. Weshalb die Absperrung exakt an der Grundstücksgrenze endete.

So weit, so gut. Als weniger günstig erwies sich die Tatsache, dass ich vom Parkplatz aus nicht unbemerkt an den Garten herankam. Ich musste es außerhalb des abgesperrten Areals versuchen, und das bedeutete zwangsläufig einen Gang über das Gelände dieses Herrn Böker. Der bestimmt schon den ganzen Morgen am Fenster Wache schob und nur darauf wartete, die Polizei rufen zu können, sobald jemand im Übermut durch seinen Dschungel tappte. Es sei denn, er war wirklich so nebenspurig, wie Kurt und Fred behauptet hatten.

Im Rücken des Imbisswagens näherte ich mich dem Grundstück. Von rechts drängte sich eine ganze Reihe von Garagen an den Parkplatz, die zu niedrigen Wohnblocks in schimmligem Braun gehörten. Dann kam Bökers kleines, fast überwuchertes Haus und dahinter die Turnhalle des Sportgeländes. In dem verwilderten Garten glitzerten die Regentropfen der vergangenen Nacht in der Sonne, hinter den Fenstern blieb alles ruhig. Vielleicht war der Alte gar nicht zu Hause?

Nach einer Weile des Wartens und Abwägens machte ich kehrt, um einen Bogen zu schlagen, der mich zur Vorderseite von Bökers Häuschen brachte. Die kleine Straße mitten im Hasenleiser war von einigen putzigen Gebäuden aus den Fünfzigern gesäumt, dazwischen störten gammlige Zweckbauten aus Beton und Backstein. Bökers Vorgarten war nicht ganz so zugewachsen wie das rückwärtige Stück; ein gepflasterter Weg führte seitlich am Haus vorbei, bis ihn das Grünzeug verschlang.

Noch zögerte ich. Ich hätte mich bei Fred erkundigen sollen, wie genau es um den Zustand des Alten bestellt war. Wie er zum Beispiel auf ungebetene Gäste reagierte. Aber wenn meine beiden Helden es riskiert hatten, eine Leiche auf seinem Grundstück zu deponieren, konnte ich auch durch seinen Garten marschieren. Ich war ja bloß auf der Suche nach einem Handy. Nach meinem Handy? Klar, was dachten Sie, Herr Böker? Das hat jemand über den Zaun gepfeffert, einfach so. Ein Bengel aus der Nachbarschaft. Hauptschüler, ganz bestimmt.

Gut, dann waren wir uns ja einig, der alte Böker und ich.

Noch mal den Blick über die Fenster gleiten lassen: alles ruhig. Ich öffnete das Gartentürchen, neben dem ›Dr. Wilfried Böker‹ auf einem ranzigen Kupferschild stand, und betrat das Grundstück. Nach rechts, den schmalen Pflasterweg entlang, schon wurde hinten der Parkplatz mit Freds Imbiss sichtbar. Nasser Farn schlug mir gegen die Beine. Aus den Augenwinkeln schaute ich nach links. Die Gardinen hinter den Fenstern hingen bewegungslos. Und weiter durchs Gemüse. Vom Zaun war ich nicht mehr weit entfernt. Einen schmächtigen Nussbaum, den sich der Efeu gekrallt hatte, nutzte ich als Blickschutz gegen die Polizisten auf dem Parkplatz. Bloß nicht auffallen! Es wäre fatal, wenn sie erst durch mein Verhalten auf Bökers Garten aufmerksam würden. Den kleinen Informationsvorsprung, den ich besaß, musste ich unbedingt nutzen.

Wo hatte die Leiche gelegen? Ich versuchte mir die gestrige Szene vorzustellen: Zwei Personen tragen einen 70-Kilo-Mann, wuchten ihn an der demolierten Stelle über den Zaun, um ihn an Ort und Stelle fallen zu lassen. Dort drüben also. Winnetou und Old Shatterhand hätten mir Schallmos exakte Position noch in zwei Wochen nennen können, ich dagegen sah bloß Gestrüpp und Unkraut, das sich nach Ende des nächtlichen Regens längst wieder aufgerichtet hatte. Aber wenn das Handy irgendwo hier auf den Boden gefallen war, würde ich es finden. Gebückt verließ ich mein Nussbaumversteck und machte mich auf die Suche.

Jenseits des Zaunes flatterte das Absperrband im Wind. Aus Bökers Haus kam kein Geräusch. Mit beiden Händen wühlte ich zwischen den Pflanzen herum, bog Zweige zur Seite, zerteilte Grasbüschel. Was für ein Dickicht musste hier erst im Sommer herrschen! Dafür sogen sich jetzt meine Schuhe voll Wasser. Kurzer Kontrollblick zum Parkplatz. Niemand beachtete mich. Auch nicht, als ich einen unterdrückten Fluch hören ließ. Ich hatte in etwas Stachliges gegriffen, eine Art Wiesenkaktus. Warum kümmert sich keiner um den Garten des alten Mannes? Hatte der keine Kinder, Enkel?

Nach und nach arbeitete ich mich zum Zaun hin. Systematisch vorgehen, Max! Schade, dass ich Schallmos Nummer nicht hatte. Ich hätte sein Handy anwählen können. Da würden sie aber schauen, die Herren Kriminaltechniker, wenn plötzlich ›I'm singing in the rain‹ aus einem verlotterten Grundstück neben dem Tatort erklang!

Und dann fand ich es. Ein kleines, altmodisches Klapphandy von Samsung. Fast wollte ich nicht glauben, dass dieses unscheinbare Ding einem Frauenaufreißer wie Thorsten Schallmo gehört haben sollte. Es lag unter einem Gewirr von hohem Gras und Brombeerranken. Als ich im Gefühl des Triumphes danach griff, schnappte eine der Ranken zu und gab mich nicht eher frei, bis sie eine blutige Spur über meinen Handrücken gezogen hatte.

»Verdammte Scheiße!«, fluchte ich los. Eine Spur zu laut, wie mir ein Blick über den Parkplatz bewies. Ein paar Männer schauten in meine Richtung, darunter einer mit dichtem, dunklem Haar und einer Stirn wie die Berliner Mauer. Der Rottweiler! Kommissar Greiner höchstpersönlich. Mit zusammengekniffenen Augen versuchte er vergeblich zu erkennen, wer sich hinter der gebückten Gestalt im Grünen verbarg. Rasch ein zweiter Griff nach dem Telefon, diesmal vorsichtiger und mit der anderen Hand. Ohne weitere Verletzungen zog ich es ans Tageslicht. Ich klappte es auf – und hätte fast einen Jubelschrei ausgestoßen. Es war noch an! Der Akku würde zwar bald schlappmachen, aber vielleicht passte Christines Ladegerät. Sie besaß ebenfalls ein altes Samsung-Handy.

Und jetzt nichts wie weg. Vom Parkplatz aus glotzte der Rottweiler immer noch zu mir herüber. Ich sah, wie es in seinem Kopf arbeitete: nachschauen oder nicht nachschauen? Und tatsächlich, da schlenderte er los. Beide Hände in den Hosentaschen, ohne Eile. Bloß mal nach dem Rechten gucken.

Na, mir sollte er dabei nicht über den Weg laufen. Ich drehte mich um, immer noch in gebückter Haltung, und wollte mich davonstehlen. Doch da hatte jemand etwas dagegen.

»Brauchen Sie ein Pflaster?«, fragte der alte Böker mit hoher Stimme.

Da stand er, der Hausherr, ein dünnes, langes Männchen, dem die weißen Haare einzeln um den Kopf wehten. Wer sonst sollte es sein? Hinter einer dicken Brille irrten helle Augen hin und her, seine Haut war von Altersflecken übersät. Und zu Strickjacke, Hemd und Leinenhose trug er Pantoffeln, gegen die sogar Freds Treter wie der letzte modische Schrei wirkten.

»Entschuldigung«, sagte ich und schob mich, mit dem Rücken zum Parkplatz, in den Schatten des Nussbaums. »Ich habe hier was verloren.«

»Wenn Sie ein Pflaster brauchen«, wiederholte er, »kann ich Ihnen eines geben.« Die Tatsache, dass ein Fremder in seinem Garten stand, schien dem Alten völlig schnuppe.

»Danke, ist doch nur ein Kratzer.«

»Drinnen, da habe ich Pflaster.« Ein trauriges Lächeln huschte über sein Gesicht. »Hier wächst alles zu. Der ganze Garten. Ich schaffe es einfach nicht mehr.«

»Hm«, machte ich, während ich einen Blick über die Schulter warf. Der Rottweiler kam näher.

»Und dann der Zaun, haben Sie es gesehen? Das waren Betrunkene, letzten Herbst. Wie soll ich den reparieren, in meinem Alter?«

»Ja, ja«, sagte ich hastig. Nur weg von hier, bevor mich Kommissar Greiner erwischte. »Wie war das mit dem Pflaster, Herr Böker?«

»Dr. Böker«, lächelte er milde. »Wenn ich bitten darf.«

»Sicher. Hätten Sie nun eins für mich?«

»Drinnen.« Er schlurfte voraus, ich folgte ihm mit gesenktem Kopf. Seine Pantoffeln starrten vor Nässe, einmal geriet er ins Stolpern, als er an einem Stein hängen blieb. Ich konnte nur hoffen, dass dem Rottweiler meine Anwesenheit durch das Auftauchen Bökers weniger suspekt erschien. Solange er mich nicht erkannt hatte natürlich. Schallmos Handy ruhte in meiner Jackentasche.

Während wir uns zur Vorderseite des Hauses bewegten, brabbelte der Alte unablässig vor sich hin. Ich verstand nur die Hälfte, und auch die war vermutlich eher für ihn selbst als für mich bestimmt. Der Garten. Das Alter.

Seit dem Tod seiner Frau. Und dann sein Zaun, die bösen Menschen.

»Tut es sehr weh?«, fragte er mich an der offen stehenden Haustür.

»Was? Der Kratzer? Nein, gar nicht. Ein kleines Pflaster reicht.« Ich atmete auf, als wir endlich das Haus betraten. Böker führte mich in sein Wohnzimmer, in dem, anders als im Garten, eine gewisse Ordnung herrschte. Die Bilder an den Wänden hingen schief, auf einem Schreibtisch stapelten sich Bücher und Zeitungen, in einer Ecke krümelte eine uralte Sonnenblume vor sich hin, aber wenigstens konnte man sich problemlos durch den Raum bewegen. Hohe Regale rechts und links waren mit Büchern bestückt. Mit Büchern und Staub, um exakt zu sein. Durch ein Fenster sah man den Garten und dahinter den Parkplatz. Greiner hatte eben den Zaun erreicht und fummelte an seiner Brille herum. Ich stellte mich so, dass er mich auf keinen Fall entdecken würde.

»Da wären wir«, lächelte der alte Böker. »Von welcher Firma, sagten Sie, kommen Sie?«

»Firma? Von gar keiner.«

Das Lächeln verschwand. »Aber der Zaun! Wollten Sie den nicht reparieren?«

»Ehrlich gesagt, nein. Ich habe ja gar kein Werkzeug dabei.«

»Und warum sind Sie dann hier?«

»Sie wollten mir ein Pflaster geben.« Ich zeigte ihm meinen blutenden Handrücken. »Was ich übrigens sehr nett von Ihnen finde.«

»Ah, ja.« Er kratzte sich an seinem bis auf die wenigen Haarsträhnen kahlen Kopf. »Wissen Sie, wo meine Pflaster sind?«

»Ich?«

»Ja. Ich muss es vergessen haben.«

»Tut mir leid.« Du meine Güte, der Alte war ja wirklich hochgradig verwirrt. Sah denn niemand nach ihm? Ich linste wieder hinaus in den Garten, wo der dunkelhaarige Jungkommissar noch immer seine Nase über den kaputten Zaun streckte.

Böker seufzte. »Seit dem Tod meiner Frau vergesse ich immer mehr. Es ist schrecklich!«

»Das geht vielen so.«

»Sie hat alles geregelt, wissen Sie?« Seine Hand kam auf einem vergilbten Zeitungsausschnitt zu liegen, der unter der Überschrift ›Die gute Seele des Hasenleiser‹ das Bild einer älteren Dame zeigte. ›Margarete Böker erlag ihrem Krebsleiden‹, stand darunter.

»Das tut mir leid«, wiederholte ich. Der Artikel war 13 Jahre alt! Seit 13 Jahren irrte der Witwer hilflos durchs Leben, jemand trat seinen Zaun nieder, andere trampelten in seinem Garten herum. Fort von hier!, schrie es in mir. Aber dazu musste sich erst der Rottweiler zum Rückzug entschließen.

»Ich war Lehrer«, sagte der Alte, »und wenn ich nach Hause kam, hatte sie immer alles geregelt.«

Lehrer – ja, das sah man. Nicht einmal der Nachruf auf seine Frau war vor Korrekturen sicher. Mit Rotstift hatte Böker – pardon: Dr. Böker – sämtliche Rechtschreibfehler angestrichen. Schon tat er mir ein bisschen weniger leid. Vorsicht, Herr Doktor! Seit gestern Abend ist es amtlich: Ihre Berufsgruppe lebt verdammt gefährlich.

»Was wollten Sie eigentlich in meinem Garten?«, fragte er mich, und hinter den Glasbausteinen seiner Brille glomm Hoffnung auf. »Sind Sie wegen des Zauns hier?«

»Nein, ich habe nur etwas gesucht.« Gott sei Dank, draußen bekam Greiner einen Anruf und trollte sich. »Danke für das Pflaster, Herr Böker, aber ich brauche es nicht mehr. Alles Gute!«

Damit ließ ich ihn stehen. Er aber hastete hinter mir her, und mit der Bewegung kam auch sein Gebrabbel wieder in Gang: »Sie wollen schon gehen? Bleiben Sie doch noch ein bisschen! Ich habe da einen Brief, den jemand für mich einwerfen müsste. Seit dem Tod meiner Frau, wissen Sie … Wo sie doch alles für mich geregelt hat!«

»Ich muss los«, sagte ich, die Klinke der Haustür bereits in der Hand.

»Wollen Sie nicht noch ein wenig bleiben?« Sein Lächeln ging in einen dünnen Husten über. »Ach bitte, könnten Sie dann wenigstens einen Brief für mich einwerfen?«

Klar konnte ich das. Wenn ich ihm schon nicht den Zaun reparierte! Tatsächlich drückte er mir gleich darauf einen Umschlag in die Hand. Manche Dinge bekam er also auch ohne seine Frau geregelt. Doch ich revidierte diese Ansicht sofort, als ich sah, was auf dem Brief stand: ›Zurück an Absender! Adresse unbekannt!!‹ Obwohl seine Anschrift korrekt notiert war, hatte er sie mit zwei dicken, wütenden Strichen durchkreuzt.

»Wird gemacht, Herr Böker«, sagte ich und winkte zum Abschied. Der alte Mann blieb im Flur stehen, an den Füßen ein Paar nasse Pantoffeln. Leise schloss ich die Haustür hinter mir.

7

Ich wurde älter.

Jeden Tag. Ich spürte es in den Knochen, sah es am zurückweichenden Haaransatz, merkte es an meinen Radfahrzeiten auf der Königstuhlstrecke, die immer schlechter wurden. Das untrüglichste Zeichen aber war meine zunehmende Verweichlichung. Ich zerschmolz ja regelrecht von innen her! Früher hatte ich überhaupt nicht gewusst, was das ist: ein Gewissen. Das auch noch schlecht sein konnte. Inzwischen attackierte es mich regelmäßig. Tischfußball-Kurt brauchte nur daran zu appellieren, schon tanzte ich nach seiner Pfeife. Ein Greis namens Böker brabbelte wirres Zeug – prompt bekam Max Koller ein mulmiges Gefühl im Magen.

Und jetzt auch noch das Handy. Mein Trumpf-Ass. Ein Glücksfund. Der berühmte Sechser im Lotto. Ich hätte jubeln sollen, auf dem ganzen Weg von Rohrbach nach Bergheim. Stattdessen überlegte ich mir Ausreden. Sätze, mit denen ich Kommissar Fischer, meinen Lieblingspolizisten, milde stimmen könnte. Wäre er vor Ort gewesen, als ich es fand, hätte ich es ihm vielleicht übergeben.

Hättest du nie, elender Lügner!, gellte eine Stimme durch mein Inneres.

Doch, vielleicht. Sogar ganz sicher, wenn es ausgeschaltet gewesen wäre.

War es aber nicht!

Korrekt. Und das war das Problem. Mein Glück und mein Problem. Ich brauchte keine PIN, um an Schallmos Adressbuch, die Anrufliste und die eingegangenen SMS zu kommen. Wäre es ausgeschaltet gewesen, hätte ich nichts damit anfangen können. Unsereins kennt keine Nerds, die dir in einer halben Stunde jede Verschlüsselung knacken.

Aber es war nicht ausgeschaltet!, höhnte die innere Stimme.

Und eben deshalb hatte ich jetzt ein schlechtes Gewissen. Mit dieser Bürde schleppte ich mich in den Hof unseres Mietshauses, stellte mein Rad ab, sperrte die Tür zu meinem Büro auf. Außer mir würde es zwar kein Mensch als

Büro bezeichnen, denn es ist in einem alten Schuppen untergebracht, der mal eine Voliere war. Auf dem Schreibtisch steht fast immer eine Kiste Bier, und über dem PC hängt Wäsche zum Trocknen. Nach Vogelkacke stinkt es auch. Aber wenn ich eine Steuerschuld hätte, die es zu mindern gälte, würde ich diesen Raum als Büro angeben. Aus Furcht vor dem Steuerprüfer würde ich allerdings zuerst die Kiste Bier leeren und die Wäsche irgendwohin räumen. Und ich würde das Feldbett zusammenklappen, auf dem ich manchmal nach Besuchen im Englischen Jäger übernachte.

Wo waren wir? Bei Schallmos Handy, richtig. Ich schaffte es, mich meines schlechten Gewissens zu entledigen, indem ich mir einredete, das Telefon sowieso nicht rechtzeitig ans Netz anschließen zu können. Na gut, einen Versuch war es wert, also schnell nach oben gesaust und das Ladegerät von Christines Handy gesucht, dann wieder hinunter, ohne jede Hoffnung getestet – Bingo! Der Stecker des Geräts passte an Schallmos Telefon.

Ich ballte die Faust. Und flugs meldete sich mein Gewissen wieder.

»Heute noch bringe ich dich zur Polizei«, versprach ich dem Handy. Nein, versprechen wäre zu viel gesagt. Ich formulierte meinen Satz bloß laut und vernehmlich und hörte mir dabei zu, wie er klang. Gut klang er nicht, fand ich. Eher kleinmütig. Spießig. Ja, er erinnerte mich an diese Zeitungsschlagzeilen aus der Sauregurkenzeit: Witwe (92) bedankt sich bei ehrlichem Finder. Ich war kein ehrlicher Finder. Ich war ein Privatflic, der Beweismaterial unterschlagen hatte. Da half auch eine überstürzte Rückgabe nicht.

»Also gut: Morgen bringe ich dich zur Polizei«, sagte ich. »Oder übermorgen.« Dann machte ich mich ans Werk.

Anders als sein Besitzer hatte Schallmos kleines Telefon die Nacht gut überstanden. Regen und einstellige Temperaturen hatten ihm nichts ausgemacht. Als Erstes nahm ich mir die Gesprächslisten vor. In den letzten Tagen hatte der Verstorbene elf Anrufe bekommen und selbst siebenmal telefoniert. Viel war das nicht. Falls er noch mehr Gespräche geführt hatte, so waren die Nachweise gelöscht. Außerdem gab es vier gespeicherte SMS, und in seinem Adressverzeichnis tummelten sich über 30 Personen, die meisten übrigens Männer.

Wie vorgehen? Es half nichts, ich musste sämtliche Namen und Telefonnummern abtippen. Auch Dad, hinter dem sich ein Festnetzanschluss irgendwo im Düsseldorfer Raum verbarg. Dazu Arnie, Ansgar, Bibi, zweimal Christian und wie sie alle hießen. Mit Schallmos Kontakten legte ich eine Worddatei an, die ich anschließend ausdruckte und überflog. Bei den aufgelisteten Namen schien es sich um den privaten Bekanntenkreis des Toten zu handeln; berufliche Einträge suchte ich vergebens, und Nachnamen waren nur bei den beiden Christians verzeichnet. Apropos Christian. Ich lud die Fotos von Schallmos Taschenkalender hoch, die ich noch am Morgen auf einen USB-Stick gezogen hatte, und versuchte erneut, den Eintrag von gestern zu entziffern. Diesmal war ich geneigt, meiner Ex recht zu geben. Die Variante Chir. schien tatsächlich glaubhafter als die ohne i. Trotzdem lockerte ich meiner Fantasie die Zügel. Christian 015 – das klang nach Notfallhubschrauber. Der zur Chirurgie flog. Um den Patienten in Zimmer 015 zu bringen.

»Depp«, brummte ich und strich sämtliche Frauennamen rot an. 13 Vornamen, hinter denen sich alles Mögliche verbergen konnte. Eine Freundin, eine Adoptivtochter, eine Patentante. Oder eine verheiratete Dame aus den besten Kreisen.

Schluss damit! Jetzt die vier SMS. Ob es da mehr zu holen gab?

Die Nummer eins: ›War schön mit dir, Toto. Komm uns

bald wieder besuchen. LG aus Berlin, Antje, Klaus & die Mädels.‹ Abhaken, harmlos.

Nummer zwei: ›Hey, du hattest recht, alter Besserwisser. Davies ist die 44,6 schon in LA gelaufen. 1 Bier für dich. Olli.‹ Auch nicht spannender. Olli würde sich das Bier sparen können. Sollte er es auf das Gedächtnis des ermordeten Besserwissers trinken.

Prost, Olli, nächste Botschaft: ›Do um 3 im Scenic? Gib kurz Bescheid, Nadja.‹ Na, das klang schon besser. Vor allem der Name klang gut: Nadja. Ich kontrollierte meine Liste. Komisch, da war sie nicht verzeichnet. Noch nicht? Eine neue Freundin, die man erst bei einem Kaffee im Scenic antesten musste? Oder bloß eine Kollegin, mit der die Projektwoche im Mai besprochen werden sollte? Ich notierte mir Nadjas Nummer. Vielleicht rief ich sie einfach mal an. Oder ich traf mich am Donnerstag mit ihr. Das war morgen.

Aber jetzt, SMS Numero vier: ›Thorsten bitte bitte melde dich. wir müssen uns sehn. so kannst du mich nicht hengen lassen. geheimnis.‹

Na, also! Ein Hoch auf die moderne Technik! Ich saß wohl eine geschlagene Minute vor den wenigen Zeilen und saugte die Buchstaben in mich auf, bis ich die Botschaft auswendig konnte. Geheimnis – was sollte das bedeuten? Ein doppeltes Bitte und keine Unterschrift. Die Nummer des Absenderhandys fand sich nicht auf der Liste; dann hätte ja auch der zugehörige Name aufscheinen müssen. Geheimnis … sehr seltsam. Und dann das falsch geschriebene ›hängen‹: Was Dr. Böker wohl dazu gesagt hätte? Wie ein Flüchtigkeitsfehler wirkte es nicht. Die Nachricht einer Ausländerin? Woher wusste ich eigentlich, dass die SMS von einer Frau verfasst worden war? Ich wusste es natürlich nicht, aber ich vermutete es.

Langsam tippte ich den Inhalt der Nachricht, Sendedatum und Handynummer ab. Die SMS stammte von gestern, 17.47 Uhr. Fünf Stunden später war ihr Empfänger ermordet worden. Denkbar, dass es da einen Zusammenhang gab. ›Wir müssen uns sehn‹ – womöglich hatten sich die beiden gesehen, und es hatte Streit gegeben. Ich musste unbedingt herausfinden, wo und wie Schallmo die Stunden vor seinem Tod zugebracht hatte.

Unschlüssig betrachtete ich die notierte Handynummer. Sollte ich anrufen? Hallo, junge Frau, warum haben Sie gestern Abend Thorsten Schallmo erschossen? Reizvoll wäre es. Wozu hatte ich das Mobiltelefon sonst mitgehen lassen? Moment, Max, nichts überstürzen. Vielleicht erfuhr ich durch die eingegangenen und getätigten Anrufe noch etwas.

Also wieder abtippen, ausdrucken, abgleichen. Unter denen, die sich bei Schallmo gemeldet hatten, waren zwei im Adressbuch verzeichnet: eine Luisa und einer der Christians. Beide Anrufe waren vorgestern eingegangen. Schallmo hatte hauptsächlich Festnetznummern angewählt, darunter kurz hintereinander drei Heidelberger Anschlüsse, die mit 58 begannen: das Kennzeichen der Stadtverwaltung. Da könnte es sich um eine schulische Angelegenheit gehandelt haben. Er hatte Christian zurückgerufen und gestern Mittag mit Bibi telefoniert. Die übrigen Nummern sagten mir nichts.

Zwei Personen hatten sich mehr als einmal bei Schallmo gemeldet. Zu der einen, deren Anrufe gestern und vorgestern über Tag eingegangen waren, gehörte eine lokale Festnetznummer. Hinter der anderen aber verbarg sich niemand anderes als die Senderin der geheimnisvollen SMS; sie hatte es gleich dreimal in den letzten beiden Tagen versucht.

Ich lehnte mich zurück. Erst mal ausgiebig strecken. Knack, knack, machte mein Kreuz. Solange es noch knackte, schien mir alles in Ordnung. Der Kratzer an meiner Hand brannte, und ich hatte zu wenig geschlafen. Vor allem aber tat es meinem Kreislauf nicht gut, länger als eine halbe Stunde vorm PC rumzuhängen. Der Bildschirm und ich, wir zwei würden in diesem Leben keine Freunde mehr. Ich gähnte und rieb mir die Augen. Bei wem sollte ich es als Erstes versuchen? Nadja?

Okay, nehmen wir sie. Hallo, Nadja, der Termin am Donnerstag ist abgesagt; willst du dich stattdessen mit mir treffen? Mal sehen ... Aber Nadja war nicht da, und die automatische Mailboxansage verschwieg ihren Nachnamen. Ich setzte ein kleines Minuszeichen hinter ihre Nummer.

Nächster Versuch. Das Geheimnis. Jetzt wurde es spannend, schließlich kannte ich vom Urheber der SMS weder Namen noch Geschlecht, von Alter und Beruf ganz zu schweigen. Andererseits war die Wahrscheinlichkeit, dass es sich um eine junge Frau handelte, mehr als groß. Ein Mädchen vielleicht, so verliebt wie verzweifelt. Drei Anrufe und eine Botschaft: So kannst du mich nicht hängen lassen, Thorsten! Konnte er also nicht. Und was, wenn doch?

Das interessierte mich. Ich griff nach meinem Handy und tippte die Nummer ein.

Es läutete nur zweimal. Dann hörte ich eine kratzige Stimme in den Hörer bellen: »Ja?«

»Hallo?«, sagte ich.

Pause. Ja – hallo. Zum Dialog des Jahres taugte das nicht. Ich hörte meinen Gesprächspartner am anderen Ende schnaufen. Ihn – denn es war ein Mann. Schon etwas älter vermutlich. Und er redete gern laut. Für alle weiteren Erkenntnisse war die eine Silbe zu kurz gewesen.

Er holte Luft. Achtung, da kam was!

»Ja?«

Was für eine Quasselstrippe!

Es half nichts, jetzt war ich wieder dran. Wie beim Tennis: Augen links, Augen rechts. Grundlinienduell. »Entschuldigung, mit wem spreche ich?«

Damit hatte er nicht gerechnet. Max Koller vorn am Netz! Ich wollte die Entscheidung – Hosen runter!

»Und Sie?«, kam der Gegenschlag. »Wer sind Sie?« Dann wieder Schnaufen.

Okay, es war noch kein Satzgewinn, aber der Vorteil lag auf meiner Seite. Advantage Koller! Ich wusste jetzt, dass mein Tennispartner definitiv außerhalb des deutschen Sprachraums aufgewachsen war. Rollendes r, kehlige Vokale, so was in der Art. Ein Turnier mit internationaler Beteiligung! Da konnte es schon mal vorkommen, dass man ›hängen‹ mit dem falschen Vokal schrieb. Es sollte auch untreue Gattinnen geben, denen so etwas passierte.

»Ja«, sagte ich, während mir all diese Gedanken blitzartig durchs Hirn fuhren. »Ja, das verrate ich Ihnen gern. Aber eigentlich habe ich Sie angerufen, also sind zunächst Sie am Zug.«

Wieder eine Pause. Offenbar hielt der Mann den Hörer zu, um sich mit irgendjemandem zu besprechen, denn außer Rauschen und Schaben vernahm ich nichts. Sein Trainer? Der Familienrat? Die erwähnte Gattin?

»Hallo?«, rief ich. Dann verstummten alle Geräusche. Komplett und für immer. Der Typ hatte das Gespräch beendet, einfach so.

»Aufgabe!«, knirschte ich. Rückzug am grünen Tisch! Sportlich fair sah anders aus.

Ich probierte es gleich noch einmal. Aber da tat sich nichts mehr. Kein Ausländer, keine Mobilbox, einfach niemand, der mit mir in den Tiebreak wollte. Endlich gab ich es auf, legte mein Handy zur Seite und tigerte eine Weile durch den Raum. Was bei acht Quadratmetern, auf denen sich ein Feldbett und ein Schreibtisch breitmachten, kein

Vergnügen ist. Nachdem ich mir das Knie zum dritten Mal angestoßen hatte, setzte ich meine Runden draußen im Hof fort. Die Sonne schien. Oben im ersten Stock öffnete sich ein Fenster. Es war die Oma mit den Apfelbäckchen. Eine blöde Formulierung, ich weiß, aber nur so konnte ich mir ihren Namen merken.

»Der Herr Koller! Schönes Wetter heute, nicht?«

»Tag, Frau Boskop. Sieht so aus.«

»Immer Arbeit, wie?«

»Immer Arbeit, Frau Boskop.«

Sie lächelte und machte sich daran, das Fenster wieder zu schließen. Ich überlegte gerade, was unser Dialog, von der sauberen Aussprache einmal abgesehen, dem mit dem lauten Ausländer voraus haben mochte, als mir etwas einfiel. Auf mein Gefuchtel streckte Frau Boskop ihr Apfelbäckchengesicht noch einmal in den Hof hinaus.

»Was ist denn?«

»Wie geht es Ihrem Mann, Frau Boskop?«

»Schlecht«, strahlte sie – eine Reaktion, die mich im ersten Moment irritierte, bevor ich mir sagte, dass das Omastrahlen allein meiner Anteilnahme galt. Meiner scheinbaren Anteilnahme, denn in Wahrheit interessierte mich ihr Mann überhaupt nicht.

»Er liegt doch in der Chirurgie? In welchem Zimmer, wenn ich fragen darf?«

»Ach woher, in der Kopfklinik liegt er. Auf Station 4.« Bass erstaunt blickte sie mich an. »Wollen Sie ihn etwa besuchen, Herr Koller?«

»Mal sehen.« Eine kaputte Wirbelsäule, aber dann in der Kopfklinik. Zustände waren das! Der alte Boskop war letzten Herbst von der Leiter gefallen. Bei der Apfelernte, standesgemäß. Jetzt stimmte etwas mit der Reihenfolge der Wirbel nicht mehr, es gab Komplikationen und ein Meer von Schmerzen, außerdem kassierte er jede Menge Krankenhaustagegeld – mit einem Wort: Frau Boskop sah ihren Mann kaum noch.

Ich verabschiedete mich, ging in mein Kabuff zurück, suchte im Telefonbuch nach der Nummer der Chirurgischen Universitätsklinik und landete an der Pforte.

»Guten Tag, mein Name ist Claudia Hollweg, was kann ich für Sie tun?«

Aha. Hier wurde in einer anderen Telefonliga gespielt als vorhin. Mit anderen Regeln: ich Dienstleister, du Kunde. Wir kämpfen nicht gegeneinander, sondern sind Teamplayer auf dem Weg zum gemeinsamen Ziel, der optimalen Serviceleistung. Brav!

»Ich würde gern meinen Onkel auf Zimmer 015 besuchen«, sagte ich. »Wie komme ich da hin?«

»Welche Zimmernummer bitte?«

»Die 015.«

Pause. »Die habe ich nicht in meinem Verzeichnis. Wie heißt Ihr Verwandter denn?«

»Ach, die haben Sie nicht? Sind Sie sicher? 015 – oder so ähnlich, mein Onkel schreibt ziemlich undeutlich.«

»Sagen Sie mir einfach seinen Namen, das geht am schnellsten.«

Okay, das war's dann wohl. »Boskop heißt er. Von der Leiter gefallen.«

»Moment.« Nur kurz herrschte Stille in der Leitung. »Hören Sie? Herr Boskop liegt nicht bei uns, sondern in der Kopfklinik. Auf Station 4. Wissen Sie, wie Sie dorthin kommen?«

»Ja, danke. Ich frage mich nur, warum er dann Chirurgie 015 aufgeschrieben hat. Sagt Ihnen das was?«

»Ein Patientenzimmer ist damit jedenfalls nicht gemeint.«

»Na, gut. Wiederhören.«

Ich beendete das Gespräch. Wir lagen also falsch, Christine und ich. Vielleicht lautete Schallmos Notiz ja doch Chr., ohne i. Oder er hatte bloß seinen neuen Kuli ausprobiert, komplett sinnfrei, und lachte sich jetzt auf irgendeiner Wolke schlapp über unsere verzweifelten Interpretationsversuche.

Damit hätte ich es eigentlich bewenden lassen können, aber wo ich schon einmal dabei war, wählte ich noch die Festnetznummer, von der aus Schallmo zweimal angerufen worden war. Kaum dass sich am anderen Ende jemand meldete, murmelte ich ein »Sorry, verwählt« und legte auf.

Nein, zum Frisör brauchte Thorsten Schallmo wirklich nicht mehr.

8

Im Englischen Jäger herrschte Weltuntergangsstimmung.

Maria war krank, und keiner wusste Genaueres. Die Bedienung, ein langer Lulatsch mit so viel Grips, dass es gerade noch zum Bierflaschenöffnen reichte, kam aus dem Achselzucken gar nicht mehr heraus. Er sei bloß angerufen worden, von der üblichen Aushilfsbedienung, die selbst nicht gekonnt habe, er eigentlich auch nicht, nur müsse er sich halt ein paar Kröten dazu verdienen, weil ihn die Eltern rausgeschmissen hätten und das Kind seiner neuen Freundin so viele Windeln brauche – äh, wie war die Frage noch mal?

»Ob du weißt, wo der O-Saft steht«, herrschte ihn Tischfußball-Kurt an.

»Glaub schon.«

»Dann her mit dem Zeug, aber dalli!« Der Junge trollte sich.

»Krank!« Der schöne Herbert schüttelte den Kopf. »Maria war noch nie krank! Nicht, seit ich hier bin.«

»Stimmt«, nickten die anderen an unserem Tisch. Ich selbst kannte den Englischen Jäger zwar erst seit gut zehn Jahren und damit nicht halb so lange wie Herbert, aber dass Kranksein in Marias Leben nicht vorgesehen war, konnte ich bestätigen. Wenn sie einmal fehlte, hatte sie in der Regel einen Gerichtstermin, um ein gutes Wort für einen ihrer Schutzbefohlenen, vulgo: Gäste, einzulegen, oder sie musste bei irgendwelchen Großhändlern antanzen. Pro Jahr gönnte sie sich eine Woche Urlaub. Aber krank? Niemals.

»Was fällt der ein?«, beschwerte sich Kurt, der neben mir saß. »Ich bin doch auch nicht krank!«

»Und unser Schachturnier?«, sekundierte Herbert. »Was wird aus dem?«

»Mit der Kneipe geht es bergab.«

»Das Bier schmeckt auch schon anders«, stellte einer am Nebentisch fest.

»Quatsch!«, sagte ich.

»Doch. Total anders! Hab ich gleich beim ersten Schluck gemerkt. Irgendwie komisch … keine Ahnung. Anders halt.«

»Wie anders?«

»Nicht so herb wie sonst, würde ich sagen.«

»Es schmeckt genau wie immer«, hielt ich dagegen. Der Typ war einen halben Kopf kürzer als ich. Von so einem ließ ich mir die Lufthoheit in Sachen Biergeschmack doch nicht streitig machen!

»Ich meine ja nur«, gab er klein bei.

»Und das Schachturnier?«, beharrte der schöne Herbert.

Mit seiner angeborenen Pessimistenmiene war er von uns allen am besten auf eine marialose Zeit eingestellt. Zumindest äußerlich.

»Kriegen wir schon organisiert«, beruhigte ich. »Nun stellt euch nicht so an. Hauptsache, der Getränkenachschub ist gesichert, und dafür wird Maria vorgesorgt haben.«

»Ja, aber was, wenn es deine Getränke nicht mal bis zum Tisch schaffen?«, erregte sich Tischfußball-Kurt. Er zeigte zum Tresen, wo dem langen Aushilfskellner gerade das Glas Orangensaft umgekippt war. Kurts Dackel schossen unter dem Tisch vor und knurrten solidarisch. Ihr Herrchen bekam schon wieder Flecken im Gesicht. Ausgeglichenheit hatte zwar noch nie zu seinen Charakterzügen gehört, aber selbst bei einem Dauercholeriker wie ihm gab es eine Art Tagesform. Und die war seit den Schüssen am Schlossblick alles andere als gut.

»Zu blöd, um ein Glas aufrecht hinzustellen!«, schimpfte er. »So einer müsste uns Trinkgeld zahlen und nicht wir ihm.« Dass im Englischen Jäger noch nie auch nur ein Cent Trinkgeld gegeben wurde, versteht sich von selbst.

Um Kurt abzulenken, fragte ich ihn nach seinen Erlebnissen bei der Polizei. Natürlich nur halblaut, im Zweiergespräch, und tatsächlich änderte sich sein Gesichtsausdruck sofort. Die roten Stellen wurden weiß, die weißen rot. Er fleckte gewissermaßen spiegelverkehrt.

»Bullen!«, stöhnte er auf. »Du, die haben mich vielleicht verhört. Die reinsten Stasimethoden! Drei Kreuze hab ich geschlagen, als ich heil wieder draußen war. Während dich der eine von vorn mit seinem Röntgenblick festnagelt, bläst dir der andere seine Verdächtigungen ins Ohr. Wollten natürlich wissen, ob wir die Leiche bewegt hätten. Immer wieder die gleiche Frage. Habt ihr den Schallmo bewegt? Ich: Nee, haben wir nicht. Die: Klar habt ihr. War also nur ein Trick! Fragen einen, was sie längst wissen. Dabei bin ich Zeuge, verdammt! Wäre fast abgeknallt geworden. Darf man so mit einem umgehen?«

»Natürlich nicht«, sagte ich, etwa in dem Ton, den mein Vater, der Pfarrer, immer bei seinen Hausbesuchen drauf gehabt hatte. »Das dürfen die nicht, Kurt. Aber was willst du machen?«

»Da hast du recht«, nickte er und nahm einen Schluck vom mittlerweile eingetroffenen Saft. »Einen Zeugen so zu behandeln! Die sollen froh sein, dass ich sie überhaupt informiert habe.«

»Genau. Was wollten sie noch wissen?«

»Na, wo das Handy abgeblieben ist. Das vom Schallmo. Ich konnte denen noch so oft erzählen, dass ich es nicht habe, sie glaubten mir einfach nicht. Kam mir am Ende vor wie ein Verbrecher! Ob ich das noch einmal durchhalte, weiß ich nicht. Ich meine, du brauchst keine Angst zu haben, dass ich dich verrate, Max, aber du kennst deren Methoden nicht. Die haben bestimmt Apparate, die deine Gedanken lesen können. Je nachdem, wie du gerade guckst oder die Nase hochziehst. Wenn ich dann sage, tut mir leid, Leute, ich weiß nicht, wo euer verdammtes Handy steckt, schrillt garantiert der Lügendetektor!«

»Moment, soll das heißen, dass du weißt, wer Schallmos Handy hat?«

»Mensch, Max, stell dich nicht blöder, als du bist! Fred hat mir vorhin verklickert, dass er dich darauf angesetzt hat. Ist doch klasse! So bist du den Bullen einen entscheidenden Schritt voraus.«

Ich verdrehte die Augen. »Diese alte Klatschbase! Je mehr davon wissen, desto schlechter. Wenn du es nicht erfahren hättest, könntest du dich vor der Polizei auch nicht verplappern.«

Kurt legte mir seine Hand auf den Arm. »Ich werde tapfer sein, Max. Sie können mich foltern, und ich werde nichts sagen. Auch nichts denken.«

»Das Letzte kannst du ihm glauben«, meckerte der schöne Herbert über den halben Tisch. Wir hatten uns also doch nicht leise genug unterhalten.

»Wer fragt denn dich, einarmiger Bandit?«, schnauzte ihn Kurt an. »Stell deine Lauscher auf Durchzug!«

Herberts Schulterstumpf zuckte, als wolle er dem Dackelbesitzer mit der amputierten Rechten eine langen. »Selber Bandit«, gab er kühl zurück. »Was hast du denn wieder angestellt, dass dich die Bullen verhören?«

Ich wollte die Wogen glätten, kam aber natürlich zu spät. »Angestellt?«, schäumte Kurt. »Ich bin als Zeuge geladen, als Opfer eines verheerenden Anschlags! Geht das in deinen Kalksteinbruch von Schädel rein? Fast hätte es mich gekostet, du Greis!«

»Beeindruckend«, grunzte Herbert.

»Frag den Max, wenn du mir nicht glaubst. Hätte der Typ nur ein paar Zentimeter daneben gezielt, könntet ihr euch heute darum streiten, wer meine Dackel übernimmt.«

Erst jetzt sah Herbert wirklich erschreckt aus. Dabei sind Coppick und Hansen die pflegeleichtesten Hundchen der Welt. Bloß einen Schlag haben sie, was niemanden wundert.

»Erzähl's ihnen, Max«, knurrte ihr Herrchen. »Mir glaubt ja wieder keiner.«

»Tja«, sagte ich mit all der Bedeutungsschwere, zu der ich fähig war. »Wo er recht hat, hat er recht. Manchmal sind es bloß Nuancen, die über Tod und Leben entscheiden.«

»Ein Anschlag auf Kurt?«, fragte Herbert. »Das schreit nach einer Erklärung.«

»Drunten im Hasenleiser hatte es ein Unbekannter auf

einen Lehrer abgesehen. Mit einer Knarre. Und weil der erste Schuss daneben ging, wären Coppick und Hansen fast zu Vollwaisen geworden.«

»Was?«, brüllte Kurt, der eben sein Glas angesetzt hatte und prompt etwas Saft verkleckerte. »Ich höre wohl nicht richtig? Auf einen Lehrer? Du meinst, ich wäre bloß so eine Art Kollagenschaden?«

»Kollateralschaden, wenn schon.«

»Beinahe-Kollateralschaden«, verbesserte Herbert.

»Koller-Totalschaden«, witzelte der Kleine, dem das Bier nicht schmeckte.

»Schnauze!«, wütete Kurt. »Das ist ja wohl das Dämlichste, was ich seit Langem … Der Typ hatte es doch nicht auf den Schallmo abgesehen. Sondern auf Fred und mich! Uns wollte er treffen, du Superdetektiv! Und dass ihm der Depp in die Schusslinie lief, da kann …« Er verstummte.

»Da kann doch der Schütze nichts dafür?«, vollendete ich. »Wolltest du das sagen?«

»Nein, wollte ich nicht!«

»Kurti, bitte schalt erst deinen Verstand ein, bevor du redest. Es ging nicht um euch. Es ging um Schallmo.«

Er starrte mich an. Seine Gesichtsflecken wechselten ihre Farbe im Sekundentakt. »Der glaubt das wirklich«, stotterte er schließlich. »Und so was nennt sich Detektiv! Der glaubt den Stuss, den er da von sich gibt, auch noch.«

»Sollen wir abstimmen, wer von uns beiden der Glaubwürdigere ist? Sollen wir? Na, also. Es gibt überhaupt keinen ernsthaften Grund anzunehmen, der Mörder hätte es auf dich oder Fred abgesehen.«

»Es gibt jede Menge Gründe«, stammelte Kurt. Seine Aggressivität war wie weggeblasen. Fast tat er mir leid, der alte Hitzkopf.

»Welche denn? Sag sie mir!«

»Na, alle! Ich meine, wieso braucht es da einen Grund? Vielleicht wollte der Typ einfach nur Blut sehen, so ein irrer Killer, das gibt's, Max, lies halt mal Zeitung.«

»*Diese* Zeitung lese ich nicht.«

»Oder er hat sich an meiner Nase gestört, an meinen Hunden, an Freds Imbiss, keine Ahnung. Ist doch deine Aufgabe, das herauszufinden!«

»Nasen gibt es wirklich schönere«, murmelte Herbert.

»Fred und sein Imbiss«, sagte ich, bevor Kurt seine schlechte Laune wiederfand. »Das könnte natürlich ein Ansatzpunkt sein. Über ihn weiß ich noch zu wenig. Wäre da ein Motiv denkbar?«

»Was für ein Motiv?«

Stöhnend griff ich nach meinem Bier. Kurts Begriffsstutzigkeit brachte mich noch zum Wahnsinn. An der Eingangstür wurde ein graubärtiger Mann im Norwegerpulli sichtbar. Leander, unser Philosoph. Auch so ein Held der Gedankenarbeit!

»Also, wirklich«, meinte Kurt ratlos, »was habt ihr immer mit euren Motiven und Gründen? Das ist doch Bullentalk. Die brauchen so Zeug für ihre Unterlagen, damit es später mit der Verurteilung glattgeht und alles schön zu den Paragrafen passt. Aber wir wissen doch, dass die Leute manchmal aus heiterem Himmel durchdrehen und um sich schießen.«

»Wissen wir das?«, fragte ich. Herbert nahm achselzuckend einen Schluck Bier.

Kurt suchte nach Worten. Dann merkte er, dass jemand hinter ihm stand. Es war Leander, der an seinem Rauschebart knibbelte. Über seinem heiteren Philosophenantlitz lag ein Schatten. Und tatsächlich, als sich alle Köpfe nach ihm umgedreht hatten, öffnete er den Mund und verkündete: »Sie ist gestürzt.«

Leanders Stimme klingt immer ein wenig alttestamentarisch, und so entstand nach seinen Worten eine andächtige Stille. Bevor ich auch nur eine vage Idee hatte, wen oder was er gemeint haben könnte, reckte sich der kleingewachsene Bierverächter von vorhin und rief: »Maria? Maria ist gestürzt?«

Leander nickte.

»Wie denn? Und wo? Wie geht es ihr?«

»Mit dem Rad«, antwortete der Bärtige überraschend präzise. »Sie wollte ausweichen. Diesen Menschen.« Er machte eine undefinierbare Handbewegung. »Leuten.«

»Fußgängern?«, fragte der Kleine.

Kopfschütteln.

»Radfahrern?«, fragte ich.

Kopfschütteln.

»Autos? Kindern? Einer Demonstration? Ausländern? Bullen? Den Typen vom Gesundheitsamt?«, so hagelten die Vorschläge auf den armen Leander nieder, der prompt ins Schwitzen geriet.

»Nein«, wehrte er sämtliche Einwürfe wie Tennisbälle ab. »Nein … sondern solchen Leuten auf Dingern …«

»Leute auf Dingern«, nickte der schöne Herbert. »Das dachte ich mir gleich.«

»Radfahrern«, wiederholte ich. Immer noch falsch. Leander stand vor unserem Tisch, seine Äuglein flackerten, der Mund schnappte auf und zu, über dem mächtigen Philosophenbauch wölbte sich der Strickpulli.

»Ich weiß nicht, wie die heißen«, keuchte er.

»Ist doch egal«, winkte Tischfußball-Kurt ungewohnt versöhnlich ab.

»Nein, das will ich jetzt wissen«, konterte Herbert, ebenso unerwartet biestig. »Wer ist schuld daran, dass wir hier ohne Wirtin sitzen?«

Alle Augen richteten sich wieder auf Leander, der aussah, als wolle er gleich in Tränen ausbrechen. Plötzlich jedoch hellte sich seine Miene auf. Er lächelte sogar. Dann stellte er sich kerzengerade hin und schloss die Augen. Mit beiden Händen setzte er sich etwas Unsichtbares auf den Kopf, anschließend hielt er sie vor den Bauch. Seine Finger umschlossen einen imaginären Lenker. Dabei summte er leise vor sich hin.

Verblüfft starrten wir ihn an. Ich weiß nicht, wie es den anderen ging, aber mich erinnerte Leander an einen Braunbärenopa auf Droge. Einen Meister Petz im Norwegerpulli, der ein Bärenschlaflied summte. Unverständliche Sätze aus seinem Mund waren wir gewohnt, aber dass er nun auch in Rätseln gestikulierte, war zu viel des Guten. Die halbe Kneipe verrenkte sich den Hals, um ja nichts zu verpassen.

»Hallo?«, rief schließlich einer an unserem Tisch. »Was gibt das jetzt?«

Leander schlug die Augen auf. Als er unsere ratlosen Mienen sah, schloss er sie wieder. Sein Oberkörper schwankte leicht hin und her, vor und zurück. Der Lulatsch von Bedienung kam mit neuen Getränken angetrottet und machte große Augen.

»Scheint eine Scharade zu sein«, meinte Herbert. »Zusammengesetzter Begriff oder einfacher?«

Vorsichtig kippte Leander seinen Oberkörper nach vorn. Sein Summen wurde lauter.

»Stell dein Zeug ab und verzieh dich«, herrschte Tischfußball-Kurt die Bedienung an.

»Klar, Chef«, nickte der Lange. »Soll ich dem Segwayfahrer auch was bringen?«

»Ah«, machte Leander und schlug die Augen auf. Dann umarmte er den Lulatsch und drückte ihm einen Kuss auf die Wange.

»Segway!« Mir ging ein Licht auf. »Das wolltest du uns sagen! Maria ist Segwayfahrern ausgewichen? Und dabei gestürzt?«

Mit glücklichem Nicken nahm unser Philosoph endlich Platz. Alles atmete auf. Das Rätsel war gelöst! Segwayfahrer, natürlich! Breitbeinig auf ihrem komischen Wackelbrett stehend, uns Fußvolk um einen Kopf überragend. Gut, dass in diesem Moment keiner von ihnen durch den Englischen Jäger rollte! Er wäre zerfleischt worden.

»Diese Horden verstopfen nur unsere Straßen«, rief Herbert kämpferisch. »Und jetzt bringen sie auch noch unbescholtene Bürger ins Krankenhaus.«

»Das gibt Rache!«

Tischfußball-Kurt ballte die Faust und rief, wenn ihm so einer über den Weg laufe, werde er ihn … nein, wenn ihm einer über den Weg fahre, werde er ihn … aber gnadenlos, darauf könnten wir einen lassen. Alle anderen schlossen sich an. Ich werde auch einen Schlachtruf beigesteuert haben. Jedenfalls ließen wir unsere Gläser und Flaschen klingen, bis Leander in eine plötzliche Stille hinein sagte: »Sie liegt nicht im Krankenhaus. Sondern zu Hause.«

»Wer? Maria?«

»Und sie freut sich über Besuch. Dass ihr einer mal einen Kaffee bringt oder was einkauft.«

»Klar!«, riefen wir. »Machen wir! Ehrensache!«

Dann sagte einer, bei ihm sei es in den nächsten Tagen allerdings schlecht, beruflich und so, Herbert meinte, er als Einarmiger sei ja wohl keine echte Hilfe, Tischfußball-Kurt sah sich rund um die Uhr in den Klauen der Verhörspezialisten, und der kleine Bierverächter hatte auch was vor.

»Vielleicht kannst du mal vorbeigehen, Max«, sagte Herbert.

»Ich?«, sagte ich.

»Klar«, rief Kurt. »Du hast das Händchen dafür!«

»Okay«, nickte ich. »Muss halt gucken, wann. Stecke ja gerade mitten in einem Fall. Aber wird schon. Irgendwie.«

Leander lächelte still vor sich hin.

Komisch, der Abend war dann recht bald zu Ende. Kurt ging als Erster, nachdem er mir noch einmal versichert hatte, sich lieber die Zunge herauszuschneiden, als jemandem zu erzählen, dass ich Schallmos Handy besäße. Daraufhin fragte mich der schöne Herbert, der alles gehört hatte, nach Schallmo und seinem Handy und überhaupt nach allen Einzelheiten des Hasenleiser-Falles. Das wiederum hatte allerdings auch etwas Gutes, denn als ich sagte, ich müsse noch mehr über die Rohrwaldschule in Erfahrung bringen, nannte er mir den Namen eines Lehrers, den er kannte.

»Bungert heißt der Mann. Super Typ, an den kannst du dich jederzeit wenden. Von wegen Infos und so. Wann willst du mit ihm sprechen?«

»Am liebsten schon morgen.«

»Ich rufe ihn an.« Herbert schnappte sich sein brandneues Smartphone und ging damit nach draußen. Im Englischen Jäger herrscht nämlich ein unausgesprochenes, dafür umso stärker überwachtes Handyverbot. Als er zurückkam, nickte er. »Alles klar. Du sollst morgen früh um halb neun zur Schule kommen.«

»Perfekt. Vielen Dank, Herbert!«

»Nichts zu danken«, grinste er. Und genau das irritierte mich. Denn Zufriedenheitsäußerungen auf Herberts Gesicht sind so selten wie Schnee im Heidelberger Sommer.

9

Als ich am nächsten Morgen die Rohrwaldschule erreichte, herrschte rund um das Gelände die denkbar größte Ruhe. Ich war etwas später dran als tags zuvor, der Unterricht hatte begonnen, und statt der drei Superklugen lehnte ein einzelner Raucher am Zaun. Dunkelbraune Locken wirbelten nach ganz eigenen Regeln um seinen Kopf. Auf seinem kräftigen Unterarm züngelte ein Tattoo, und vom Rasieren schien er nicht viel zu halten.

Ich wollte mich unauffällig an ihm vorbeidrücken, da warf er die Kippe in einen Metalleimer und hielt mich auf.

»Bist du der Max?«

Ich nickte überrascht.

Zack, klebte seine Pranke in meiner Hand. »Steve. Du wolltest mit mir quatschen.«

»Hoppla«, sagte ich. Wenn nicht mal mehr die Lehrer wie Lehrer aussehen – worauf kann man sich in dieser komplizierten Welt dann noch verlassen?

Doch es kam noch besser. »Also los«, sagte Steve und setzte sich in Bewegung. »Ich bin froh, dass du da bist. Auch wenn ich nach Herberts Beschreibung eher einen Klitschko junior erwartet hätte.« Dabei verabreichte er mir einen Schulterklaps, der mich fast kopfüber in den Schulhof stolpern ließ. »Egal, wir zwei schaffen das schon.«

»Klar schaffen wir das«, sagte ich. Keine Ahnung, worum es hier ging, aber mit Steve an meiner Seite würde ich alles schaffen. Wir durchquerten den Schulhof, umrundeten das Schulgebäude, bis wir zu einer Stelle kamen, an der ein in Kniehöhe abgesägter Baumstumpf aus dem

Boden ragte. Ringsum war das Erdreich so weit abgetragen, dass man die Wurzeln sah. Seitlich stand eine Schubkarre mit diversen Gartengeräten.

»Handschuhe dabei?«, fragte Steve. Und als ich ihn entgeistert anstarrte, meinte er: »Hat dir Herbert nichts gesagt? Nein? Hatte wohl Sorge, dass du kneifst. Hier, nimm meine.« Er zog ein paar Arbeitshandschuhe aus dem Hosenbund und warf sie mir zu. »Pass auf, ich erzähle dir alles, was du willst, aber das Trumm hier muss vor der nächsten Pause raus. Wir haben eine halbe Stunde Zeit.«

»Dieser Schrumpfkopf«, murmelte ich und zog die Handschuhe über. Deshalb hatte der schöne Herbert gestern Abend so gegrinst! Kann es sein, dass Einarmige eine ganz besondere Schadenfreude empfinden, wenn ihre Mitwelt beidhändig schuftet?

»Erst sägen wir alle Wurzelarme durch«, erklärte Steve und nahm zwei Stichsägen von der Schubkarre. »Dann setzen wir Hebel an und versuchen, das Ding frei zu wuchten. Das Herausheben ist dann nur noch ein Klacks.«

»Echt?« Was am Heben eines mannsdicken Baumstumpfs mit gigantischer Wurzel ein Klacks sein sollte, erschloss sich mir nicht.

»Sei froh, dass es ein Ahorn ist und keine Buche. Also, du hier, ich auf der anderen Seite.«

»Wird gemacht, Chef.« Ich stieg in die Vertiefung herab und setzte die Säge an. Vielleicht ging es leichter, wenn ich mir vorstellte, bei der Wurzel handle es sich um Herberts linken Arm.

Auf Steves Seite flogen bereits die Späne. »Und, Max, was willst du nun wissen?«

»Nichts Besonderes. Ob ihr bei euch im Lehrerzimmer ein Tattoostudio habt zum Beispiel.«

Er grinste. »Sagen wir mal so: Beim Einstellungsgespräch

kam ich in langen Ärmeln. Aber bei den Schülern hilft es enorm.«

Apropos. Hinter den Fenstern im Erdgeschoss der Schule rührte sich etwas. Dort lagen Klassenräume, in denen unterrichtet wurde. Kinderköpfe drehten sich zu uns, weiter hinten sitzende Schüler erhoben sich, um einen Blick auf uns zu erhaschen. Das Grinsen und Feixen nahm kein Ende.

»Muss das sein?«, moserte ich und wandte dem Publikum meinen Rücken zu. »Wenn ich hier schon gegen jede Begabung eingesetzt werde, brauche ich nicht auch noch Zeugen.«

»Aber gerade darum geht es doch. Was meinst du, wie du gerade in der Achtung der Kids steigst? Dass jemand quatschen *und* anpacken kann, ist für die eine echte Sensation.«

»Deshalb holst du die Wurzel während des Unterrichts aus dem Boden?«

»Logisch. Alles andere wäre vergeudete Zeit. Zu irgendetwas muss der Scheißbaum doch nutze sein. Wenn wir gedurft hätten, hätten wir ihn eigenhändig umgesägt. Unter Beteiligung der gesamten Schule.« Mit dem Handrücken fuhr er sich über die Stirn. »Wir mussten eine Firma kommen lassen, die uns den Kaventsmann schön säuberlich in drei Teile zerlegt hat. Dann durften die Schüler ran. Die unteren Klassen bekamen die Zweige, die mittleren die Äste und die Großen den Stamm.«

»Durften ran?«, fragte ich zweifelnd.

»Du weißt doch, wie es läuft. Am Anfang nörgeln alle und verdrehen die Augen, aber sobald sich der Erste getraut hat, ist das Eis gebrochen. Außerdem gab es Bonuspunkte fürs Zeugnis. Die Kids rissen sich schier darum zu helfen.«

Schade, dass ich keine Bonuspunkte zu verteilen hatte.

Ein paar Helfer hätte ich gut gebrauchen können. Mein Wurzelarm war viel widerspenstiger als der Steves. Wetterseite wahrscheinlich. Man kam auch schlecht ran, weil alles noch halb mit feuchter Erde bedeckt war.

»Können wir mal die Sägen tauschen?«, schlug ich vor. »Meine ist so was von stumpf.«

Steve reichte mir seine. »Du warst in Schallmos Klasse, habe ich gehört.«

»Ach, hast du? Von eurer Rektorin?«

»Nö, Schulhoftalk.« Verdammt, jetzt nahm sich der Kerl schon den dritten Ast vor! Der Sägentausch hatte sich nicht gelohnt, mit der neuen ging es eher noch schlechter. Jetzt bloß keinen Blick über die Schulter, zu den Grimassen am Fenster.

»Ich wollte mir ein Bild machen«, sagte ich. »Bei den Schülern war Schallmo nicht gerade beliebt, stimmt's?«

»Mäßig.«

»Und was war dein Eindruck von ihm?«

»Derselbe.«

»Das heißt?«

Steve richtete sich auf. »Schallmo war kein übler Typ. Er hätte bloß nicht Lehrer werden sollen. Irgendein Job in der freien Wirtschaft, im Sport oder dort, wo man was verkaufen muss. Smalltalk, kleine Gesten unter vier Augen, zwischen den Zeilen lesen: Das war sein Ding. Aber nicht vor jungen Menschen stehen, die ein Vorbild brauchen.«

»Du meinst, das war er nicht: ein Vorbild?«

»Eher das Gegenteil. Schallmo war wehleidig. Einer, der sich hintenrum gerächt hat. Der Leute gegeneinander ausspielte. Auf eine Art, die für Kinder nicht durchschaubar war, die sie aber sehr wohl gespürt haben. Die sind ja nicht blöd, unsere Hauptschüler. Auch wenn sie Grammatik mit ck schreiben.«

Oder hängen mit e, dachte ich. In diesem Moment schaffte ich den Durchbruch – der Ast hatte kapituliert. »Nennst du das Arbeiten?«, herrschte ich den immer noch aufrecht stehenden Steve an. »Während du hier rumlaberst, habe ich schon fast die Hälfte deines Pensums geschafft! Also halt dich ran, wenn deine Autorität nicht vor die Hunde gehen soll.«

»Autorität«, grinste Steve und setzte die Säge wieder an, »das ist der Punkt. Wenn dir die fehlt, brauchst du hier gar nicht erst anzutanzen. Es geht nicht um Macht oder Gewalt, sondern um Authentizität. Sobald die Schüler merken, dass der Typ dort vorn lebt, was er ist, fressen sie dir aus der Hand. Moment mal.« An mir vorbei blickend, richtete er sich langsam auf. Dann warf er die Säge zur Seite und spurtete los, Richtung Schulhof.

Überrascht drehte ich mich um. Wen oder was hatte Steve gesehen? Vielleicht einen Passanten in der Seitenstraße, die hinter dem Schulgebäude entlang führte. Oder drückte er sich bloß vor der Arbeit? Erst den tätowierten dicken Max markieren und dann kneifen! Von wegen Authentizität! Authentisch war nur ich, der echte Max, im verzweifelten Kampf gegen einen übermächtigen Gegner. Ja, sollten sie es hinter ihren Doppelglasscheiben nur sehen, wie ich mir den Schweiß von der Stirn wischte und die Ärmel hochkrempelte. Max gibt alles!

Als Steve zurückkehrte, hatte ich den zweiten Wurzelast durchtrennt und eine Blase an der Hand. Er kam nicht allein. In seinem Schlepptau befand sich ein zappliger junger Kerl, spindeldürr, dafür eine dicke Goldkette und in die Höhe gegeltes Haar – und der Begriff ›Schlepptau‹ war wörtlich zu nehmen, denn freiwillig wäre der Knabe nie und nimmer mitgekommen, das sah man ihm an.

»Wir haben Besuch«, verkündete Steve. »Mein Freund

Brutsch will uns unbedingt helfen, die Wurzel aus dem Boden zu kriegen. Gar nicht abhalten lässt er sich, stimmt's?«

»Ey, ich hab's im Rücken«, wand sich der Dürre. Sein pickliges Gesicht hing regelrecht schief vor verzweifeltem Grinsen. »Voll im Rücken, Herr Bungert, ich schwör. Der Doktor hat gesagt, ich darf nix Schweres arbeiten.«

»Wer spricht denn von Arbeit?«, rief der Lehrer und warf ihm einen Spaten zu. »Das hier ist Krafttraining! Super Bandscheibengymnastik, bekommst du von keiner Krankenkasse verschrieben. Ich schwör!«

»Echt, ich muss aufpassen.«

»Unser Brutsch hat nämlich noch einiges gutzumachen an seiner alten Schule«, erläuterte Steve. »Deshalb schaut er gern mal vorbei, um zu sehen, ob es was zu helfen gibt. Stimmt doch, Brutsch, oder? Nur deswegen bist du gekommen und nicht wegen anderer Sachen, ja? Also los, mach mal das Erdreich überall locker. Anschließend hebeln wir das Teil gemeinsam raus.«

»Andere Sachen?«, fragte ich. »Was für andere Sachen könnten das sein?«

»Gar nix«, errötete der Junge.

»Genau, gar nix«, echote Steve. »Spaten, marsch!«

Brutsch, erneut mit falschem Grinsen zwischen den Mundwinkeln, begann wahllos im Boden herumzustochern. Der Kerl war ja noch mehr Hänfling als ich! Steve Bungert mochte es verstehen, die Massen einzuspannen. Dafür haperte es an der Qualität seiner Arbeitssklaven.

»Der Brutsch kannte den Schallmo auch«, fuhr Steve fort, die Säge wieder zur Hand. »War sogar euer Klassenlehrer, richtig?«

Brutsch nickte.

»Dann erzähl dem Herrn Koller mal, wie ihr beiden euch verstanden habt, du und der Schallmo.«

»Gut«, murmelte der Junge und kratzte sich am Kopf.

»Wie bitte? Bisschen lauter, mein Freund!«

»Gut, Herr Bungert.«

»Ja, so gut, dass du ihm mal eine gelangt hast!«

»Das war ein Versehen.« Brutsch griente mich an. »Hab mich auch entschuldigt und einen blauen Brief bekommen.«

Steve hielt in seiner Arbeit inne. »Ein Versehen?«

»Ja, blöd war das. Wenn der Typ nicht …«

»Verdammt, mach weiter!«, herrschte ihn Steve an. »Sonst unterläuft *mir* gleich ein Versehen. Na also, geht doch.« Er trat einen Schritt zur Seite, weil Brutsch wie ein Wilder Erde wegzuräumen begann.

»Thorsten Schallmo bekam vor Kurzem eins aufs Auge«, warf ich ein. »Er fehlte sogar einen Tag in der Schule.«

»Das war ich nicht!«, rief Brutsch, kurz innehaltend. »Ehrlich, ich hab damit nix zu tun!«

»Sondern wer?«

»Keine Ahnung. Bin doch nicht mehr auf der Schule.«

»Du denkst also gleich an Schüler als Täter?«

»Sie doch auch.«

»Nun hör mal auf, so herumzufuchteln«, sagte Steve, »und warte, bis wir die letzten beiden Äste durchgesägt haben. Danach geht es ans Rauswuchten.«

»Kann ich vielleicht vorher verschwinden, Herr Bungert? Ich hätte da noch einen Termin, einen wichtigen.«

»Erst muss der Herr Koller erfahren, wie es zu der versehentlichen Ohrfeige kommen konnte.« Steve beugte sich über die Wurzel und setzte die Säge an. »Wollte der Schallmo nicht deine Taschen durchsuchen?«

»Meine Taschen? Nee, kann ich mich nicht erinnern.«

»Ich aber. Ganz genau sogar. Ich weiß auch noch, was er darin zu finden glaubte.«

»Nee, also das … Da war ja nix zu finden.«

»Weil du ihn nicht suchen ließest. Erst durfte er nicht, der Herr Schallmo, und nach der Ohrfeige wollte er nicht mehr. Habe ich recht?«

»Meine Taschen waren jedenfalls sauber, Herr Bungert. Nicht, was Sie jetzt denken.«

»Ich denke nicht, ich säge. Bist du fertig, Max?«

»Ja.« Ich zog den rechten Handschuh aus und besah meine Blase. Früher hätte ich so einen popeligen Hauptschulahorn allein aus dem Boden gerissen. Es musste am Beruf liegen, dass man derart verweichlichte. Privatdetektiv – auch nicht besser als all diese modernen Schreibtischtätigkeiten!

»Gut.« Steve umfasste den Baumstumpf mit beiden Armen, um daran zu rütteln. Die Sägerei hätten wir uns sparen können; das Ding bewegte sich keinen Zentimeter.

»Sind wir fertig?«, fragte Brutsch hoffnungsfroh. »Ich geh dann mal. Meine …«

Weiter kam er nicht. Steve packte den Knaben am Schlafittchen und stieß ihn in die Vertiefung, wo er fast der Länge nach hinschlug. »Danke für dein selbstloses Engagement, Püppchen«, grinste er. »Wir hätten es auch ohne dich geschafft, aber zu dritt geht es natürlich leichter.« Er nahm zwei lange Meißel von der Schubkarre, die er mit einigen Hammerschlägen flach unter die Wurzel trieb, und legte eine Stange unter ihre Kopfenden. Brutsch und ich hatten die Stange zu packen und nach oben zu ziehen. Dort, wo die Meißel steckten, löste sich unser Gegner einige Millimeter aus dem Erdreich, dann war Schluss. Wir keuchten.

»Der macht's nicht mehr lange«, meinte Steve und stieß Brutschs Spaten immer wieder an verschiedenen Stellen unter die Wurzel. »Los, hoch damit!«

Nichts. Wenn tote Bäume lachen könnten, würden uns jetzt die Ohren dröhnen.

»Dann versuchen wir es auf der anderen Seite.« Er zog die beiden Meißel aus dem Boden, um sie gegenüber in Position zu bringen.

Brutsch und ich sahen uns an. Sogar im ersten Stock waren sie jetzt auf uns aufmerksam geworden und drückten sich die Nasen am Fenster platt. Verdammt, wo blieben die Lehrer? Sorgte da keiner für Ordnung?

»Also, wenn du mich fragst«, meinte ich, »die Klasse dort oben sieht aus, als hätte sie ihren Beitrag zur Baumaktion noch zu leisten. Willst du sie um ihre Bonuspunkte bringen? Gegen geballten Schülerehrgeiz hat keine Wurzel der Welt eine Chance.«

»Das kannst du dem Brutsch nicht antun«, erwiderte Steve und tätschelte dem Dürren den Hinterkopf. »Er will den Baum unbedingt selbst rausholen, verstehst du? Denn würde er es nicht wollen, müsste ich mich fragen, warum er dann überhaupt hier ist. Und um das zu beantworten, müsste ich kontrollieren, was er in den Taschen hat. So wie damals der Schallmo, nur ohne Ohrfeige. Das ist unsere Abmachung.«

»Aber er hat bestimmt nichts in den Taschen, der Brutsch.«

»Das weiß ich doch. Er hatte ja auch letztes Jahr nichts drin, als ihn die Polizei am Bahnhof erwischte. Nur das, was ihm irgendeiner heimlich zugesteckt hatte. So böse ist diese Welt, und deshalb befreien wir sie jetzt von dieser Wurzel. Hoch, ihr beiden Luschis!«

Die beiden Luschis zerrten an der Stange, und tatsächlich löste sich die Baumwurzel mit krachendem Geräusch aus dem Erdreich. Was sie noch am Boden hielt, durchtrennte Steve mit dem Spatenblatt. Anschließend wuchteten wir den Stumpf gemeinsam aus der Vertiefung und in die Schubkarre, wo er mit dumpfem Aufschlag zu liegen kam.

»Und wo bleibt der Applaus?«, schnaufte ich. »Jubelnde Groupies, Autogrammwünsche, Ernennung zum Ehrenmitglied der Schule auf Lebenszeit?« Brutsch schaute nur bedröppelt auf seine schmutzigen Sachen. Auf der Spitze eines seiner weißen Plastiktreter ringelte sich ein Regenwurm.

»Gut gemacht, Jungs«, meinte Steve und bedachte uns beide mit einem Schulterklaps. »Und jetzt der nächste Baum. Hey, glotzt nicht so, das war'n Scherz. Dreht euch lieber mit dem Gesicht zu den Klassenräumen, damit alle sehen, wer dieses Heldenstück vollbracht hat.«

»Ich bin dann mal weg«, murmelte Brutsch. »Hat mich gefreut, Herr Bungert.«

»Und mich erst! Vor allem, weil du dem Herrn Koller noch ein paar Takte über deinen ehemaligen Klassenlehrer erzählen wirst.«

»Über wen?«

»Brutsch!«

»Ach so, über den Schallmo. Cooler Typ war das, ich schwör. Super nett und alles. Voll traurig, dass es den gekostet hat.«

Steve legte ihm einen Arm um die Schulter. Ganz ohne Kommentar, einfach so, als Geste der Freundschaft.

Brutsch schielte nervös auf Bungerts Hand. »Ich meine, das war er doch, ein cooler Typ, oder? Auch sportlich, klar, ey, war ja Sportlehrer.«

»Ein Grapscher?«, fragte ich so direkt, dass er zusammenfuhr.

»Nee«, versuchte er sich an einem Grinsen, »der Schallmo doch nicht. Weiß gar nicht, was das sein soll, ein Grapscher.

Dass er mit den Weibern konnte, hat doch damit nix … Vor allem mit den jungen. Und die mit ihm, aber sah ja auch gut aus, der Schallmo. Was ist denn, Herr Bungert?«

Steve, den Arm immer noch auf Brutschs Schulter, widmete ihm ein grimmiges Lächeln. »Nichts. Wir lauschen deinem Vortrag. Nur weiter!«

»Wie, weiter? Was soll ich denn noch …? Ich meine, jetzt, wo er tot ist, die arme Sau.«

»Na, wenn dir nichts mehr einfällt, könnten wir dem Herrn Koller die Turnhalle zeigen, die vor einem Jahr neu gestrichen werden musste.«

»Ach, das!« Brutsch verschluckte sich fast. »Stimmt, die Turnhalle. Das war ich aber nicht, ich schwör voll.« Ein kurzer Druck aus Steves Hand, und der Wicht rückte noch etwas enger an den Lehrer heran. »Keine Ahnung, wer das getan hat. Irgendwie schoben damals alle den Hass auf den Schallmo, wegen der Wette.« Er holte Luft. »Der war ja ein top Sportler, der Schallmo, absolut top. Hürden und so. Und in einer unserer letzten Sportstunden sagt einer, ich glaub, der Tarek war's, Herr Schallmo, sagt der, ich kann die 400 Meter jetzt schneller laufen wie Sie. Da hat der Schallmo aber nur gelacht. Ich meine, so richtig cheffig sah der nicht mehr aus, also der Schallmo jetzt, mit bisschen Bauch und alles, der Tarek aber auch nicht, der hat das nur so gesagt halt. Aber da waren noch andere, der Kevin und mein Kumpel Sigurd, die hatten echt was drauf fitmäßig, und als der Schallmo sagte, über 400 Meter schlägt mich keiner von euch Wichsern, da sind wir gleich …«

»Was hat er gesagt?«, unterbrach ihn Steve.

»Wer?«

»Der Schallmo.«

»Ach so, der hat gesagt, von euch … von euch Idioten packt mich keiner.«

»Hat er nicht gesagt.«

»Doch!«

»Herr Schallmo hat euch weder Wichser noch Idioten genannt, Brutsch.«

»Doch, ehrlich«, rief der Junge mit flatternden Augenlidern. »Vielleicht auch Spastis oder so was, aber das bestimmt! Über die Familie vom Sigurd hat er mal was mit Prägeriat gesagt. Der Schallmo war so drauf.«

»Meinetwegen. Und jetzt die Wette.«

»Ja, wo wir doch sicher waren, dass der Schallmo, dieser Hurenbock, keine Chance gegen uns hat. Tschuldigung, Herr Bungert, das hab nicht ich gesagt, sondern einer von den anderen, ich glaub, der Tarek war's. Genau, der Tarek: Hurrrenbock, mit ganz viel Türken-R. Voll asimäßig. Jedenfalls meinte der Schallmo, okay, wenn einer von euch schneller ist, lade ich die ganze Klasse zur Pizza ein. Dann hat er uns abgezählt und gesagt, vielleicht doch lieber zu Hamburgern.«

»Mit Kaltgetränk oder ohne?« Das war ich, nur um auch mal wieder was zu sagen.

»Keine Ahnung.«

»Egal, mach weiter.«

»Wir also alle Mann an die Startlinie, der Schallmo auch, und los! Der Tarek ist gleich abgekackt, aber der Sigurd und der Kevin, die waren dem Schallmo auf den Fersen. Und 100 Meter vor dem Ziel kriegt der einen Krampf oder so was, kann nur noch humpeln, und zack, rauschen die zwei an ihm vorbei. Da frag ich Sie, wer hat jetzt die Wette gewonnen?«

»Na, ihr.«

»Genau.«

»Wobei Schallmo mir gegenüber behauptete, beim Start einen Tritt in die Wade bekommen zu haben«, warf Steve ein.

»Voll die Ausrede«, empörte sich Brutsch, noch immer im Klammergriff seines Lehrers. »Aber voll, ich schwör!«

»Er hatte 20 Meter Vorsprung, bevor er die Verletzung bekam.«

»Na und? Im Ziel war nix mehr mit Vorsprung. Und als wir uns schon alle über die Pizza freuen, tönt diese scheiß Schwuchtel, es gibt nix, weil das war angeblich kein regulärer Sieg. Wir müssten noch mal gegen ihn antreten, wenn er wieder gesund wär. Voll die Verarsche, sag ich Ihnen!«

»Aber voll«, nickte ich.

»Und am nächsten Tag«, ergänzte Steve, »stand dann etwas sehr Unschönes über meinen Kollegen an der Turnhallenwand. Den genauen Wortlaut brauchen wir hier nicht zu wiederholen, denn …«

»Arschficker Schallmo«, knurrte Brutsch finster. »In Knallrot, voll die Riesenbuchstaben.«

»Ist ja gut, Kleiner. Jedenfalls gab es erheblichen Ärger, mit einigen Konsequenzen für alle Beteiligten.«

»Aber ich war's nicht. Und der Sigurd auch nicht.«

»Du siehst«, grinste Steve mich an, »es lief alles bestens zwischen Schallmo und seinen Schülern. Die totale Harmonie.«

»Kann ich jetzt gehen, Herr Bungert?«

Steve ließ den Jungen los. »Hau ab, Brutsch! Und ich warne dich: Du weißt, was dir blüht, wenn sie dich an der Schule erwischen. Das nächste Mal will ich dich auf der Arbeit besuchen und nicht im Knast.«

Brutsch, schon im Gehen, wandte sich um: »Das war blöd damals, Herr Bungert. Voll das Missverständnis. Ich …«

»Verschwinde!«

Der Dürre flitzte davon.

»Und vielen Dank für deine Hilfe!«, rief ihm Steve hinterher. Dann sah er auf seine Armbanduhr. »Es wird Zeit. Bringen wir das Trumm noch weg, dann muss ich in den Unterricht. Ich fahre, du hältst.« Seine Hände legten sich um die beiden Griffe der Schubkarre. Während er das Gefährt Richtung Schulhof steuerte, versuchte ich, den Baumstumpf zu stabilisieren.

»Netter Kerl, der Brutsch«, sagte ich.

»Ist er wirklich«, keuchte er. »Ein netter Kerl, mit dem es ein sehr unnettes Ende nehmen wird. Du siehst es kommen und kannst nichts dagegen machen. Mutter alleinerziehend, hat keine Kontrolle über ihn. Letztes Jahr saß er ein paar Wochen ein, wegen Drogenhandels. Hat natürlich Hausverbot in der Schule, aber was heißt das schon? Bis unsere Rektorin sich entschließt, die Polizei zu rufen, hat er sein Zeug längst unters Volk geworfen.«

»Es sei denn, er fällt einem Steve Bungert in die Hände.«

»Wenn ich seine Taschen ausgeleert hätte – du hättest nicht geglaubt, was du da siehst. Der Typ dealt mit allem. Wie oft war ich mit ihm bei der Arbeitsagentur! Vergeudete Zeit. Kalter Krieg auf beiden Seiten des Schreibtischs.«

»Handelt er auch mit Waffen?«

»Nee. Dazu ist er nicht der Typ. Nicht hart genug, der Brutsch.«

»Schallmo wurde erschossen. Deshalb meine Frage.«

»Schusswaffen sind mir im Unterricht noch nicht begegnet. Messer, ja. Damit spielen sie unter der Bank, meine Jungs. Ab und zu ist mal ein Schlagring dabei. Und natürlich behauptet jeder Zweite, er käme problemlos an eine Wumme ran. Pistole unterm Kopfkissen und solche Sachen. Aber untergekommen ist mir noch nichts.«

»Und wie war das nun mit dem Verhältnis von Brutsch zu Schallmo?«

»Zu Schallmo hatte kein Schüler ein gutes Verhältnis. Du

hast es ja gehört: Für die war er ein Trickser. Ein Falschspieler. Ein paar der Mädchen geierten nach ihm, wie Mädchen in diesem Alter halt nach Männern geiern, die einen auf sportlich-cool und verletzliche Seele machen.«

»Cool und verletzlich? Ist doch ein Widerspruch.«

»In deinen Augen vielleicht. Vorsicht!« Die Wurzel schwankte und wäre von der Karre gefallen, wenn ich mich nicht mit dem ganzen Körper dagegen gestemmt hätte. Steve setzte das Gefährt ab. »Der einen oder anderen konnte Thorsten schon imponieren«, fuhr er fort. »Eine 400-Meter-Hürdenbestzeit von 51 Sekunden ist ja auch nicht ohne. Aber wie gesagt: Er und die Schule, das war definitiv zum Scheitern verurteilt.«

»Hatte er keine feste Beziehung?«

»Der doch nicht! Feste Beziehung, das hieße ja, sich zu etwas bekennen zu müssen. Komm, bringen wir's hinter uns.« Er packte wieder an.

»Was weißt du von seinen Frauengeschichten?«

»Nichts. Ehrlich, mich hat das nie interessiert. Alles, was ich weiß, habe ich bei seinen Schülern aufgeschnappt.«

»Verstehe.« Gleich hatten wir es geschafft. Hinter einem Bungalow, der Hausmeisterwohnung wahrscheinlich, kamen mehrere Haufen mit Grünschnitt, Kompost und Ästen zum Vorschein. »Und was hast du da aufgeschnappt?«

»Zuletzt scheint er sich wieder mal eine ziemlich junge Freundin geleistet zu haben.«

»Wieder mal?«

»Schallmo war permanent am Tricksen, auch vor sich selbst. Nach der Devise: Wenn die 18-Jährigen auf mich stehen, muss ich ja noch jung und knackig sein.«

»Oder wenn ich die 400 Meter schneller rennen kann als meine Klasse.«

»Genau.«

»Aber Näheres über diese Freundin weißt du nicht?«

Steve schüttelte den Kopf. Vor dem Holzhaufen gab er der Karre ordentlich Schwung mit, riss die Griffe nach oben und ließ los. Wurzel und Schubkarre purzelten gemeinsam auf den Haufen.

Ich gab ihm die Handschuhe zurück. »Kennst du eine Nadja? Schallmo wollte sich am Donnerstag mit ihr treffen.«

»Nein, sagt mir nichts.«

»Und wofür würdest du Chir. 015 halten?«

»Irgendwas in der Chirurgie?«

»Ja, möglich. Da fällt mir ein: Schallmo soll ziemlich oft gefehlt haben. Sagten zumindest die aus seiner Klasse.«

»Allerdings.«

»War er vielleicht krank? Musste er sich vielleicht in der Chirurgie behandeln lassen?«

»Nicht, dass ich wüsste. Wegen der Verletzung damals beim 400-Meter-Lauf ist er gleich zum Orthopäden gerannt. Beziehungsweise gehumpelt. Da war aber nichts. Überhaupt würde ich von seinen Fehlzeiten nicht auf Krankheiten schließen.«

»Du hast ihn wehleidig genannt.«

»Auch das hat etwas mit Autorität zu tun. Wenn ich eine neue Klasse übernehme, stelle ich mich vor sie und sage: Leute, ich bin immer da für euch. Jeden Tag, hört ihr? Und wenn sie dann sehen, dass ich mich auch mit 40 Grad Fieber in die Schule schleppe, um nicht wortbrüchig zu werden, nehmen sie mich ernst.«

»Soll heißen, du hast noch nie gefehlt?«

»Nicht einen Tag«, sagte Steve.

Ich glaubte es ihm aufs Wort.

10

Ich hatte ganz vergessen, Steve Bungert danach zu fragen, was Frau Hufschmidt, die Rektorin, über mich und mein eigenmächtiges Vorgehen von gestern früh dachte. Womöglich war sie nicht ganz einverstanden damit. Und ob ich durch meine grandiose Wurzelaktion bereits wieder ausreichend Bonuspunkte gesammelt hatte, stand in den Sternen.

Also verbrachte ich die nächste Viertelstunde nicht auf der Bank mitten im Schulhof, sondern auf einem Mäuerchen neben der Hausmeisterwohnung. Von dort übersah ich einen großen Teil des Freigeländes und konnte gleichzeitig meinen Gedanken nachhängen.

Steve hatte sich noch nicht verabschiedet, als die ersten Schüler schon in die Pause strömten. Es waren Grundschüler, deren Freiheitsdrang sie wie Flipperkugeln von einer Seite des Hofs zur anderen schießen ließ. Vor dem nächsten Schwall staute und klumpte es sich an den Türen. Energie pur! Die Hauptschüler kamen ganz anders: gemessener, abgeklärter, gelangweilt. Hände in den Hosentaschen, Schultern hochgezogen, Schirmmütze falsch herum aufgesetzt. Schlurf, schlurf. Bloß keine überflüssigen Bewegungen! Wenn sich zwei im Vorbeigehen begrüßten, nahmen sie eine Hand aus der Tasche, aber nur kurz, um den anderen auf Hüfthöhe abzuklatschen. Vielleicht noch ein kleiner Schulterrempler, das war's. Wozu großartig Worte machen?

Wieder anders die Türken. Sie tänzelten auf den Schuhspitzen, wippten vor und zurück, zeigten geschmeidige Gesten. Auch das Begrüßungsritual war aufwändiger: Hand aus der Jacke, weit ausholen und in der Luft gegeneinander sausen lassen. Dann die Umarmung, Brust rieb an Brust. Breithüftig eingehakt die Mädchen, Kunstprodukte von den blondierten Haarsträhnen über die Nasenringe bis zum schreiend grellen Nagellack. Küsschen hier, Küsschen da. Kein Blick für die umherwuselnden Grundschüler.

In einer Gruppe von Jungs rauften zwei. Nur zum Spaß natürlich, die eigene Kraft wollte ausprobiert werden. Ellbogen in die Seite, ein Tritt gegen den Hintern, zack, zack, Knüffe und Boxhiebe. Dann wälzte sich der eine auf dem Boden, die anderen lachten sich schlapp, bis sie merkten, dass er sich tatsächlich wehgetan hatte. Sicherheitsabstand: Alles bewegte sich im Kreis um den Kumpel, gehörte nicht wirklich dazu, war keinesfalls verantwortlich. Gleichzeitig immer wieder Anteilnahme, Neugier, Kontakt. Jetzt rappelte er sich hoch, bekam eine helfende Hand gereicht, beschwerte sich. Irgendeiner hatte zu fest gedroschen! Du warst das! Ich doch nicht! Der da! Dir zeig ich gleich, wie es tut, wenn ich wirklich mal zuhaue! Ein Lehrer schritt ein, erkundigte sich. Nix passiert, Herr Soundso, geht schon. Wir tun nur so.

Ja, sie taten nur so. Der will doch bloß spielen! Freilaufende Hunde, Speed in der Gesäßtasche, Pistole unterm Kopfkissen. Die tut auch nur so. Spielzeugpistole. Und dann krachte es, ganz spielerisch, und ein Lehrer lag blutend auf dem Asphalt.

Der tut nur so. Der tat aber nicht so, der Schallmo. Der war wirklich tot, voll real. Krass, ey.

Ich kratzte mich ausgiebig am Kopf, um meine Einbildungskraft in Gang zu setzen. Doch der Motor stotterte. Irgendwie passte dieser Mord nicht zu Schülern, da konnte ich mir noch so viele Szenarien ausmalen. Man hasst einen Lehrer, okay. Man hasst ihn, weil er ein Feigling ist, ein Trickser und Weichei. Man will ihm mal so richtig eins auswischen. Der Kerl hat mir eine Fünf gegeben, die alte Sau! In Ethik. Wo er selbst rumhurt bis zum Infarkt. Klar, die Wut ist da. Und dann hat man Kontakt zu Waffen. Irgendwie, über Ecken. Der Papa vom Sigurd ist Sportschütze und sperrt seinen Schrank nie ab. Tareks großer Bruder prahlt mit einer Knarre. Dem Brutsch seine Drogenlieferanten handeln auch mit Pistolen.

Ja, möglich.

Und trotzdem wollte mir nicht in den Kopf, dass all dies zusammenkam: der Hass, die Gelegenheit und die tödlichen Schüsse auf dem Parkplatz vor dem Schlossblick. Herrgott, es waren doch Kinder! Sie beschmierten Turnhallenwände, ein ganz Verwegener langte seinem Lieblingsfeind auch mal eine – aber Mord? Im Dunkeln auf einem verlassenen Sportgelände warten, bis ihr Hassobjekt Schallmo vorbeikam, und dann abdrücken? Nee, Leute, nicht mit mir. Ich schwör!

Drüben knutschten zwei. Ich erkannte das frühreife Mädchen aus Schallmos Klasse, das einen gegelten Blondhaarigen mit einer Routine wegsaugte, dass man nur staunen konnte. Oder neidisch werden. Fikret jedenfalls stand umringt von einigen Freunden nicht weit entfernt und warf dem Paar einen verächtlichen Blick zu. Ein anderer Junge griff dem Blonden im Vorbeiflitzen von hinten zwischen die Beine. Das Mädchen zeigte ihm den Mittelfinger.

Eifersucht, ja, das konnte ich mir schon eher vorstellen. So stand es doch in jedem Ermittlerhandbuch: Eifersucht als nicht nur starkes und einschneidendes Gefühl, sondern vor allem als zielgerichtetes. Und zwar in jeder Lebensphase. Da ging es ans Eingemachte: er oder ich. Der Schallmo nimmt mir die Freundin weg! Dieser geile Opa fummelt an meiner Banknachbarin rum, ausgerechnet der! Scheiß auf Moral, ich blas ihn um! Der muss von der Erde verschwinden, ein für allemal! Wenn der weg ist, wird alles wieder gut …

Ja, so in der Art. Hass auf die Schule war immer eine Spur vage. Niemals nur auf einen Lehrer gerichtet, sondern stets auf das Große und Ganze. Im Extremfall mochte das zum Amoklauf führen, zur Abrechnung mit allem, auch mit sich selbst. Eifersucht dagegen war konkret, war auf die Vernichtung des Gegners angelegt. Und Schallmo mit seinen Frauengeschichten hatte den idealen Gegner abgegeben.

Aber um welche Frau ging es? Nadja? Die anonyme Verfasserin der SMS? Seine aktuelle Freundin? Vielleicht steckte hinter allen dreien ein und dieselbe Person. Wie auch immer, in diese Richtung musste ich weiterermitteln.

Ich blieb noch eine ganze Weile auf der Mauer sitzen. Es war warm in der Sonne. Irgendwo über dem Atlantik rotierte ein bärenstarkes Hoch und schubste milde Luft nach Mitteleuropa. Aus den Zweigen lugten die ersten vorwitzigen Knospen. Wenn schon der Winter kein echter Winter gewesen war, wie alle behaupteten, wurde es vielleicht wenigstens mit dem Frühling was. Ich hätte nichts dagegen.

Genug gefaulenzt, die Arbeit rief. Ich sprang auf die Füße. Längst waren die Schüler wieder in ihren Klassenräumen verschwunden, der Hof hatte sich geleert. Steve Bungert stand jetzt vor seinen Kids und achtete darauf, dass jeder Sägespan auf seinem T-Shirt wahrgenommen wurde. Von Brutsch keine Spur.

Als ich zu meinem Fahrrad kam, fiel mir der Zettel, der am Gepäckträger klemmte, sofort auf. Im ersten Moment dachte ich an Werbung. Im zweiten nicht mehr. Es handelte sich um ein in der Mitte gefaltetes DIN-A4-Blatt: der Ausdruck eines ziemlich grobkörnigen Fotos, das ein junges Mädchen zeigte. Darunter stand mit dickem Filzschreiber: ›SCHALLMO HURE!‹

Mein nächster Blick galt – komisch, aber es war so – meinem Fahrrad. Als ob ich fürchtete, der Filzstiftkrakler könne sich an Max Kollers Fortbewegungsmittel Nummer eins vergangen haben. Nur so, nebenher und zum Spaß, oder um zu unterstreichen, welche Wut ihn trieb. Wie auch immer, meine Furcht war unbegründet. Vorn am Lenker fletschte die Hupe ihre Teufelszähne, beide Reifen strotzten vor Luft, und sogar die Pumpe, die ich diesmal am Rahmen vergessen hatte, war noch da.

Schallmo Hure – zwei Worte, krauser Sinn. Ich drehte den Zettel um, stellte ihn auf den Kopf, hielt ihn dicht vor die Augen. Hübsches Ding, dieses Mädchen. 18 Jahre vielleicht, schwarze Haare, energisches Kinn, markante Nase. Eine Hauptschülerin? Den Dämchen, die ich vorhin beobachtet hatte, glich sie überhaupt nicht. Vom Stil her ganz anders, auch wenn das jetzt seltsam klang. Schade, dass das Foto nicht schärfer war. Außerdem zeigte es die Unbekannte nicht im Porträt, sondern aus einiger Entfernung, als sie gerade über den Bürgersteig schlenderte.

War das eine von Schallmos Freundinnen? Seine aktuelle womöglich? Die Hure des Lehrers, wie mir der Anonymus zu vermitteln suchte? Dass Schallmo selbst mit der Hure gemeint war, machte vielleicht grammatikalisch Sinn, inhaltlich eher nicht. Falls man einer Zweiwortbotschaft überhaupt mit Instrumenten der Grammatik zu Leibe rücken wollte.

»Schallmos Hure«, murmelte ich. »Schallmo, du Hure!« Noch zweimal wiederholt, und das Gekritzel wurde zum Mantra. Im Endeffekt war es gleich, wie genau man die Botschaft zu lesen hatte; um die Tatsache, dass der Schreiber auf Schallmos Verhältnis zu der Unbekannten verweisen und ihn so posthum diffamieren wollte, kam man nicht herum.

Ich sah auf die Uhr. Wenn ich noch eine halbe Stunde wartete, konnte ich Steve Bungert fragen, ob er das Mädchen kannte. Aber erstens glaubte ich nicht so recht daran, dass die Schwarzhaarige hier zur Schule ging, und zweitens gab es noch einen anderen, bei dem ich mich erkundigen konnte. Ich schwang mich aufs Rad.

»Lass mal sehen«, brummte Fred, als ich ihm das Foto auf die Durchreiche legte. Ich hatte das Blatt so geknickt, dass die Schrift nicht zu lesen war. »Da brauche ich meine Brille. Einen Moment.«

»Aber nicht spicken! Nur das Foto.«

Er nickte und setzte sich eine Lesebrille auf, die er aus seiner Hemdtasche gefummelt hatte. »Tja«, machte er. »Sieht nach der Dings aus, der vom College.«

»Welche Dings? Heißt sie vielleicht Nadja?«

»Den Namen weiß ich nicht. Aber die kommt ab und zu hier vorbei, zusammen mit ihren Schulfreunden. Heißer Feger, sag ich dir. Olé, olé, España!«

»Eine Spanierin?«

»Halb auf jeden Fall. Darf ich jetzt?« Er faltete das Blatt auseinander. »Schallmo Hure«, murmelte er. »Schau an. War die etwa auch mit dem Kerl zugange?«

»Das wollte ich dich fragen.«

Achselzuckend gab er mir den Zettel zurück und steckte die Brille wieder ein. »Was geht es mich an, wer mit wem zusammen ist oder sich gerade wieder getrennt hat. Verlierst ja eh den Überblick bei dem ganzen Gemauschel. Mich interessiert bloß, wer wie viele Würstchen bei mir isst.«

»Und? Prophezeiung eingetroffen? Der Laden brummt wie nie?«

Grinsend entblößte der Imbissbesitzer eine Reihe eingedunkelter Zähne. »Ich kann nicht klagen. Vier Kannen

Kaffee seit heute Morgen, das ist Rekord. Da hat es sich richtig gelohnt, schon um acht aufzumachen.«

»Und wie war's bei den Bullen?«

»Ach, die!« Wegwerfende Handbewegung. »Musste halt alles noch mal erzählen, anschließend noch mal und dann unterschreiben. War froh, als ich wieder draußen war.« Er kratzte sich am Kopf. »Bei denen in den Gängen riecht's immer so komisch. So nach alter Farbe oder Plastik … oder sie kippen sich was in den Tee. Würde ich wahrscheinlich auch, wenn ich Polizist wäre.«

»Ich werde mich erkundigen. Aber zurück zu dem Mädchen: Du sagtest etwas von einem College?«

»Kurpfalz College. Kennst du das nicht? Ist hier gleich um die Ecke.«

»Gleich um die Ecke ist die Rohrwaldschule.«

»Um die andere Ecke. Hier, diese Richtung.« Sein Finger wies nach Osten. »So ein privater Eliteschuppen. Kann sich natürlich nicht jeder leisten.«

»Ein Elitegymnasium?«, lachte ich. »Also exakt das Gegenteil zur Rohrwaldschule. Das nenne ich ein lustiges Zusammentreffen. Und du mittendrin!«

»Das Gegenteil? Ich weiß nicht. Die Collegekinder tragen andere Klamotten als die Hauptschüler, und wahrscheinlich können sie Shakespeare rückwärts im Original, aber sonst? Würstchen mögen sie alle.«

Klar, Würstchen mochte jeder. Von den paar Vegetariern auf unserem Planeten einmal abgesehen. Das war ja fast eine philosophische Einstellung, die Fred da zum Besten gab. Sollten sich andere ein Scheibchen – ein Würstchenscheibchen, genau – davon abschneiden. Während er einen älteren Herrn bediente, der auf einen Kaffee und eine Rosinenschnecke vorbeikam und natürlich gleich das Gespräch auf den Toten von vorgestern brachte, ließ ich mir die neuen

Informationen durch den Kopf gehen. Dass es eine Reihe von Privatschulen in Heidelberg gab, wusste ich, mehr aber auch nicht. Doch: Marc Covet hatte mal erzählt, dass sie den staatlichen Gymnasien ordentlich Konkurrenz machten, weil ihr Ruf so gut war. Angeschaut hatte ich mir noch keine von ihnen, wozu auch. Kurpfalz College … So richtig hübsch fand ich das Aufeinandertreffen der alten Regionalbezeichnung mit dem trendigen Anglizismus ja nicht. Aber wer fragte schon einen konservativen Privatflic, der an seine Schulzeit alle möglichen Erinnerungen hatte, nur keine guten?

»Nicht zu fassen«, sagte der ältere Herr kauend. »Erschossen, einfach so! Und das bei uns! In welcher Welt leben wir eigentlich?«

»Auf einem kugelrunden Planeten«, antwortete Fred gleichmütig, »der durchs Weltall eiert und in ein paar Millionen Jahren nicht mehr existiert. Dann fragt keine Sau nach uns.«

Der Mann hörte auf zu kauen und warf mir einen Hilfe suchenden Blick zu.

»Da hat er recht«, meinte ich.

»Und deshalb«, fuhr Fred fort, »sollten wir unsere wenigen verbleibenden Stunden hier genießen. Noch ein Käffchen, Herr Weber?«

Der Mann nickte erleichtert.

»Übrigens ist das gar nicht so erstaunlich«, sagte Fred, während er einschenkte. »Das mit dem College hier unten. Soviel ich weiß, existiert das Ding erst seit 20 Jahren. Und nun finde mal in Heidelberg eine passende Immobilie in bester Lage! Auch so eine Privatklitsche hat nicht unbegrenzt Geld.«

»Was weißt du noch über das Mädchen? Alter, Klassenstufe, Freunde?«

Er schüttelte den Kopf. »Nichts, gar nichts. Bin doch keine Tratschtante, Max.«

»Das ist er wirklich nicht«, pflichtete sein Kaffeekunde bei.

»Sie hat gern Jungs um sich – oder sagen wir so: Die Jungs vom College haben sie gern dabei. Kann man ja verstehen. Aber einer von denen ist ihr Freund, glaube ich. So ein Blonder. Wobei: Wissen tu ich es nicht.« Nachdenklich fuhr er sich übers Kinn, während sein Blick in die Ferne schweifte. »Wenn mich nicht alles täuscht, hat ihre Klasse gerade Sport.«

»Jetzt? Wo?«

»Na, da drüben.«

Ich folgte seinem Blick. »Drüben? Du meinst, auf dem Sportgelände?«

»Die Stelle, wo der Mörder stand, ist noch abgesperrt. Aber die Laufbahn und die Sportplätze dürfen wieder benutzt werden. Die Gruppe, die dort Basketball spielt, das sind sie.«

»Dann werde ich das gleich mal überprüfen.« Ich steckte den Zettel ein und ging.

11

Fred mochte Probleme mit der Nahsicht haben; auf größere Entfernung funktionierten seine Augen einwandfrei. Durch die Umzäunung erkannte ich die Gesuchte sofort. Ein heißer Feger, hatte der Imbissbesitzer sie genannt. Besser hätte ich es auch nicht ausdrücken können. Zusammen mit einer Handvoll anderer Mädchen fegte sie über ein

Basketballspielfeld. Aber wie! Zack, hatte sie ihre Kontrahentin angerempelt und den Ball erobert. Ihre schwarzen Haare flogen. Dann ein Abspiel, das daneben ging. Fluchend stampfte sie mit dem Fuß auf. Ein hübscher kleiner Wutausbruch einer hübschen jungen Dame.

Das war mein erster Eindruck der angeblichen Schallmo-Hure, und ich wollte ihn vertiefen. Also schritt ich an Hecke und Zaun vorbei bis zur Straße, wo sich der Zugang zum Sportgelände befand, ein altes, verrostetes Tor. Es stand offen.

Niemand beachtete mich, als ich mich mit etwas Abstand zu den Basketballplätzen auf einem Betonwürfel niederließ. Auf dem Feld neben dem der Mädchen trainierten die Jungs der Klasse. Insgesamt waren es nur 15 Schüler, dazu ein Lehrer. Ihre Taschen und Rucksäcke lagen wild verstreut am Spielfeldrand, Plastikflaschen standen herum.

Privatgymnasium – das sah man. Ja, man sah es, Vorurteile hin oder her. Zumal mit meinen noch frischen Erfahrungen von der Hauptschule, oder wie das Ding jetzt hieß. Die Schüler hier trugen nicht nur andere Klamotten, hatten andere Sporttaschen und andere Frisuren. Sie verhielten sich auch völlig anders. Okay, sie waren etwas älter, zwischen 16 und 18, meiner Schätzung nach, aber das spielte keine große Rolle. Die Ironie, mit der sie ihre Spielzüge kommentierten, zeugte von Überlegenheit, da saß jede Bemerkung. Bei den Hauptschülern ging es immer um Selbstbehauptung; so etwas hatten die hier gar nicht erst nötig. Sie schöpften aus einer Sicherheit, die irgendwo tief drinnen saß. Hinterm Bauchnabel wahrscheinlich. Ich bin ich.

Stimmte das?

Ich legte ein Bein über das andere, nahm sozusagen Talkshowhaltung ein und fing an mich zu befragen. Nun mal ehrlich, Herr Koller: was, wenn Sie nichts vom Kurpfalz College gewusst hätten? Hätten Sie diese Jugendlichen trotzdem für Schüler eines Elitegymnasiums gehalten? Für Kinder reicher Eltern? Richter und Ärzte, Akademikerhaushalt, und zum Frühstück eine dicke Portion Ehrgeiz aufs Ganzkornbrot – hätten Sie?

Tja. Hätte ich? Räusper, räusper. Lassen Sie es mich so ausdrücken … Doch, ich glaube schon. Wer kann schon aus seiner Haut? Natürlich war es eine Äußerlichkeit, ob die Poritze aus der Discounterjeans lugte oder das längsgestreifte Hemd aus der Barbourjacke, aber sie entschied, welche unserer Schubladen sich öffnete. Der Typ dort vorn mit den dicken Lippen und der blonden Föhnwelle, der nur die sparsamsten Bewegungen machte – wenn dem nicht blaues Blut in den Adern floss, fraß ich einen Besen! Einen dicken Besen.

»Sie wissen doch, Herr Jauch«, seufzte ich weltschwer, »was wären wir einfachen Leute ohne unsere Vorurteile?«

Ich weiß nicht, ob der Blonde mich gehört hatte, jedenfalls sah er in diesem Moment zu mir herüber. Und ich bin sicher, dass er mich im Bruchteil einer Sekunde und völlig unbewusst ebenso vulgärsoziologisch einordnete wie ich ihn: Hartz IV-Empfänger. Sportplatzrumlungerer. Könnte sich mal gescheite Schuhe kaufen. Zerrüttete Ehe, garantiert. – So dachte er, garantiert! Dieser blasierte Adelsspross! Brr … Besser nicht hinschauen.

Nein, besser zum anderen Feld hinüberlinsen. Dort, wo es heiß über die Asche fegte, meiner Unbekannten sei Dank. Die hatte aber auch einen Ton drauf gegenüber ihren Mitspielerinnen! Bewegte sich wie ein Mann, setzte ihre Ellbogen ein, die Schulter, das Mundwerk. Welche Körperteile sie wohl bei ihren Klassenkameraden einsetzte? Interessante Frage. Oder bei älteren Herrschaften? Noch interessanter. Dass es da etwas einzusetzen gab, dafür hatte Mutter Natur gesorgt. Geradezu im Übermaß gesorgt, wobei die Schwarzhaarige gertenschlank war. Dort, wo man schlank zu sein hatte. Elite halt, auch in körperlicher Hinsicht.

Ich war gerade bei der existenziellen Überlegung angelangt, wie man die Attraktivität junger Mädchen angemessen beschrieb, ohne dass man sich lächerlich machte, als mir ein brauner Felsbrocken aus dem All vor die Füße fiel. Bevor ich reagieren konnte, spritzte das Ding an mir vorbei, und ich bekam eine Ladung Steinchen in die Fresse. Hinter mir raschelte es. Der Basketball war im Gebüsch gelandet. Aus der feixenden Knabentruppe löste sich einer – mittelgroß, kräftig, mehr Schlauheit im Gesicht als Pickel, ein rundum netter Bursche – und kam händefuchtelnd auf mich zugeeilt.

»Sorry, Mister«, rief er, ohne sich das Lachen verkneifen zu können. »War nicht persönlich gemeint. Offensive Verteidigung, da geht schon mal was daneben.« In seinem Rücken klatschten sie sich vergnügt ab.

Ich wischte mir die Krümel von der Backe. »Schon klar. Ich hätte mir euer Spiel ja auch aus der VIP-Lounge anschauen können. Oder live im Fernsehen.«

Mit langem Arm fingerte der Kräftige den Ball aus dem Grünzeug. In seinem ausrasierten Nacken glänzte der Schweiß. Er trug ein weinrotes Poloshirt und karierte Shorts mit überlangem Bändel. Nicht unbedingt das, was ich als Sportlerkleidung bezeichnen würde.

»Die anderen wollen uns noch abfangen«, grinste er und lief zum Spielfeld zurück. »Drei Punkte, aber da haben sie sich geschnitten, Sie werden's sehen.«

»Werde ich«, murmelte ich. »Allerdings nur mit Schutzbrille.«

Na, dann hatten die Jungs wenigstens noch ein heiteres

Intermezzo vor ihrem finalen, blutigen Kampf um die entscheidenden drei Punkte. Gut gelaunt ging es weiter. Und ihr Lehrer, der Feigling? Anstatt sich wortreich bei mir zu entschuldigen, tat er die ganze Zeit so, als sei er mit den Mädchen beschäftigt. Wo blieb dein pädagogischer Auftrag, Sportskanone? Deine Schutzbefohlenen wollten erzogen werden, die wussten gar nicht, wohin mit ihrer Kraft! Wahrscheinlich hatte der Typ einfach Schiss, seit einer seiner Fachkollegen nur wenige Meter von hier seine Laufbahn beendet hatte. Mit Recht!

Die restlichen Minuten der Sportstunde – viele waren es nicht – verbrachte ich in totaler Bewegungslosigkeit auf meinem Betonblock und bemühte mich um ein professionelles Pokerface. Neben mir hätte ein Meteorit einschlagen können, und ich hätte nicht mit der Wimper gezuckt. Einmal sah die Schwarzhaarige zu mir herüber; ob meine Coolness sie auch nur im Geringsten beeindruckte, war jedoch nicht zu entscheiden.

Schlusspfiff. Der mit den karierten Shorts ballte die Fäuste und klatschte seine Jungs ab. Na und? Zu den Mavericks kommst du doch nicht. Obwohl – vielleicht hielt sein Daddy ja Anteile an dem Club. Egal, die Jungs frotzelten und neckten einander, was die Stimmbänder hergaben, nuckelten wie Säuglinge an ihren Flaschen, kratzten sich bedächtig unter den Achseln. Bei den Mädchen gab es derweil einen heftigen Disput zwischen meiner Unbekannten und einer Klassenkameradin. Die, hochgeschossen und knochig, hielt der Schwarzhaarigen offenbar vor, überhart eingestiegen zu sein, und lüftete zum Beweis ihr T-Shirt. Was kein echter Beweis war, denn wer gegen diese Beckenkochen stieß, gefährdete sich nur selbst. Trotzdem flogen die Vorwürfe hin und her wie zuvor der Basketball, und Schallmos Schöne ließ es auch in dieser Disziplin nicht an Einsatz mangeln. Es ging schließlich um die entscheidenden drei Punkte! Offensivverteidigung! Gleich würde sie ihrer Kontrahentin eine Ohrfeige verpassen. Der Langen eine langen!

»Wenn du ein Problem mit mir hast, gib's doch zu!«, giftete sie von unten.

»Bring du lieber deinen Hormonhaushalt in Ordnung!«, plärrte die andere zurück.

Und genau hier, im spannendsten Moment der gesamten Sportstunde, entschloss sich Lehrer Unsichtbar zur Rematerialisierung. Eilte herbei, die Trillerpfeife noch im Mundwinkel, hob beschwichtigend beide Hände, predigte Frieden, Versöhnung, Liebe. War das jetzt korrekt, du Halbtagspädagoge? Schwelende Konflikte unter den Teppich kehren, wo sie weiter schwelten und am Ende das ganze Haus, dein sauberes Kurpfalz College, in Brand setzten? Die Knochige drehte denn auch schmollend ab, sofern man derart schmallippig überhaupt schmollen kann, verfolgt von den Wutblitzen der Spanierin. Der Sportlehrer zuckte die Achseln und trollte sich.

Schade. Gegen so ein bisschen Staubcatchen zweier durchtrainierter junger Damen hätte ich ausnahmsweise nichts einzuwenden gehabt.

Und nun? Das Sportgelände leerte sich rasch. Taschen und Getränke wurden eingesammelt, dann ging es in Richtung Halle, zum Umkleiden. Ich war gedanklich schon auf dem Heimweg, als ich, mit den Augen immer nah an der Unbekannten, ein Wort aufschnappte: Schlossblick. Sie sagte es zu dem Blonden mit der Föhnwelle und zeigte dabei über die Schulter, zum Parkplatz. Der Blonde schaute kurz auf die Uhr, bevor er nickte.

Zum Imbiss wollten sie? Zwischen Sport und der Theater-AG noch rasch eines von Freds Würstchen futtern?

Wenn das mal keine Gelegenheit war! Ich stand auf, entfernte das letzte Steinchen von meiner Backe und verließ das Sportgelände.

Fred wunderte sich ein bisschen, mich schon wieder zu sehen, doch er schwieg. Qualität setzt sich eben durch, dachte er wahrscheinlich. Aus seiner Kaffeeecke kamen heftige Koch- und Spuckgeräusche.

»Fünfte Kanne?«, fragte ich, auf die Kaffeemaschine zeigend.

»Fünfte Kanne«, nickte er. »Willst du auch einen?«

»Ja, schieb mal rüber.«

Er nahm die Kanne aus der Halterung, um mir einzuschenken. Ein Tropfen Kaffee fiel auf die Wärmeplatte und verdampfte zischend. »Und du? Hast du mit dem Spaniermädel gequatscht?«

»Woher weißt du eigentlich, dass sie Spanierin ist?«

Stirnrunzelnd stellte Fred die Kanne zurück. Wenn er nicht dieses Hundegesicht gehabt hätte, hätte man seinen Blick glatt mit ›blöde Frage‹ übersetzen können. So war es nur der Ausdruck purer Selbstverständlichkeit, mit dem er ein imaginäres Handy gegen sein Ohr hielt und zu brabbeln anfing: »Hasta la vista, Barcelona olé, muchacha amor.« Er legte wieder auf. »Wenn eine so daherquasselt, wird sie doch wohl Spanierin sein.«

»Oder Mexikanerin. Hat sie wirklich muchacha amor gesagt?«

»Mann«, stöhnte er. »Das war'n Beispiel!«

»Schon gut. Sie kommt übrigens gleich hierher. Dass du mir nichts von mir und meinem Beruf ausplauderst! Ich bin nur ein Kunde, verstanden? Komplett pH-neutral.«

Fred verdrehte die Augen. Jetzt hielt er mich wohl endgültig für minderbemittelt.

Kurz danach standen sie neben mir an der Durchreiche.

Die Unbekannte trug eine Sonnenbrille, die etwa die Hälfte ihres Gesichts bedeckte, der Blondgelockte hatte seine in den Ausschnitt seines Hemds gehängt. Beide hatten sich umgezogen und rochen intensiv nach Deo.

»Morgen«, sagte der Junge mit überraschend tiefer Stimme. »Machst du mir ein Schinkensandwich, Fred? Und 'ne Cola.«

»Für mich auch eine Cola«, ergänzte das Mädchen.

Danach herrschte Schweigen. Ich nippte an meinem Kaffee, die beiden bekamen ihre Coladosen, Fred schmierte das Sandwich. Während ich noch überlegte, mit welcher Frage ich die Stille durchbrechen könnte, meldete sich der Junge zu Wort.

»Blöde Geschichte, das mit dem Schallmo.« Dabei drehte er sich um, so dass er in Richtung Sportgelände blicken konnte. Die rot-weißen Absperrbänder flatterten im Wind.

Seine Bemerkung war an niemand Bestimmten gerichtet, und so ließ Fred, mit dem Sandwich beschäftigt, auch nur ein vages Brummen hören.

»Du warst hier, als es geschah«, fuhr der Blonde fort.

Fred hielt inne und zeigte mit dem Messer nach oben. »Dort ist der erste Schuss rein. Es hätte mich genauso treffen können wie den Schallmo.«

Wieder eine Pause. Die schöne Namenlose knipste mit rotlackierten Fingernägeln an ihrer Coladose herum, der Junge knetete seine Unterlippe.

»Ey, das ist doch scheiße«, murmelte er schließlich.

Obwohl es rund um den Schlossblick kein Echo gab, hallte dieser Satz noch lange nach. Was für ein Vokabular! Und das aus dem Mund eines geleckten Eliteschülers! Entweder nahm ihn Schallmos Tod mehr mit, als sich seiner ausdruckslosen Miene ablesen ließ, oder das hitzige Gefecht um den letzten Korbleger hatte sein Sprachzentrum durchgeschüttelt. Oder, ganz anders: Er fand, es hatte den Falschen getroffen! Brillante Theorie, Max Koller. Wenn der Blonde dem Imbissbesitzer eine Kugel an den Hals wünschte – wo wollte er dann in Zukunft seine Sandwiches herbekommen?

»Die ist so was von krank, die Laura«, ließ sich das Mädchen hören. »Absolute Mattscheibe, diese Frau. Fast zwei Meter lang, aber zimperlich wie ’ne Konfirmandin.«

Das wurde ja immer interessanter. Am liebsten hätte ich mitgeschrieben. Erstens: Señora Schallmo-Hure sprach Deutsch wie eine Muttersprachlerin. Na, das hatte sich ja schon auf dem Sportplatz angedeutet. Zweitens: Anstatt in das Lamento über das Opfer einzustimmen – mit dem sie immerhin ein Verhältnis gehabt haben sollte –, zickte die Schöne wegen einer Klassenkameradin rum. Ein Ablenkungsmanöver? Drittens: Zweimeterweiber sollten nicht Laura heißen. Aber das nur nebenbei.

Denn jetzt ging es an der Durchreiche erst richtig los. Der Blonde meinte, besagte Laura sei trotz ihrer Körpergröße völlig missachtens- und vernachlässigenswert, aber völlig, du, da erübrige sich jedes Wort. Die Schwarzhaarige konterte, das sei wieder typisch, typisch Mann nämlich, schließlich habe er mit der Tussi überhaupt nichts zu tun, weder basketballtechnisch noch smalltalkmäßig, also sei es für ihn ein Leichtes, sie zu missachten.

»Stimmt«, sagte der Blonde. »Mit der will ich wirklich nichts zu tun haben.«

»Aber mir liegt sie ständig in den Ohren mit ihren dämlichen Eltern und ihren Menstruationsproblemen.«

Auch diesen Worten folgte wieder eine kurze Stille. Warum eigentlich? Der Junge kaute, das Mädchen blickte sonnenbebrillt finster vor sich hin. Ich aber freute mich auf die Frage, mit der ich die Gesprächspause beenden würde.

Ich kostete sie regelrecht aus, die Stille! Dann holte ich Luft und formulierte meine Frage.

Sie lautete: »Wer hat eigentlich das Blut vom Schallmo aufgewischt?«

Ja, das war ein gewagter Übergang. In jeder Hinsicht! Eindruck machte er auch. Die beiden jungen Menschen starrten mich an, um den Blick sofort wieder abzuwenden. Um sich gegenseitig in die Augen zu schauen zum Beispiel. Oder auf den Boden, zur Not auch auf das angebissene Sandwich in der Hand des Blonden.

»Tja«, machte Fred. »Irgendeiner wird das schon weggewischt haben.«

»Mit Wasser?«

»Natürlich mit Wasser.«

»Seife auch? Oder was anderes, so eine Speziallauge aus den Polizeilabors?«

»Keine Ahnung.«

»Na ja.« Ich zuckte die Achseln und hob meine Tasse. »Viel Blut war es ja nicht. Und geregnet hat es auch.«

Fred trocknete wortlos einen Teller ab.

Unsere Gäste hatten diesen Dialog zunehmend irritiert verfolgt.

»Waren Sie dabei?«, fragte mich das Mädchen. »Ich meine, als der Mann starb?«

Der Mann? Du kannst ihn ruhig beim Namen nennen, deinen Exlover! Okay, ich entschuldige mich vorauseilend, falls das eine unzutreffende Bezeichnung sein sollte. Verschieben wir das auf einen späteren Zeitpunkt.

»Ich kam bloß zufällig vorbei«, sagte ich. »Da war er schon tot.«

»Ging es schnell?«

»Mit seinem Tod? Ich denke schon. Kanntet ihr Schallmo?«

»Nö«, antwortete der Blonde und strich seiner Begleiterin mit einer Hand über das Haar.

»Flüchtig«, murmelte sie.

Zwei neue Kundinnen kamen und brachten unser interessantes Gespräch zum Erliegen. Fred schenkte Kaffee aus, verteilte Hustenbonbons und Informationen. Ja, schreckliche Sache, das mit dem ermordeten Lehrer. Nein, aus der Nachbarschaft war das bestimmt keiner. Obwohl, wenn man bedenkt, wer hier wohnt … Letzteres kam nicht aus Freds Mund, sondern aus dem seiner Kaffeekundinnen. Es waren aufgeputzte Seniorinnen mit breiten Schultern und noch breiterem Kurpfälzer Dialekt.

»Komm, gehen wir«, raunte Madame Namenlos ihrem Herzensbuben zu, der immer noch in ihrem Haar herumwühlte.

Der Blonde nickte. Er steckte sich den letzten Rest seines Sandwiches, für das er unendlich lange gebraucht hatte, in den Mund und las die Uhrzeit von seinem Handy ab. Dann zückte er seine Brieftasche.

»Familie hat er ja keine gehabt«, plapperte die eine Seniorin. »Höchstens, dass er …«

»Hast du mal was zu schreiben, Fred?«, unterbrach ich sie, ohne auf ihren empörten Blick zu achten.

Fred schob mir einen Kugelschreiber hin.

»Und ein Papier?«

»Muss ich suchen.« Er verschwand im Rückraum seines Wagens. Der Blonde legte einen Zehner auf die Durchreiche und steckte eine Flasche Orangensaft ein, die plötzlich dort herumstand. Während er sie in seiner Sporttasche verstaute, griff ich nach seiner Serviette, auf der ein dicker Fettfleck prangte. Hastig kritzelte ich eine Botschaft auf das Papier: »Ruf mich an – dringend!!! Wg. Schallmo.« Darunter meinen Namen und meine Handynummer. Auf dem Fettfleck hielt die Tinte nicht, ich musste drumherum schreiben.

»Ciao, Fred!« Beide waren schon am Gehen, als ich die Schwarzhaarige am Ärmel erwischte. Weil der Blonde gerade eine der beiden Rentnerinnen umrundete, bemerkte er nicht, dass ich seiner Freundin die gefaltete Serviette zusteckte. Dabei legte ich einen Finger auf die Lippen.

Sie sah mich verblüfft an, nahm die Botschaft aber kommentarlos entgegen.

»Kommst du, Iny?«

Ein letzter Blick, dann ging sie. Ihr Freund und ihr Deo mit ihr.

»Hast du diese Augen gesehen, Fred?«, seufzte ich.

Fred kratzte sich am Kinn.

12

Iny also. Namenstechnisch mal was Neues. Aber ich hatte ja auch zum ersten Mal mit Nachwuchs vom College zu tun. Erst auf der Rückfahrt nach Hause fiel mir ein, dass in meinem Geldbeutel noch eine meiner großartigen Visitenkarten stecken könnte. Ich sah nach, und tatsächlich: Da schlummerte eine, wenn auch mit meiner alten Adresse und handschriftlich nachgetragener Handynummer. So oder so, eine Sandwichserviette als Datenträger hatte tausendmal mehr Stil.

Dass ich meine Botschaft überhaupt schriftlich formuliert hatte, lag an dem Blonden. Genauer gesagt: an seiner Handbewegung, mit der er sich als Freund der Schwarzhaarigen geoutet hatte. Oder als Möchtegernfreund, so ganz sicher konnte man bei diesen jungen Leuten ja nie sein. Nach seiner Streichelattacke jedenfalls überflutete mich eine Welle von Rücksichtnahme, die mich zu der Heimlichtuerei mit der Serviette veranlasste. Auch ein Max Koller kann dezent vorgehen, wenn es die Situation erfordert. Dass meine Rücksichtnahme überflüssig war, wusste ich zu dem Zeitpunkt noch nicht.

Ich sollte es auch am frühen Nachmittag noch nicht erfahren, als mich Iny anrief. Ich hatte gerade ein Mittagessen aus Resten vom Vorabend genossen und mich auf Christines Couch gefläzt, die beim längeren Liegen immer Abdrücke auf meiner nackten Haut hinterließ. Weshalb ich sie nicht mochte. Die Couch natürlich, nicht Christine! Herrje, wieso sollte Christine Abdrücke auf meiner Haut hinterlassen? Und ihre Couch – das ist so ein Ledergerät mit Noppen und Knöpfen an den unpraktischsten Stellen, und wenn man wie ich die Angewohnheit hat, sich barfuß der Länge nach auf ihr niederzulassen oder im Sommer mit bloßem Oberkörper … Schon klar, das gehört nicht hierher. Wollte ja nur verdeutlichen, wie verdammt ungünstig der Zeitpunkt von Inys Anruf war.

Ich überlegte sogar, ihn zu ignorieren. Fühlte mich müde. Satt und träge. Aber das Berufsethos! Großes Wort, ich weiß. Seit Tischfußball-Kurts Wutausbruch am Tag von Schallmos Tod wusste ich allerdings auch, dass ich einen Ruf zu verlieren hatte. Also ran an den Speck beziehungsweise an die unbekannte Nummer.

»Koller.«

»Sind Sie echt Detektiv?«

Woher sie das nur schon wieder wusste!

»Bist du echt Iny?«, gab ich zurück.

»Inez. Mit spanischem z am Ende. Aber sprechen Sie's Deutsch aus. Mach ich auch.«

»Inez«, murmelte ich probehalber, im Auslaut ein supersamtiges Th. Wie arroz und Zaragoza.

»Lieber nicht. Was wollen Sie von mir? Warum sollte ich Sie anrufen?«

»Ich würde mich gern mit dir unterhalten. Bei einem Kaffee vielleicht. Ich ermittle im Fall Thorsten Schallmo.«

Sie zögerte mit der Antwort. »Verstehe. So was dachte ich mir schon. Und was soll ich Ihnen da erzählen?«

»Ein paar Dinge über Schallmo. Und über eure Beziehung.«

»Welche Beziehung?«, kam es wie aus der Pistole geschossen. So entspannt ihre Stimme zunächst geklungen hatte, so rasch schaltete sie nun wieder auf Angriffsmodus.

»Ich kann verstehen, dass dir das nicht passt. Aber ich muss allen Spuren nachgehen. Hat dich die Polizei noch nicht befragt?«

»Nein.«

»Früher oder später werden sie auf dich kommen.«

»Weshalb?« Schon wieder so eine Pistolenschussfrage!

»Ich glaube, wir brauchen nicht um den heißen Brei zu reden. Ich weiß, dass du mit Schallmo zusammen warst.«

»War ich nicht!«

»Aber du hattest was mit ihm.«

Ich hörte, wie sie tief Luft holte. »Woher?«, sagte sie angespannt. »Von wem?«

Auch ich atmete durch. Wenn sie weiter geleugnet hätte, hätte ich ihr schon mit dem anonymen Zettel kommen müssen. Und darauf hatte ich keine Lust. »Von wem ich das weiß?«, gab ich zurück. »Nun, ich habe mich erkundigt. Bei ziemlich vielen Leuten. Wie gesagt, du musst nicht mit mir reden, aber irgendwann wird dich …«

»Ich weiß«, schnitt sie mir das Wort ab. »Wo treffen wir uns?«

»Oh«, machte ich überrumpelt. »Mir egal. Wo du magst. Oder warte: Liegt das Scenic nicht bei euch in Rohrbach?«

»Wir wohnen nicht in Rohrbach«, erwiderte sie kalt. »Und das Scenic liegt in der Weststadt.«

Mir doch egal, wo sich diese blöde Kneipe befand. Hauptsache, ich konnte mich mit Zaragoza-Inez treffen. Deren Interesse schien auch nicht gerade gering zu sein, denn sie beorderte mich für drei Uhr zum Rapport. Das war in nicht einmal einer Stunde. Gähnend beendete ich das Gespräch und streckte mich noch ein wenig auf dem blödesten aller Ledersofas aus. Dann fuhr ich los, voller Vorfreude auf einen starken Kaffee und eine hübsche Spanierin.

Im Scenic standen ein paar supergut gelaunte, super gebräunte und super smarte Jungs hinter der Theke, von denen man nicht wusste, ob sie Südamerikaner waren oder nur so aussahen. Sie warfen sich Saft- und Tonic- und Bacardiflaschen über drei Meter und mehr zu, und wenn sie von letzteren ab und zu kosteten, würden sie demnächst wahrscheinlich auch die Kaffeetassen durch die Kneipe werfen. Sogar das Interieur vermittelte gute Laune, überall knackige Farben und humorige Einrichtungsgegenstände. Nur die Bedienung war irgendwie mies drauf. Eine Deutsche, klar.

So, und jetzt kam die Sache mit der Rücksichtnahme. Meinem ach so dezenten Verhalten gegenüber der schönen Inez. Es war nämlich absolut unnötig! Ich hätte die junge Dame getrost in aller Öffentlichkeit vorladen können, mit lauter Stimme vor der versammelten Schlossblick-Kundschaft. Denn mit wem war sie im Scenic erschienen? Mit ihrem Freund, genau! Der dicklippigen Föhnwelle. Bitteschön, was sollte das jetzt? Hatte sie am Ende doch kein Verhältnis mit Schallmo gehabt? Alles nur üble Nachrede?

Warum hatte sie dem Treffen dann überhaupt zugestimmt? Ich fühlte nach dem Zettel in meiner Hosentasche. Der einzige Beweis, den ich besaß. Und kein guter dazu.

Aber Inez lächelte mich so an, dass ich gar nicht auf den Gedanken kam, meinen Besuch im Scenic zu bereuen. Ihr blonder Hecht lächelte eher verhalten. Sah sogar regelrecht verkniffen aus, ich schwör. Liebe Güte, wenn es ihm unangenehm war, sich mit Vertretern der Heidelberger Unterschicht zu treffen – was wollte er dann hier? Ich setzte mich und bestellte einen Cappuccino.

»Überrascht?«, schmunzelte Inez. Sie schien die Situation zu genießen.

Ich grinste beide an und nickte. »Ehrlich gesagt: ja.« Der Blonde verzog sein Gesicht auf undefinierbare Weise. Ein Lächeln kam nicht dabei heraus.

»Mich hat auch überrascht, von einem Privatdetektiv angesprochen zu werden«, fuhr Inez fort. »Könnten Sie uns erklären, was dahintersteckt? Wer Sie engagiert hat und was das Ganze mit mir zu tun hat?«

»Klar«, entgegnete ich leichthin. Erklären? Alles, was du willst. Interessant, wie diese Halbwüchsige sich vorgenommen hatte, den Verlauf unseres Gesprächs zu bestimmen. Erst mal die Lage sondieren! Mir recht; so konnte ich mich noch ein wenig an die Tatsache gewöhnen, dass wir hier zu dritt saßen. Ich erzählte ihr also von meinem Kumpel Tischfußball-Kurt, ohne ihn beim Namen zu nennen, sowie von der Verpflichtung, die ich ihm und Fred gegenüber spürte. Währenddessen kam die Bedienung und brachte Getränke: Inez einen Latte macchiato, mir einen Cappuccino, und für den Blonden gab es eine Tasse Kaffee.

Der schüttelte den Kopf. »Ich hatte einen Cappuccino bestellt.«

Wortlos vertauschte die Frau unsere Tassen.

»Moment, ich auch«, sagte ich, meine Erzählung unterbrechend. »Einen Cappuccino, gerade eben.«

»Und für wen ist dann der Kaffee?« Das war eine gute Frage. Auf die es gleich mehrere Antworten gab.

Der Junge: »Für mich nicht.«

Echo Max Koller: »Für mich auch nicht.«

Die Bedienung, zu Inez: »Für Sie vielleicht?«

Die, lächelnd: »Ich wollte einen Latte und bin rundum zufrieden.«

»Aber irgendjemand hat hier einen Kaffee bestellt«, beharrte die Frau. Ich sage ja, sie war schlecht drauf. Natürlich hätte ich sie aus ihrem Dilemma befreien können; Cappuccino oder Kaffee, mir doch egal. Schmeckte eh gleich. Aber allein um dem geföhnten Schönling an Inez' Seite nicht nachgeben zu müssen, blieb ich stur.

»Du hast doch gehört, dass ich einen Cappuccino bestellt habe«, wandte er sich an seine Freundin. Die nickte.

»Also bringe ich noch einen Cappuccino«, kapitulierte die Bedienung seufzend und nahm den Kaffee wieder an sich.

Sie war schon zwei Schritte von unserem Tisch entfernt, als ich sie zurückpfiff. »Ich nehme den Kaffee«, erklärte ich. Max Koller, die Großmut in Person, Held aller Kellnerinnen. Wie kleinkrämerisch musste da ein Elitezögling mit dicker Lippe wirken!

»Und jetzt?«, wollte Inez nach diesem Intermezzo wissen. »Wie weit sind Sie mit Ihren Ermittlungen?«

»Ich höre mich dort um, wo die Polizei vielleicht nicht als Erstes auftaucht. Ich will denen ja nicht in die Quere kommen. Zum Beispiel war ich an Thorsten Schallmos Schule. Und in diesem Zusammenhang erfuhr ich, dass es eine gewisse Verbindung zwischen dir und dem Lehrer gab.«

»Scheiße!«, ließ sich ihr Freund hören, seine Tasse absetzend. Tja, mein Lieber, erst das Personal herumkommandieren und sich dann die Lippe verbrennen!

Inez lehnte sich zurück. Imponierend, wie entspannt das Mädchen wirkte. »Eine Verbindung? Warum nennen Sie das Ding nicht beim Namen, Herr Koller? Was meinen Sie, warum Daniel hier bei uns sitzt? Weil ich keine Geheimnisse vor ihm habe. Sie dürfen frei sprechen.«

»Umso besser. Du hattest ein Verhältnis mit Schallmo, richtig?«

Sie legte den Kopf schief und blickte ihren Freund an. Um ihren Mund spielte eine Mischung aus Spott, Amüsement und Langeweile.

»Ja«, antwortete sie schließlich. »Was man so ein Verhältnis nennt. Thorsten hätte mein Vater sein können, aber er war cool. Ich fand, er hatte was.«

Der Blonde nippte an seinem Cappuccino und starrte ins Leere. Ich wartete.

»Wir haben uns im Fitnessstudio kennengelernt«, fuhr Inez fort. »An der Bar, genauer gesagt. Mich hat nicht gestört, dass er Lehrer war und in einer völlig anderen Lebenssituation. Im Gegenteil, ich fand das spannend. Ja, und so ging das dann einige Wochen.« Sie legte eine Hand auf den Arm des Blonden. »Daniel hat das natürlich nicht gefallen. Aber was sollte er tun? Ich musste es durchziehen.«

Sie machte eine Pause. Ich stützte mein Kinn in eine Hand und schwieg ebenfalls. Es war einfach zu köstlich, ihren Freund dabei zu beobachten, wie er so tat, als sei er gar nicht anwesend. Wie er alle Kräfte mobilisierte, um uns zu zeigen: Ich höre drüber hinweg, mich geht das alles nichts an, ich bin doch bloß eine Portion Luft. Dass ihm dieser Gewaltakt schier den Kiefer sprengte, war die andere Sache.

Und wenn Inez ihre Hand zurückzog, würde sie eine brennende Wunde auf seinem Arm hinterlassen.

»Die Geschichte mit Thorsten«, ergriff wieder seine Freundin das Wort, »war nicht auf Dauer angelegt. Letzten Monat haben wir uns getrennt. In aller Freundschaft übrigens. Mehr gibt es nicht zu berichten, Herr Detektiv.«

»Und seitdem bist du wieder mit Daniel zusammen?«

»Wir waren nie auseinander«, lächelte sie, tätschelte dem Jungen den Arm und nahm ihre Hand dann endlich, endlich weg. Daniel zuckte zusammen.

»Verstehe ich nicht«, sagte ich.

»Wieso nicht? Ich hatte nie vor, mich von Daniel zu trennen. Egal, was mit Thorsten lief. Wenn ich mich mit ihm traf …«

»So weit brauchst du ja nun nicht ins Detail zu gehen«, unterbrach sie der Blonde, in dem also doch noch Leben steckte.

»Ich gehe nicht ins Detail, ich versuche nur, diesem Herrn hier klarzumachen, dass man zwei Beziehungen auch mal parallel laufen lassen kann. Eine gewisse Zeit zumindest.«

»Ich glaube, das hat er verstanden.« Daniel sah mich – vulgo: diesen Herrn hier – auffordernd an.

»Ich gebe mir Mühe«, grinste ich. »In solchen Dingen bin ich kein Experte. Was ich aber sehr gut verstehe, ist die Strategie deiner Freundin: ihr Verhältnis zu Thorsten Schallmo so zu schildern, dass keinerlei Motiv für eine Beziehungstat erkennbar wird. Keine Wut, keine Enttäuschung, keine Eifersucht.«

»Da gibt es auch kein Motiv«, erwiderte er finster. »Außerdem wäre es mir lieb, wenn Sie uns nicht dauernd duzen würden.«

»Was Sie Strategie nennen«, sagte Inez, »ist die reine

Wahrheit. Ich hatte keinen Grund, auf Thorsten sauer zu sein – und er auf mich auch nicht. Im Gegenteil, er schien sogar erleichtert, dass es vorbei war.«

»Du warst nicht sauer, okay. Aber dein Freund vielleicht?«

»Verdammte Scheiße, was soll das?«, fuhr Daniel auf. »Ich habe drei Kreuze geschlagen, als Iny endlich wieder zur Vernunft gekommen war!«

»Und vorher? Da warst du eifersüchtig.«

»Vorher, ja, vielleicht. Na und? Die Sache war durch, die beiden haben sich seit Wochen nicht mehr gesehen. Schluss, aus!«

»Keine nachträglichen Hassattacken? Man läuft sich ja mal über den Weg, eure Schulen sind nicht weit entfernt, man trifft sich zufällig bei Fred …«

»Nein!«, rief er. »Nein, verdammt! Wie kommen Sie auf so einen Mist? Wegen so einem mache ich mir doch nicht … Und dann habe ich gesagt, dass Sie mich nicht duzen sollen. Warum lässt du dir das gefallen, Inez? Kein Lehrer an unserer Schule würde sich das herausnehmen.«

Schau an, da richtete der Junge seine Aggressionen urplötzlich auf Inez. Was ja auch kein Wunder war, schließlich lag es an ihr, dass er hier sitzen und sich für seine Gefühle rechtfertigen musste. Seine Freundin warf ihm einen Blick zu, in dem Bedauern, vielleicht aber auch ein wenig Verachtung lag, und sagte ruhig: »Warum regst du dich auf? Wir erzählen doch bloß, wie es gewesen ist. Welche Rückschlüsse Herr Koller daraus zieht, ist seine Sache. Das können wir ohnehin nicht beeinflussen.«

»Muss ich mir deshalb diese Unterstellungen anhören?«

»Er stochert halt wahllos herum. Würdest du genauso machen.« Sie wandte sich wieder mir zu. »Natürlich war

Daniel eifersüchtig. Gott sei Dank war er es. Aber wie gesagt, vor vier oder fünf Wochen habe ich mit Thorsten Schluss gemacht, und es kam nichts, absolut nichts hinten nach. Von ihm nicht, von mir nicht. Ich habe ihm seitdem vielleicht zwei Mails geschrieben.«

»Und getroffen habt ihr euch auch nicht?«

»Nein. Was mich allerdings interessieren würde« – aha, nun ergriff sie wieder die Gesprächsleitung – »ist die Tatsache, wer von unserem Verhältnis wusste.«

Ich schwieg.

»Thorsten und ich haben die Sache nämlich absolut geheim gehalten. Selbst Daniel wusste lange nicht Bescheid.« Ihr Freund kratzte sich unter heftigen Grimassen am Ohr, schwieg aber. »Wer hat da geplaudert, Herr Koller?«

»Ist das wichtig?«

»Für mich schon.«

»So offen und wahrheitsgetreu, wie du darüber redest, ist es nicht wichtig, würde ich sagen. Und selbst wenn …«

»Zum letzten Mal«, fuhr mich der Blonde an, das Gesicht vor Wut verzerrt, »Sie siezen uns jetzt beide, verstanden? Wir sind 17!«

»Beneidenswert«, grinste ich. »Manchmal fühle ich mich wie 16. Ich mache euch einen Vorschlag: Wir duzen uns alle. Ich bin Max. Okay?«

»Arschloch«, entfuhr es dem Jungen. Er sprach das Wort nicht aus, aber seine Lippen formten es.

»Jemand aus Thorstens Schule?«, fragte Inez und sah mich an. Besser hätte ich Daniels Ausbruch auch nicht ignorieren können.

Ich schüttelte den Kopf.

»Das sagten Sie doch vorhin: Sie hätten an der Rohrwaldschule erfahren, dass Thorsten ein Verhältnis mit mir hatte.«

»Es spielt keine Rolle, woher ich das habe. Und jetzt mal ernsthaft: Ich will euch nicht in die Enge treiben oder in eurem Privatleben herumschnüffeln, aber wenn ein Mensch gewaltsam zu Tode gekommen ist, provoziert das halt Nachfragen. Es könnte eine Beziehungstat gewesen sein. Muss nicht, könnte aber. Nur deswegen bin ich hier.«

»Wir auch«, lächelte Inez. »Wir sind froh, wenn wir helfen können.«

»Hatte Schallmo noch andere Freundinnen in letzter Zeit? Vor dir, nach dir, vielleicht sogar gleichzeitig mit dir?«

»Hat mich nicht interessiert«, kam es zurück. Dann merkte sie, dass ihre Antwort etwas schroff ausgefallen war, und fügte an: »Wirklich, es war mir egal, das können Sie mir glauben. Wenn man gerade in einem nicht ganz einfachen Dreiecksverhältnis lebt, kann man sich nicht auch noch um den Rest kümmern. Soviel ich weiß, hatte Thorsten immer eine Freundin. Er brauchte das, wie die Luft zum Atmen. Für sein Ego, um sich jünger zu fühlen – so was in der Art. Aber schön nacheinander, verstehen Sie? Komplikationen mochte er nicht. Solange ich mit ihm zusammen war, gab es keine andere. Höchstens hinter meinem Rücken.«

»Und danach? Keine neue Flamme in den letzten Wochen?«

»Wie gesagt, wir hatten kaum Kontakt seither. Weißt du mehr, Daniel?«

»Ich?« Der Blonde schaute sie empört an. »Spinnst du?«

»Fiel einmal der Name Nadja?«, fragte ich.

Inez überlegte. »Nein, nie gehört.«

»Und sonst? Bevor ihr zusammen wart?«

»Es gab da eine, die anscheinend etwas von ihm wollte … mit der er wohl auch mal was hatte und die nun immer wieder ankam. Eine von den Jüngeren.« Sie kniff die Augen zusammen. »Soweit ich mich erinnere, war sie eine ehemalige Schülerin von ihm.«

»Eine ehemalige Hauptschülerin?« Sofort fiel mir die ›hengen lassen‹-SMS ein. »Vielleicht eine Ausländerin?«

»Keine Ahnung.«

»Weißt du einen Namen? Wohnort, Alter?«

Wieder lächelte sie schwach. »Seine Verflossenen waren nicht gerade unser Lieblingsthema.«

»Schade.« Und weil Daniel schon zum zweiten Mal demonstrativ auf sein Handy schaute, fügte ich noch an: »Der Kaffee ist übrigens ausgezeichnet. Bin richtig froh, dass ich keinen verwässerten Cappuccino bestellt habe.«

»Komm, wir gehen«, zischte der Junge.

Inez sah ihn nicht einmal an. »Haben Sie noch Fragen, Herr Koller?«

Ich überlegte. Natürlich gab es noch Fragen. Aber welche waren die wichtigen? Inez' Namen hatte ich nicht in Schallmos Adressbuch gefunden. Entweder war das Verhältnis zu kurz gewesen, um einen Eintrag zu rechtfertigen, oder er hatte sie nach der Trennung sofort gelöscht. Um eventuellen Komplikationen mit Nachfolgerinnen vorzubeugen. Ob sie ihn trotzdem in den letzten Tagen einmal angerufen hatte, bliebe zu überprüfen. Ihre Handynummer besaß ich ja nun. Daniels Nummer hätte ich auch gern gehabt. Aber die würde er mir wohl kaum geben. Nicht einmal, wenn ich ihn siezte.

»Wann genau hattet ihr zum letzten Mal Kontakt zu Schallmo?«, erkundigte ich mich.

»Sie meinen, wann wir ihn zuletzt gesehen haben?«, fragte Inez zurück.

»Auch.«

»Gott, wann war das?« Sie fuhr sich durchs Haar. »Einmal haben wir im Fitnessstudio noch was zusammen getrunken. Aber das ist mehr als zwei Wochen her. War auch nur eine kurze Begegnung.«

»Und telefoniert? SMS, Mails?«

»Danach auf keinen Fall.«

»Und du?«, wandte ich mich an Daniel.

»Ich?« Er war wirklich die Verblüffung selbst. Dann fing er an zu lachen: »Geht's Ihnen noch gut? Mit dem Typen wollte ich doch nichts zu tun haben! Nie wieder, geht das nicht in Ihren Kopf rein?«

»In den geht viel rein«, brummte ich. »Lügen, Wahrheiten, Kaffee, alles wild durcheinander. Also kein Kontakt zwischen euch, nicht der geringste?«

»Null, nada! Sag du's ihm, Inez!«

»Daniel und Thorsten sind sich aus dem Weg gegangen«, half sie ihm bereitwillig. »War für alle Beteiligten das Beste.«

»Das will ich gern glauben«, entgegnete ich. »Allerdings gibt es da noch einen unschönen Vorfall aus den letzten Wochen. Thorsten Schallmo wurde nämlich zusammengeschlagen. Oder sagen wir es weniger blumig: Er wurde tätlich angegriffen, hatte eine Platzwunde über dem Auge und war einen Tag krankgeschrieben.«

»Krankgeschrieben war der Typ doch dauernd«, fauchte Daniel.

»Ach, und deshalb kann man ihm getrost eins auf die Nase geben? Damit er endlich mal mit Grund fehlt?«

»Quatsch! Jetzt spinnen Sie völlig rum.«

»Das ist mein Beruf, junger Mann. Irgendjemand hat Thorsten Schallmo eine Tracht Prügel verabreicht, und kurze Zeit später hat ihn irgendjemand erschossen. Möglicherweise ein und derselbe Jemand.«

Täuschte ich mich, oder flog da eine leichte Blässe über

das stumpfe Gesicht des Blonden? Er zuckte die Achseln und schaute in eine andere Richtung.

»Ich weiß nichts davon«, sagte Inez. »Wann war das mit den Prügeln?«

»Vor Kurzem. Genauer kann ich es dir nicht sagen.«

»Es muss nach meiner Zeit gewesen sein. Eine Platzwunde wäre mir aufgefallen.«

»Also wisst ihr beide nichts über diesen Vorfall?«

Inez schüttelte den Kopf. Ihr Freund warf eine Hand in die Höhe, um sie theatralisch auf sein Knie fallen zu lassen. »Mir reicht es jetzt wirklich!«, rief er, ohne mich anzusehen. »Ich habe keinen Bock mehr auf diese dauernden Unterstellungen. Keine Ahnung, warum mir dieser Typ unbedingt etwas anhängen will, aber anhören muss ich mir das nicht. Los, Inez, wir hauen ab. Du hast ihm alles gesagt. Wenn er uns weiter belästigt, schicke ich ihm Papas Anwalt vorbei.« Er stand auf. »Kommst du?«

»Haben Sie noch Fragen?«, seufzte Inez.

»Jede Menge«, grinste ich. »Aber auch Angst vor Papas Anwalt. Insofern können wir die Fortsetzung unseres Gesprächs gern verschieben.«

»Ich zahle schon mal«, knurrte Daniel und ging zur Bar.

Inez blickte ihm nach. »Es ist meine Schuld, dass er so sauer und dünnhäutig ist. Ich habe es dem armen Kerl nicht leicht gemacht. Das dürfen Sie nicht vergessen.« Ein leichter Schwenk ihres Kopfes, und sie sah mich an, mit ihren dunklen, klaren Augen. »Ich schwöre Ihnen, Herr Koller, wir haben beide nichts mit Thorstens Tod zu tun. Es gab keinen Grund, ihm etwas Böses zu wünschen. Ich kann auch nicht behaupten, sehr traurig oder verzweifelt zu sein, dafür war unsere Beziehung vielleicht etwas zu … ja, zu oberflächlich. Ich finde es einfach nur schrecklich.« Und als ich darauf nicht antwortete, machte sie Anstalten, Daniel zu folgen. »War's das, Herr Koller?«

Ich zückte einen Stift. »Gibst du mir noch deine Adresse? Und die deines Freundes auch?«

Sie lächelte. »Meine, ja. Die von Daniel müssen Sie sich schon selbst besorgen.«

Ich sah ihr zu, wie sie ihre Anschrift notierte. Auf eine Serviette, aus alter Verbundenheit. Inez hatte kleine, kräftige Hände, ihre Fingernägel glänzten tiefrot. Zum Abschied schenkte sie mir eines ihrer wohldosierten Lächeln.

Ich blieb noch eine Weile sitzen und nippte an meinem Kaffee. Durch die großen Fensterscheiben des Scenic sah ich, wie Inez ihrem Freund einen Kuss gab und sich dann hinter ihn auf eine hellblaue Vespa setzte. Ein hübsches Paar, die beiden. Viel hübscher als das Paar Schallmo-Inez, diese Kombination aus Lehrer und Schülerin. Aber auch passender?

Gute Frage. Vielleicht war es pure männliche Rivalität, die mich erahnen ließ, dass Daniel mit seiner attraktiven Spanierin nicht glücklich werden würde. Vielleicht spürte ich aber auch einfach nur, dass zwischen den beiden etwas stand, was ihre Beziehung früher oder später zum Scheitern bringen würde. Na ja, Kunststück; die zwei waren noch keine 18, und welche Liebe war in diesem Alter von Dauer?

»Die Lie-hie-hiebe«, summte ich und sah der schlechtgelaunten Bedienung nach. Apropos: Bei aller Liebe traute ich der schönen Inez nicht über den Weg. Die Offenheit, mit der sie mich hier im Scenic beglückt hatte, war doch wohl ausschließlich eine aus Kalkül. Ich hatte ja erlebt, wie giftig, aggressiv und ungerecht sie sein konnte; die lange Laura wusste ein Lied davon zu singen. Vielleicht hatte Inez gemerkt, dass ich ihr mit meinen Nachforschungen gefährlich werden konnte – gefährlich natürlich nur in Anführungszeichen, es ging schließlich um Gefühle, um Freundschaften, um die eigene ungefestigte Existenz –, woraufhin sie beschlossen hatte, auf die Karte Nettigkeit zu setzen. Probehalber. Nur heute. Morgen konnte das schon ganz anders sein.

Ich gähnte. Wir würden sehen. Es war jedenfalls viel angenehmer, sich mit so cleveren und gut aussehenden jungen Damen auseinandersetzen zu müssen als mit den Rentnerinnen vom Schlossblick. Ich schaltete mein Handy ein und suchte nach der Nummer, unter der mich Inez vorhin angewählt hatte. Dann verglich ich sie mit den Nummern auf Schallmos Anrufliste.

Kein Kontakt seit zwei Wochen? Keine Mail, keine Nachricht, nichts? Von wegen, junge Dame! Die Spanierin hatte mich angelogen! Da stand es, schwarz auf weiß: Sie war angerufen worden, von Schallmo höchstpersönlich. Ihrem angeblichen Exlover. Am Tag seines Todes, um Viertel vor vier.

Du Biest, dachte ich. Du verdammte kleine Lügnerin!

13

Und nun?

Ich stand eine Weile vorm Scenic und ließ mir die Frühlingssonne ins Gesicht scheinen. Dass ich noch einmal mit Inez reden musste, war klar. Aber das hatte Zeit. Ich konnte sie heute Abend anrufen oder morgen, im Laufe des Tages. Vielleicht fuhr ich auch bei ihr zu Hause vorbei; man gewann einen ganz anderen Eindruck von Leuten, wenn man sah, wie sie wohnten, ob sie Haustiere hatten und welche Bücher auf ihrem Nachttisch lagen.

Könnte ja eines von Max Koller dabei sein.

Nein, bevor ich Inez zur Rede stellte, wollte ich noch mehr über Thorsten Schallmos letzte Wochen erfahren. Wenn man ihren Worten Glauben schenken konnte, gab es da eine junge Frau, die Kontakt zu ihrem ehemaligen Lehrer gesucht hatte. Möglicherweise dieselbe, die sich von Schallmo im Stich gelassen fühlte. Sie aufzuspüren, würde nicht einfach werden. Ich konnte es in der Rohrwaldschule versuchen, am besten bei den Mädchen, die wussten über so etwas eher Bescheid als die Jungs.

Dann die geplatzte Augenbraue. Wer hatte Schallmo diese Abreibung verpasst? Wann, wo und vor allem warum? Hier waren die Jungs der Hauptschule gefragt. Wenn Schallmo allgemein als wehleidig galt, wenn er sich bereits eine Watschen auf dem Schulhof eingefangen hatte, und das von Brutsch, der halben Portion – dann war er Freiwild. Zum Abschuss freigegeben: Hey, Leute, wenn ihr euch abreagieren wollt, nehmt den Schallmo, der wehrt sich nicht. Und ein hinterfotziger Grapscher ist er ohnehin. Stand ja schon an der Turnhallenwand.

Nun, das mochte einigermaßen folgerichtig klingen; Spekulation blieb es trotzdem. Genauso wie die Überlegung, wer hinter Schallmos Affäre mit Inez gekommen war und mir den Zettel zugesteckt hatte. Daniel, der einzige Eingeweihte, kam nicht in Betracht. Als ich heute Vormittag in der Rohrwaldschule war, wusste er noch nichts von mir und meinen Nachforschungen. Außerdem wäre es widersinnig anzunehmen, dass ausgerechnet ihm daran gelegen sei, die Affäre seiner Freundin öffentlich zu machen.

Wer aber dann? Inez und Schallmo hatten ihre Beziehung geheim gehalten. Zumindest hatte Inez das behauptet. Gut möglich, dass Schallmo ins Plaudern geraten war. In der Kneipe, unter Männern, nach einer Flasche Wein: Bleibt mir vom Hals mit euren Greisenschlampen, ich hab da was Besseres. 17 Jahre, strammes Fleisch überall und spanisches Feuer im Hintern! So etwa. Gut möglich aber auch, dass ein Schüler hinter das Verhältnis gekommen war. Bloß welcher Schule? Inez' Klassenkameraden vom Kurpfalz College hätten durchaus etwas merken können. Nehmen wir Laura, den Lulatsch mit den Monatsbeschwerden: Dank ihrer Größe behält sie den Überblick, sie kapiert, dass sich Inez einen Zweitlover hält, und beschließt, ihrer Rivalin eins reinzuwürgen. Schau mal, Detektiv, was für ein Flittchen unsere hübsche Spanierin ist! Weshalb Inez wiederum, mit dem sechsten Sinn der Frauen ausgestattet, sie beim Basketball so hart angeht.

Überzeugend?

Nicht sehr. Denn erstens müsste Laura von meinen Ermittlungen erfahren haben. Oder ein anderer ihrer Klasse. Und zweitens brauchte sie eine Gelegenheit, mir den Zettel unterzujubeln. Mein Fahrrad stand zwar eine ganze Weile an der Rohrwaldschule, aber da hatte Laura Unterricht. Eine Freistunde? Ein Verbündeter, dem sie den Zettel gab? Die ältere Schwester?

Nein, viel wahrscheinlicher war es, dass ein Hauptschüler dahinter steckte. Schallmos Klasse wusste von mir – und mittlerweile wohl die gesamte Schule. Zweitrangig, ob man in mir einen Psychologen oder einen Privatflic sah. Die Hofpause, die ich abseits bei der Hausmeisterwohnung zugebracht hatte, war die ideale Gelegenheit für sämtliche Schüler gewesen, mir die anonyme Botschaft unterzujubeln. Von dem Mäuerchen aus hatte ich mein Fahrrad nicht sehen können. Und selbst wenn das der Fall gewesen wäre, hätte ich nicht darauf geachtet.

Also ein Hauptschüler.

Oder Brutsch.

Ich weiß selbst nicht, wie ich auf diese jämmerliche Figur kam. Sein pickliges Gesicht stand plötzlich ganz klar vor meinen Augen. Natürlich, er war um die Schule gestromert, als mein Rad schon dort stand, und er hatte sich einige Zeit vor der Hofpause vom Acker gemacht. Nachdem er meine Fragen zu Schallmo beantwortet hatte. Kein Zweifel, Brutsch hatte von allen Menschen die beste Gelegenheit, mir den Zettel zuzustecken. Bloß: Warum hätte er das tun sollen? Worin bestand seine Verbindung zu Inez?

Ich zog die Gepäckträger-Botschaft aus meiner Hosentasche, um sie mir zum vermutlich hundertsten Mal anzuschauen. Schallmo-Hure … Wer konnte ein Interesse daran haben, Inez zu verunglimpfen? Jemand, der das Mädchen hasste. Dem das Verhältnis zwischen ihr und dem Lehrer ein Dorn im Auge war. Oder: der Mörder. Eine Person, die von sich ablenken wollte. Aber auch diese Person musste von der geheim gehaltenen Affäre erfahren haben. Es gab einfach zu viele Möglichkeiten!

Ich rief Steve Bungert an. Natürlich könne er mir die Telefonnummer von Brutschs Mutter geben, meinte er, aber wenn jemand nicht wisse, wo sich ihr Sohn gerade herumtreibe, dann sie.

»Und wer weiß es?«, fragte ich.

»Ich«, antwortete Steve schlicht.

So etwas hatte ich mir schon gedacht. Steve kannte wahrscheinlich auch Brutschs Sozialversicherungsnummer und die Anzahl seiner Plomben. Genau deshalb hatte ich ihn ja angerufen.

»Also«, begann er, »mein Freund Brutsch lungert tagsüber gern am Kirchheimer Bahnhof rum. Da trifft er sich mit seinen Jungs. Manchmal trainieren sie in einem Kickboxing-Studio am Stadtrand. Abends ziehen sie durch irgendwelche Dissen oder zischen noch einen bei Fred.«

»Bei Fred? Du meinst, an seinem Imbiss?«

»Am Schlossblick, ja.«

»Da trifft sich wohl alle Welt?«

»Wo sonst?«

Tja, wo sonst? Auf diese Frage hatte ich keine Antwort. Warum sollten sie sich auch nicht bei Fred treffen: Hauptschüler und Gymnasiasten, Rentner und Arbeitslose, Drogenhändler und gestandene Familienväter. Das ganze Panoptikum der Stadt.

»Hast du denn die Handynummer von Brutsch?«, wollte ich noch wissen.

»Nein. Vor Urzeiten hatte ich sie, aber als ich ihn einmal anrief, schaffte er sich sofort ein neues Gerät an. Und das wird er nicht gekauft haben. Wenn ich etwas von dem Burschen will, kriege ich ihn schon. Wie gesagt, versuch es mal am Bahnhof.«

»Mach ich. Danke.«

Und so fuhr ich dann – ohne große Lust, um ehrlich zu sein – zu dem kleinen Bahnhof zwischen den Heidelberger Stadtteilen Rohrbach und Kirchheim. Ein S-Bahn-Halt nur, aber von vielen Pendlern genutzt. Auf der Brücke stehend, sah ich durch die gläsernen Schutzwände auf die Bahnsteige hinab. Kein Brutsch, keine Clique in Sicht. Zwei Jugendliche, die rauchend am ehemaligen Bahnhofshäuschen vorbeischlenderten; eine Gruppe von Mädchen, die den Fahrplan studierten, um sich dann schnatternd auf Gleis 2 zu begeben. Das war's. Was diesen Ort als Treffpunkt so einmalig machte, erschloss sich mir nicht.

Vom Bahnhof aus brauchte ich nur fünf Minuten zum Schlossblick. Freds Imbiss war regelrecht umlagert von Kunden und deren Gesprächswolke. Mit dem Tod Schallmos machte der Junge das Geschäft seines Lebens. Als ich mein Rad abstellte, hörte ich Tischfußball-Kurts Stimme. Gerade beschrieb er der staunenden Menge, wie der erste Schuss knapp über seinem Kopf in den Wagen gerauscht war.

»Zack!«, rief Kurt und schlug mit der Faust in die offene Handfläche. »Wie das krachte, Leute! Wir natürlich: höchste Alarmstufe! Ab auf den Boden!«

Die Zuhörer nickten andächtig.

»Ich dachte, er hätte einen Schalldämpfer benutzt«, warf ich ein, aber wer hörte schon auf einen wie mich?

»Kommt, ich zeige es euch«, fuhr das Beinaheopfer fort und lockte sein Publikum vom Imbisswagen weg, auf dass es das Einschussloch über dem Vordach bewundern konnte. Ich ergriff die Gelegenheit beim Schopf und stellte mich an die Durchreiche.

Brutsch fand ich natürlich auch hier nicht, aber wenigstens nahm Fred zwischen zwei Feuerwürstchen und einer Tasse Kaffee meinen Auftrag entgegen. Ja, der Brutsch, den kannte er, klar. Und er versprach mir, mich anzuläuten, sobald der Typ bei ihm auftauche. Auch am Abend. Logisch, der komme eigentlich immer nur abends.

»Sehr gut. Machst du mir ein bisschen Senf zu meinen Würstchen?«

»Nee.«

»Nein?«

»Meine Feuerwürstchen gibt es ohne alles. Aus Prinzip. Senf gehört zu Wienern und meinetwegen zu Bratwürsten, wenn es der Kunde verlangt. Aber Feuerwürstchen? Keine Chance.«

»Du meinst, sonst spürt man das Feuer nicht?«

»So ungefähr.«

»Auch eine Einstellung.«

Tischfußball-Kurt kam zurück. Wie er sich wichtig vorkam! Hatte sich während seiner Erzählung sogar ein wenig Angstschweiß aus den Poren gedrückt.

»Na, Alter?«, rief er und versetzte mir einen Schulterklaps, dass ich einknickte. »Wie weit sind wir mit den …?« Im letzten Moment fiel ihm ein, dass das kein Thema für den versammelten Hasenleiser war, und er vollendete den Satz im Flüsterton: »… mit den Ermittlungen?«

»Alles bestens«, knurrte ich. »Hab schon den ersten Ermittlungserfolg.«

»Und der wäre?«

»Mir ist klar geworden, dass mein Auftraggeber ein Volldepp ist.«

Erst runzelte er die Stirn, um mir dann mit seiner großen Hand die Wange zu tätscheln. »Hauptsache, unser Superhirn verliert seinen Humor nicht«, meinte er gönnerhaft. »Und wie sieht es mit deinen großartigen Motiven aus, Max? Bist du in dieser Richtung schon fündig geworden?«

»Du meinst, warum Schallmo erschossen wurde? Mal sehen. Ich arbeite dran.«

»Ja, mal sehen. Sehen wirst du nur eins, mein Junge: Dass es überhaupt keinen Grund gab, den Typen umzulegen. Der ist ein Zufallsopfer, glaub mir.«

Ich zuckte bloß die Achseln. Hatte keine Lust, mit Kurt über Ursachen und Folgen menschlicher Handlungen zu diskutieren. Davon verstand der Kerl nämlich nichts. Er verstand überhaupt nur von wenigen Dingen etwas. Von Dackeln zum Beispiel. Von Schrebergärten und alten Autos. Und von Tischfußball natürlich. Ansonsten versuchte er seit Jahr und Tag, die Hinterlassenschaft seiner drei Erbtanten durchzubringen, was ihm nicht gelang.

Egal. Meine Würstchen waren vertilgt, Fred hatte seinen

Auftrag und ich das Gefühl, meine Pflicht getan zu haben. Ciao, ihr beiden Halunken. Auf dem Heimweg erreichte mich ein Anruf Marc Covets, meines Freundes und Ghostwriters. Mir fiel sofort auf, dass er anders klang als sonst. Er klang wie jemand, der sich um eine unangenehme Nachricht herumdrückt.

»Na, Max, alles klar?«

»Logisch.«

»Oder störe ich gerade?«

»Beim Heimradeln kann mich niemand stören. Höchstens eine Polizeisperre.«

»Ach so.«

»Nun sag schon, was ist los?«

»Wie? Nichts. Also nichts Besonderes.«

»Ich baue gleich einen Unfall!«

»Bloß nicht! Es ist alles in Ordnung. Nur …«

»Ja?«

»Unsere Lektorin macht Zicken. Ich habe vorhin eine geschlagene Stunde mit ihr telefoniert. Sie hat ein paar Änderungswünsche bezüglich des aktuellen Manuskripts.«

»Ein paar Wünsche? Soll heißen: Sie wollen das Buch nicht machen?«

»Aber nein!«, rief Covet, ehrlich bestürzt. »Das doch nicht! Sie wollen es sogar unbedingt. Finden es richtig klasse, endlich mal ein Kulturthema, das fehlte noch im Krimibereich, sagen sie … Es geht um eine Handvoll Szenen, an die wir uns noch einmal setzen sollen.«

»An die *du* dich setzen sollst. Du bist der Schreiber, schon vergessen?«

»Ja, möglich«, druckste er. »Ich tue, was ich kann. Der Lektorin ist es wirklich wichtig. Sie will aber vorher mit dir sprechen. Wahrscheinlich ruft sie dich morgen mal an.«

»Soll sie machen. Ich bin allerdings viel unterwegs. Ein neuer Fall.«

»Sehr gut«, murmelte Marc. »Sehr gut.« So richtig überzeugend klang er nicht.

Ich steckte das Handy wieder ein. Mit einer verhärmten Büchertante wie unserer Lektorin nahm ich es allemal auf. Gesehen hatte ich sie nie, sondern immer nur mit ihr telefoniert, aber genau so stellte ich sie mir vor: klein, unscheinbar, knochig, asthmatisch. Tendenziell geschlechtsneutral. Der würde ich was husten, Leute!

14

Freds Anruf kam um Viertel nach neun.

»Der Brutsch ist jetzt da«, brummte er. Seine Müdigkeit war nicht zu überhören.

»Allein?«

»Nee, da ist ein ganzer Schwung an Jungs.«

»Ich komme, so schnell ich kann, Fred. Versuch ihn aufzuhalten, wenn er los will. Oder finde wenigstens heraus, wohin er geht.«

Der Imbissbesitzer gähnte herzzerreißend.

Auch wenn ich die Zeit, die ich von Bergheim bis in den Hasenleiser brauchte, nicht stoppte: Mehr als zehn Minuten dürften es nicht gewesen sein. Beim Hauptbahnhof hätte ich fast einen Fußgänger umgemäht, in der Römerstraße nahm ich einem von rechts kommenden PKW die Vorfahrt. Ja, ich weiß, dass ich bei Rot gefahren bin, das brauchst du mir nicht nachzuhupen! Kurz danach entlockte ich sogar einem der Soldaten vor dem US-Hauptquartier einen kräftigen Yankeefluch. Sollte er fluchen; seine Zeit in Heidelberg neigte sich eh dem Ende zu.

Gerade schlug eine Kirchturmuhr zweimal, als ich mit glühenden Reifen am Schlossblick ankam. Sie waren alle noch da: Brutsch, seine Jungs, Fred. Schon von Ferne roch es verdammt gut nach Würstchen. Ich gab mir etwas Zeit, meinen Atem zu kontrollieren, bevor ich mein Rad hinter den Imbiss und mich zu den Jugendlichen stellte.

Ich konnte mich täuschen, aber irgendwie hatte ich den Eindruck, dass ihnen mein Auftauchen nicht passte. Es lag nicht an Brutsch, der hatte mich noch gar nicht wahrgenommen. Nein, da war so eine Spannung in der Luft, etwas Abweisendes, das sich in argwöhnischen Blicken niederschlug und kleinen, provozierenden Gesten. Ich tat, als merkte ich nichts, und bahnte mir einen Weg zur Durchreiche.

»Gibst du mir ein Bier, Fred?«

Jetzt endlich bemerkte mich Brutsch. Mich, seinen Mitausgräber von heute Morgen, der so viele Fragen gestellt hatte. Vor Überraschung schnappte er nach Luft. War es nur Überraschung? Auch wenn es im Kreis seiner Kumpel für Unsicherheit überhaupt keinen Grund gab, zupfte er dennoch nervös an der Goldkette, die um seinen dünnen Hals klunkerte.

»Ah, das schmeckt!«, sagte ich und nahm einen großen Schluck. Es war Dosenbier, nichts für Feinschmecker, aber gut gekühlt.

Jetzt schauten sie alle zu mir herüber. Amüsiert. Ey, Alter, was geht? Ich schaute zurück. Bloß keine Schwäche zeigen! Ich: Max Koller, Deutschmann. Mitte 30, Hemd, Jeans, Jacke. Ihr: Marko, Mladen, Igor und Mike, Jugo, Russki, Deutschmann. Die Jüngsten 15, die Ältesten 20, Ballonseide und Glitzerblouson, Roleximitat, Sonnenbrille und Goldkettchen auf sattbrauner Haut. Nur Brutsch leuchtete mit seinem blassen, mageren Gesicht aus der Gruppe hervor.

»He, Brutsch!«, sagte ich. »Ich würde dir gern einen ausgeben.« Brutsch machte sich ganz klein.

»Ausgeben?«, rief einer. »Na klar, Mann! Sind wir alle dabei.«

»Nee, nur der Brutsch. Ich muss mit dem reden.«

»Reden? Bist du schwul oder was?«

»Ich nicht. Aber mein Fahrrad.« Das kapierten sie nicht. Sie waren ja auch nicht dabei gewesen, als ich zum ersten Mal vor der Rohrwaldschule aufgetaucht war. Prompt wurde der Ton aggressiver.

»Dann red halt mit dem Brutsch. Los, da steht er. Mach den Schnabel auf, Alter, aber so, dass wir alle was verstehen.«

Ich schüttelte den Kopf.

»Was is?«, rief einer, der vor lauter Hanteltraining gar nicht mehr normal gehen konnte. Schob immer abwechselnd eine seiner aufgepumpten Schulterpartien vor. Rechts, links, so kam er auf mich zu. Meines Wissens gab es beim Dressurreiten für diese Gangart eine Bezeichnung. »Was is?«, rief er. »Mann, sind wir scharf drauf, was ihr zwei zu quatschen habt.«

»Nö. Ist 'ne Sache zwischen mir und dem Brutsch.«

»Voll die Geheimnistuerei!«, wieherte der Dressurgaul. Sein Bizeps zuckte. »Kann ich gar nicht ab, so was. Wollt ihr zwei vielleicht ficken? So im Dunkeln, Höschen runter? Das kannst du vergessen, Alter!«

Schweigend grinste ich ihn an. Was sollte man darauf auch erwidern?

»Hör auf mit dem Gegrinse!«, zischte er. »Sonst baller ich's dir aus der Fresse, klar?«

»Hier ist am Dienstag einer erschossen worden«, sagte

ich leise. »Also halt dich ein bisschen zurück mit deiner Großmäuligkeit!«

»Ey«, machte er und hielt mir seinen dicken Zeigefinger unter die Nase. Was er noch an Drohungen auf Lager hatte, würde ich nie erfahren. Ein Brummen aus dem Inneren des Schlossblicks genügte, um ihn den Finger wieder einklappen zu lassen.

»Macht euch vom Acker, Jungs«, seufzte Fred. »Kommt morgen wieder, ja?«

Netter Versuch, hohnlachte es in mir – doch im nächsten Moment verging mir das Lachen. Alles stellte seine Dosen auf die Durchreiche und warf Plastikgeschirr in einen Abfalleimer. Abklatschen, Hände in die Hosentaschen, im Gehen eine letzte SMS. Selbst mein Kraftprotz knüllte seine Serviette zusammen, um sie brav zu entsorgen. Bevor er der Gruppe hinterhertrottete, brachte er noch einmal seinen Zeigefinger zum Einsatz.

»Wenn du dich morgen wieder hier blicken lässt, kannst du was erleben, Alter!«

»Und was, bitteschön?«

Er lachte nur.

Mein Bier immer noch in der Hand, blickte ich dem Grüppchen nach. Trotz Schulterpolstern war der dünne Brutsch zwischen all den Kraftprotzen kaum zu sehen. Da ging er hin, mein Informant.

»Idioten!«, fluchte ich.

Fred sammelte die Bierdosen ein.

»Aber du hast sie ja ganz schön im Griff, Fred! Wie machst du das?«

»Eine Viertelstunde noch«, gähnte der Imbissbesitzer. »Dann ist Schluss für heute. War ein langer Tag.«

Schweigend spielte ich mit meiner Bierdose herum.

»Du darfst die Jungs nicht in die Ecke drängen, Max«,

fuhr er nach einer Pause fort. »Dann reden sie nicht mit dir. Zu viele schlechte Erfahrungen, verstehst du?«

»Danke für den Tipp. Wusste gar nicht, dass sich ein Dutzend junger Männer neuerdings von einem Einzelnen in die Ecke drängen lässt. Muss die neue Generation sein.«

Fred schüttelte den Kopf. »Nun bleib mal entspannt. Was willst du denn mit Brutsch besprechen?«

»Was wohl? Wer hinter dem Mord stecken könnte.«

»Der Brutsch hat den Schallmo nicht umgelegt. Klar baut der dauernd Scheiße, aber einen erschießen – nee.«

»Ach so, verstehe!« Ich knallte die Dose auf die Durchreiche. Freds teigige Art begann mir mächtig auf die Nerven zu gehen. »Verstehe! Niemand hat den Schallmo umgelegt. Die Hauptschüler nicht, die sind nämlich eigentlich voll in Ordnung, ich schwör. Die Collegeschüler auch nicht, aus demselben Grund. Überhaupt niemand im Hasenleiser, in ganz Heidelberg, weil, das kann ja gar nicht sein. Aber erschossen wurde er trotzdem!«

Fred seufzte. Dann gähnte er mal wieder. Gleich würde er mich um ein Schlaflied bitten! Stattdessen kramte er einen winzigen Notizblock hervor und blätterte ihn mit seinen dicken Fingern durch. »Soll ich den Brutsch dazu bringen, dass er mit dir quatscht, Max?«

»Kannst du das?«

Wortlos tippte er eine Nummer aus dem Notizblock in sein Handy. Mit dem Gerät am Ohr verzog er sich in den hintersten Winkel seines Wagens, so dass ich nicht hörte, was und mit wem er sprach. Keine Ahnung, worauf das nun wieder hinauslief. Ich trank mein Bier aus und war in Gedanken schon auf dem Heimweg. Dann kam Fred nach vorn, stellte zwei Dosen auf die Durchreiche und sagte: »Das Bier ist für dich und geht aufs Haus. Dafür zahlst du den Red Bull.«

»So eine Gummibärchenjauche trinke ich nicht.«

»Aber der Brutsch.«

Drei Minuten später stand der Picklige neben mir.

»Ich räume den Laden schon mal auf«, kündigte Fred an. »Und in zehn Minuten mache ich dicht, dann will ich keinen von euch mehr hier sehen, verstanden?«

»Verstanden«, echote ich, noch immer platt vor Staunen. Wie hatte es Fred nur geschafft, den Jungen zu überreden? War er so eine Art Vaterersatz für Brutsch? Aber gerade Vätern gehorcht man in dem Alter doch nicht! Egal, entweder würde Fred mir seinen Trick verraten, oder ich würde es nie erfahren.

»Danke fürs Kommen«, begann ich und schob Brutsch die Dose Red Bull hin.

»Mach ich doch gern«, grinste der Junge, bekam aber sofort einen Hustenanfall.

»Du hörst, wir haben nicht viel Zeit. Ich habe auch nur ein paar Fragen an dich. Wäre schön, wenn du die Wahrheit sagen würdest. Immerhin ist jemand ermordet worden.«

»Hey, das tut mir echt sauleid«, beeilte sich Brutsch einzuwerfen. »So ein armes Schwein, der Schallmo, das hätte ich nie gedacht, dass dem einer was …«

»Schon gut. Ich weiß, dass der Schallmo kein toller Lehrer war und dass du mit ihm aneinandergeraten bist.«

»Aber voll aus Versehen! Ich hab den gemocht, den Schallmo, prima Typ, ehrlich. Und nur, weil ich einmal …«

»Stopp!«, lachte ich. »Ist mir scheißegal, wie euer Verhältnis war, okay? Interessiert mich nicht! Ich will nur herausfinden, wer hinter dem Mord steckt. Und deshalb erst mal Prost – und bitte nenn mich Max.« Ich hob die Dose.

»Prost.« Mehr als ein missglücktes Grinsen und einen scheuen Blick hatte der große Drogenverticker in Anwesenheit von Erwachsenen nicht drauf. Wenigstens nahm er einen herzhaften Schluck.

»Also, gleich zur Sache: Hast du mir an der Rohrwaldschule den Zettel unter den Gepäckträger geklemmt?«

Brutsch sah mich groß an. »Welchen Zettel?«

Spielte er mir was vor? Er schaute eigentlich nicht unbedarfter drein als sonst. Schlauer natürlich auch nicht. »Den hier«, sagte ich und legte das Blatt auf die Durchreiche.

Na, da glotzte der Knabe aber! Wollte schon anfangen loszulachen, als er merkte, dass diese Reaktion nicht so recht angebracht war.

»Was geht denn hier ab?«, rief er mit zuckender Braue. »Schallmo-Hure – kapier ich nicht. Was ist das für 'ne Tante?«

»Du kennst sie nicht?«

Er schaute genauer hin. »Nö. Nie gesehen. Nicht mein Stil.«

Ich verkniff mir ein Lächeln. Goldkette, Schulterpolster, spitze Schuhe – und mir dann mit Stil kommen!

»Lass uns offen reden«, sagte ich. »Falls der Wisch von dir stammt, gib es ruhig zu. Ich werde dir keinen Strick daraus drehen. Mich interessiert nur, was dahintersteckt. Warum ich auf dieses Mädchen aufmerksam gemacht wurde.«

»Ich war's wirklich nicht, Max«, beteuerte er. Wenigstens einer, der mein Duzangebot wahrnahm. Er gab mir den Zettel zurück. »Ist doch voll Babykram, so was zu schreiben. Huren sind die Weiber eh alle. Also keine echten Huren, nicht mit Geld und so. Aber dass sie von uns was wollen, immer und ganz oft, verstehst du?«

»Nein.«

»Meine Schwester zum Beispiel. Die schleppt Männer an – ey, das glaubst du nicht! Ich merk mir die Namen schon gar nicht mehr, weil, nächste Woche guckt eh eine andere Fresse aus ihrem Zimmer raus. Und die hat Freundinnen, die sind noch schlimmer drauf. Oder die Schwestern von meinen Jungs, da könnte ich dir Geschichten erzählen!«

»Aha.«

»Soll ich, ja? Soll ich was erzählen? So mit Tieren, und welche die größte …«

»Kein Bedarf. Erzähl mir lieber, wer mir diesen Zettel untergejubelt haben könnte. Vielleicht jemand von der Rohrwaldschule.«

Brutsch schüttelte den Kopf. »Die ist nicht von unserer Schule, diese Schallmo-Hure.«

»Warum nennst du sie so? Glaubst du auch, dass sie was mit ihm hatte?«

»Ich? Nee, ich kenne die ja nicht. Steht halt da: Schallmo-Hure.«

»Ja«, seufzte ich. »Steht da. Deswegen muss sie noch lange keine Hure sein.«

»Ach so.«

»Okay, dir fällt also niemand ein. Und du warst es auch nicht?«

»Garantiert nicht.«

»Gut. Warum hast du dann deinem ehemaligen Lehrer eins aufs Auge gegeben?«

Brutschs Kinnlade klappte nach unten. »Wem?«

»Dem Schallmo. Vor Kurzem, als er noch lebte.«

»Hab ich nicht! Wer erzählt denn das?«

»Er hatte eine geplatzte Braue. Und du warst doch schon geübt, nach der Ohrfeige damals auf dem Schulhof.«

Kopfschütteln. »Nee … war ich nicht!«

»Verdammt, Brutsch, der Mann ist tot, wir suchen einen Mörder, da fällt so ein rechter Haken nicht mehr ins Gewicht. Du kannst es ruhig zugeben. Ich will wissen, warum du ihn verprügelt hast, verstehst du? Was dahintersteckt!«

»Warum ich ihn verprügelt ... das hab ich nicht, ich schwör!«

»Hast du dich über Schallmo geärgert? Hattet ihr noch Kontakt, ihr beiden?«

»Zu dem Arschloch?«, brach es aus ihm hervor. »Warum das denn?«

»Zu dem Arschloch, genau. Kann ja Zufall gewesen sein, eure Begegnung. Aber so ein Arschloch zu verprügeln, lohnt sich allemal, richtig? Ob geplant oder nicht.«

»Hallo?« Brutsch schnappte nach Luft und ruderte mit den Armen. »Ich hab keine beschissene Ahnung, wovon Sie reden!«

»Wir waren beim Du. Wann hast du Schallmo zum letzten Mal gesehen?«

»Den Schallmo? Den blöden Wichser? Keine Ahnung! Der ist mir so was von scheißegal, ich bin heilfroh, wenn ich dem nicht mehr über den Weg laufe.«

»Wann, Brutsch?«

»Ey, das ist Monate her. Ewigkeiten!« Er griff nach seiner Red-Bull-Dose und leerte sie in einem Zug.

»Ewigkeiten«, nickte ich. Und es würde auch Ewigkeiten bis zu einem Wiedersehen dauern. Erschöpft nahm auch ich einen großen Schluck. Vielleicht belog mich der Knabe hier nach Strich und Faden. Aber um ehrlich zu sein: Ich traute es ihm nicht zu. »Du hast also nichts mit der Sache zu tun«, sagte ich. »Dann dieselbe Frage wie zuvor: Wer könnte es sonst gewesen sein?«

»Was?«

»Die geplatzte Braue! Stell dich nicht blöder, als du bist, Brutsch.«

»Ach so, klar. Na, in der Schule gibt es einen Haufen

Jungs, die dem Schallmo gern mal eine Abreibung verpassen würden.« Er überlegte. »Verpasst haben wollten, meine ich.«

»Ein Haufen Jungs? Wer?«

»Keine Ahnung. Alle!«

»Jemand aus seiner Klasse?«

»Die sind noch ein bisschen klein«, grinste er. »Überleg mal, einer wie der Fikret würde sich vor dem Schallmo aufbauen!« Dann hielt er inne und dachte nach. »Aber der hat Freunde, der Fikret, so'n paar ältere Jungs, mit denen er immer rumzieht. Die würden sich das trauen, hundert Pro.«

»Was für ältere Jungs? Türken?«

»Na, logisch. Türken sind nur mit Türken zusammen.« Er zuckte die Achseln. »Die sind so drauf.«

»Kennst du Fikret näher?«

»Näher nicht, nee. Also doch, ein bisschen. Weil, die Türken sind alle extrem, aber der Fikret ist extrem extrem. Totaler Winzling, spielt sich aber auf wie der oberste Familienboss. Ich denke, der denkt, er muss für seinen Alten einspringen, weil der im Rollstuhl sitzt. Völlig krank. Der Fikret ist mal mit dem Messer auf einen losgegangen, nur weil er dachte, der Typ wollte was von seiner Schwester. Dabei war der zwei Köpfe größer als er!« Brutsch tippte sich an die Stirn.

»Eben sagtest du noch, für eine Attacke gegen Schallmo käme Fikret nicht in Betracht.«

»Ja, wegen der Augenbraue! Hast du nicht gesagt, den Schallmo haben sie verprügelt? Also: Messer ja, Fäuste nein.« Zack, nahm der Kerl eine Kampfsporthaltung ein. »Die Türken sind keine Kickboxer. Zu weich, die Jungs. Innen drin, meine ich.«

»Okay, also noch einmal: Fikrets Freunden würdest

du den Überfall auf Schallmo zutrauen. Aus welchem Grund?«

»Gründe gibt's immer.« Brutsch wirkte jetzt regelrecht eifrig in seinem Bemühen, mir zu helfen. »Bei den Türken sowieso. Der Fikret schiebt Hass auf den Schallmo, der Murat schiebt Hass, der Tarek – alle. Wegen dem Schallmo seinen Weibergeschichten und weil er die Türken behandelt wie Dreck. Ich meine, er behandelt alle wie Dreck, aber die Türken wie ganz besonders dreckigen Dreck.« Nachdenklich fügte er hinzu: »Okay, jetzt halt nicht mehr.«

»Klingt fast, als freust du dich darüber.«

Das war eine dumme Bemerkung, und tatsächlich versuchte sich Brutsch gleich wieder an seiner Unschuldslammmiene.

»Hey, ich find das voll traurig, wirklich, saumäßig traurig, was dem Schallmo passiert ist. Hab den immer gemocht, den Alten. Oder hast du was anderes gehört?«

»Könnten die Türken Zugang zu Waffen haben?«

»Waffen?« Er grinste breit. »Die werden mit einem Messer in jeder Hand geboren, diese Anatolen.«

»Schusswaffen.«

»Also, wenn die wollen, kommen die schon an so was ran. Kein Problem, Max.« Wieder hielt er inne, zog eine Grimasse und fügte an: »Hab ich jedenfalls gehört. Weißt du, mit dieser Ballerscheiße will ich nix zu tun haben.«

»Besser so«, murmelte ich ohne Überzeugung. Freds müdes Gesicht erschien in der Durchreiche. »Schon gut, wir sind fertig. Letzte Frage noch, Brutsch: Bist du Deutscher? Oder woher kommst du?«

»Klar bin ich Deutscher. Kasachstan, da haben wir gewohnt. Aber immer deutsch gewesen, hundert Pro, Max. Genau wie du.«

15

Noch in derselben Nacht erleichterte ich mein Gewissen um einen Gegenstand von der Größe einer Zigarettenschachtel. Schallmos Handy, was sonst. Ich passierte eben das Polizeirevier Mitte hinter dem Römerkreis, als mir einfiel, wie ich mir ewige Dankbarkeit unserer Gesetzeshüter sichern konnte. Anonym natürlich; Bescheidenheit, dein Name ist Koller. Also fuhr ich nach Hause, zog mir Handschuhe über, wischte das Handy mit allen möglichen nichtfusselnden Tüchern ab, föhnte es am Ende sogar und steckte es in einen Gefrierbeutel. Dann radelte ich zur Polizei zurück. Mittlerweile war es elf, kaum noch ein Mensch auf der Straße. Ich stellte mein Rad in einer Seitenstraße ab, wartete, bis die Luft rein war, und zog mir eine Skimütze über den Kopf. Dass ich lauter dunkle, unauffällige Sachen trug, brauche ich nicht zu erwähnen. Ein paar rasche Schritte zum Briefkasten am Haupteingang des Reviers, das Handy aus dem Beutel herausgeholt und ab damit durch die Luke. Eine Kamera konnte ich nicht entdecken, trotzdem winkte ich freundlich zur Tür hinüber.

»Max, du Kindskopf«, schimpfte ich mich zärtlich, als ich wieder bei meinem Rad angelangt war. Anschließend schlief ich den Schlaf der Gerechten.

Geweckt wurde ich vom Läuten des Telefons. Entweder waren die Gerechten diesmal sehr gerecht gewesen oder Max Koller einfach nur müde; jedenfalls zeigte die Uhr bereits nach neun, als man mich so unsanft aus den Kissen holte. Ich krabbelte zu der Lärmquelle hinüber und ließ mich auf einen Stuhl fallen.

Es war meine Lektorin, Covet hatte mich ja vorgewarnt. Unsere Lektorin, genauer gesagt, oder gleich seine, schließlich war er es, der aus meinen Erlebnissen eine Romanhandlung strickte. Aber diesmal ging es der Frau nicht um Formulierungen oder Abschnittsgliederungen. Es ging ihr ums Ganze.

»Eine wunderbare Geschichte, Herr Koller«, flötete sie, und ich ahnte voraus, dass gleich ein fettes ABER kommen würde. Gesperrt, in Großbuchstaben und unterstrichen. »Tempo, Brisanz und so herrlich authentisch. Wirklich toll.«

»Aber?«, half ich ihr und linste zur Küche hinüber, wo eine Thermoskanne Kaffee stehen musste.

»Ein kleines Aber gibt es in der Tat. Ich weiß nicht recht, ob die Handlung, oder sagen wir: gewisse Teile der Handlung für unsere Leserschaft geeignet sind.«

»Welche?«

»Na, unsere Krimi-Leserschaft.«

»Nein, welche Teile sind nicht geeignet?«

»Ach so. Nun, es sind sehr gelungene Abschnitte dabei, verstehen Sie mich nicht falsch. Umso deutlicher heben sich diejenigen Episoden ab, die in einem gewissen direkten, unverblümten Stil gehalten sind.«

»Unverblümt? Na, bestens! So bin ich nun mal: bar jeden Blumenschmucks.«

»Um es auf den Punkt zu bringen: Es ist zu viel Sex in Ihrer Story, Herr Koller.«

»Zu viel was?« Vor Überraschung hörte ich auf, mich im Ohr zu kratzen.

»Sex.«

»Nein!«

»Doch, Herr Koller. Leider. In anderem Zusammenhang mag das angebracht sein, aber Sie dürfen nicht vergessen, dass unsere Leserschaft hauptsächlich aus gebildeten Damen jenseits der Menopause besteht. Für diese Klientel ist das Thema körperliche Liebe kein Kaufentscheid. Im Gegenteil, es hält sie vom Erwerb des Buches ab, und das wollen wir ja beide nicht, oder?«

»Sie meinen, denen geht der Sex am Arsch vorbei? Sorry für meine Ausdrucksweise, aber ich als unverblümter Nichtakademiker … Außerdem, was soll das heißen: gebildete Damen jenseits der Dingens? Sollen die sich nicht mehr vergnügen dürfen, nur weil sie ein paar Falten im Gesicht haben und eine Schiller-Ballade auswendig können? Das ist Diskriminierung, gute Frau!«

»Nein, das ist die Sachlage, lieber Herr Koller. Es geht nicht um das praktische Vergnügen, sondern um Lektürewünsche. Unsere Leserinnen, das belegen nun mal etliche Marktuntersuchungen, erwarten von uns weiche Themen mit Anspruch. Die können durchaus auch politisch getönt sein oder kulturell, da liegen Sie mit Ihrem Text ja völlig im Trend, aber eben persönlich abgefedert und mit einem gewissen Nährwert für die Reifezeit des Lebens. Mit unserem Verlag verbindet man Qualität, Herr Koller, nicht die mitunter arg abseitigen Fantasien Ihrer Romanfiguren.«

»Dann bin ich beim falschen Verlag«, belferte ich. Dieser verdammte Marc Covet! Wollte in seiner Eitelkeit natürlich unbedingt an einem seriösen Haus herauskommen. Das hatten wir nun davon!

»Aber nein, aber nein!« Da hatte sie wieder ihren Flötentonmodus eingeschaltet, die Dame in ihrem Frankfurter Westendbüro oder wo sie auch immer saß. »Ansonsten sind wir ja sehr zufrieden mit Ihrer Arbeit, die Geschichten sind exzellent gestrickt, da ist Spannung und Tiefgang, sogar Humor, in der Tat, nur diese wenigen Unebenheiten sollten wir noch beseitigen.«

»Für den Tiefgang kann ich nichts, den hat Herr Covet hineingeschmuggelt.« Das Telefon am Ohr, machte ich mich auf den Weg in die Küche. »Und noch weniger kann ich für die bizarren Hobbys meiner Landsleute. Ist es vielleicht meine Schuld, dass der feine Herr Generalmusikdirektor auf nackte Kinder stand? Ich hätte es auch gern mit anderen Typen zu tun gehabt. Und sein nymphomanisches Betthäschen – glauben Sie, ich habe deren Privatleben erfunden?« Ich klemmte mir das Telefon zwischen Schulter und Ohr, um die Thermoskanne aufzuschrauben.

»Etwa nicht?«, kam es vom anderen Ende. Vor lauter Verblüffung verpasste ich die Antwort. »Zumindest geschönt werden Sie es haben«, sprach die Lektorin weiter. »Ich meine, so dick trägt das Leben doch nicht auf, oder? Dito bei Ihrem Dirigenten. Ich bin die Zeitungen von damals durchgegangen. Gewisse moralische Freizügigkeiten wurden dem Herrn zwar attestiert, aber längst nicht die – pardon – Schweinereien, die in Ihrem Text stehen.«

»Wie bitte?«, rief ich und verschüttete aus Ärger einen halben Becher Kaffee. Beim Versuch zu retten, was nicht zu retten war, flutschte mir das Telefon unterm Ohr weg und krachte auf den Fußboden. Fluchend sah ich ihm hinterher. Die Stimme der Lektorin quäkte durch unsere Küche. Ich ließ sie quäken, wischte erst den Kaffeefleck von der Arbeitsplatte und entdeckte dabei einen Zettel mit Christines Handschrift: ›Wohin gehen wir morgen Abend? Du weißt schon …!!!‹ Auch der Zettel war kaffeegetränkt, doch daran lag es nicht, dass ich ihn nicht verstand. Frauen und ihre Andeutungen! Wütend nahm ich Telefon und Gespräch wieder auf.

»Alles in Ordnung?«, erkundigte sich die Dame vom Verlag. »Haben Sie sich verletzt?«

»Mein Computer hat sich gerade aus dem Fenster gestürzt«, blaffte ich sie an, »weil Sie was von Schweinereien sagten, die er angeblich beherbergt. Der ist sensibel, verstehen Sie?«

»Immer mit der Ruhe, Herr Koller. Den Umgang mit konstruktiver Kritik müssen Jungautoren wie Sie erst noch lernen, das verstehe ich. Aber letztlich geht es darum, Ihr Buch zu verkaufen. Das wollen Sie doch genauso sehr wie ich, richtig?«

»Herrje, was soll ich machen, wenn einer ein perverses Schwein ist oder ein brutaler Mörder? Soll ich den völlig umkrempeln? Komplett neu erfinden? Zu so was bin ich überhaupt nicht in der Lage!«

»Von neu erfinden kann keine Rede sein. Abschwächen, ja, andere Akzente setzen, darum geht es. Nehmen wir als Beispiel Ihren Mitautor, den ich als äußerst gepflegte, distinguierte Person kennenlernen durfte. Mit dem Covet in Ihrem aktuellen Manuskript hat der gute Mann rein gar nichts zu tun. Was Sie dem für Klischees angedichtet haben! Aus Gründen der Dramaturgie, sicher, nur eben deutlich übertrieben. Das muss alles wieder raus, Herr Koller. Wissen Sie, beim Stichwort Theater denkt ohnehin jeder sofort an moralische Abgründe, das ist so ausgelutscht, das Thema …«

»Hallo?«, unterbrach ich sie. Mir reichte es jetzt. »Sie werden immer leiser! Ich verstehe Sie kaum noch. Mein Telefon scheint eben doch etwas abbekommen zu haben. Ich melde mich, wenn es wieder funktioniert.« Ich drückte den Aus-Knopf und brüllte einige nicht jugendfreie Flüche in den Morgen hinaus.

Diese verklemmte Buchstabentussi! Von wegen ausgelutscht! Hatte Marc nicht erzählt, dass die Dame früher als Dramaturgin gearbeitet hatte? Na, also. Die kam aus dieser Ecke, deshalb passte ihr es nicht, wenn im Theater Blut und Sperma spritzte. Echtes Blut, brr! Das Telefon läutete erneut, doch ich hob nicht ab. Nahm mir stattdessen noch einmal Christines Zettel vor. Was um alles in der Welt wollte meine Ex von mir? Du weißt schon – drei Punkte, drei Ausrufezeichen. Nichts wusste ich! Es gab keine WM, also auch kein Public Viewing, und wohin sonst sollten wir zwei gehen? In der Oper waren wir doch schon vor ein paar Jahren gewesen!

Frauen … Während ich den Rest Kaffee schlürfte, gönnte ich mir ein chauvinistisches Viertelstündchen und fühlte mich anschließend tatsächlich besser. Vielleicht lag es ja am Kaffee. Den Christine mir gemacht hatte. Danke, Schatz. Aber was meinst du bloß mit morgen Abend? Ich kam nicht drauf.

Der Brotkasten war leer, auch im Kühlschrank fehlten einige überlebenswichtige Dinge. Mit einer kleinen Einkaufstour startete ich in den Tag. Statt der renitenten Lektorin beherrschten schon bald die Protagonisten von gestern meine Gedanken. Steve und Brutsch, Inez und Daniel. Wirkten die vielleicht auch übertrieben? Nein, lauter nette Pärchen waren das. Ein Herz und eine Seele. Befragte man sie einzeln, logen sie dafür, dass sich die Balken bogen. Steve natürlich nicht, der musste von Berufs wegen immer die Wahrheit sagen. Am hübschesten log immer noch Inez. Mal sehen, was sie mir heute auftischen würde!

Apropos auftischen. Zur Feier meiner Ermittlungen kaufte ich ein Kilo spanische Tomaten. Tomaten im März, na ja. Wenn man sie unter Mozzarella versteckte und in Gewürzöl ertränkte, entging einem vielleicht, dass sie nach nichts schmeckten. Brot, Butter, Milch, Käse und Wurst – mein Rucksack wurde immer voller. Als ich ihn an der Kasse öffnete, stieß ich im vorderen Fach auf einen Umschlag. Bökers Brief! Den hatte ich völlig vergessen. Kam ich auf dem Heimweg an einem Briefkasten vorbei? Na, ich hatte wirklich Besseres zu tun.

Zum Beispiel Inez eine SMS zu schreiben. ›Schaue heute Mittag kurz vorbei‹, tippte ich im Gehen ein. Abiturienten hatten doch kaum noch Unterricht, oder? Und bevor mir im College wieder der maulige Daniel dazwischenfunkte, schaute ich mir lieber an, wie Señora muchacha amor so wohnte. Welcher Elternteil aus Spanien stammte und ob noch ein Liebesbrief von Thorsten Schallmo irgendwo herumflog.

Zu Hause blinkte der Anrufbeantworter. Mein Freund Fatty hatte mir eine Nachricht aus dem finstersten Odenwald zukommen lassen. Irgendwo zwischen Affolterbach und Falkengesäß gluckte er mit einer Gruppe Heidelberger Erzieherinnen zusammen, um die neuesten pädagogischen Konzepte durchzukauen. Vier Tage lang, von Mittwochabend bis Sonntagmorgen, und bezahlt bekam er es auch noch. Fortbildung nannten sie es; wie ich es nannte, interessierte eh keinen.

»Angeblich eine schöne Gegend hier«, tönte Fattys Stimme erstaunlich gut gelaunt durch unsere Wohnung. »Leider sieht man vor lauter Regen nichts davon. Halt die Ohren steif und bleib sauber, Max! Und spar dir die interessanten Fälle bis zu meiner Rückkehr auf.«

»Das hättest du wohl gern«, knurrte ich und löschte die Nachricht.

16

Wir wohnen nicht in Rohrbach, hatte Inez gestern am Telefon erklärt, und die Verachtung in ihrer Stimme war unüberhörbar gewesen. Sie empfand es wohl als Zumutung, sich jeden Morgen in die Heidelberger Suburb aufmachen zu müssen. Raus aus der heilen Zuhausewelt, und ab in den wilden Süden. Dass sich ihr Fünfsternecollege aber auch ausgerechnet in Rohrbach befinden musste! Arme Iny.

Mehr vor Mitleid als vor Schweiß triefend, erklomm ich die steile Scheffelstraße im Wiegetritt. Zu beiden Seiten stapelten sich die Villen. Und was für Villen! Jeder Tourist kannte sie, denn von der Schlossterrasse aus lagen sie zum Greifen nahe. Einfach den Blick über die Alte Brücke schweifen lassen, zur nördlichen Neckarseite hin: ein buntes Spielzeugland aus Edelklitschen. Aber keiner war jemals dort gewesen! Verbotenes Terrain! Gut, im Hotel zur Hirschgasse quartierten sich zuweilen ein paar Tagesgäste ein, angelockt durch die Mensurstube und die Verheißung von frischem Burschenschafterblut. Aber die Zeiten Mark Twains sind längst vorbei, und zur Erkundung der Umgebung reicht es auch nicht. Man braucht seine Kraft ja für den Anstieg zum Schloss, für die Hauptstraße und das Anstehen an der Karzerkasse. Und was für die Touristen galt, traf auch auf die meisten Heidelberger zu. Mich selbst zum Beispiel hatte es seit meinen seligen Taxifahrerzeiten nie wieder hierher verschlagen. Lag wohl an meiner Position in der sozialen Rangliste. Nun, einmal ist immer das erste Mal.

Stramm ging es nach oben. Und so musste es ja auch sein, wollte das Gelände den sozialen Gegebenheiten entsprechen. Jetzt eine Linkskurve und etwas flacheres Terrain, ich konnte durchschnaufen. Ein Blick nach Süden: Schon tat sich das weltberühmte Heidelberger Panorama auf, für das halb Asien rund um den Globus jettete. Rostrote Ruine vor grünem Mittelgebirge, launig umplätschert vom Neckar. Auf Postkarten sieht es immer so aus, als lebten dort keine Menschen. Nur bezahlte Heidelberg-Statisten.

Ich hielt nach den Hausnummern Ausschau. Dort oben

musste es sein. Ein ziemlich neuer Bau, Typ Architektenhaus, aus drei ineinandergeschobenen Quadern bestehend. Nein, ich fragte mich jetzt nicht, was das gekostet hatte. Wollte gar nicht wissen, wie viele Schulen in Schwarzafrika man dafür hätte errichten können. Hatte die Scheffelstraße tatsächlich nichts mit Geld scheffeln zu tun? Müßige Fragen.

Ich stellte mein Rad neben eine hellblaue Vespa und läutete. ›Warburg‹ stand auf dem Klingelschild. Rund um das Gelände lief eine mehr als mannshohe Metallwand, in die auch die Eingangstür eingelassen war. Einen Spalt zum Durchblicken suchte ich vergeblich. Wenn ich ein paar Schritte zurücktrat, sah ich wenigstens die beiden oberen Etagen des Gebäudes.

Gut. Ich hatte geläutet, aber es passierte nichts. Auch nicht nach dem zweiten Versuch. Hinter den Fenstern blieb alles ruhig, das Haus lag verlassen da. Ich schlenderte ein paar Meter nach links, ein paar nach rechts. Langsam zog ein Audi vorbei. Seine Insassen warfen mir wachsame Blicke zu. Ja, schaut nur, Leute, so schnell werdet ihr mich nicht mehr hier sehen!

Normalerweise wäre jetzt die Stunde des Abschieds gekommen. War halt keiner zu Hause bei Warburgs. Bloß, was machte dann Daniels Vespa auf dem Bürgersteig? Ein Griff an den Motorblock: noch warm. Waren Inez und ihr Freund in den Wald spaziert, der gleich oberhalb der Villa begann? Oder lagen sie im Bett, die Kopfhörer überm Ohr?

Ich läutete noch einmal. Keine Reaktion.

Unschlüssig stand ich vor dem Haus und kämpfte vergeblich gegen ein mulmiges Gefühl an. Den jungen Leuten musste ja nicht gleich etwas passiert sein. Man machte sich halt so seine Gedanken als erfahrener Privatermittler.

Ist doch wahr, Leute: Was hatte dieser Max Koller nicht schon alles erlebt! Andere machten sogar Bücher daraus. Solange nur Blümchensex drin vorkam, aber das war jetzt nicht unser Thema. Nein, Thema war die Unruhe, die mich beschlich und die ich gern als meinen sechsten Sinn bezeichnet hätte. Max Kollers sechster Sinn, das hörte sich gut an. Auch romantechnisch. So recht was für die reife Leserschaft meines Verlags. Gemeinsam machten wir uns Sorgen um meine beiden Hübschen. Um Inez, die mich angelogen hatte, aus welchen Gründen auch immer. Und um Daniel, der es hasste, vor einem wie mir als Betrogener dazustehen. Wenn das mal kein hochexplosiver Mix von Emotionen war!

Noch ein letzter Blick zu den verwaisten Fenstern der Warburg-Villa, dann nahm ich meine fünf – oder sechs – Sinne zusammen und stiefelte los. Weiter die Straße entlang, bis ein schmaler, grob gepflasterter Weg den Hang hoch führte. Am Waldrand bog ich ab und schlug mich oberhalb der Grundstücke durch das Dickicht bis zu der anthrazitfarbenen Metallwand. Habe ich schon erwähnt, dass sie an die zwei Meter hoch war? Umso bedauerlicher, dass niemand Zeuge meines Sprungs über dieses Hindernis wurde. Sprung ist vielleicht das falsche Wort; ich nahm Anlauf, zog mich mit beiden Händen so empor, dass ich eine Schuhspitze über die Kante bekam, anschließend war es ein Zerren und Hakeln und Wuchten und Ächzen. Und natürlich Fluchen. Endlich oben, schaute ich auf einen ebenso ansehnlichen wie verlassenen Garten. Die Wand, die ich heroisch erklommen hatte, war nicht sehr breit und daher furchtbar unbequem, weshalb ich für meine nächste Handlung so gut wie keine Bedenkzeit brauchte. Schwupp, landete ich im Garten der Warburgs.

Wäre jetzt – rein literarisch gesehen – nicht der geeignete Moment für den Auftritt einer zähnefletschenden Bulldogge? Meine Lektorin hätte diese Frage sicher bejaht, doch die Warburgs kamen anscheinend ohne Hund aus. Kein Warnhinweis an der Eingangstür, kein wütendes Gebell, wenn geläutet wurde, bloß ein stiller, tier- und menschenleerer Garten.

Aber mein Gefühl, meine Unruhe. Mein sechster Sinn!

Er ließ mich vorwärts schleichen, um einen rund geschnittenen Busch herum, an einem bemoosten Wasserbecken mit Marmornackedei entlang, bis ich eine putzige kleine Laube erreicht hatte. Die Version Biedermeierscherenschnitt: Holzding, offene Wände, Blumenranken. Man kennt das. Man kennt auch die Bänke im Inneren, die schon als Sitzgelegenheit kaum taugen. Aber als Liegegelegenheit – nie und nimmer!

Vermutlich blieb ich deshalb wie angewurzelt stehen, als ich auf den Holzbänken der Laube jemanden liegen sah. Lang ausgestreckt.

Genauer gesagt zwei Leutchen. Und das war das Problem.

Die beiden hatten mich natürlich ebenfalls wahrgenommen. Und im Gegensatz zu mir kam sofort Leben in die zwei: Daniel hechtete von seiner Inez herunter, die ebenfalls in die Höhe schoss und einen Schrei hören ließ. Für mich das Zeichen, aus meiner Erstarrung zu erwachen und saudummes Zeug von mir zu geben.

Ich rief: »Ich bin's nur, alles in Ordnung! Ich hab nix gemacht! Und gesehen hab ich auch nichts. Ich schwör!«

Daniel und Inez verzichteten auf derartige Äußerungen, was eine weise Entscheidung war. Sie glotzten bloß. Verdammt, wo blieb mein Sinn Numero 6? Vielleicht hatte die Lektorin doch recht, bei mir ging es immer nur um das Eine, ich war sexfixiert. Dabei stimmte das gar nicht, ich war eher das Gegenteil, sofern man Christine Glauben schenken darf, und wenn mich jemand kennt, dann sie. Außerdem ist sexfixiert ein wunderbares Wort mit mehr x, als man auf manchem Wahlzettel hinterlässt, und schon deshalb hat es die Aufnahme in einen Roman verdient.

Was aber alles die Situation nicht rettete. Wenigstens waren der Junge und das Mädchen noch angekleidet, nun ja, wir hatten Ende März, und nachts gab es Bodenfrost. Lediglich Daniels Hose stand offen – allerdings nicht lange. Mit bewundernswerter Kaltblütigkeit knöpfte er sie wieder zu.

»Geht's Ihnen noch gut?«, herrschte mich eine blasse Inez an. »Wie kommen Sie hier rein?«

»Mauer«, sagte ich und deutete nach hinten. »Hohe Mauer. War wohl keine … also sorry noch mal.«

»Wir werden Sie anzeigen«, sagte der Blonde augenrollend. »Ich garantiere Ihnen, Sie kriegen so eine fette Anzeige an den Hals. So fett!«

»Entschuldigung!«, rief ich. »Habe ich vielleicht geklingelt, ihr Helden? Dreimal! Warum macht ihr nicht auf? Ihr wusstet doch, dass ich komme!«

»Ja, aber wann?«, gab Inez zurück. Ihre Stimme klang angegriffen. »Hier draußen hört man kein Klingeln.«

»Nicht, wenn man abgelenkt ist«, knurrte ich. Sorry, ihr beiden Hübschen, aber diese Bemerkung konnte ich euch nicht ersparen!

»Ich warne Sie«, zischte Daniel und kam mit ausgestrecktem Finger auf mich zu. Merkte er nicht, wie lächerlich er wirkte? Sein Finger provozierte sie ja geradezu, die obszönen Witze!

»Pass auf«, sagte ich stattdessen. »Auch wenn ihr das jetzt nicht glaubt: Als keiner öffnete, habe ich mir Sorgen um euch gemacht. Okay, es war blöd, über die Mauer zu klettern. Dafür entschuldige ich mich, hört ihr? Es tut mir leid! So, jetzt kannst du mir meinetwegen eine Anzeige anhängen, Daniel, wenn es dich befried- ... wenn es dir Spaß macht.«

Inez strich sich eine Strähne aus der Stirn. »Wie sind Sie hier hereingekommen?«

»Geklettert.« Hörte sie schlecht? Wie sie da saß, auf der äußersten Kante der Holzbank, beide Knie zusammengepresst, schien sie die Situation tatsächlich noch nicht ganz erfasst zu haben.

»Der Anwalt meines Vaters«, knirschte Daniel, immer noch auf dem Rächer-und-Beschützer-Trip, »wird Sie klein falten, dass keine Briefmarke mehr drauf passt.«

»Ja«, nickte ich. »Ist ja gut. Tu, was du nicht lassen kannst. Ist 'ne dumme Angewohnheit von mir, dass ich mir um andere Leute Sorgen mache. Wird nicht wieder vorkommen. So. Können wir jetzt wieder normal miteinander reden? Wir haben nämlich etwas zu besprechen.«

»Bitte gehen Sie jetzt«, sagte Inez und wischte sich einen Krümel, den nur sie sah, vom Pulli.

Ich schwieg. Vielleicht hatte sie recht, und es war das Beste, von hier zu verschwinden. Jähes Ende eines wenig glorreichen Auftritts.

»Bitte«, wiederholte sie leise.

»Du hast mich angelogen, Inez. Warum?« Es war ein letzter Versuch, aber er fruchtete. Sofort straffte sich ihr Rücken, ihr Blick wurde eng.

»Habe ich das?«

»Du hast mit Thorsten Schallmo telefoniert. Am Tag seines Todes, nachmittags um 15.45 Uhr.«

»So?«

»Ja.«

»Um 15.45 Uhr? Keine Minute später?« Um ihre Mundwinkel zuckte es. Sieh an, da kehrte das spöttische Lächeln in ihr Gesicht zurück. Inez reagierte schnell: Aus einer peinlichen Situation war eine gefährliche geworden, also hatte sie auf Verteidigung umgeschaltet. Auf Vorwärtsverteidigung, um genau zu sein. »Woher wollen Sie das wissen?«

»Recherche. Ist mein Beruf.«

Sie zögerte mit der Antwort. Dafür schaltete sich ihr Freund ein: »Schmeiß ihn raus, Iny. Der Typ hat doch nicht mehr alle Tassen im Schrank. Soll ich es für dich tun?«

»Ach nee!«, fuhr ich ihn an. »Interessiert dich nicht, was sie mit Schallmo zu besprechen hatte? An seinem Todestag, überleg mal! Oder wusstest du von dem Gespräch?«

»Entweder Sie gehen jetzt, oder ich rufe die Polizei. Verstanden?«

»Hör auf, den starken Mann zu markieren, das steht dir nämlich nicht, Daniel. Ich habe etwas mit deiner Freundin zu klären, und wenn jetzt der falsche Moment ist, komme ich nachher wieder. Oder heute Abend, egal. Hier geht es um Mord, kapierst du das? Nicht um pubertäre Hahnenkämpfe.«

»Verschwinden Sie!«

»Nun lasst mal Luft ab, alle beide!« Inez funkelte ihren Freund an. »Ist doch klar, dass er nachbohrt, wenn er merkt, dass da was nicht stimmt.« Sie stand auf, blass, aber entschlossen. »Ich mache uns mal einen Kaffee, dann können wir in Ruhe reden.«

»Weißt du eigentlich, was du an deiner Freundin hast?«, raunte ich Daniel zu, während Inez vorausging.

Er wich meinem Blick aus.

Kurz darauf saßen wir in einem kahlen Zimmer auf dunklen, harten Möbeln und tranken Espresso, den eine blitzende Designermaschine ausgespuckt hatte. So kurz nach dem Frühstück hatte ich eigentlich keine Lust auf

Kaffee, aber er schien mir das einzig Warme in dieser kalten Umgebung. Inez vielleicht einmal ausgenommen. Während sie die Tassen präparierte, kam es zu einem kurzen geflüsterten Wortgefecht mit Daniel, der offenbar nicht wusste, welche Rolle ihm bei unserer Unterhaltung zugedacht war.

»Ich kann auch gehen, wenn dir das lieber ist!«

»Deine Entscheidung.«

»Ach ja?«

»Ja!«

Na, da war es mir ja glänzend gelungen, einen Keil zwischen die beiden zu treiben. Alter Psychologentrick: Schaffe Uneinigkeit, schon winkt dir Erkenntnisgewinn.

»Wirklich«, begann Inez, als endlich alle saßen, »ich frage mich, woher Sie von dem Telefonat wissen.«

Bedauernd hob ich die Schultern. Preisgabe von Informanten, das war ja noch verwerflicher als das Eindringen in fremde Gärten!

»Worum ging es denn bei eurem Gespräch?«, fragte ich stattdessen. »Und warum hast du es mir verheimlicht?«

»Na, weil es so kurz vor Thorstens Tod stattfand, darum. Macht doch einen seltsamen Eindruck, oder?« Sie drehte die Tasse in ihren Händen. »Außerdem war es eine saublöde Unterhaltung.«

Ich wartete. Daniel ebenfalls, auch wenn er so tat, als ginge ihn die ganze Sache nichts an.

»Es begann schon damit, wie er sich meldete«, fuhr sie fort. »Wollte angeblich meine Mutter sprechen. Ich meine, geht es noch dämlicher? Wir hatten uns getrennt, in aller Freundschaft eigentlich, aber für den ersten Anruf nach Wochen muss meine Mutter als Ausrede herhalten.«

»Und was wollte Schallmo von ihr?«

»Nichts, es war bloß ein Vorwand. Sie arbeitete ja noch.

Und danach …« Ihr Blick flog kurz zu Daniel hinüber, bevor er sich wieder senkte. »Danach haben wir uns gestritten. Noch ein Grund für mich, von dem Telefonat nichts zu erzählen.«

Ich nippte an meinem Espresso. Alles, was recht ist, aber diese Glitzermaschine verstand was von ihrem Geschäft. »Dir ist klar, dass ich weiterfragen werde«, sagte ich. »Worum es sich bei diesem Streit handelte und solche Sachen.«

»Geht Sie nichts an«, knurrte Daniel. Beachtete ihn jemand?

Inez schürzte die Lippen. »Beziehungskram«, sagte sie und zuckte die Achseln. »Ist ja nie ganz vorbei, so sauber man sich auch trennt. Thorsten hatte noch etwas bei mir, was er nicht zurückhaben wollte … Ich wollte es ihm aber geben, und deshalb kam es zum Streit. Worum es sich handelte, ist meine Sache. Darüber rede ich nicht, und wenn Sie mir den Hals rumdrehen.«

»Kein Bedarf«, grinste ich.

»Was?«, sagte Daniel schroff. »Was hast du noch von ihm?«

»Nichts.« Sie stützte ihr Kinn in eine Hand und starrte in eine Zimmerecke, ganz oben unter die Decke.

Wir warteten. Es schien eine extrem interessante Ecke zu sein, die Inez da begutachtete. Sie starrte und starrte, bis ihre Augen zu tränen begannen. Sogar ich sah irgendwann hin. Spinnweben? Nö, alles sauber. Kein Grund, feuchte Augen zu bekommen.

»Gut«, meinte ich schließlich. »Du musst nicht darüber reden, wenn du nicht möchtest. Wie ich schon sagte: Alles, was in den vergangenen Tagen und Wochen passiert ist, interessiert mich nur im Hinblick auf Schallmos Tod. Und euer Telefonat fand nun mal wenige Stunden davor statt.

Ein Streit, über was auch immer. Du wirst verstehen, dass ich mich damit nicht zufriedengeben kann.«

Achselzucken. Sie sah unendlich traurig aus. Mein Gott, hatte sie diesen Kerl am Ende doch geliebt? Gestern im Scenic war davon nicht die Rede gewesen, bloß von der Oberflächlichkeit einer flüchtigen Beziehung.

»Bist du sicher«, fuhr ich fort, »dass es zwischen eurem Gespräch und dem Mord keine Verbindung gibt? Ganz sicher?«

Inez nickte. Und endlich, endlich löste sie auch ihren Blick von der blöden Zimmerecke, fuhr mit dem Handrücken über ihre Nase, um mit belegter Stimme zu sagen: »Da bin ich absolut sicher. Es war eine Angelegenheit zwischen mir und Thorsten. Punkt.«

Daniel stand wortlos auf und ging in den Garten hinaus. Wir sahen ihm beide hinterher, ich allerdings nur kurz. War ja viel angenehmer, Inez zu beobachten. Eine verletzliche, um Fassung ringende junge Frau. Der Streit mit Schallmo schien ihr immer noch nachzugehen. Vielleicht, weil nun keine Versöhnung mehr möglich war, weil sie Zwist und Hader für immer mit sich herumtragen musste. Vielleicht aber auch, weil echte Emotionen hinter dem Telefonat gestanden hatten – und immer noch standen. Und dann fragte dieser Schallmo erst nach der Mutter! Nein, besonders sympathisch war er mir nicht. Ein Weichei, da hatte Steve Bungert recht.

Es war sehr still in dem großen, kalten Haus. Der Geruch frisch gepressten Espressos hing in der Luft, die Gartentür stand halb offen. Inez strich sich eine Strähne aus dem Gesicht, bevor sie sich nach langer Zeit wieder direkt an mich wandte.

»Mir ist schon klar«, sagte sie, »dass Ihnen das nicht reicht. Dass Sie noch mehr Erklärungen möchten. Aber es gibt nun mal Dinge, über die man mit anderen nicht spricht. Das müssen Sie akzeptieren. Es war eine Sache zwischen mir und Thorsten, die niemanden etwas angeht, auch Daniel nicht.«

»Und die auch nichts mit den Schüssen am selben Abend zu tun hat, richtig?«

»Richtig.«

»Aber nun stell dir mal vor, Thorsten hätte es nicht als eine Sache zwischen euch beiden angesehen. Stell dir vor, er hätte jemandem davon erzählt, gleich nach eurem Telefonat. Daniel zum Beispiel. Was dann?«

»Quatsch! Völlig undenkbar.«

»Oder einer anderen Frau. Mit der er ganz frisch zusammen war. Mit der er früher einmal zusammen war. Die mit ihm zusammen sein wollte. Inez, da gibt es Hunderte von Möglichkeiten! Du weißt nicht, wen dein Thorsten alles kannte, wem er vertraute, mit wem er auch über intime Dinge sprach.«

»Trotzdem«, sagte sie, aber die Verunsicherung stand ihr ins Gesicht geschrieben. »Ich kannte Thorsten. Er hat unsere Beziehung nie an die große Glocke gehängt.«

»Auch nach ihrem Ende nicht? Ich verstehe ja, dass du Daniel unter allen Umständen aus der Sache raushalten möchtest. Das ehrt dich. Aber es verstellt den Blick auf mögliche Verwicklungen.«

»Dann suchen Sie halt nach solchen Verwicklungen!«, rief sie ungeduldig. »Sie scheinen ja eh alles zu wissen. Wer mit wem wann telefoniert hat und solche Sachen. Aber ich sage Ihnen eins: Suchen Sie den Täter lieber unter den Hauptschülern. Da hat doch jeder Zweite eine Knarre im Keller!«

Ich grinste schwach. Solche hässlichen Sätze aus so einem hübschen Mund! Wobei ich nicht ausschließen will, dass sie mir in einem unkontrollierten Moment auch hätten entfahren können. Allerdings war mein Mund nur Durchschnitt.

»Tja«, sagte ich. »Sieht so aus, als kämen wir an diesem Punkt nicht weiter. Ist dir eingefallen, wer die junge Frau gewesen sein könnte, von der du gestern gesprochen hast? Diese ehemalige Rohrwaldschülerin?«

Sie schüttelte den Kopf. Ergiebig war anders, fand ich. Vielleicht ließ sie sich mit der anonymen Schmähung aus der Reserve locken. Ja, warum eigentlich nicht?

»Das hier«, sagte ich und zog den Zettel mit ihrem Foto aus der Tasche, »hat mir ein Unbekannter zukommen lassen.« Ich hielt ihr den Wisch vor die Nase. »Bis heute weiß ich nicht, wer.«

Ihre Augen weiteten sich. Sie riss mir das Blatt aus der Hand. Das wäre nicht weiter schlimm gewesen, doch im nächsten Moment stand Daniel neben ihr und glotzte ebenfalls auf die Filzschreiberbotschaft.

»Was ist das?«, stieß er heiser hervor. »Woher haben Sie das?« Inez presste die Lippen aufeinander.

»Hat man mir unter den Gepäckträger geklemmt.«

»Und auf so etwas fußen Ihre Ermittlungen?« Herrje, der Junge schäumte regelrecht! »Mit diesem Dreck gehen Sie hausieren? Wirklich, Sie sind das Letzte, was mir in meinem Leben …«

»Der Überbringer der Botschaft wird geköpft, ich weiß schon«, winkte ich ab.

»Reden Sie sich nicht raus!«, schrie er. »Wahrscheinlich haben Sie diesen Müll schon in der halben Stadt herumgezeigt! Von wegen Überbringer! Ein Schmarotzer sind Sie, ein Parasit, der von den Problemen anderer Leute lebt.«

»Wer tut das nicht?«, sagte ich und stand auf.

»Hauen Sie ab. Hauen Sie endlich ab!«

»Entspann dich. Bin doch schon am Gehen. Darf ich den Zettel wieder haben?«

Als Antwort knüllte er ihn zusammen.

»Auch gut.« Zu Hause lagen drei Kopien des Wischs. »Dann mache ich mich jetzt vom Acker. Danke für die Auskünfte. Und noch einmal Entschuldigung, dass ich so unpassend vorbeigeschaut habe.« Ich wollte gehen, als mir einfiel, dass ich den Weg zur Haustür gar nicht kannte. Nicht den üblichen jedenfalls.

Inez erhob sich. »Ich bringe Sie raus«, sagte sie mit fester Stimme.

Es wurde ein kühler Abschied. Wir mussten ein Stockwerk tiefer; der Raum, der zum Hang hin auf Gartenhöhe lag, befand sich von der Straße aus gesehen im ersten Stock. Im Flur fiel mein Blick auf ein Familienfoto: Inez und ihre Eltern an der See. Der Vater lachend, etwas grobschlächtig, die Mutter schlank und mit denselben dunklen Augen wie ihre Tochter.

»Was arbeiten deine Eltern eigentlich?«, fragte ich, die Türklinke schon in der Hand.

»Mein Vater leitet eine Baufirma, meine Mutter ist Ärztin.«

»In der Chirurgie?«

»Nein, Onkologie. Jetzt fragen Sie genau wie Thorsten.«

Ich brauchte einen Moment, um zu verstehen, was sie meinte. »Schallmo wollte deine Mutter sprechen, weil er dachte, sie sei Chirurgin?«

»Ja. Ist doch ein bescheuerter Anfang für das erste Gespräch drei Wochen nach Ende einer Beziehung, odcr?«

»Total bescheuert«, murmelte ich.

»Sie wollten gehen!«, kam es vom anderen Ende des

Flurs. Dort stand Daniel, dicklippiger denn je. Der blonde Sohn eines Papas mit Anwalt.

Zum Abschied winkte ich ihm zu. Mein Gott, wie er mich verachtete!

Dafür hatte ich ihn in Unterhose gesehen.

17

Universitätsklinikum Heidelberg, Chirurgische Klinik – solche Wortungetüme lösen in Leuten wie mir automatisch Fluchtreflexe aus. Hilfe, da will ich nicht hin. Niemals! Auch bei dem Gebäude handelte es sich um ein Monstrum: Riese unter den Krankenhäusern, Anlaufstelle für die ganz großen, ganz schweren Leiden. Ich dagegen war bloß ein superkleiner Privatermittler ohne akute Beschwerden. Und musste trotzdem hin.

Nur überstürzen brauchte man es ja nicht. Während ich gemächlich am Neckar entlang radelte, brachte ich ein wenig Ordnung in die neuen Erkenntnisse. Schallmo hatte – am Tag seines Todes – mit einer Chirurgin sprechen wollen. Und zwar mit einer Bekannten oder wenigstens der Mutter einer Bekannten. Er war seinen Freundeskreis durchgegangen und schließlich bei Inez und ihrer Familie gelandet. Deren Mutter aber war erstens Onkologin und zweitens nicht zu Hause. Dass sich Schallmo im selben Telefonat noch mit seiner Ex gestritten hatte, war aus dieser Perspektive Nebensache. Nicht für Inez natürlich, schon klar. Sie hatte sich über den seltsamen Gesprächsbeginn geärgert und zum Besen gegriffen. Aufräumen war die Devise! Das Treibgut einer Beziehung: Mensch, Thorsten, wann holst du endlich dein doofes Pink-Floyd-Shirt bei mir ab? Wie lange soll das noch meinen Schrank vollmüffeln? Nur so als Beispiel. Um etwas mehr als ein T-Shirt würde sich der Streit schon gedreht haben. Vielleicht um ein Geschenk, das Inez zurückgeben wollte. Etwas Symbolisches, Gefühlsbehaftetes.

Stopp! Gedankliche Sackgasse: Ab hier ging es nur noch im Spekulationsmodus weiter. Also zurück zum Ausgangspunkt, zur Chirurgie.

Die Frage war doch, warum Thorsten Schallmo mit einer Ärztin sprechen wollte. Weil er einen Rat brauchte, eine Auskunft. Etwas im Zusammenhang mit dieser kleinen, hervorgehobenen Notiz in seinem Taschenkalender: Chir. 015. Er wollte wissen, wer in Zimmer 015 lag. Aber dieses Zimmer gab es ja nicht. Hatte er sich telefonisch erkundigt und dieselbe Information erhalten wie ich? Ich brauchte nicht einmal meine Liste hervorzusuchen, um diese Frage zu verneinen. Von meinem eigenen Versuch vor zwei Tagen wusste ich, dass sämtliche Kliniknummern mit 56 begannen, und eine solche Nummer hatte der Ermordete nicht gewählt.

Kurz vor der Ernst-Walz-Brücke verließ ich den Fahrradweg und nahm die Jahnstraße Richtung Neuenheimer Feld. Feld, das klingt nach Ackerbau und Viehzucht, doch das täuscht. Bevor die Uni zur Landnahme ansetzte, hatte sich die gesamte Fläche des Neckarbogens tatsächlich einmal in der Hand von Bauern und Kleingärtnern befunden. Lange her. Es hatte Gemüseanbau gegeben und Obstplantagen, Höfe mit Kleinvieh und viel fruchtbares Land. Dann wurde ein Friedhof geplant, aber nie verwirklicht, stattdessen kam der Zoo, kamen Sportstätten, der Botanische Garten und schließlich die Universität. Heute ist das Neuenheimer Feld eine Betonwüste, in der sich immer noch eine

Lücke findet, die mit einem weiteren Zweckbau zu verunstalten ist. Mag das Einheitsgrau der älteren Gebäude neuerdings neckischen Modefarben wie orange oder hellgrün weichen – heimeliger wird es dadurch nicht. Nur teurer.

Der Eingangsbereich der Chirurgie mit seinem vorgelagerten Glaskörper und dem spitz zulaufenden Dach erinnerte mich an das Dreiquaderhaus der Familie Warburg. Auch hier hatte ein Architekt mit Klötzchen spielen dürfen. Na, wenigstens Fahrradständer gab es. Im Inneren eine seltsame Mischung aus Begrüßungslächeln und Wegelagerei. Der hohe, weitläufige Raum signalisierte entspannte Gastlichkeit; man schlenderte gewissermaßen zur Behandlung. Aber rechts und links lauerten schon die Zollstationen: Anmeldung, Information, Patientenaufnahme. Bitte eine Nummer ziehen! Einzeln eintreten! Gleich würde jemand auf mich zustürzen und mir zehn Euro Praxisgebühr abknöpfen.

Lieber den Unsichtbaren spielen. Im Rücken zweier verschleierter Araberinnen, die beide einen Kinderwagen schoben, schlich ich mich an der Pforte vorbei. Auf einer großen Infotafel hielten die gekrönten Häupter des chirurgischen Herrscherhauses Hof: lauter professorale Hoheiten – und lauter Männer. Ein Schelm, wer Böses dabei dachte. Ich dachte gar nichts, sondern ließ mich von zwei Bildschirmen ablenken, über die Werbefilme für Medikamente und Vorsorgeartikel flimmerten. Die gesamte Gesundheitspalette hoch und runter, fein säuberlich mit Herstellerangabe.

Zu Risiken und Nebenwirkungen …

Ich merkte gar nicht, dass ich mitten im Foyer stehen geblieben war, so hatte mich die Erkenntnis überwältigt. Ja, das war die Zukunft: Wirtschaft und Heilkunst Hand in Hand. Dass der nette Prof. Chefarzt auf der Gehaltsliste von Novartis steht, ist doch ein alter Hut. Jetzt geht es an den Patienten, hurra! Durchsage im OP-Saal: Ihr heutiger Eingriff mit freundlicher Unterstützung der Deutschen Bank. Stammkunden der Uniklinik Heidelberg erhalten einen Ikea-Gutschein. Volltanken bei Shell verringert Ihre Wartezeit auf eine neue Niere um einen ganzen Tag. Und wenn Sie sich den Herstellernamen Ihrer Knieprothese auf den Oberschenkel tätowieren lassen, gibt es die neue Hüfte für die Hälfte.

»So isses«, sagte ich zu einem jungen Mann im Bademantel, der zusammen mit seinem rollenden Infusionsständer vorbeigeschlurft kam. Da er Kopfhörer trug, brauchte ich keine Rückfrage zu befürchten.

Aber er hätte mir beigepflichtet. Man musste die Sache nur zu Ende denken. Warum waren sie in anderen Sparten noch nicht so weit? Nehmen wir nur unsere Schulen. College, Haupt, Real, Waldorf – egal. Ab jetzt werden die Hausmeister von Obi gesponsert. Wahlweise von Kärcher. Biolehrer laufen mit taxofit-Schriftzug auf dem Hemdkragen herum, über der Tafel prangt das Logo von Heckler & Koch. Und wenn die Uniklinik dann flächendeckend Tranquilizer an renitente Hauptschüler verteilt, ist der Brückenschlag geschafft.

»So isses«, wiederholte ich, diesmal ganz für mich allein. Dann versuchte ich mich auf meinen Fall zu konzentrieren.

Wenn ich geglaubt hatte, mitten im Foyer würde mich ein großes Hinweisschild zu Zimmer 015 leiten, auch wenn es dieses Zimmer gar nicht gab, so hatte ich mich getäuscht. Das große Schild gab es nämlich auch nicht. Ein Wegweiser ›Stationen 1-11‹, mehr konnte ich nicht entdecken. Es half nichts, ich musste dorthin, wo ich mich schon einmal telefonisch erkundigt hatte: zur Pforte.

Diesmal war es keine Dame, die dort saß und ihren Callcenterspruch aufsagte, sondern ein junger Mann mit verfilzten Haaren. Ob es an den Haaren lag, weiß ich nicht, aber irgendwie war mir der Kerl gleich sympathisch.

»Hi«, sagte ich. »Können Sie mir helfen?«

»Gern«, antwortete er und wurde rot.

Nun, das war mal was Neues. Gewöhnlich wurden die Leute blass, wenn sie mich sahen, oder rot vor Zorn. Der Knabe hier wurde rot aus Verlegenheit. Warum auch immer.

»Ich suche Zimmer 015«, erklärte ich. »Können Sie mir sagen, wo das ist?«

»Um welchen Patienten geht es denn?«

»Um keinen. Nur um das Zimmer.« Und als er mich verständnislos, um nicht zu sagen erschreckt anstarrte, ergänzte ich: »Ein Bekannter hat es mir notiert, als eine Art Treffpunkt, und ich weiß gar nicht, ob dort ein Patient liegt.«

»Ach so.«

»Es könnte auch ein Arztzimmer sein oder eine Besenkammer.«

»Na, dann …« Nun wehte ihn doch die Blässe an, den armen Kerl. Fahrig hantierte er auf seiner Computertastatur herum. Ein Zimmer ohne Patient, das war ihm noch nicht untergekommen.

»Ist wohl ein ungewöhnlicher Wunsch?«, half ich ihm.

»Nein … na ja, schon. Wissen Sie, ich mache hier nur Vertretung.« Zack, brannte das Lämpchen wieder im schönsten Rot. Wie wild begann er zu tippen.

»Erster Tag an der Pforte?«

»Erste Woche. Heute ist auch noch die Kollegin krank geworden. Normalerweise sind wir …« Blick zum Bildschirm, Kopfschütteln. »Ohne Patientennamen bekomme ich kein Ergebnis. Aber Zimmer 015 ist hier ohnehin nicht registriert, das wüsste ich. Kenne ja die Stationen.«

»Schade.«

»Geht es vielleicht um einen Privatpatienten? Ach, Mist, nein, Sie sagten ja, dass Sie keinen Patienten suchen. Wobei das Zimmer …«

»Ja?«

»Es könnte auf der Privatstation sein. Deren Zimmernummern beginnen nämlich alle mit einer Null. 020, 021 und so weiter. Das passt doch am ehesten zur 015, oder?«

»Und wo finde ich die Privatstation?«

»Im Erdgeschoss, auf der Rückseite des Gebäudes.« Er legte mir einen laminierten Überblicksplan vor und fuhr mit dem Zeigefinger einmal quer durch die Chirurgie. »Am besten, Sie fragen dort im Schwesternzimmer nach.«

»Erste Woche?«, grinste ich ihn an. »Ich finde, Sie machen das wie ein alter Hase. Dankeschön!«

Damit flitzte ich los. Und der Knabe? Fing natürlich wieder an zu glühen.

Die Durchquerung des Gebäudes war ein Leichtes. Dem Stationsschild folgend, hielt ich mich immer geradeaus. Von oben hatte der Umriss der Chirurgie einem chinesischen Schriftzeichen geähnelt, mit drei Seitenachsen und einem dicken Knubbel oben. Der Weiser ›Privatstation‹ leitete mich in den südwestlichen Seitenarm, der in einem eingeschossigen Anbau endete. Hier holte ich die beiden Wüstenbewohnerinnen von vorhin wieder ein. Streng genommen, hätte es sich auch um männliche Wüstenbewohner handeln können, so vollständig war ihre Verschleierung. Ein Sehschlitz auf Augenhöhe, mehr ließen Tradition und Ehepartner nicht zu. Wie zuvor nutzte ich die schwarzwallenden Gewänder der Damen als Deckung und betrat die Privatstation.

Ein Pfleger kam angetrottet. Gelangweilt schaute ich auf die Uhr – klar, Max Koller ist zum hundertsten Mal hier – und folgte den Araberinnen nach rechts. Ein Blick auf die Zimmernummern: 030 und höher. Dann wohl eher die andere Richtung. Während der Pfleger hinter einer Tür verschwand, kehrte ich um und setzte meinen Weg allein fort. Das erste Zimmer links vom Eingang trug die 029, das folgende die 028. Kollege Filzkopf von der Pforte war wirklich Gold wert. Auf dem Flur, hinter den Türen: Schweigen. Ganz unbehelligt spazierte ich durch die Station. Wo war eigentlich das Schwesternzimmer? Jetzt ging es rechts um die Ecke. Am Ende des Flurs saß einer, Zeitung lesend, die Beine übereinandergeschlagen. An der Wand impressionistische Heiterkeit. Es roch nicht einmal nach Desinfektionsmitteln. Privatstation halt. Ein Arztzimmer: Oberarzt Dr. Keul. Nummer 019. Der nächste Raum ohne Beschriftung, Nummer 017 war ein Besprechungszimmer. Wie, besprechen? Heilen sollt ihr die Leute, nicht rumquatschen!

Es raschelte, als der Typ mit den übereinandergeschlagenen Beinen seine Zeitung zusammenfaltete. Erst jetzt bemerkte ich, wie stramm dem Burschen sein Anzug saß. Das quetschte ja richtig um die Schultern! Zimmer 016: wieder so ein anonymer Raum ohne Kennung. Eine einzige Tür blieb noch übrig.

»Entschuldigung«, sagte der Mensch im Anzug. »Wohin möchten Sie?« Er war aufgestanden und sah von oben auf mich herab – Kunststück, bei fast zwei Metern Länge. Vermutlich um nicht noch größer zu wirken, hatte er sein Haupthaar raspelkurz geschoren. Trotzdem wirkte der Koloss eher müde als bedrohlich.

»Ja, wo möchte ich denn hin?«, lächelte ich.

»Hier geht's jedenfalls nicht weiter.«

»Und das Zimmer da?« Ich zeigte auf die letzte, einsame Tür des Flures, neben der eine 015 prangte und sonst nichts.

»Können Sie nicht rein.«

»Warum nicht?«

»Patientenbereich. Verboten.«

»Ich will ja auch gar nicht rein. Wer liegt denn da?«

»Niemand. Würden Sie jetzt bitte gehen? Die Kranken brauchen ihre Ruhe.«

»Verstehe ich«, flüsterte ich. »War ja selbst mal krank. Wie geht es dem Herrn da drin?«

Keine Reaktion. Wenn ihm ein verständnisloses ›Herrn?‹ entschlüpft wäre, hätte ich gewusst, dass der Bewohner von Zimmer 015 eine Bewohnerin war. Leider sind diese Zweimeterschränke in ihren schlecht sitzenden Anzügen nur im Kino so doof.

»Würden Sie nun bitte gehen?«, wiederholte der Mann.

»Logo. Mache ich. Will ja keinen Ärger. Wobei mich schon interessieren würde, wie es unserem Patienten geht. Ob er es überleben wird.« Ich zog eine besorgte Miene auf, die das Riesenbaby nicht im Geringsten beeindruckte.

»Bitte.« Seine Pranke zeigte Richtung Ausgang.

»Ich bin schon weg«, flötete ich und verzog mich.

Tja, das war er, mein glorreicher Ausflug in die Heidelberger Chirurgie, und ich ging mit dem seltsamen Gefühl, dass mir in der Nähe von Zimmer 015 genau die Knochenbrüche drohten, die sie im selben Haus reparierten. Falls der Riese versehentlich auf mich drauffiel zum Beispiel. Und das wollte ich dann doch nicht riskieren.

Einen Nachschlag gab es aber noch. Als ich das Gebäude verließ, nickte mir der Filzbubi an der Pforte fröhlich zu. Ich nickte zurück, weniger fröhlich, doch dann kam mir eine Idee. Wo war mein Handy? Ich rief die gespeicherten Bilder auf und wartete, bis kein Besucher mehr an der Pforte herumlungerte. Dann ging ich zu dem Jungen.

»Nicht erschrecken«, sagte ich. »Der Mann auf dem Foto hat ein paar gesundheitliche Probleme. Vor ein paar Tagen, als er sie noch nicht hatte, könnte er hier gewesen sein. Erinnern Sie sich?«

Ich hielt ihm das Mobiltelefon vor die Nase. Der Anblick des toten Schallmo schien ihn nicht besonders zu erschüttern. Krankenhausroutine halt. Er überlegte kurz, dann nickte er. »Klar, der war hier. Am Dienstag. Weiß ich genau, war ja mein zweiter Tag überhaupt an der Pforte.«

»Wie soll das erst werden, wenn Sie auch noch Erfahrung haben?«, sagte ich und steckte das Handy ein.

18

Krankenhäuser sollen ja krank machen. Moment, was heißt sollen? Wissenschaftlich bewiesen ist das, oder wenigstens so gut wie. Man kommt rein, gesund und munter, läuft versehentlich an einem Röntgengerät vorbei, und schon schlagen alle, die einen Dr. vor dem Namen tragen, die Hände über dem Kopf zusammen. Gefunden wird immer etwas, zur Not an Körperteilen, von denen man gar nicht wusste, dass man sie besaß. Am Pschyrembelschen Normmenschen scheitert jeder von uns, ob privat oder gesetzlich.

Krank fühlte ich mich zwar nicht, als ich das Klinikgelände verließ, dafür ziemlich erschlagen. War doch einiges los gewesen seit dem Anruf der Lektorin heute Morgen. Mit der hatte ich übrigens noch ein Hühnchen zu rupfen. Saß da in ihrem hochliterarischen Elfenbeinturm und hielt meine Erfahrungsberichte für übertrieben! Zu viel Sex? Ich empfehle einen Blitzbesuch im Garten der Warburgs. So dick trug das Leben nicht auf? Was würde Madame dann zu dem Flachlandgorilla sagen, der vor Zimmer 015 Däumchen drehte? Die waren nämlich verdammt dick, seine Daumen, ich hatte es gesehen! Dicker, als der Pschyrembel erlaubt.

Auch ohne Approbation stellte ich mir daher die Diagnose akuter Erschöpfungszustand und verordnete absolute Ruhe für die nächsten 60 Minuten. Zu Hause angekommen, aß ich einen Happen, blätterte die Zeitung durch und legte mich aufs Ohr. Ein Nickerchen hätte mir gutgetan, doch da waren zu viele Fragen in meinem Kopf, zu viele Bilder und Sätze. Die Privatstation. Die voll verschleierten Araberinnen. Daniels offener Hosenstall. Und natürlich Inez, immer wieder Inez, mit ihrem Trotz und ihren Tränen.

Wenig erholt stand ich schließlich auf und machte mir einen Kaffee. Während ich in der Tasse rührte – was, zubereitungstechnisch gesehen, entbehrlich war, schließlich trank ich meinen Kaffee schwarz, aber so kühlte er ab, und es half beim Denken –, während ich also rührte, überlegte ich, wie es weitergehen sollte. Ganz oben auf meiner To-do-Liste stand der junge Fikret. Als spezieller Schallmo-Hasser. Auf Position zwei Inez und Daniel. Aber wie sollte ich herausfinden, ob Inez bezüglich ihres Gesprächs mit Schallmo die Wahrheit gesagt hatte? Und worum es bei ihrem Streit gegangen war? Wenn sie weiterhin schwieg, würde es wohl nie einer erfahren.

Inez musste also warten. Besser, ich kümmerte mich um die Person, die neu auf meiner Liste aufgetaucht war: den geheimnisvollen Insassen von Zimmer 015. So ein Pech, dass ich keine Mediziner kannte. Man brauchte diese Sippschaft eben doch öfter, als man glaubte!

Und wen kannte ich, der Ärzte kannte? Oh, da gab es einen: Marc Covet, mein Freund und Hobbyhypochonder. Ein Charakterzug mit zwei y!

»Na?«, fragte er vorsichtig, sobald ich ihn an der Strippe hatte. »Hast du mit der Lektorin gesprochen?«

»Nö«, log ich. Keine Lust auf dieses unerfreuliche Thema! »Wie geht es dir, Marc?«

»Wie es mir geht?« Vor Verblüffung blieb ihm die Luft weg. Eine solche Frage aus meinem Mund – um das zu erleben, hatte er über ein Jahrzehnt mit mir befreundet sein müssen. »Gut, würde ich sagen. Danke. Ja, alles in Ordnung.«

»Schade eigentlich. Keine Lust auf einen Kurzaufenthalt in der Chirurgie? Die haben da eine schicke Privatstation.«

»Bitte?«

Ein paar Erklärungen später dämmerte ihm, worum es ging. Wer sich allerdings in Zimmer 015 versteckte, darüber konnte auch er nur spekulieren.

»Normalerweise würde ich sagen, da lässt sich ein Oberklassen-VIP vom Chefarzt persönlich pflegen, und zwar so, dass es keiner mitkriegt. Aber warum sollte das einen Hauptschullehrer interessieren?« Durchs Telefon hörte ich, wie sich Marc am Bart kratzte. »Vielleicht geht es gar nicht um eine Person, sondern um einen Gegenstand.«

»Ein Gegenstand, der bewacht werden muss?«

»Ja, zum Beispiel ein brandneues Strahlengerät, das sich noch in der Testphase befindet. Und in diesem Zimmer läuft eine Versuchsreihe an ausgewählten Patienten.«

»Ach so. Du meinst, es könnte sich durchaus um etwas Legales handeln?«

»Nun sei nicht gleich enttäuscht. Ich lasse mal meine Verbindungen spielen und melde mich.«

»Mach das.«

Wenn Marc ankündigte, er wolle seine Verbindungen spielen lassen, klang das gleich vielversprechend. Denn Verbindungen, die hatte er, berufliche wie private. Da musste die breite Brust eines Bodyguards noch lange nicht das Ende meiner Ermittlungen bedeuten.

Und jetzt zu Fikret.

Von Steve Bungert, der sich gerade auf dem Heimweg befand, erhielt ich die Nachricht, dass der Unterricht längst vorüber und der Junge vermutlich zu Hause sei.

»Also nicht am Bahnhof oder ähnlichen Hotspots?«

»Meines Wissens nein.«

Bungert gab mir die Adresse der Familie. Fikret selbst kannte er nur flüchtig, hatte aber eine seiner jüngeren Schwestern in Deutsch. Die Straße sagte mir etwas: eine der wenigen Hochhauszeilen in Heidelberg, vielleicht sogar die einzige, wenn man vom architektonischen Wildwuchs in den exterritorialen Stadtteilen Boxberg und Emmertsgrund einmal absah.

»Danke für die Auskunft, Steve. Und schönes Wochenende!«

»Viel Spaß mit dem Daddy.«

Eine halbe Stunde später stand ich vor einem Hochhaus, das seine Hässlichkeit mit reichlich Grünzeug zu überschminken versuchte. Hasenleiser City. Freds Schlossblick lag nur ein paar Straßenecken entfernt und doch in einer anderen Welt. Hier also war Fikret zu Hause. Zehn Stockwerke auf einem breiten Sockelgeschoss, in dem sich Geschäft an Geschäft reihte: ein kleiner Supermarkt, ein Reisebüro, Telefonläden, Fast-Food-Kram. Die Inhabernamen türkisch, griechisch, indisch. Daneben weitere Hochhäuser mit weniger Etagen.

Hinter einem Spielplatz schloss ich mein Rad ab. Von der Frühjahrssonne aus den Wohnungen getrieben, saßen vollbusige Mütter auf Bänken, schaukelten mit der einen Hand den Kinderwagen, während sie mit der anderen am

Handy nestelten. Gequasselt wurde natürlich auch, gerufen, gewinkt, geküsst, gezetert. Schnuller im Sand, ein Schwung Apfelschorle drüber, zurück in den Kindermund. Ich tätschelte mein Rad und riss mich los.

Es dauerte seine Zeit, bis ich die richtige Klingel neben der Eingangstür des Hauses gefunden hatte. Diese Masse von Knöpfen! Akşehir, 7. Stock, da stand es; den Namen hatte ich ebenfalls von Bungert. Mit hübschem Schwänzlein unter dem s.

Es knackte in der Sprechanlage. »Hallo?«

»Max Koller, Rohrwaldschule. Bist du das, Fikret?«

»Sie?«, kam es nach einer Schrecksekunde von oben. »Jetzt?«

»Ich muss mit dir reden. Machst du mir auf?«

Ein weiteres Sekündchen Stille, dann summte der Türöffner. Gut erzogen, der Junge. Ein Aufzug mit höchstens einer Handvoll Graffiti katapultierte mich in Stock 7. Fikret erwartete mich schon an der Wohnungstür: verschränkte Arme, feindseliger Blick. Ganz rebellischer Konfirmand eben. Oder wie das bei Muslimen so hieß.

»Dürfen Sie das überhaupt, zu mir nach Hause kommen?«, empfing er mich.

»Machst du Witze? Dein Lehrer wird erschossen, und du fragst mich, ob ich dich besuchen darf? War die Polizei noch nicht bei euch? Glück gehabt, kann ich da nur sagen. Ich würde schon mal eine Kanne Kaffee für die Herren durchlaufen lassen. Die bleiben nämlich gerne länger.«

Er schwieg. Einfach herrlich, was er dabei für finstere Grimassen zog! 14 Jahre, der Kleinste seiner Klasse, aber hier den schwarzen Ritter spielen! Was hatte Brutsch behauptet? Mit einem Messer in der Hand nahm sich Fikret jeden vor. In diesem Moment war ich geneigt, dem Glauben zu schenken.

»Kommen Sie«, sagte er schließlich und ging voran.

»Sind deine Eltern da?«

»Mein Vater.«

»Er kann gern zuhören. Wäre mir sogar recht.«

Ob es Fikret ebenfalls recht war, behielt er für sich. Er führte mich in einen Raum, der mit seinen dunklen Eichenholzmöbeln, seinen Teppichen und gerahmten Bildchen, mit seiner ganzen willenlosen Aufgeräumtheit einem deutschen Spießerwohnzimmer alle Ehre machte. Natürlich war da kein Kreuz an der Wand, keine betenden Hände, stattdessen blauweiße Dämonenaugen und eine adrett gefertigte Wasserpfeife aus Kupfer. Das Aquarell einer Moschee, ein paar Blumen, schwere Vorhänge. Die Luft: dick. Und ich wollte wetten, dass ich das Tapetenmuster so oder ähnlich schon bei Onkel Herfried in Landau hatte bestaunen dürfen. Vor 20 Jahren etwa.

Interessant: Auch der Mann, den ich bei meinem Eintreten am Wohnzimmertisch sitzen sah, weckte intensive Onkel-Assoziationen. Genauso schwer und grimmig hatte der Bruder meines Vaters in seinem Lehnstuhl gethront, Augenbrauen und Schnurrbart struppig gesträubt. »Na, du Schlingel, was haben wir denn heute ausgefressen?« Mit dem Unterschied, dass das Gebüsch meines Onkels dunkelblond gewesen war und nicht grauschwarz wie das hier. Dafür saß Fikrets Vater in einem Rollstuhl, Deckchen über den Knien, während Onkel Herfried seit seinem Jagdunfall bloß gehinkt hatte. Egal, inzwischen hinkte er nicht mehr, sondern lag brav unter der Erde, weshalb sein Gastauftritt im Hasenleiser mit diesem Satz ein Ende finden soll.

Tschüs, Onkel Herfried. Bevor ich auch nur Piep sagen konnte, brach aus Fikret ein Schwall hektischer Erklärungen hervor, gegen den sich der Mann im Rollstuhl mit einigen barschen Zwischenrufen zur Wehr setzte. Alles in

Ordnung, beteuerte der Junge, das ist bloß so ein Psychologe, kein Grund zur Beunruhigung, ich hab alles im Griff, Papa, im Grunde geht es gar nicht um die Schule, bloß der Schallmo, du weißt ja, den haben sie abgemurkst, aber die Drei in Ethik steht bombensicher. Ob er es genau so sagte, weiß ich nicht, schließlich sprach er Türkisch, aber irgendwas in dieser Richtung wird es schon gewesen sein.

»Bir, iki, üç«, murmelte ich vor mich hin. Ja, zehn Tage Antalya all inclusive hatten ihre Spuren hinterlassen. Urlaub mit Christine, war schon ein Weilchen her.

»Mein Vater.« Fikret deutete auf den Sitzenden.

»Merhaba«, sagte ich und streckte dem Alten die Hand hin. »Aber das war's dann auch mit meinem Türkisch.«

»Was wollen Sie von Fikret?«, schnarrte er. »Gibt es Ärger mit Schule?«

Ich zögerte. Nicht weil mich die Frage unvorbereitet traf, sondern weil die Stimme des Mannes – vor allem jetzt, wo er Deutsch sprach – Erinnerungen weckte. Erinnerungen an ein Telefonat vor zwei Tagen. Ich wollte einen Besen fressen, wenn Fikrets Vater nicht derjenige war, der sich unter der Handynummer der anonymen SMS-Schreiberin gemeldet hatte! Hallo – ja, ja – hallo. Unser toller Beckett-Gedächtnis-Dialog.

Was natürlich im Umkehrschluss hieß, dass auch er mich als Anrufer wiedererkennen konnte. Unser Versteckspiel ging also weiter!

»Ärger?«, erwiderte ich. »Nein. Beziehungsweise doch. Ja, es gibt Ärger an der Schule, aber Fikret ist nicht direkt betroffen. Ich möchte ihm lediglich ein paar Fragen stellen und wäre froh, wenn er sie mir wahrheitsgetreu beantworten würde.«

»Natürlich wird er.«

Der drohende Unterton dieser Aussage war nicht zu

überhören. Wie ein geprügelter Hund drückte sich Fikret in einer Ecke des Zimmers herum. Und dort blieb er auch stehen, als ich einen Platz angeboten bekam und mich setzte.

Erst auf einen Befehl seines Vaters rührte er sich. Ich hatte gerade mit meiner Vorrede begonnen, als mich der Alte unterbrach. Außer einem fordernden »Çay!« verstand ich nichts, Fikret aber stürzte zur Tür und schrie exakt dieselben Worte in den Flur hinaus. Weiter hinten in der Wohnung regte sich etwas, eine Tür ging, dann sah ich ein Mädchen Richtung Küche schlurfen. So verliefen sie also, die Kommunikationswege im Hause Akşehir.

Zweiter Versuch. »Ein Lehrer ist ermordet worden«, wandte ich mich an den Schnauzbart. »Sie werden davon gehört haben. Und nun versuchen wir natürlich herauszufinden, was da im Vorfeld alles schiefgelaufen ist zwischen ihm und seinen Schülern.«

»Schallmo«, nickte er und machte eine vage Handbewegung. Der Tee kam, serviert von einem vielleicht zwölfjährigen Mädchen, das ausgesprochen hübsch war. Zumindest die Teile waren es, die ihr Kopftuch frei ließ.

»Es geht nicht nur darum, den Mord aufzuklären«, fuhr ich fort. »Wir wollen auch etwas über die Gefühle der Schüler gegenüber ihren Lehrern erfahren. Über Emotionen, die im Schulalltag entstehen.«

»Ja.« Wieder ein Nicken. »Ich verstehe.«

»Sehr gut.« Ich nickte ebenfalls, auch wenn ich dem Alten kein Wort glaubte. Ob er mir glaubte? Egal, das Spiel musste weitergehen. »Deshalb möchten wir …«

»Und Fikret?«, schnitt er mir zum zweiten Mal das Wort ab. »Was hat er angestellt?«

Angestellt? Onkel Herfried hätte es nicht schöner formulieren können. Die Antwort gab ihm sein Sohn: auf Türkisch. Der Vater plärrte zurück, Fikret fuchtelte mit den

Händen. Ich verstand weder von dem einen noch dem anderen was. Kein Türkisch, kein Gefuchtel.

»Hallo«, versuchte ich mir mit erhobener Stimme Gehör zu verschaffen. »Einen Moment, bitte. Gleich dürfen Sie in Ihrer Sprache weiterdiskutieren. Aber solange ich hier bin ... danke. Also, ob Fikret etwas angestellt hat oder nicht, kann ich nicht beurteilen.« Kurze Pause, und dann: »Es wird allerdings behauptet, er habe Herrn Schallmo eine Abreibung verpasst.«

»Bescheuert!«, rief Fikret. »Wer sagt denn so was?«

Sein Vater blickte mich verständnislos an. »Eine Reibung?«

»Abreibung. Prügel. Rechter Haken aufs Auge.« Ich deutete es mit geballter Faust an. Anschließend probierte ich den Tee: süß und stark, so gefiel mir das.

Fikrets Vater aber, zornglühend, umklammerte die Lehnen seines Rollstuhls und bellte seinen Sohn über den Tisch hinweg an: Was ihm einfalle, einen Lehrer zu verdreschen, das werde Konsequenzen haben, er solle nur warten, bis er nach Hause komme. So in der Art. Fikret presste sich mit dem Rücken an die Wand, der Schweiß brach ihm aus, doch je mehr er sich verteidigte, desto schriller wurde seine Fistelstimme. Im Hintergrund schlich das Mädchen davon.

»Stopp«, sagte ich gähnend. Keine Reaktion. Also etwas lauter: »Stopp, meine Herren! Bitte aufhören. Ich nur deutsch. Türkiye yok. Lassen Sie Ihren Sohn doch erst einmal Stellung dazu nehmen, Herr Akşehir. Was ist nun, Fikret: Hat der Schallmo wegen dir eins aufs Auge gekriegt?«

»Nein!«, rief der Kleine. Hass und Furcht zogen wie Gewitterwolken über sein kindliches Gesicht. »So was mache ich nicht! Der Schallmo war ein Blutsauger, ein mieser Typ, aber wegen so einem riskiere ich doch nicht, dass sie mich von der Schule schmeißen!«

Wieder eine türkische Entgegnung von Papa, die ich mit einer Handbewegung vom Tisch fegte. »Und wer könnte es deiner Meinung nach gewesen sein? Schallmo trug immerhin eine Verletzung davon.«

»Keine Ahnung! Was weiß ich, wo der Kerl sich abends rumtreibt? Wenn man immer mit Weibern rummacht, kriegt man halt Probleme. Unter Garantie!«

»Bist du eigentlich gut in der Schule?«

Jetzt war das Staunen groß. Nicht, dass ich mich für Fikrets Noten interessiert hätte, aber vielleicht ließ sich mehr aus dem Jungen herauskitzeln, wenn man die Themen rasch wechselte.

»Ja, ist gut in der Schule«, sprang der Vater ein. »Fikret guter Junge.«

»Dann erklär mir doch einmal genau, was du gegen Thorsten Schallmo hattest.«

»Er ist ein Lügner«, giftete der Junge. »Er lügt, wenn er den Mund aufmacht. In Ethik hat er Witze über den Islam gerissen. Hat an die Tafel geschrieben, was wichtig ist: Treue, Ehrlichkeit und so Sachen. Aber dann rumhuren!«

»Rumhuren«, murmelte ich, das Teeglas zwischen den Händen. Es war so klein, dass es sich mit einem Schluck leeren ließ. Was bestimmt nicht türkischen Tischsitten entsprach. Ich überlegte, ob ich meine nächste Karte, den anonymen Zettel, ausspielen sollte, als die Haustür ging. Eine Frau, vermutlich Fikrets Mutter, kam herein und sagte etwas. Ich war mir sicher, sie noch nie gesehen zu haben, sie dagegen starrte mich mit großen Augen an, als würde sie mich von irgendwoher kennen. Was sollte das jetzt? Sie und ich, wir waren uns noch nie über den Weg gelaufen, und wenn, dann hatte ich sie nicht beachtet.

Während mir diese Gedanken durch den Kopf schossen, kam es zu einer lebhaften Dreierunterhaltung auf Türkisch, in deren Verlauf die Wörter Koller, Rohrwaldschule und Schallmo die einzigen Inseln im Ozean der Verständnislosigkeit darstellten. Fikrets Mutter, Kopftuchträgerin wie ihre Tochter, schlug die Hände zusammen und kommentierte das Gehörte im Jammerton.

»Sie müssen sich irren«, rief sie schließlich, ins Deutsche wechselnd. »Fikret ist immer gut mit seinen Lehrern ausgekommen. Immer!«

»Das bestreite ich nicht.«

»Warum kommen Sie dann zu uns? Fragen Sie die anderen Kinder auch? Die Deutschen, die Bosnier?«

»Darum geht es nicht«, seufzte ich. »In der Schule wurde behauptet, Fikret könnte wissen, wer den Lehrer Schallmo verprügelt hat. Nationalitäten spielen da keine Rolle.«

»Das sagen Sie!« Sie wollte noch mehr vom Stapel lassen, wurde aber von ihrem Mann in die Schranken gewiesen. Einen Ton hatte dieser Alte drauf! Fikrets Mutter verließ wortlos das Zimmer. Auch wenn sie wesentlich besser Deutsch sprach als ihr Mann, hatte mich ihre ins Hysterische kippende Stimme schon genervt.

»Sind wir fertig?«, blaffte mich Akşehir an. Um seine dunkelbraune Iris lief ein Netz roter Fädchen. Ich fragte mich, welche Krankheit oder welcher Unfall ihn an den Rollstuhl gefesselt hatte.

»Nein«, antwortete ich.

»Was noch?«

»Das da.« Ich holte den Zettel hervor und legte ihn auf die Tischdecke. Es war eine Kopie, das Original hatte Daniel ja zerknüllt. Weder Vater noch Sohn reagierten in erwähnenswerter Weise.

»Und?«, sagte der Alte schließlich. »Wer ist das? Kenne ich nicht.«

»Der Name des Mädchens spielt keine Rolle. Mich interessiert, wer mir diese Botschaft zukommen ließ. Und warum.« Ich sah Fikret an. »Hure – dieses Wort hast du selbst mehrfach gebraucht.«

»Totaler Quatsch!«, wehrte sich der Junge. »Ich hab die nie gesehen. Wieso denken Sie bei so was überhaupt an mich? Alle in der Schule haben den Schallmo gehasst, alle!« Der nächste Satz, auf Türkisch, galt seinem Vater, der schon wieder aussah, als wolle er gleich aus seinem Rollstuhl springen. Eine heftige Entgegnung des Alten, eine noch schnellere Antwort des Jungen – und dann zuckte Fikret wie unter einer schallenden Ohrfeige zusammen. Dabei hatte sein Vater nur die Hand gehoben. Aber wie er das tat! Er machte, dass das Zimmer unter Strom stand.

Ein paar Sekunden lang herrschte Stille. Ich trank meinen Tee aus und wartete. Fikret zitterte, der Alte bebte. Erst das Schlagen einer Uhr löste die Spannung. Ich sah nach oben: Es war eine protzige Wanduhr mit silbernen Zeigern und dem rot-gelben Emblem von Galatasaray Istanbul.

»Wenn Fikret das getan hat«, verkündete sein Vater heiser, »kriegt Strafe.«

»Lassen Sie mal«, winkte ich ab. »Mir ging es nur darum, dass er meine Fragen beantwortet. Und zwar möglichst ehrlich. Bislang habe ich keinen Grund, daran zu zweifeln.« Ich suchte Fikrets Blick. »Oder?«

Er hielt mir stand, die Lippen trotzig zusammengekniffen.

»Gut, dann war es das. Vielen Dank, Herr Akşehir. Auch für den Tee.«

Der Vater nickte. Ich steckte den Zettel wieder ein und ging. Fikret brachte mich zur Tür. Er schwieg, aber ich spürte seinen Hass wie etwas, das man anfassen kann. Von Mutter und Schwester war nichts mehr zu sehen. Sämtliche Türen rechts und links blieben geschlossen. Eine triste Atmosphäre, die diese Wohnung im siebten Stock ausstrahlte, und das lag nicht an dem Hochhaus allein, an der Einrichtung, der fremden Sprache. Es lag an der Familie. Bei den Akşehirs stimmte etwas nicht, und Fikret war der Leidtragende, auf seine Art.

An der Tür drehte ich mich zu ihm um. »Nach allem, was ich weiß, war Herr Schallmo kein guter Lehrer«, sagte ich. »Trotzdem muss sein Mörder gefunden werden. Und dafür werde ich sorgen, Fikret. Übrigens glaube ich, dass du mir dabei helfen kannst.«

Schweigend sah er an mir vorbei. Ein kurzes Achselzucken, das war alles. Mein Blick fiel auf die Garderobe, in der Jacken und Mäntel hingen. Darunter auch eine taillierte braune Lederjacke in Erwachsenengröße, ein schickes Teil, das mir so gar nicht zu einem Kopftuch zu passen schien.

»Wie viele Schwestern hast du eigentlich, Fikret?«

»Sie haben sie doch gesehen.«

»Keine ältere Schwester?«

Trotzig schüttelte er den Kopf. Ich grinste bloß.

Kaum hatte sich die Wohnungstür hinter mir geschlossen, als ich zwei Dinge zückte: mein Handy und Schallmos Anrufliste. Dann mit betont festen Schritten Richtung Aufzug, ein richtiges Getrampel war das. Und auf leisen Sohlen denselben Weg zurück. Wo stand sie noch, die Nummer der ›hengen lassen‹-SMS? Hier. Eintippen, den Verbindungsknopf drücken, ein Ohr an die Wohnungstür der Familie Akşehir legen.

Und tatsächlich: Nach ein paar Sekunden läutete es drinnen. Zufrieden beendete ich den Anruf.

19

Wie man wohnt, ist Geschmackssache, klar. Meine und Christines Bergheimer Behausung würde ich nicht unbedingt als Schmuckstück bezeichnen, schon wegen der doofen Couch. Teppiche besitzen wir erst gar nicht, sondern bloß ein paar Läufer von Ikea, um die Rotweinflecken auf den Dielen zu kaschieren. Unsere Möbel passen nicht zueinander, und der einzige Wandschmuck, der meiner strengen Prüfung standhielt, ist ein Druck nach Max Ernst, allerdings falsch rum aufgehängt. Was übrigens noch niemand bemerkt hat. Dafür gibt es in unserer Wohnung keine Steinzeittapete, keine naive Moscheenmalerei, und vor allem gibt es keine jugendlichen Lügenbolde, keine Kopftücher und keine Schnauzbartträger, die dir eine Ohrfeige über drei Meter Distanz geben.

Insofern bin ich eigentlich ganz zufrieden mit unserem Dreizimmer-Fuchsbau, nicht zu vergessen mein tolles Büro im Hinterhof.

Heute aber war alles anders. Heute stimmte etwas mit der Wohnung nicht. Es lag nicht an mir, nicht an Christine, schon gar nicht am Wetter, sondern an meinem Besuch. Als ich zu Hause anlangte, standen sie zu dritt vor der Tür und erwarteten mich. Reflexartig starrte ich auf ihre Finger: Ließen sie die Handschellen schon schnappen?

»Guten Abend, die Herren«, sagte ich. »Was für eine Überraschung! Zu wem wollen Sie denn?«

Die Kommissare Greiner und Sorgwitz grinsten. So ein bisschen nur, man musste es ja nicht gleich übertreiben. Kollege Fischer aber tippte wortlos mit seinem kurzen, fleischigen Zeigefinger auf unser Klingelschild. ›Koller/Markwart‹ stand da, und komischerweise war mein Name schon etwas verblasst. Wenn der Kommissar weiter so tippte, blieb bald nichts mehr von der Schrift übrig.

»Zu mir?«, spielte ich den Überraschten. »Wie kommt's? Womit habe ich das verdient? Werde ich Ehrenmitglied bei der Polizei Heidelberg? So mit Urkunde und Orden und Aufmarsch der Polizeikapelle?«

»Lassen Sie uns rein«, brummte Fischer, »und versuchen Sie in der nächsten halben Stunde, mal nur halb so viel zu quatschen, Koller.«

Ich schloss auf. »Gern. Aber vielleicht bleiben Sie ja bloß eine Viertelstunde? Dann reduziere ich meine Quatschquote sogar auf 25 Prozent.« Bevor jemand antworten konnte, plapperte ich weiter: »Haben Sie gemerkt? Quatschquote – ein Wort mit zwei q! Wo gibt es das noch in Zeiten des Sparzwangs? Zwei q in einem einzigen Wort! Wahnsinn. Zuletzt hatte ich mal eins mit zwei x. Aber das behalte ich für mich. Nach oben bitte!«

Schweigend erklommen die drei Polizisten die Treppe. Bestimmt zerbrachen sich Greiner und Sorgwitz jetzt den Kopf, um auf das Doppel-x-Wort zu kommen. »Lachshaxe war's nicht«, flüsterte ich dem blonden Sorgwitz zu. Immer noch keine Reaktion.

Oben angekommen, bat ich Fischers Wadenbeißer, sich ihrer Schuhe zu entledigen. Wegen der schwarzen Streifen, die sie mit ihren englischen Edeltretern auf unseren empfindlichen Dielen hinterlassen könnten.

»Ihre Gesundheitsschuhe sind okay, Herr Fischer. Die dürfen Sie anbehalten.« War natürlich alles Unsinn, das mit den Dielen. Aber wenn Greiner und Sorgwitz, diese beiden Trampeltiere, mir schon den Abend versauten, wollte ich wenigstens meinen Spaß dabei haben. Vielleicht trugen sie ja putzige Ringelsöckchen?

»Ihre Frau ist nicht da?«, knurrte Fischer, in den Flur tretend. Schien fast ein wenig enttäuscht, der Gute.

»Am Ende hat er gar keine«, meldete sich der schwarze Greiner. »Hat sie bloß erfunden, um sich einen Anstrich von Seriösität zu geben.«

»Seriosität«, verbesserte ich. »Außerdem sind ö und ä in einem Wort nicht so viel wert wie zwei q.«

»Wo können wir reden?«, bellte Fischer.

»Reden? Ich dachte, ich soll nicht so viel … Schon gut, wir gehen ins Wohnzimmer. Dort steht eine superschicke Couch für unsere zwei Nachwuchskräfte. Leder, passend zu Ihren Schuhen.« Den Zusatz ›die Sie leider nicht mehr anhaben‹ verkniff ich mir. Kommissar Greiner und Kommissar Sorgwitz schlichen auf Socken ins Wohnzimmer und nahmen tatsächlich brav auf den Ledernoppen Platz. Fischer setzte sich, ich setzte mich.

Eine hübsche Männerrunde. Und jetzt?

»Wie geht es Ihnen, Herr Koller?«, begann Fischer und musterte mich mit gespitzten Lippen.

Sofort schrillten sämtliche Alarmglocken. Wie es mir ging? Seit wann interessierte das die Polizei? Marc Covet hatte auf dieselbe Frage mit blankem Misstrauen reagiert, und das zu Recht. So schnell wiederholt sich Geschichte. Nun war ich derjenige, der hinter der Floskel die eigentliche Botschaft suchte. Vorsicht, Max, Vorsicht!

»Tja«, antwortete ich. »Danke der Nachfrage.«

»Und Ihrer Frau?«

»Der geht's gut.«

»So.«

»Sie hat ja mich.«

Greiner grinste, Sorgwitz grinste. Beide hielten die Hände im Schoß und schwiegen. Es sah dermaßen lächerlich aus, wie sie da saßen, dass ich sie am liebsten mitsamt der Couch in ein Hauptstraßenschaufenster katapultiert hätte. Stichwort Moderne Plastik. Subtiler Horror. Wenn ich nur wüsste, was die drei im Schilde führten!

»Und Sie, was treiben Sie so den lieben langen Tag?« Kommissar Fischer rubbelte an seinem Nasenrücken herum, dass die Haut bröselte.

»Ach Gottchen, mal dies, mal jenes.«

»Kein aktueller Auftrag?«

»Schon. Verschiedenes.«

»Über das Sie uns natürlich keine Auskunft geben dürfen.«

Bedauernd hob ich die Hände. »Mandantenschutz. Darf ich den Herren was zu trinken anbieten? Eine Flasche Bier vielleicht? Oder lieber doch eine Flasche Bier?«

»Jawoll!«, kam es schneidig von der Couch. Zwei Zeigefinger standen senkrecht in der Luft.

»Beide?« Ich war ehrlich verblüfft. Seit wann wagten sich Greiner und Sorgwitz an Lebensmittel aus meinem Haushalt? Die auch noch Alkohol enthielten! »Sind Sie nicht mehr im Dienst?«

»Ich bitte Sie«, wehrte Sorgwitz ab. »Kleine Plauderei unter Freunden – das ist doch kein Dienst!«

Ich schluckte. Er hatte Freunde gesagt. Allerhöchste Alarmstufe! »Sie auch, Herr Fischer?«

»Danke, nein. Ich darf nicht.«

Wer ihm das Trinken verboten hatte, wollte ich gar nicht wissen. Sein Arzt oder sein Vorgesetzter; vermutlich beide. Fischers Frau eher nicht. Aber was wollte das verdammte Trio nur von mir? Beunruhigt holte ich drei Flaschen Pils aus dem Kühlschrank und einen Öffner. Als ich ins Wohnzimmer zurückkam, stand Kommissar Greiner tänzelnd vor dem Regal mit Christines Nippes; Kollege Sorgwitz beglotzte das kopfstehende Max-Ernst-Bild aus nächster

Nähe. Ihr Chef hing auf seinem Stuhl und starrte trübsinnig vor sich hin.

»Hier ist das Bier«, tat ich kund und setzte mich. Aufmachen sollten sie ihr Getränk schon selbst. Ein kurzer Seitenblick zu Kommissar Fischer. Nein, seine Miene gefiel mir überhaupt nicht.

»Was ist das eigentlich?«, fragte Sorgwitz, der blonde Kampfhund. Wenn er sich noch etwas weiter vorbeugte, würde sein Näschen zum Bestandteil des Bildes.

»Was?«

»Na, das hier. Der dicke rote Strich.«

»Ein dicker roter Strich vielleicht?«

»Es sieht aus wie ein Würstchen.«

Augenrollend nahm ich einen Schluck Bier.

»Wie ein Feuerwürstchen, um genau zu sein«, ergänzte Sorgwitz.

Klingeling, da läuteten sie wieder. Meine Alarmglocken, alle wüst durcheinander. Neben mir räusperte sich Kommissar Fischer.

»Herr Koller, es wäre hilfreich, wenn Sie uns erklären würden, in wessen Auftrag Sie gerade unterwegs sind.«

»Ich bin überhaupt nicht unterwegs. Ich sitze hier mit Freunden und trinke ganz gemütlich …«

»Wo waren Sie heute?«, schnauzte er mich an.

»Was ist los, Herr Fischer? Soll ich Ihnen nicht doch ein Bier holen?«

»Wo, verdammt?«

»In der Chirurgie.«

Damit hatten sie nicht gerechnet. Zu dritt starrten sie mich an: der Kampfhund, der Rottweiler und ihr missmutiges Herrchen. Aber schon kam die Erklärungsmaschinerie ins Laufen. Typisch, der Koller verarscht uns mal wieder. Wenn er im Krankenhaus war, dann nur, um ein paar

Pflaster zu schnorren. Oder er hat einen seiner Saufkumpane auf der Intensiv besucht.

»Schlimm?«, fragte Kommissar Greiner höflich. Da hielt er doch tatsächlich eine von Christines Lieblingsglasfiguren in der Hand. Seine kräftigen Finger an millimeterdünnem Glas – es war kaum zu ertragen. »Oder besteht noch Hoffnung, Herr Koller?«

»Wie man's nimmt. Könnten Sie vielleicht das Ding da wieder hinlegen? Meine Frau bringt mich um, wenn es kaputt geht.«

»Das wollen wir natürlich nicht.« Jetzt drehte der Rottweiler die Figur erst recht hin und her, um sie von allen Seiten zu begutachten.

»Und Sie bringt sie auch um. Sie hat einen schwarzen Gürtel im Polizistencatchen.«

»Woher kennen Sie Herrn Bremer?«, polterte Fischer. Wenn es eine Steigerung zu unwirsch gab, hatte mein Kommissar sie gerade erreicht.

»Welchen Bremer?«

»Fred Bremer, den Betreiber des Schlossblick-Imbisses.«

»Woher ich den kenne? Herrje, Sie stellen Fragen ... Solche Leute kennt man eben. Werde da mal was gefuttert haben, dabei kommt man halt ins Gespräch.«

»Und Kurt Schneider, Ihr Trinkgenosse aus dem Englischen Jäger?«

»Kurti? Na, mit dem bin ich schon ewig befreundet. Äonen! Warum fragen Sie?«

»Wie kommt der Mann eigentlich zu seinem Spitznamen Tischfußball-Kurt?« Dieser verdammte Greiner spielte noch immer mit Christines Glaspferdchen!

»Weil er mal Europameister im Tischkicker war, deshalb. Lassen Sie jetzt endlich die Finger von dem Zeug? Das ist saumäßig zerbrechlich!«

»Genau so wirkt es auch. Willst du mal sehen, Chris? Und wie leicht es ist!« Das Pferdchen glitt von der einen Polizistenpranke in die nächste, wobei es fast zu Boden fiel. Im letzten Moment bekam Sorgwitz es zu fassen. Ich war einem Herzinfarkt nahe.

»Und es ist doch ein Feuerwürstchen«, beharrte der Blonde, mit dem Fingerknöchel gegen Max Ernst klopfend. »Einen wahnsinnig guten Geschmack hat der Herr Koller, einen geradezu exzeptionellen.«

»O ja, den hat er«, nickte ich. »Und deshalb macht es gar keinen Spaß, allein zu trinken. Bedienen Sie sich, bevor Ihre Flaschen die Flucht ergreifen.«

»Schneider und Bremer«, kam es wieder von Fischers Seite, »haben am Dienstagabend die Kollegen alarmiert. Um exakt 23.57 Uhr. Gestorben aber ist das Opfer geraume Zeit vorher. Gegen elf, meinen unsere Fachleute. Finden Sie das nicht seltsam, Herr Koller?«

»Klar ist es seltsam, wenn Leute sterben. Vor allem aber ist es tragisch.«

»Die beiden Herren behaupten, sie hätten auf den Schreck erst noch ein Bier zu sich nehmen müssen.«

»Oder zwei«, ergänzte Greiner, nahm Platz und beförderte den Kronkorken seiner Flasche in eine Zimmerecke.

»Oder zwei. Trotzdem ungewöhnlich.«

»Ungewöhnlich?« Ich schüttelte den Kopf. »Herr Fischer, es gab Fälle, da mussten Leichenentdecker eine komplette Bierkiste niedermachen, bevor sie zu einem klaren Gedanken fähig waren.«

»Hoppla!«, machte es hinter mir, gefolgt von einem Aufprall. Ich schnellte hoch und fuhr herum. Da stand der Kampfhund mit gebleckten Zähnen, und zu seinen Füßen lag – ein Plastikmännchen. Nach Jahren der Isolation in einem Automaten hatte ich es erlöst, damit es von nun an zwischen meinen Büchern verstaubte. Christines Glaspferd stand längst wieder an seinem Platz.

»Alles klar, Herr Koller?«, grinste Sorgwitz.

Ich setzte mich. Jetzt bloß nicht zittern, Max! Immer cool bleiben! Sie wollen doch nur, dass du aus der Rolle fällst. Da, Fischer räusperte sich schon wieder. Seine nächste Frage würde kommen, eine Frage zu Fred, zu Schallmo, vielleicht zu Fikret und Inez. Und dann das Handy! Wie viel wussten diese Bastarde? Aus lauter Verzweiflung hakte sich mein Blick an Greiners Flasche fest. Die aber wurde im selben Moment nach oben geführt, zu den schmalen Polizistenlippen, und dann in die Waagerechte gekippt. Greiner trank. Er trank, bis der Flaschenboden zur Decke zeigte. Anschließend stellte er sie ab und wischte sich über den Mund. Wortlos und irgendwie zufrieden.

»Wenn einer Beweismittel unterschlägt«, sagte Kommissar Fischer, »macht er sich strafbar. Auch wenn er sie später zurückbringt.«

»Noch ein Bier?«, fragte ich Greiner.

»Danke, da steht ja noch eins.«

»Das gehört Ihrem …«

»Ich trinke nur Weizenbier«, tönte Sorgwitz. »Ach, übrigens, ich müsste dringend eine Mail schreiben. Dürfte ich wohl Ihren Computer benutzen, Herr Koller?«

»Der liegt in der Chirurgie. Akuter Leberschaden.«

Der Blonde lachte. Kollege Greiner übernahm: »Sie möchten wohl nicht, dass jemand an Ihre Dateien geht? Haben wir etwas zu verbergen, Herr Koller?« Wie beim Ping-Pong spielten sie sich Fragen und Antworten gegenseitig zu. Nach dem Gesetz der Serie war nun ihr Chef dran. Hallo, Herr Fischer, Ihr Auftritt, bitte!

Da kam er auch schon angepoltert: »Verdammt, Koller,

legen Sie endlich Ihre Karten auf den Tisch! Für wen arbeiten Sie? Für Schneider, diesen Berufscholeriker? Ermitteln Sie auf eigene Faust? Dass Sie uns dauernd dazwischenfunken, daran haben wir uns längst gewöhnt, aber dass Sie Beweismittel einsacken, kann keiner von uns akzeptieren. Da hört die Freundschaft auf, Sie Lümmel!« Herrje, so erregt hatte ich meinen Lieblingskommissar noch nie erlebt. Seine Äuglein funkelten, die Tränensäcke hatten sich mit irgendeiner Flüssigkeit gefüllt und drohten zu platzen, am Hals war eine Ader mächtig angeschwollen. Wenn das mal sein Hausarzt nicht sah!

»Ich habe keine Ahnung, wovon Sie reden«, erwiderte ich mit treuherzigem Augenaufschlag. War ich nicht die lautere Unschuld? Dabei stand ich kurz vor der Kapitulation. Noch wusste ich zwar nicht, wie viel sie wussten; aber dass sie etwas ahnten – und dass sie wussten, dass sie zu Recht ahnten –, wussten wir alle. Hochexplosiv, diese Mischung aus Wissen und Ahnen.

»Vorsicht!« Jetzt fuchtelte mir der Kommissar sogar mit seinem Zeigefinger vor der Nase herum. »Treiben Sie es nicht zu bunt!«

»So ein Stückchen DNA bleibt immer haften«, sagte Greiner und lehnte sich entspannt zurück. Hoffentlich gab es viele tiefe Noppenabdrücke auf seiner Hose! »Da kann man ein Handy noch so oft abwischen. Ist bloß eine Frage der Zeit.«

»Und ich dachte noch«, kam es von Sorgwitz, »wirklich, als ich Herrn Koller am Morgen nach der Tat am Imbiss sah, dachte ich einen winzigen Moment lang, er sei zufällig hier.«

»Man hofft halt doch auf das Gute im Menschen.« Greiner griff zur zweiten Flasche.

»Und wird immer wieder eines Schlechteren belehrt.

Was sagen Sie, Chef: Ist das rote Ding hier ein Feuerwürstchen oder nicht?«

»Das einzige Feuerwürstchen, das ich sehe«, knurrte Fischer, und in seiner Stimme schwang tatsächlich ein Hauch Verachtung mit, »sitzt neben mir und lügt uns die Hucke voll. Das kotzt mich an!«

Ich holte Luft. In meinem Kopf wirbelten die Gedanken durcheinander. Fischer war sauer auf mich, sauer wie nie. Gerade weil er im Grunde seines Herzens so etwas wie Sympathie für mich empfand, hoffte er auf eine gütliche Einigung: auf mein Zugeständnis, zu weit gegangen zu sein, auf das Offenlegen all meiner Informationen, vielleicht sogar auf eine Entschuldigung. Aber warum hatte der Kerl dann seine beiden Wadenbeißer mitgebracht? Warum dieses Lauern und Umkreisen, die ewigen Machtspielchen? Er wusste doch, dass mich das nur herausforderte! Andererseits wollte ich nun wirklich keinen Ärger mit dem Kommissar, und je länger ich leugnete, desto größer würde dieser Ärger werden. Während ich also einen tiefen Atemzug nahm, konnte ich noch nicht sagen, was der Ausstoß dieser Luft bringen würde: mein Geständnis oder die nächste Runde unseres Versteckspiels.

In diesem Moment ging die Wohnungstür.

20

»Guten Abend«, sagte Christine überrascht. »Hoher Besuch?«

Ich kann nicht behaupten, dass mich ihr Auftauchen in Begeisterung versetzt hätte. Die Situation war verfahren genug, da brauchte man nicht auch noch Zeugen. Wenigstens zur Ablenkung mochte meine Ex taugen.

Und tatsächlich, kaum sahen sie Christine in der Tür stehen, sprang Kommissar Greiner auf die unbeschuhten Füße, Kommissar Sorgwitz stand stramm, und sogar Kommissar Fischer rappelte sich von seinem Stuhl hoch.

»Meine Mitbewohnerin«, stellte ich vor. »Christine, das sind die Herren Fischer, Greiner und Sorgwitz von der Polizei, mit denen ich gerade eine Runde Schafkopf spielen wollte.«

»Wie schön, Sie alle kennenzulernen«, lächelte Christine und stellte ihre Tasche ab. »Max hat schon viel von Ihnen erzählt.« Sie reichte Sorgwitz die Hand. »Aber dass es sich um derart fesche junge Herren handelt, hat er verschwiegen.«

Der blonde Kampfhund ließ die Kinnlade fallen. Das war vielleicht ein Anblick! Fast hätte er versäumt, Christines Hand wieder loszulassen. Seinem Kumpan, dem Rottweiler, rutschte vor Verwirrung die Brille von der Nase. Beim Versuch, der Hausherrin entgegenzueilen, rammte er sein Schienbein gegen den Couchtisch. Dafür widmete ihm Christine ein Lächeln, wie ich es seit unserer Hochzeit nicht mehr an ihr entdeckt hatte.

Den Vogel aber schoss Kommissar Fischer ab. Mit durchgedrücktem Kreuz – die Bandscheiben, Herr Fischer, die Bandscheiben! – kam er auf meine Ex zu und gab ihr einen Handkuss!

»Enchanté«, flötete er dazu. »Ich war mir immer sicher, dass es sich bei der Frau, die diesen Mann an ihrer Seite erträgt, um eine Mischung aus Kleopatra und Florence Nightingale handeln muss. Oder trete ich Ihnen damit zu nahe?«

»Solange Sie keine Mutter Teresa aus mir machen«, gab

Christine trocken zurück. »Ganz so alt fühle ich mich nämlich noch nicht.«

Ich bekam Schnappatmung. Kleopatra? Von welchem Dachboden hatte Fischer denn die hergezaubert? Um eines mal klarzustellen: Wenn es auf dieser Welt eine Frau gibt, die meinen Augen guttut, dann Christine. Aber das heißt noch lange nicht, dass man sie auf eine Stufe mit den heißesten Fegern der Geschichte stellen muss! Freds Wortwahl, ich weiß. Verglichen mit Mädchen wie Inez handelt es sich bei Christine M. um eine durchschnittlich attraktive Frau, die dem Älterwerden überdurchschnittlich heroisch trotzt und der beim abendlichen Kinogang sogar ab und zu einer hinterher starrt, wenn sie sich geschminkt hat. Nicht mehr und nicht weniger. Mit Kleopatra brauchte mir keiner zu kommen.

Und wer bitte war diese Miss Nightingale?

»Kann ich Ihnen etwas zu trinken bringen?«, fragte meine Ex.

»Gern«, nickte Greiner. Dann fiel ihm auf, dass auf dem Tisch noch ein Bier stand, und er winkte ab. Dito Kommissar Fischer.

»Ich würde ein Pilschen nehmen«, meldete sich Sorgwitz.

Der trinkt doch nur Weizen, wollte ich sagen, aber ich hatte keine Stimme mehr.

»Wenn es Ihnen recht ist, leiste ich Ihnen Gesellschaft«, meinte Christine. »Ich habe nämlich auch Durst auf ein Bier. Oder störe ich?«

»Aber nein«, wehrte Fischer ab.

»Ganz und gar nicht!«, rief Sorgwitz.

»Sie und stören«, schüttelte Greiner den Kopf.

Und wie du störst, dachte ich. Aber wer hörte schon auf das, was ich dachte?

Solange Christine in der Küche nach dem Bier suchte, herrschte Stille im Wohnzimmer. Totenstille. Männer, die in Ecken starren. Kaum war Christine wieder da, ging das Geplapper weiter.

Kommissar Greiner: »Schöne Glassachen haben Sie da.«

Kommissar Sorgwitz: »So eine Couch wollte ich mir schon immer mal anschaffen.«

Kommissar Fischer: »Wir bleiben gewiss nicht lange.«

»An den beiden Herren hier solltest du dir ein Vorbild nehmen, Max«, sagte Christine. »Man kann auch Socken ohne Löcher tragen.«

Eine zarte Röte überflog das Gesicht des Kampfhunds. Kollege Rottweiler bekam fast einen Krampf bei dem Versuch, seine Füße unter der Couch zu verstecken.

»Ja, liebe Frau Markwart«, meldete sich Fischer zu Wort, »wir waren eben dabei, mit Ihrem Mann über …«

»Exmann«, krächzte ich dazwischen. Es tat gut, die eigene Stimme zu hören, auch wenn es nur das Wrack einer Stimme war.

»Mein Mitbewohner, wollten Sie sagen«, lächelte Christine milde und nahm einen Schluck.

»Unser Schafkopfpartner, richtig. Ein Mann mit vielen Gesichtern, der Herr Koller. Wie auch immer, wir sprachen gerade über seine aktuelle berufliche Situation und wie hilfreich seine Ermittlungen für uns sind.«

»Tatsächlich?«

»Hin und wieder zumindest. Gerade heute zum Beispiel … Hat er Ihnen eigentlich gesagt, wo und mit wem er heute zu tun hatte?«

Greiner und Sorgwitz nuckelten völlig unbeteiligt an ihren Bierflaschen herum. Christine sah kurz zu mir herüber, dann wieder zu Fischer. Selbst wenn ich es vermocht hätte, ihr irgendwelche Zeichen zu geben, ich hätte es überhaupt nicht gewollt. Mir war alles egal!

»Heute?«, überlegte sie. »Ja, da war er in der Chirurgie.«

Das saß.

Jetzt nuckelten sie nicht mehr, die beiden Helden, sondern glotzten meine Ex an. Auch Kommissar Fischer riss seine alten Augen auf. Aber all das war nichts gegen meine eigene bodenlose Verblüffung. Woher wusste Christine von meinem Klinikbesuch? Wir hatten uns doch den ganzen Tag nicht gesehen!

»Da«, röchelte ich. »Da habt ihr's, ihr Raubritter!«

»In der Chirurgie«, wiederholte Fischer nachdenklich. »Und was hat er dort gewollt, Ihr Mann?«

»Arztgeheimnis«, rief ich und verschluckte mich fast an den Konsonanten. »Absolutes Arztgeheimnis, Herr Kommissar! Bitte, Christine, sag es den Zwergen nicht, es ist mir peinlich.«

»Ihnen ist etwas peinlich?«, staunte Greiner.

»Dann muss es sich ja um eine wahnsinnig unangenehme Sache handeln.« Sorgwitz verzog das Gesicht. »Um eine furchtbar unangenehme!« Ich wollte nicht wissen, welche Abartigkeiten er sich in diesem Moment ausmalte.

»Na, dann«, brummte Fischer.

Christine lächelte bedauernd. »Prost, meine Herren!« Automatisch hoben die zwei Knallchargen ihre Flaschen.

»Und er war nicht im Kundenauftrag unterwegs, Ihr Exmann?« Kommissar Fischer ließ einfach nicht locker, der alte Nervtöter!

»Das glaube ich kaum. Schließlich hatte er einiges für morgen vorzubereiten.«

Stille. Ich wartete, die Polizisten warteten.

»Morgen?«, fragte Fischer schließlich.

»Unser Hochzeitstag«, erklärte Christine.

Schwupps, da fielen sie wieder, die drei Kommissarskinnladen. Ja, Koller und Hochzeit, das klang so unwahrscheinlich wie Papst und Kreißsaal, wie Ghaddafi und Friedensnobelpreis. Und doch hatte es das mal gegeben: eine glückliche Braut, ein Bräutigam, der sich vorm Rathaus mit drei Gläsern Sekt Mut angetrunken hatte, und ein pikierter Standesbeamter. Dem war schon damals klar gewesen, dass es nicht gut gehen würde. Und das soll morgen vor acht oder neun Jahren passiert sein, falls ich mich nicht grob verschätzte? Deshalb also der Zettel! »Wohin gehen wir morgen Abend?« Mein Vorschlag: in den Englischen Jäger, um die Erinnerung an damals komplett zu ertränken.

»Hochzeitstag?«, murmelte Kommissar Fischer geradezu ehrfurchtsvoll. »Und den wollen Sie groß feiern?«

»Und ob!«, plärrte ich. »So groß, größer geht's nicht. Was es da zu organisieren gibt, das können Sie sich nicht … Bin total groggy vom Organisieren, könnte glatt wieder in die Chirurgie gehen.«

»So?«

»Also, wenn es nach mir ginge«, mischte sich Christine ein, »ich würde lieber im kleinen Rahmen feiern. Ein Essen zu zweit in der Alten Köhlerei, das reicht.«

Ich zuckte zusammen. Die Alte Köhlerei war eines der besten Lokale der Stadt. Dort ließ man sich frühestens zur Goldenen Hochzeit blicken.

»Beneidenswert«, knurrte Fischer. »In der Alten Köhlerei war ich schon seit Jahrzehnten nicht mehr. Eine Cousine meiner Frau führt den Laden, aber die beiden können nicht miteinander. Außerdem darf ich von den Sachen, die dort auf der Speisekarte stehen, sowieso die Hälfte nicht essen.« Er sah auf die Uhr. »Tja, Frau Markwart, dann wollen wir mal nicht länger stören. Sie werden noch einige Vorbereitungen für Ihren Jubeltag zu treffen haben.«

Von der Couch her hörte man ein zweistimmiges Gluckern. Greiner und Sorgwitz kippten ratzfatz ihr Bier hinunter, dann erhoben sie sich so synchron, wie es nur Internatszöglinge hinbekamen. Sorgwitz fragte sogar, ob sie die Flaschen in die Küche bringen könnten. Gleich würde er Christine einen Heiratsantrag machen! Finger weg, du Taschendieb, die gehört mir! Und zwar seit zehn Jahren. Oder so.

»Wiedersehen, Frau Markwart.«

»Auf Wiedersehen, die Herren. Hat mich gefreut.« Christine stand auf und begleitete die Dreierrotte zur Tür.

»Tschühüs«, winkte ich ihnen hinterher. Ansonsten rührte ich mich keinen Millimeter von der Stelle. Hing in meinem Stuhl, popelte an der Bierflasche herum und wartete auf meine Ex. Geplänkel an der Tür: hoffentlich nicht gestört – kommen Sie mal wieder – hat uns gefreut – schönen Abend noch. Zum Totlachen. Irgendwann waren der Rottweiler und der Kampfhund wieder beschuht und der Spuk vorüber. Ich hörte Christine die Wohnungstür schließen. Und da kam sie auch schon herein. Über das ganze Gesicht grinsend.

Ich sah sie an. Christine platzte fast vor Lachen. Ich stellte das Bier ab. Christine feixte. Jetzt reichte es aber!

»Spinnst du?«, brüllte ich los. »Diese beiden Naturkatastrophen fesch zu nennen – ich fasse es nicht! Junge Herren! Die drehen doch jetzt völlig durch, die zwei! Bewerben sich für die Titelseite der Cosmopolitan, schaffen sich eine eigene Homepage an oder was weiß ich. Wie kannst du mir das nur antun?«

Nun war es aus mit ihrer Beherrschung. Sie bekam einen Lachkrampf.

»Wie du geglotzt hast, Max!«, quietschte sie und fiel auf die Couch. »Dass in solchen Momenten aber auch nie eine Kamera zur Hand ist! Es war einfach herrlich.«

»Warum?«, stöhnte ich. »Womit habe ich das verdient? Womit habe ich so eine Frau verdient?«

»Oh, die hast du dir redlich verdient. Mit einem Ja im Standesamt, damals, vor …«

»Du weißt doch, dass das meine Erzfeinde sind. Dass ich Ausschlag bekomme, wenn ich sie nur sehe!«

Christine stöhnte vor Wonne. »Ihr Männer seid wirklich lustig«, sagte sie und wischte sich ein paar Tränen aus den Augen.

»Selbst der alte Fischer kippte plötzlich vom Gleis. Kleopatra – sind wir hier im Irrenhaus, oder was?«

»Apropos Irrenhaus«, entgegnete meine Ex, urplötzlich ernst. »Jetzt will ich dir mal was sagen, mein Lieber. Dass die beiden Schnösel noch mitten in der Pubertät stecken, sieht man auf den ersten Blick. Dafür braucht es nicht einmal ein Psychologiestudium.«

»Moment, wenn du damit meinst, dass ich …«

»Meine ich nicht. Wer so in seinem Welt-als-Nahkampf-Wahn verstrickt ist, rechnet doch gar nicht mit netten Worten. Also gib sie ihnen, damit wickelst du sie um den Finger. Ganz einfach! Nicht immer eure männliche Konfrontationsmanie, dieses alberne Neandertalerverhalten! Ist das so schwer, Max? Streng einmal deinen Grips an!«

»Nette Worte?« Ich tippte mir an die Stirn. »Sie nicht zu beleidigen, ist nett genug.«

»Das könnte man umgekehrt genauso sagen, Herr Hochzeitstagvergesser.«

»Na ja, vergessen …«

»Und habe ich dir nun aus der Patsche geholfen oder nicht?«

Ich wiegte den Kopf. »Könnte sein. Irgendwie schon.« Bloß nichts zugeben!

»Natürlich habe ich das. Sei lieb zu den beiden Halbstarken, mach ihnen ein paar Komplimente, und schon kannst du in ihren Gesichtern lesen wie in einem Buch. Mir war sofort klar, dass sie dich beim Kragen hatten und dass nur ich, deine Frau, dich retten konnte.«

»Mir wäre schon was eingefallen.«

»Träum weiter, Schatz. In deinem Gesicht konnte man am allermeisten lesen. Du sahst aus, als würdest du gleich losheulen. Und das Schönste: Ich musste nicht einmal lügen. War's interessant in der Klinik?«

»Woher wusstest du davon?«

Sie seufzte. »Marc hat angerufen und mir von deinen Recherchen berichtet. Wenigstens einer, der mich auf dem Laufenden hält, zumindest in Umrissen. Du sollst morgen Mittag ins Neuenheimer Feld kommen, lässt er ausrichten, zu einem Dr. Pitsch oder Patsch. Ich habe die Adresse aufgeschrieben.«

»Ein Bekannter von ihm?«

»Anscheinend. Ich habe Marc gesagt, dass er dir eine Fliege mitbringen soll.«

»Was für eine Fliege?«

»Keine Stubenfliege. Was zum Anziehen. In die Alte Köhlerei geht man nicht in Jeans und Knitterhemd.« Lächelnd stand sie auf, umrundete den Couchtisch, setzte sich rittlings auf meinen Schoß und legte ihre Arme um meinen Hals. »Ich freue mich so auf unsere kleine Feier. Nur wir zwei, Kerzenschein, ein Vier-Gänge-Menü …« Sie gab mir einen Kuss. »Und das Schönste: Du zahlst!«

Ich bekam kaum noch Luft.

21

Samstag. Hochzeitstag! Mit Verweis auf meine Ermittlerpflichten war ich noch vor dem Frühstück losgeradelt und hatte Position am Hasenleiser-Hochhaus bezogen. So früh am Morgen machte die Gegend um die Wohnstatt der Akşehirs gar keinen schlechten Eindruck. Die Sonne schien, Rentner zogen Einkaufswägelchen hinter sich her, Familienväter radelten mit ihrem Nachwuchs im Kindersitz vorbei. Vielleicht war es auch das in den Kaffee getunkte Rosinenbrötchen, das mein Urteil milder ausfallen ließ. Ich stand am Fenster einer kleinen Bäckerei, um so Pflicht und Annehmlichkeiten miteinander zu verbinden. Frühstückend überblickte ich Straße und Hochhaus; niemand, der sich im Eingangsbereich aufhielt, entging mir.

Gestern Abend noch hatte ich versucht, Steve Bungert anzurufen, um ihn nach einer älteren Schwester Fikrets zu fragen, doch er hatte sich nicht zurückgemeldet. War wohl schon im Wochenende. Aber vielleicht konnte mir Brutsch weiterhelfen. Ich kaute zu Ende, dann wählte ich Freds Nummer.

»Bremer?«

»Morgen, Fred. Schon im Laden? Hier ist Max.«

»In einer halben Stunde mache ich auf.«

»Sag mal, kannst du mir die Handynummer von Brutsch geben?«

Kurze Pause. »Nee.«

»Oder ihm wenigstens Bescheid sagen, dass ich ihn sprechen muss?«

»Nee, tut mir leid.«

»Vorgestern ging es doch auch.«

»Vorgestern war vorgestern.«

»Und heute?«

»Ist ein anderer Tag.«

Ich wartete, doch mehr Erklärungen gab es nicht. »Hey, Fred, ich mache das nicht zu meinem Vergnügen. Ich brauche eine Auskunft von Brutsch!«

»Werd's ihm ausrichten, wenn ich ihn sehe. Sonst noch was?«

»Du kannst mich mal!« Wütend beendete ich das Gespräch. Was war denn in den gefahren? Wollte er nun, dass der Mord aufgeklärt würde, oder wollte er nicht? Ich winkte der Bedienung. »Noch einen Kaffee, bitte!« Dann steckte ich das Handy ein. 20 vor neun.

Als der Kaffee kam, bezahlte ich sofort. War ja gut möglich, dass ich die Bäckerei Hals über Kopf verlassen musste. Noch blieb alles ruhig. Von den Leuten, die das Haus betraten oder es verließen, kannte ich niemanden. Einmal glaubte ich schon, meinen Kumpel Fatty entdeckt zu haben, doch dann war es bloß eine blonde Speckrolle, die ihm von Ferne ähnlich sah.

»Tschuldigung«, murmelte ich grinsend.

Endlich kam Fikrets Schwester. Die kleine, die uns tags zuvor den Tee gebracht hatte. Brav im langen Kleid und mit Kopftuch, einen leeren Einkaufskorb in der Hand und in Begleitung einer jungen Frau. Diese hatte ebenfalls den Kopf bedeckt, trug aber eine helle Jacke zu Jeans. Ich stürzte meinen Kaffee hinunter und verließ das Café.

Mein Rad lehnte unabgeschlossen an einer Hauswand. Kein Grund zur Eile, denn noch standen die beiden vor dem Haus und unterhielten sich. Irgendwann gab die Ältere der Kleinen einen freundschaftlichen Klaps und marschierte allein los. Die Zwölfjährige winkte ihr kurz nach, um anschließend die entgegengesetzte Richtung einzuschlagen.

Das Rad neben mir herschiebend, folgte ich der Älteren. Solange sie zu Fuß ging, hielt ich einfach auf meiner Straßenseite mit ihr Schritt und kontrollierte aus den Augenwinkeln, ob sie nicht abbog. Aber genau das tat sie schon nach wenigen Metern. Sie wandte sich nach links, um das Sockelgeschoss des Hochhauses herum. Damit hatte ich nicht gerechnet. Ich stürzte mich mitsamt Fahrrad in den Verkehr, zwang einen Autofahrer zur Vollbremsung und kam mit Müh und Not heil auf der anderen Straßenseite an. Aber wo war die Unbekannte? Fort, verschwunden, wie vom Erdboden verschluckt! Zwischen den Häuserklötzen gab es einen breiten Durchgang, der zu einem Grünstreifen führte. Wäre sie in dieser Richtung weitergegangen, müsste ich sie noch sehen. Doch ich sah sie nicht. Hatte sie sich versteckt? Sie konnte unmöglich bemerkt haben, dass sie verfolgt wurde. Nicht nach 30 Metern!

Ich stellte mein Rad ab und sah mich um. Ein Telefonladen, ein Frisör, eine Reinigung, eine Apotheke ... alles ruhig. Ein paar Schilder, die auf Arztpraxen hinwiesen. Passanten: jüngere, ältere, in Grüppchen, allein. Nur meine Unbekannte nicht. Wo um alles in der Welt war sie hin?

Durchatmen. An den Lippen nagen. Den Kopf schütteln, fluchen: »Das kann doch nicht wahr sein!« Und wenn doch? Dann, Leute, hatte ich soeben sämtliche Negativrekorde in Sachen Beschattung gebrochen. Zielobjekt innerhalb von 20 Sekunden verloren – so dämlich stellte sich nicht einmal Fatty an, wenn er den Aushilfsdetektiv spielte. Schande über mein Haupt!

Ich rannte los, zu dem Grünstreifen. Nichts. Auf einer Bank ein paar Alte, zwei streitende Jungs, ein Hundeverbotsschild. Spürhunde hätte ich jetzt gebraucht. Zurück zum Rad. Die Geschäfte: alle noch geschlossen, bis auf die Reinigung, und deren Kundenraum war gähnend leer.

Gab es Privateingänge? Nein. Das heißt, es gab sie doch, aber erst weiter hinten, da hätte ich die Frau sehen müssen. Sofern sie keinen Zwischenspurt eingelegt hatte. Was für ein Mist! Zum ersten Mal seit langer Zeit bedauerte ich, dass meine Haare zu kurz zum Raufen waren.

Aber schon im nächsten Moment fuhr ich mir nachdenklich über den Schädel. Haare … Wieso juckte es mich beim Stichwort Frisör auf der Kopfhaut? Richtig: Schallmos Telefonliste. Er war zweimal von einem Frisörladen aus angerufen worden. Beide Male kurz vor seinem Tod. Ich hatte die Nummer ja selbst kontrolliert. Und wenn ich mich recht erinnere, hatte sich die Dame am anderen Ende mit Salon Kaiserschnitt gemeldet.

Frisörsalon Kaiserschnitt: So stand es über dem Eingang des noch geschlossenen Geschäfts. Zufall? Vielleicht. Irgendwo musste sich Thorsten Schallmo ja die Locken stutzen lassen. Und er wohnte nicht weit entfernt. In diesem Augenblick jedoch, da mir die junge Frau mit dem Kopftuch auf so rätselhafte Weise entwischt war, glaubte ich nicht an Zufall.

Öffnungszeiten am Samstag: 9.00-16.00 Uhr. Es war fünf vor neun. Diese fünf Minuten würde ich gern warten. Ich linste durch das Schaufenster in den Laden, entdeckte aber niemanden, ging zu meinem Rad zurück, sperrte es ab. Kurze Handykontrolle: nein, keine Nachricht von Steve. Schien auch nicht mehr vonnöten zu sein.

Mit dem ersten Schlag der Kirchturmuhr öffnete ich die Tür des Frisörladens. Ein kleiner Vorraum mit Empfangstheke, die Wände weiß, mit wenigen, aber kräftigen Farbakzenten. Bei meinem Zahnarzt sah es ganz ähnlich aus. Erst jenseits zweier Stellwände, die als Raumteiler dienten, erstreckte sich das Reich der Lockenwicklerhauben, wie ich es kannte. Oder sagen wir: wie ich es gekannt hatte, denn seit meinen seligen Studienjahren war ich mein eigener Frisör. Bei dem unansehnlichen Kraut, das immer spärlicher über meinen Schädel kroch, tat es auch der Elektrorasierer. Einmal hatte sich Christine an einer Frisur für mich verkünstelt, aber das Ergebnis unterschied sich nicht im Geringsten von meiner üblichen Dreiminutenprozedur, und natürlich kriegten wir uns trotzdem – wohin? In die Haare, genau.

Zurück in den Hasenleiser. Zum Salon mit dem lustigen Namen. Von einer Säule hinter der Theke lachte mich das Team an: vier junge Hüpfer, die eine ältere, straffe Dame flankierten, dabei alle einen Styroporkopf mit Perücke in der Hand hielten und arglos lächelten. Keine Angst, lieber Kunde, sollten wir dir die Frisur vermurksen, haben wir immer noch eine Ersatzmatte auf Lager – so interpretierte ich die Botschaft des Fotos. Die Namen der fünf waren ebenfalls angegeben. Die Chefin hieß natürlich Kaiser, viel interessanter aber fand ich die Mitarbeiterin links außen: Gizem Akşehir. Das war sie also, die ältere Schwester Fikrets. Oder Halbschwester, Kusine, was auch immer. Gizem. Wenn mir jemand Auskunft über die geheimnisvolle SMS geben konnte, dann sie.

»Hübsch, meine Mädels, nicht wahr?«

Ich drehte mich um. Vor mir stand das älteste Fünftel des Teams: die energische Matrone namens Kaiser. Sie schaute streng, doch in den Augenwinkeln lauerten jede Menge Lachfältchen auf ihren Einsatz.

»Sehr hübsch«, bestätigte ich. »Vor allem das Mädel in der Mitte.«

»Na, na, na«, drohte sie mir zwinkernd und schlug einen großformatigen Kalender auf. »Haben Sie einen Termin, junger Mann?«

»Brauche ich den?«

»Nicht, wenn Sie ein bisschen warten können.«

Ich nickte und zeigte auf das Bild. »Darf ich auch wählen, welche Ihrer Mitarbeiterinnen an mir herumschnipselt?« Sie hob eine schmale Braue, was ich als ein Ja unter Vorbehalt interpretierte. »Dann hätte ich gern Frau Akşehir.«

Kaum zu glauben, aber die Braue rutschte noch ein Stückchen nach oben. »Gizem, unser Azubi? Im Moment hat sie noch ein paar Dinge vorzubereiten. Aber spätestens um halb zehn ist sie frei.«

»Sehr gut.«

Frau Kaiser zögerte. »Dann sehe ich nur noch ein Problem.«

»Und das wäre?«

Sie zeigte auf mein Ermittlerhaupt. »Um es in Ihren Worten zu sagen: Da oben gibt es nicht viel rumzuschnipseln.«

»Stimmt«, grinste ich und strich mir über den Schädel. Vergangenes Wochenende erst hatte ich den Rasierer angesetzt. Mit diesen Stummeln zum Frisör zu gehen, war ein einziger Witz. »Tja«, sagte ich, »was machen wir denn da?«

»Marke Eigenbau, schätze ich.« Wie die Frisörin mein Haupt begutachtete, gefiel mir gar nicht. Ihre resolute Ausdrucksweise dagegen machte mir Spaß. »Also, wie gesagt: Mit Kürzen ist da nicht viel. Wir könnten färben, wenn Sie das wollten, aber ich würde Ihnen abraten. Passt nicht zu Ihnen.«

»Sehe ich genauso.«

»Wollen Sie Ihren Haaren etwas Gutes tun?«

»Etwas Gutes? Ja, warum eigentlich nicht?«

»Den Haaren, der Kopfhaut, dem ganzen Wohlbefinden? Dann schlage ich vor, dass Gizem Ihnen den Nacken nachrasiert, Konturen korrigiert und Sie anschließend mit einer japanischen Massage verwöhnt. Danach fühlen Sie sich wie neugeboren.«

»Japanisch?«

»Keine Angst«, schmunzelte sie. »Es tut nicht weh.«

»Nein?« Sie hatte gut reden! Kopfmassage, das klang eher nach Krankengymnastik als nach Frisörsalon, aber bitte, auch das Coiffeurgewerbe würde sich in den letzten zwei Jahrzehnten weiterentwickelt haben. Während ich noch mit mir zu Rate ging, betrat eine Kundin den Salon, wurde namentlich begrüßt und nach hinten geschickt.

»Ich komme sofort«, versprach die Chefin. »Also, junger Mann: entschieden?«

»Sieht so aus«, nickte ich. »Einmal den Japaner bitte.«

»Wollen Sie hier warten oder in 20 Minuten wiederkommen?«

»Ich warte lieber hier.«

»Dann mir nach.« Wir betraten den eigentlichen Salon, in dem sich die eben eingetroffene Kundin bereits vor einem Spiegel niedergelassen hatte. Eine junge Frisörin, das blondierte Haar waghalsig schräg angeschnitten, versorgte sie mit einer Tasse Kaffee und Geplapper. Ihre Chefin wies mir einen Platz in einer Sitzecke an, die mit ihren Zeitschriftenstapeln an ein Wartezimmer erinnerte. Wie beim Zahnarzt, ich sagte es ja schon. Mit dem Unterschied, dass man von hier aus sämtliche Frisörstühle im Blick hatte.

»Wollen Sie auch einen Kaffee?«, fragte Frau Kaiser. »Oder ein Wasser?«

»Danke, nein.«

Die Ladentür ging. Die Chefin begab sich nach vorn, um die nächste Kundin in Empfang zu nehmen. Schwer und unansehnlich, mit mausgrauem Strubbelhaar, so kam die Neue hereingeschlurft und wurde lebhaft begrüßt. Lange nicht gesehen! Wie die Zeit vergeht! Das Geschnatter der vier Damen summierte sich zu einem Dauerrauschen, das sich ausblenden ließ wie ferner Straßenlärm. Mit anderen Worten: Ich hatte meine Ruhe.

Aber wo war die junge Akşehir? Weiter hinten gab es eine Tür, die einen Spalt offen stand. Hier schien jemand zu Gange zu sein; ich hörte schwache Arbeitsgeräusche und ab und zu das Rauschen eines Wasserhahns. Nach einer Weile erhob ich mich, schlenderte zu einem Regal, das sich näher an dem Nebenraum befand, und griff nach einem Katalog mit Männerfrisuren. Während ich so tat, als interessierte ich mich für die Schnitte der Saison, linste ich zur Tür hinüber. Tatsächlich, dort hantierte jemand mit Flaschen und Schüsselchen, Tuben wurden schmatzend ausgedrückt, ihr Inhalt verrührt und gemixt. Das reinste Chemielabor! Wenn es hier im Hasenleiser schon so zuging, welchen Aufwand betrieben sie dann bei den Topmodels in Paris und New York? Ich würde es nie erfahren, und ehrlich gesagt, war mir das ganz recht.

Dann ging die Tür auf, und Gizem Akşehir stand vor mir.

»Guten Morgen«, sagte sie und schenkte mir den Ansatz eines Lächelns. Nein: die Ahnung eines Hauchs von Lächeln. Und selbst das war noch übertrieben. In den Augen dieses Mädchens stand so viel Trauer, dass ich mir ganz schlecht vorkam. Es schien mindestens drei Personen namens Gizem zu geben: den auf dem Foto posierenden Azubi, die Türkin mit Kopftuch – und die junge Frau, der ich an diesem Morgen im Kaiserschnitt begegnete. Ihr Tuch hatte sie abgelegt, die tiefschwarzen Haare waren im Nacken flüchtig zusammengesteckt, und der einzige Schmuck, den sich Gizem erlaubte, war ein Paar goldener Ohrringe. In ihrem schmalen Gesicht fiel die starke Mundpartie auf. Und dann ihr Teint: Eine Frau wie Gizem musste dem ollen Karl May vor Augen gestanden haben, als er von der bronzenen Haut seiner Edelindianer träumte. Dabei kannte Old Shatterhand doch bloß ein paar Sächsinnen.

Indianer hin oder her, in diesem Moment war ich froh, Max Koller zu sein und nicht Karl May. Denn Gizem Akşehir war die hübscheste Türkin, die ich jemals gesehen hatte. Man könnte auch sagen: Sie war die erste Türkin, die ich attraktiv fand, aber das verrät mehr über mich als über Türkinnen, und deshalb vergessen wir das gleich wieder.

Wichtig war etwas anderes: Schlagartig wurde mir klar, dass Gizem der Schlüssel zum Fall Schallmo war. Sie hatte die SMS geschrieben. Sie hatte Schallmo vom Kaiserschnitt aus angerufen, zweimal. Sie war in ihn verliebt gewesen.

Und deshalb jetzt so ernst.

Während sie an mir vorbeiging, blätterte ich recht auffällig in dem Frisurenkatalog, damit sie ja nicht auf den Gedanken käme, ich beobachtete sie. Auf einem Tablett trug sie ein Porzellanschälchen mit einer bläulich-weißen Paste, dazu Pinsel und Kamm. Das Ergebnis ihres Laboraufenthalts. Sie stellte das Zeug neben Frau Kaiser auf ein Rollwägelchen, in dessen Schubladen sich Bürsten, Klammern, weitere Kämme und Pinsel stapelten, dazu Lockenwickler in den grellsten Farben und Schaumstoffstäbe ohne erkennbare Funktion. Frau Kaiser raunte Gizem etwas zu, worauf diese sich zu mir umdrehte und mir zunickte. Ihre Verwunderung hielt sich in Grenzen.

»Ich komme gleich zu Ihnen«, sagte sie auf dem Rückweg in den Nebenraum.

Ich nickte. Mensch, Mädchen, wegen mir musst du dir kein Kundenlächeln abringen! Ohne gefällst du mir viel besser.

Seufzend nahm ich Platz. Herrgott, da hielt ich immer

noch das Magazin mit den gestylten Bübchen in der Hand. Weg damit! Lieber Gala lesen wie das Tönnchen von Kundin dort, das selbst beim Umblättern der Seiten ächzte. War Prinz Harrys Liebesglück vollkommen?, fragten wir uns synchron. Eifersuchtsdrama wegen Pippa? Nichts gegen Harrys Schwägerin, aber seine königliche Oma sollte sich mal eine Rundumbehandlung im Kaiserschnitt gönnen.

»Es ist immer noch ein Unterschied zwischen Kriseln und Scheiden«, stellte die erste Kundin fest und zog ihre Brille aus.

»Da haben Sie recht, Frau Johannsen«, sagte die Jungfrisörin mit dem Schrägschnitt und nahm die Brille in Empfang. Bevor sie sie zurückgab, steckte sie die Bügel in dünne Schutzhüllen, damit die Kundin während des Schnitts ihre Lektüre nicht zu unterbrechen brauchte. So jedenfalls meine Vermutung.

Eine Schere aber kam gar nicht erst zum Einsatz. Komisch, ich dachte, wir seien hier beim Frisör. Stattdessen trug die Blonde mit einem Pinsel weiße Farbmasse auf die Kopfhaut von Frau Johannsen auf, wobei sie einen Haarbüschel nach dem anderen auf die Seite legte, um den nächsten Schlag Pampe anzubringen. Wenigstens nebenan wurde geschnippelt. Zack, zack, das ging ganz zügig und ohne Aufwand; schon war Frau Kaiser einmal um den mausgrauen Kopf der schnaufenden Kundin herum.

»Krisen gibt es viele«, sagte Frau Johannsen. »Aber scheiden lassen kann man sich nur einmal.«

»Völlig richtig«, trällerte die Blonde. »Und wie geht es zu Hause?«

Ich sah auf die Uhr. So allmählich durfte sich Gizem ihrem wartenden Kunden widmen, fand ich. Wobei es mir im Kaiserschnitt nicht langweilig wurde. Frau Kaiser, die immer mal wieder einen kritischen Blick auf die Arbeit ihrer Angestellten warf, ging nun in die Vollen. Erst wurde das Haar der Dicken mit etwas Wasser besprüht, dann kamen die Utensilien, die Gizem gebracht hatte, zum Einsatz. Mit dem Kamm legte die Frisörin einzelne Strähnen auf eine Art Zigarettenpapier und schmierte sie mit der bläulich-weißen Paste ein. Das Papier wurde gefaltet, nach vorn geklappt, anschließend war die nächste Strähne an der Reihe. Im Laufe der Zeit bildeten die übereinander gelegten Papierstücke ein hübsches Ziehharmonikamuster. Das alles ging der Chefin flott von der Hand, wobei sie gleichzeitig mit beiden Kundinnen plaudern, ihre Mitarbeiterin kontrollieren sowie ab und zu einen Blick über die Schulter in Richtung Nebenraum werfen konnte.

»Stell mal die Musik ein bisschen leiser, Lena!«, rief sie. »Was die samstags immer bringen!«

Musik? Tatsächlich, im Hintergrund lief schon die ganze Zeit das Radio. War mir gar nicht aufgefallen. Erst jetzt, wo das Geplätscher heruntergedimmt wurde.

Trotz dieser Unterbrechung und der Schnelligkeit ihrer Chefin war Schrägfrisur-Lena als Erste mit ihrer Pampenschlacht fertig. Einen Kopf ringsum einzukleistern war ja auch bedeutend einfacher, wenn man sich nicht noch mit Papieren herumzuärgern hatte. Sie versorgte ihre Kundin mit frischen Illustrierten und fuhr dann schweres Geschütz auf: rollende Riesenkopfhörer auf einem Ständer, die sie hinter dem Frisörstuhl platzierte.

»Ich stelle das Gerät auf 20 Minuten ein, Frau Johannsen.«

Die Kundin nickte. Außer den beiden Ohrenklappen gab es überkopf eine dritte, so dass die eingespachtelte Frau Johannsen annähernd komplett von der Umwelt abgesondert war. Die Blonde tippte auf dem Gerät herum, bis eine rote 20 aufleuchtete, dann schnappte sie sich ihr Rollwägelchen und fuhr es nach hinten. Gleich darauf kam Gizem.

22

»Sie haben sich für die Kopfmassage entschieden?« Die Türkin hängte mir ein grünes Tuch um und musterte meinen Hinterkopf.

»Was soll ich machen? Eigentlich hatte ich mir eine der Frisuren aus dem Katalog dort hinten ausgeguckt, so eine mit viel Gel drin und Scheitel quer über das Gesicht, aber irgendwie ... Wissen Sie, die Haare dort und meine Haare – das sind zwei verschiedene Dinge, fürchte ich.«

Immerhin, jetzt flog ein Lächeln über ihr Gesicht. »Sie glauben gar nicht, was man heutzutage alles machen kann. Auch mit Haaren, wie Sie sie haben. Wenn Sie möchten, geben wir Ihnen ein Shampoo auf Koffeinbasis mit, das fördert den Haarwuchs.«

»Auf Koffeinbasis?« Meine Geheimratsecken begannen zu kribbeln. »Dabei trinke ich schon Kaffee ohne Ende.«

»Ich schlage vor, ich korrigiere die Konturen im Nacken und hinter den Ohren. Anschließend massieren wir. Einverstanden?«

»Einverstanden.« Gizem roch gut, und sie hatte eine angenehm tiefe Stimme. Sie war ganz anders als Inez, die Halbspanierin, viel zarter gebaut, aber nicht weniger ansehnlich. Ob sie mir die Haare schnitt, mich massierte oder mich an den Ohrläppchen kraulte – egal. Hauptsache, sie tat etwas mit mir, und ich durfte ihr im Spiegel dabei zusehen.

»Sind Sie zum ersten Mal bei uns?«, fragte sie, während sie mit dem Rasierer über meinen Nacken fuhr.

»Ja.«

»Und darf ich fragen, warum Sie von mir bedient werden wollten? Hat mich jemand empfohlen?«

»Genau.«

Sie nickte. »Das freut mich. Ist mir noch nicht so oft passiert.«

»Seit wann arbeiten Sie im Kaiserschnitt?«

»Seit einem guten halben Jahr.«

»Und vorher? Schule?«

»Ja.« Der Rasierer wurde beiseite gelegt, mein Nacken saubergewedelt. Im Spiegel sah ich, dass Frau Kaiser ihren Papierchenkrieg auf dem Kopf der Dicken beendet hatte. Dieser verschwand nun ebenfalls unter einer der fahrbaren Dreiohrenhauben. Die blonde Lena führte die nächste Kundin herein, eine alte Frau mit krummem Kreuz und wackligen Beinen. Das ging ja zu wie beim Brezelbacken!

»Was ist das eigentlich für ein Zeug, das den Kundinnen da in die Haare geklatscht wird?«, raunte ich Gizem zu.

»Sie sind nicht oft beim Frisör?«, lächelte sie.

»Nee.«

»Ganz normale Blondierung. Unter dem Climazon-Gerät wirkt es schneller und besser ein. Je nach Wunsch der Kundin natürlich.«

»Und das haben Sie vorhin im Labor zusammengemixt?«

»Mit Wasserstoffperoxid, ja. Davon haben Sie aber schon gehört?«

»Sie nehmen das nicht?«

Über ihr Gesicht glitt ein Schatten. »Geschmackssache.«

»Natur finde ich sowieso schöner. Aber sagen Sie es den Damen dort nicht.«

Schweigend befreite sie die Region um meine Ohren von überstehenden Haarspitzen. Geschmackssache, klar. Alles war Geschmackssache. Und blonde Strähnen im Haar der Tochter waren ganz sicher nicht nach dem Geschmack von Papa Akşehir. Auch wenn er sie unter dem Kopftuch, das frau zu Hause pflichtgemäß trug, nie zu Gesicht bekommen hätte. Eigentlich kein gutes Zeichen, mit dem alten Pascha einer Meinung zu sein. Aber Gizems dunkle Haare waren wirklich eine Pracht.

Die von Max Koller dagegen ...

»Sie haben da einen interessanten Wirbel«, meinte Gizem und fuhr mir mit den Fingern über den Hinterkopf. »Bei längeren Haaren wäre das schnitttechnisch eine echte Herausforderung. Frau Kaiser glaubt, dass solche Stellen etwas über den Charakter eines Menschen verraten.«

»Wirklich? Nun, ich habe schon immer viel Wirbel gemacht. Wenn es das ist, was Sie ...«

»Nein, es geht um die Position des Wirbels und wie der Haarverlauf ist. Ich kenne mich da nicht aus. Außerdem haben Sie gleich daneben eine Beule, kann das sein?«

»Wo?«

»Hier oben.« Vorsichtig drückte sie gegen meinen Schädel. »Tut das nicht weh?«

»Nein. Scheint eine natürliche Verwachsung zu sein, bestimmt schon seit meiner Kindheit. Ob das auch was mit meinem Charakter zu tun hat?«

»Vielleicht gehen Sie ja gern mit dem Kopf durch die Wand«, lächelte sie. Dann legte sie Schere und Kamm beiseite und hielt einen runden Handspiegel so in meinen

Nacken, dass ich ihn begutachten konnte. »Viel habe ich nicht entfernt. Aber es sieht nun sauberer aus. Gehen wir an die Massage?«

Ich nickte. Frau Kaiser kam auf dem Weg in den Vorraum kurz vorbei, um einen prüfenden Blick auf Gizems Werk zu werfen. Wegen meines Charakterwirbels würde ich sie nachher fragen.

Bis auf einen waren nun alle Frisörstühle besetzt. Unter ihren Wärmekuppeln bleichten die beiden ersten Kundinnen vor sich hin, die alte Dame bekam von Lena Lockenwickler in die Haare gedreht. Frau Kaiser führte ein Telefonat, und Gizem begann mit der Japangeschichte.

Unter Massieren hatte ich mir eine kräftige, zupackende Tätigkeit vorgestellt. So wie nach meinem Muskelfaserriss, den ich mir beim Neckarwiesenkick während meiner kurzen Studienzeit zugezogen hatte. Damals drückte mir eine Physiotherapeutin ihre dicken Daumen bis auf den Oberschenkelknochen durch. Bei Gizem und ihren Japanern war das anders. Da wurde nicht geknetet und gewalkt, sondern ganz vorsichtig die Kopfhaut bewegt. Erst oben, dann hinten und auf der Seite. Gizem veränderte ihre Handhaltung, setzte neue Griffe an, auch im Nacken und an den Ohren, ohne das Tempo ihrer Tätigkeit zu verändern. Eine Massage in Zeitlupe. Warm glitten ihre Finger über meinen Kopf und versetzten mich in einen tranceartigen Zustand. Wie von selbst schlossen sich meine Augen.

»Angenehm?«, fragte Gizem.

»Mhm«, machte ich. Zwei große Tassen Kaffee im Blut, aber hier einnicken. Türken und Japaner. Mann, war das ein gutes Gefühl!

»Wer hat mich eigentlich empfohlen, wenn ich fragen darf?«, kam es von hinten.

»Thorsten Schallmo«, murmelte ich.

Sofort lösten sich ihre Finger von meinem Kopf. Hey, Mädchen, weitermachen! Ich Kunde, ich König.

»Wer?«, flüsterte sie.

»Thorsten Schallmo. Der Mann, von dem Sie sich im Stich gelassen fühlten.«

Ein Geräusch, angesiedelt zwischen Gurgeln und Aufschrei, ließ mich hochblicken. Gizem starrte fassungslos in den großen Spiegel. Dann schlug sie eine Hand vor den Mund und rannte hinaus.

Das gab ein Geglotze! Lena schaute von ihren Lockenwicklern auf und ließ die Kinnlade fallen, leider nicht in dem Winkel, in dem ihr Haar geschnitten war; die alte Dame runzelte die Stirn, und sogar die beiden Erstkundinnen verdrehten die Hälse, um aus ihrer Klappenkonstruktion herauszulugen.

Von mir und meinem dummen Gesicht einmal ganz abgesehen.

»Was ist denn mit der los?« Die Chefin kam aus dem Vorraum herein. »Die heult ja wie ein Schlosshund, die Kleine.«

Keine Antwort. Lena blickte achselzuckend zu mir herüber, ihre Kundin tat es ihr nach, und vermutlich schlossen sich auch die beiden Gebleichten dieser Vorgabe an.

»Ich hab nix gemacht«, sagte ich schnell, dieselben Worte wählend wie tags zuvor im Garten der Warburgs. Bestand diese Stadt nur noch aus Fettnäpfchen, in die ich trat?

Frau Kaiser näherte sich mit einer Miene, die Grimm und Sorge gleichzeitig ausdrückte. »So habe ich die Gizem ja noch nie erlebt. Was war denn nun?«

»Na ja«, druckste ich. Ein Mann gegen fünf Frauen, denen die Solidarität mit Ihresgleichen aus den Augen loderte! Da half nur noch die Wahrheit. »Ich habe einen

Namen erwähnt, mehr nicht. Aber der brachte sie völlig aus der Fassung.«

»Was für einen Namen?«, fragte die Kaiser misstrauisch. Sie war wirklich ein Trumm von Weib!

»Thorsten Schallmo.«

»Oh!«, machte Lena und nickte vielsagend. Ihre Kundin riss die Augen auf. Hinter den Climazon-Wänden wurde eifrig getuschelt.

Frau Kaiser dagegen schwieg. Mitten im Raum stehend, beide Fäuste auf den gut gepolsterten Hüftknochen, warf sie mir einen langen, nachdenklichen Blick zu – so lang, dass ich zu schwitzen anfing. Was hatte dieser Blick zu bedeuten? Überlegte sie sich eine besonders perfide Strafe für mich, wie sie nur einer Frisörin einfallen konnte? So eine mit Scheren und Brenneisen?

»Darf ich Ihren Namen erfahren?«, sagte sie schließlich.

»Koller. Max Koller.«

Sie nickte. »Wusste ich's doch.« Und gleich noch einmal: »Wusste ich's doch. Ja ja, schon als Sie reinkamen, dachte ich mir, das Gesicht kennst du. Auch wenn ich Sie noch nie gesehen habe.« Sie winkte mit einem Finger. »Kommen Sie mal, junger Mann.«

Brav gehorchend folgte ich Frau Kaiser zu einem Durchgang neben der Warteecke, der zu den Toiletten führte. Linker Hand stand ein kleines Bücherregal.

»Für unsere Kunden, falls sie länger warten müssen«, erläuterte sie. Ihre Augen suchten das Regal ab, bis sie ein ganz bestimmtes Buch gefunden hatte. Den Roman, in dem Covet und ich meinen ersten großen Fall verarbeitet hatten. Sie hielt es mir vor die Nase.

»Und?«, fragte ich. »Hat es Ihnen gefallen?«

»Ja. Bis auf die Charakterisierung einiger Figuren, die

fand ich plakativ. Außerdem ist Wieblingen viel hübscher, als Sie es beschreiben. Mit Ihrer Christine könnten Sie auch etwas netter umgehen. Und Sie trinken zu viel.«

»Nur in dem Buch!«

»Möglich.« Sie zählte noch eine ganze Reihe anderer Fehler und Ungereimtheiten auf, um zu schließen: »Aber sonst hat mir das Buch gefallen.«

»Na, dann.«

»Und deshalb, junger Mann, wenn ich hier und heute den Namen Thorsten Schallmo höre, denke ich mir, dass Sie wieder auf Verbrecherjagd sind.«

»So könnte man es nennen.«

»Aber warum in aller Welt belästigen Sie dann die arme Gizem?«

»Moment, Frau Kaiser, von belästigen kann nicht die Rede sein! Ich habe sie lediglich zu Schallmo befragt, vielmehr: Ich wollte sie befragen, aber dazu kam es ja gar nicht.«

»Kein Wunder.«

»Wieso?«

»Haben Sie nicht gemerkt, dass das Mädel mit den Nerven am Ende ist?«

»Na ja.« Ich zuckte die Achseln. »Glücklich wirkte sie nicht gerade.«

»Und das ist noch untertrieben.« Wie vorhin stemmte sie beide Fäuste in die Hüften. »Wenn Sie wollen, erzähle ich Ihnen ein paar Dinge über Gizem. Natürlich nur unter der Bedingung, dass Sie nichts weitergeben. Waren Sie denn schon durch mit Ihrer Massage?«

»Keine Ahnung. Ich glaube nicht.«

»Dann übernehme ich das.«

Also zurück in den Frisörstuhl. Meinen Umhang hatte ich ja noch an. Während die blonde Lena weiter Lockenwickler auf dem Haupt ihrer Kundin stapelte, massierte Frau Kaiser meine Kopfhaut. Und sie tat es nicht weniger sanft und wohltuend als Gizem. Nur dass ich diesmal versuchte wach zu bleiben, um ja kein Wort zu verpassen.

»Um es vorneweg zu sagen«, begann sie, »wer meiner Gizem auch nur ein Haar krümmt, bekommt es mit mir zu tun. Und das wird kein Spaß. Das gilt übrigens für alle, auch für Detektive, deren Bücher ich gern lese.«

»Noch ist es ja nur ein Buch«, grinste ich. »Und fürs Haare krümmen sind schließlich Sie zuständig.«

»Wohl wahr. Kennen Sie Gizems Familie?«

»Vater und Bruder, ja.«

»Dann verstehen Sie vielleicht, warum ich mich für die Kleine so verantwortlich fühle. Wobei Kleine natürlich Unsinn ist; ihr Bruder Fikret ist viel jünger als sie, nach den Gesetzen des Patriarchats aber hat er das Recht und die Pflicht, seine Schwestern zu drangsalieren.«

»In Vertretung des Vaters, der im Rollstuhl sitzt.«

»Korrekt. In Fikrets Haut möchte ich zwar auch nicht stecken, aber das ist ein anderes Thema. Was meinen Sie, warum das Mädchen eine Ausbildung zur Frisörin macht?«

»Sagen Sie es mir.«

»Wenn Sie Gizem fragen, wird sie Ihnen antworten: weil es ihr Traumberuf ist. Und das Schlimme: Sie glaubt es auch noch!«

»Stimmt es denn nicht?«

»Hören Sie auf! Ein Beruf, den ihr der alte Akşehir ausgesucht hat, als sie noch nicht mal lesen konnte. Bis vorletztes Jahr gab es hier in der Straße einen türkischen Frisör, bei dem hätte sie die Ausbildung machen sollen. Und ihn anschließend heiraten, vermute ich. Das Kaiserschnitt war nur zweite Wahl, aber immerhin. Hauptsache, die Familie hat jemanden, der von nun an das Haareschneiden erledigt – so denkt sich das ihr Vater. Und damit die kleine Gizem bloß nicht auf dumme Gedanken kommt, steckt man sie in die Hauptschule. Obwohl sie es aufs Gymnasium geschafft hätte.«

»Meinen Sie?« Im Hintergrund trat Lena einen Schritt von ihrer Kundin zurück. Die alte Dame war ein dreifarbiges Gesamtkunstwerk: Rot, lila und grün leuchteten ihre Lockenwickler durch den Salon. Kurz danach verschwand sie unter einer riesigen Trockenhaube, deren Betriebszeit sich ebenfalls digital einstellen ließ.

»Ja, das meine ich«, fuhr die Kaiser fort. »Gizem ist gescheit. Sie liest gern, hat viele Interessen. Nur muss man die auch fördern. Stattdessen hält man sie gefangen in diesem engen Türkenkosmos. Und sie ist nicht der Typ, um sich aufzulehnen. Spielt lieber die Rolle des braven Töchterleins, das zu Hause wohnt und sich seinen Eltern verpflichtet fühlt. In der Schule kam sie mit diesem Spagat überhaupt nicht zurecht. War ständig unterfordert, ohne es zu merken, und wurde genau in die Ecke gedrängt, in der sie ihr Vater haben möchte. Die meisten Lehrer hielten sie für unbegabt.«

»Schallmo auch?«

»Hatte sie den überhaupt? Nein, wenn Sie jetzt denken, der Schallmo hätte erkannt, was in Gizem steckt, täuschen Sie sich. Der wollte mit ihr ins Bett, war ja so eine Art Sport von ihm, habe ich mir sagen lassen. Und dass unsere Kleine auf so einen reinfällt, ist leider auch keine Überraschung.«

»Hat sie mit Ihnen darüber gesprochen?«

»Erst schon. Als sie merkte, dass ich der ganzen Sache nicht viel Positives abgewinnen konnte, zog sie sich zurück. Bescheid wusste ich natürlich.«

»Die anderen hier auch?«

»Die Kolleginnen, ja. Aber alle haben geschworen, nichts weiterzuerzählen. Vor allem Gizems Familie nicht.«

»Die Akşehirs sind also ahnungslos?«

Sie zuckte die Achseln. »Gift nehmen würde ich darauf nicht.«

»Hm.« Man konnte es drehen und wenden, wie man wollte: Der Hass von Vater und Sohn Akşehir auf Thorsten Schallmo nahm immer konkretere Formen an. Fikret verachtete seinen Ethiklehrer ohnehin schon wegen dessen laxer Moral; wenn nun noch eine Affäre mit Gizem dazukam, summierte sich das zu einem Motiv, das für alles taugte. Meinetwegen auch für einen Mord. Oder tappte ich gerade in das nächste Fettnäpfchen? Das mit den Türkenklischees? Nein, das Motiv funktionierte auch bei deutschen Familien. Es gab nur eine Bedingung: Die Akşehirs mussten von dem Verhältnis erfahren haben.

»Na, habe ich Ihnen das Richtige empfohlen?«, fragte die Frisörin.

»Mit der Massage? Richtiger geht nicht. Ich glaube, bei mir kommt sie ganz besonders gut, weil nicht so viele Haare im Weg sind. Wussten Sie eigentlich, dass Gizem noch am Dienstag mit Schallmo telefonierte? Wenige Stunden vor seinem Tod?«

»Nein, das wusste ich nicht. Ich dachte, die beiden hätten keinen Kontakt mehr. Was schließen Sie daraus?«

»Dass die Beziehung, oder zumindest das Sprechen über die Beziehung, immer noch aktuell war. Und wenn die Akşehirs davon Wind bekommen haben sollten … na ja, sie werden sich überlegt haben, wie man dieses Thema ein für allemal aus der Welt schaffen könnte.«

Frau Kaiser schwieg. Ihre Finger waren wieder zum Ausgangspunkt am oberen Hinterkopf angelangt. Langsam strich sie mir von dort über den Nacken bis zu den Schultern. »Klingt fast zu einfach«, sagte sie schließlich. »Sicher, vorstellbar wäre es. Aber selbst bei Menschen wie dem alten Akşehir gibt es noch andere Möglichkeiten, Konflikte zu bereinigen, als pure Gewalt.«

»Was ist mit Gizems Mutter?«

»Die hat nicht viel zu sagen. Zu putzen hat sie, das schon, irgendwo muss das Geld ja herkommen. Vielleicht schafft sie es wenigstens, der jüngeren Schwester eine bessere Perspektive zu geben.«

»Hat Gizem denn eine so schlechte Perspektive? Ich meine, hier bei Ihnen im Laden?«

»Nein, das ist fürs Erste schon in Ordnung. Wobei sie andere Begabungen hat. Wie sie zeichnet, was für ein Auge sie hat – Gizem könnte Designerin werden. Und was meinen Sie, wie viele fertige Frisörinnen später in ihrem Beruf arbeiten? Von den Türkinnen so gut wie keine.« Sie legte ihre Hände auf meine Schultern. »Ist Ihr Wissensdurst vorerst befriedigt?«

»Klingt nach der höflichsten Art eines Rausschmisses«, grinste ich.

»Das nicht, Herr Koller. Allerdings kommen gleich neue Kunden. Mit Termin. Und ich muss schauen, wo Gizem abgeblieben ist. Wenn Sie weitere Fragen haben, rufen Sie mich an, ich gebe Ihnen meine Privatnummer. Vor einem warne ich Sie allerdings: Bringen Sie mir meine Gizem nicht mit dem Mord in Verbindung, sonst lernen Sie mich von einer anderen Seite kennen. Verstanden?«

»Verstanden, ja«, gähnte ich. »Aber ob ich Ihnen das versprechen kann?«

»Brauchen Sie nicht. Schließen Sie zum Abschluss der Massage bitte die Augen.«

Das tat ich. War ja eh schon wieder kurz vorm Einnicken.

Frau Kaiser hielt mir beide Handflächen vor die Ohren. Jegliches Geräusch verstummte, bis auf das Rauschen meines eigenen Blutes. Alles war dunkel. Die Wärme ihrer Hände übertrug sich auf meine Ohren, meinen Kopf, mein Denken. Ein Hoch auf die Japaner! Hätte nie gedacht, dass die Gelbgesichter …

Zack!

Es tat fast so weh wie eine Ohrfeige – und es knallte auch ganz ähnlich. Ich schreckte zusammen, riss die Augen auf und ließ sogar einen kleinen Schreckensschrei hören. Dabei hatte Frau Kaiser bloß ihre Hände von meinen Ohrmuscheln genommen. Dies allerdings mit Schmackes. Vorbei war's mit der Entspannung!

»Na, wieder wach?«, lachte sie und nahm mir den Umhang ab. »Bevor Sie mir hier auf dem Stuhl einschlafen! Kommen Sie bitte nach vorn, dann sage ich Ihnen, was Sie mir schuldig sind.«

Irgendwie belämmert tappte ich hinter ihr her. Die drei übrigen Kundinnen linsten unter ihren Klappen und Hauben hervor und nickten mir zu. Das Gerät von Frau Johannsen begann zu piepsen; eine rote 1 blinkte auf. Die alte Dame mit den Lockenwicklern hatte noch zwölf Minuten.

23

Am Schlossblick herrschte reger Betrieb. Die Kaffeetrinker waren in der Überzahl, aber ich entdeckte auch zwei wohlgenährte Jungs samt Mutter, die mit Wonne in ihre Bockwurst bissen. Samstagsfrühstück eben. Geplauder hing in der Luft. Ganz vorn an der Durchreiche stand Tischfußball-Kurt, heute in Begleitung seiner Dackel und mit Ringen unter den Augen.

»Du kommst mir gerade recht«, tönte er, als er mich sah. Dann fiel ihm ein, dass wir nicht allein waren, und er verkniff sich weitere Bemerkungen. Coppick und Hansen begrüßten mich schwanzwedelnd.

»Kaffee?«, fragte Fred, die volle Kanne in der Hand.

»Nein, danke. Erklär mir lieber, warum du mir Brutschs Nummer nicht geben willst.«

Fred stellte die Kaffeekanne zurück. Sein grauer Zopf schwang zur Seite. »Ich glaube«, sagte er, »das verstehst du nicht.«

»Das verstehe ich nicht? Woher willst du das wissen?«

»Das weiß ich eben.«

»Ach?«

»Schon wie du fragst, Max.« Er strich sich über sein fliehendes Kinn. »Nimm es mir nicht übel, aber deine Sätze kommen immer ein bisschen zu schnell. Wie aus der Pistole geschossen.«

»Das ist mein Erfolgsrezept.«

»Nicht hier. Nicht bei Jungs wie dem Brutsch. Da muss man sich vorsichtig rantasten, verstehst du? Fingerspitzengefühl beweisen.«

»Red keinen Mist!«, fuhr ihn Kurt an. »Wenn der Max diese verdammte Nummer braucht, dann braucht er sie eben. Also laber nicht rum, sondern gib sie ihm.«

»Du«, sagte Fred, fuhr seinen Finger aus und fixierte Kurt, so scharf es mit seinen wasserblauen Glupschaugen ging. »Du bist in dieser Hinsicht der Allerschlimmste. Dass du es nur weißt.«

Dem Allerschlimmsten entglitten die Gesichtszüge. Sogar seine Dackel begannen zu knurren.

»Bist du auf Droge, oder was?«, brüllte Tischfußball-Kurt und testete per Faustschlag die Stabilität des Imbisswagens. »Wir sind doch hier nicht bei der Heilsarmee! Deinen Fingerspitzenscheiß kannst du dir sonst wo hinstecken!«

»Nun mach mal halblang«, zischte ich. Wie sie uns ringsum angafften! Die beiden jungen Bockwurstesser hatten das Kauen eingestellt; am Kinn des einen glänzte ein großer Senffleck. Fred blieb ungerührt, da mochte sein Kumpel toben, so viel er wollte.

»Ist doch wahr!«, erregte sich Kurt. »Der steht schon viel zu lange hier unten in der Pampa mit seiner Bruchbude auf Rädern. So was verdirbt den Charakter! Vorsichtig rantasten, wenn ich das schon höre! Machst du jetzt einen auf Frauenversteher, Fred? Schieb mir lieber einen Saft rüber, bevor ich mich richtig aufrege!«

»Den kannst *du* dir wo hinstecken, deinen Saft«, gab Fred zurück, zog eine Zigarettenschachtel aus seiner Hemdtasche und verließ den Wagen durch den rückwärtigen Eingang.

»Hast du das gesehen?« Tischfußball-Kurt war fassungslos. »Aufstand der Kriechtiere, was? Den hänge ich an seinem eigenen Zopf auf, diesen Lurch! Wenn mir einer meinen O-Saft verweigert, hört der Spaß auf.« Bevor ich ihn daran hindern konnte, hechtete er kopfüber ins Innere des Imbisswagens, streckte einen Arm aus und langte nach einer Orangensaftflasche. Die Ablage, auf der sein Gewicht ruhte, knarrte bedenklich, hielt aber stand. Auch Kurti beendete seine sportliche Showeinlage ohne erkennbare Verletzungen.

»Keinen O-Saft«, knurrte er. »Wirklich, da hört's auf, Freunde.«

Die Bockwurstjungs kauten weiter. Auch die anderen

Gäste vertieften sich wieder in ihre Gespräche, die unter Garantie von Kurts waghalsigem Hechtsprung beherrscht wurden. Coppick und Hansen, da sie sahen, dass ihr Herrchen wieder an die lebenserhaltende Saftzufuhr angeschlossen war, rollten sich erleichtert zusammen. Ich zog Kurt ein Stückchen beiseite.

»Wir sollten allzu großes Aufsehen vermeiden«, sagte ich. »Gestern waren die Bullen bei mir und fragten mir Löcher in den Bauch.«

»Na und? Sollen sie nur!«

»Nee, sollen sie nicht. Wenn die merken, dass ich ermittle, treten sie mir auf die Füße. Und zwar so, dass ich drei Wochen nicht mehr gehen kann. Ich habe mir schließlich Schallmos Handy gekrallt. Das finden die gar nicht lustig.«

Missmutig drehte Kurt die Saftflasche in seinen Händen. Dabei brummte und knurrte er, dass es eine Pracht war. Hundebesitzer sollen mit zunehmendem Alter ja ihren Lieblingen immer ähnlicher werden. Oder die Hunde ihnen. Grauenhaft.

»Komm, ich erzähle dir lieber, was ich bislang herausgefunden habe.« In knappen Worten brachte ich ihn auf den aktuellen Stand meiner Ermittlungen. Seinem Blick nach zu urteilen, war sein Zorn noch nicht verraucht, doch er gab sich alle Mühe, mir konzentriert zu lauschen. Vergaß sogar, seinen Durst zu stillen. Als er von Gizem hörte, verzog er sein Gesicht zu einem spöttischen Lachen.

»Anatolien, Spanien – der Schallmo stand wohl auf Exotik, was?«

»So kann man es nennen.«

»Und du? Dir gefällt das doch auch, oder? Komm, gib's zu, Alter!«

»Dummes Zeug.« Wahrscheinlich erwartete er, dass ich

ihm auf Knien für die Vermittlung eines derart attraktiven Falles dankte. Prickelnde Erotik, Weiber en masse! Stattdessen erinnerte ich ihn an sein und Freds Versteckspiel mit der Leiche. Seitdem gab es Polizisten en masse, und sie alle hatten sich auf mich eingeschossen. »Eine saudämliche Idee war das, Kurt. Rekordverdächtig dämlich. Nur deshalb sind die Bullen jetzt so misstrauisch.«

»Lass sie doch. Das erhöht ihre Aufmerksamkeit. Konkurrenz belebt das Geschäft, richtig?«

»Mann, Kurti!«, stöhnte ich. »Kannst du wenigstens einmal ein bisschen mitdenken? Da oben, Gehirn einschalten!«

»Apropos da oben«, gab er mit zusammengekniffenen Augen zurück. »Irgendwas ist anders an dir. Du siehst nicht gut aus, Max. Mitgenommen.«

»Ich war beim Frisör.«

»Genau, das ist es.« Er musterte mich kritisch von allen Seiten. »Du hast doch hoffentlich nichts dafür bezahlt, oder?«

»Das sagt der Richtige!«, lachte ich. Ausgerechnet Tischfußball-Kurt mit seinem Brachschädel lästerte über meine Frisur! »Pass mal auf, Kurti, ich hab da was für dich.« Ich zückte das Shampoo auf Koffeinbasis, das mir Frau Kaiser zum Freundschaftspreis vermacht hatte. »Hier: lässt kahle Männerhäupter blühen. Wie wär's? Ich gebe eine Runde aus!«

»Bleib mir vom Hals mit dem Zeug«, schüttelte er sich. »Was da für Pestizide drin sind!«

»Nicht halb so viele wie in deiner Apfelsinenmatsche.«

»Gibt es was Gesünderes als O-Saft?« Er schraubte die Flasche auf, leckte sich nachdenklich über die Lippen und legte mir eine seiner Pranken auf die Schulter. »Pass mal auf, mein Freund: Deine Ermittlungsdingens sind absolut sensationell. Du bist halt ein Profi, das merkt man gleich. Da wird der Röntgenapparat angesetzt, und zack, ist der Schallmo durchleuchtet. Genau so habe ich mir das vorgestellt. Noch zwei, drei Tage, und der Fall ist geklärt. Wusste ich doch, dass es ohne dich nicht geht. Und was die Bullen betrifft: Die sollen ruhig hellhörig werden! Ihr schaukelt euch gegenseitig hoch, das ist wie beim Fußball. Um die eigenen Stärken ausspielen zu können, braucht man den richtigen Gegner.« Mit Entschlossenheit im Blick setzte er die Flasche an die Lippen und legte den Kopf in den Nacken. Gleich würden die nächsten 0,5 Liter Fruchtgetränk von dieser Erde verschwunden sein.

Kopfschüttelnd sah ich ihm zu. Ich wusste nicht, was ich schauerlicher finden sollte: den Unsinn, den Kurt verzapfte, oder seinen Orangensaftkonsum. Eben wollte ich ihm ein für allemal verbieten, sich in meiner Gegenwart auf fußballerischen Gemeinplätzen herumzutreiben, als mich ein gurgelndes Geräusch innehalten ließ. Kurt stockte mitten im Trinken, seine Augen traten stark hervor … – und dann spuckte er, was er noch im Mund hatte, in hohem Bogen aus. Die Flasche flog hinterher.

Und erst das Gebrüll, das dem folgte!

Vorm Imbiss gerieten die Leute in Aufruhr. Ein Attentat? Ein Vulkanausbruch? Die Bockwurstmama sammelte ihre Söhne zur Flucht. Alles wich ein paar Schritte zurück, auch ich, der ich gewiss nicht schreckhaft bin. Coppick und Hansen schlüpften winselnd unter dem Schlossblick hindurch. Was war mit ihrem Herrchen los?

Tischfußball-Kurt taumelte, schnappte nach Luft, hielt sich die Kehle. Seine Gesichtsfarbe wechselte von Rot nach Blau und wieder zurück. Normale Menschen wären wohl eher blass geworden, aber Blass konnte er nicht. Stattdessen würgte er. Die halb geleerte Orangensaftflasche rollte über den Asphalt, gelbe Flüssigkeit spuckend. Mit einer Hand suchte Kurt am Imbisswagen Halt.

»Gift«, röchelte er. »Gift …!«

Ich trat neben ihn, griff ihn am anderen Arm und tätschelte ihm den Rücken. »Verschluckt, Kurti?« Der Kerl las zu viele Groschenromane.

Fred kam um die Ecke gestürmt. Sein Blick fiel auf Kurt, dann auf die Flasche. »Was ist los, Kurti?«

»Gift!«, japste sein Kumpel. »Mir brennt's die Innereien weg.«

»Trink halt nicht so schnell«, grinste ich. Was mich betraf, so war es wie bei der Geschichte mit dem Jungen, der ständig vor dem Wolf warnt: Weil Kurti immer so rumbrüllte, konnte ich ihn in diesem Moment nicht ernst nehmen.

Fred dagegen nahm ihn ernst. Er beugte sich herab, nahm die Saftflasche vom Boden auf und drehte sie hin und her. »Scheiße«, stöhnte er. »Hast du aus der getrunken?«

Kurt nickte zitternd.

»Herrgott noch mal, wie kommst du an die?« Fred schüttete den Rest Orangensaft in den Gulli. »Die habe ich extra beiseite gestellt, weil sie schlecht ist.«

»Schlecht?«, fragte ich.

»Ja, verdorbene Ware oder so was. Die Firma hatte eine Rückrufaktion gestartet, deshalb stand die Flasche einzeln im Regal.« Wütend herrschte er Kurt an: »Und dort sollte sie auch stehen bleiben! Seit wann bedienen sich meine Kunden selbst, hm?«

Kurt stierte ihn bloß an. Wenn ich ihn nicht gestützt hätte, läge er jetzt auf dem Parkplatz wie Thorsten Schallmo wenige Tage zuvor. Verdorbener O-Saft, schau an. Dann spielte Kurti den sterbenden Schwan ja zu Recht. Das hatte er nun von seiner Gier!

»Ich könnte ihn in die Chirurgie bringen«, schlug ich vor. »Da kenne ich mich aus. Vielleicht braucht er einen neuen Magen. Allerdings bin ich mit dem Fahrrad da.«

»Lass mal, ich mache das schon«, brummte Fred.

»Du?«

»Ist ja in meinem Laden passiert, mit meinem Saft. Ich fahre ihn ins Krankenhaus.«

»Und deine Bude? Willst du schließen?«

Unschlüssig spielte er an seinem Ohrhänger herum. Kurt röchelte derweil filmreif. »Ich rufe die Elvira an«, meinte Fred schließlich. »Die hilft öfter aus. Und bis die da ist, kann vielleicht jemand anderes …« Wieder überlegte er. »Könntest du hier nach dem Rechten sehen, Max?«

»Ich?«

»Ja. Kaffee und Sandwiches, mehr brauchst du nicht zu machen. Im Notfall schreibst du auf, was die Kunden wollen, ich regele das schon.«

»Also, ich weiß nicht …«

»Gift!«, jammerte Kurt mit schwacher Stimme. Selbst seine Dackel sahen mich bittend an.

Und so kam es, dass ich die nächste halbe Stunde im Schlossblick zubrachte, Kaffee kochte und mir Storys aus dem Hasenleiser anhörte. Ich, Max Koller, eine Fehlbesetzung in fast jedem Job. Dabei war die Arbeit leichter als gedacht. Machte sogar zunehmend Spaß! Vom Inneren eines Imbisswagens aus betrachtet, sah die Welt ganz anders aus. Zwischen Drinnen und Draußen gab es eine klare Trennlinie. Es gab einen Rahmen, den die Durchreiche markierte, und die Leute schauten zu dir auf. Sie behandelten dich auch anders. Wie genau, hätte ich nicht sagen können. Respektvoller? Höflicher? Vielleicht. Aber das mochte daran liegen, dass man mich hier unten nicht kannte. Lieber vorsichtig sein, sagten sich die Leute. Am

Ende rückt der keine Würstchen raus, wenn ich nicht nett frage!

»Noch jemand einen Kaffee?«, rief ich. »So frisch wie jetzt bekommt ihr ihn nie wieder!« Vielleicht gelang es mir ja, Freds Rekordumsatzzahlen noch einmal zu toppen. Schau an, gleich war sie leer, die Kanne, und das Volk schrie nach mehr. Wo hatte Fred Kaffee und Filter versteckt? Ah, hier. Auf der Schranktür prangte eine alte Ansicht des Imbisswagens in Schwarz-Weiß. Bratwurst mit Brot 60 Pfennige, mit Kartoffelsalat 1 Mark. Ansonsten war alles wie heute: der Wagen, die Leuchtschrift und davor eine hungrige Meute.

Dann klingelte mein Handy. Einhändig Kaffeepulver nachfüllend, nahm ich das Gespräch an.

»Passt es Ihnen um vier im Laden?«, fragte Frau Kaiser. »Dann schließen wir, und Sie haben Gizem und mich ganz für sich allein.«

»Gern. Sie haben sie also überreden können?«

»Ja. Es gibt aber eine Bedingung: Bringen Sie was zu knabbern mit.« Sie lachte scheppernd. »Bevor ich ganz vom Fleisch falle!«

»Keine Sorge. Was Massenspeisungen betrifft, mausere ich mich gerade zum Experten.«

Um vier also. Gegen zwölf sollte das Treffen mit Covet und seinem Medizinerkumpel stattfinden, für 19 Uhr hatte Christine einen Tisch in der Alten Köhlerei bestellt. Dazwischen galt es herauszufinden, weshalb sich die junge Türkin von Schallmo hengen gelassen fühlte. Ich warf die Kaffeemaschine an und wartete auf Elvira.

24

»Also, das darf ich jetzt eigentlich nicht«, sagte Dr. Pietsch, während er den Computer hochfuhr. »Nur damit wir uns richtig verstehen, Freunde: Dürfen tue ich das nicht.«

»Schon klar«, nickte Covet.

»Völlig klar«, sagte ich.

Dr. Pietsch senkte den Kopf und warf uns über seine Brille einen Hilfe suchenden Blick zu. »Es ist wirklich illegal.«

»Wir wissen es zu schätzen«, meinte Covet.

»Absolut, Sieghard.«

Der Arzt nickte seufzend. Er wischte einmal um den Rahmen des Monitors herum, entdeckte ein Stäubchen, das er erst anhauchte und dann wegrubbelte. Noch ein Seufzer. Die Brille wurde in Position gerückt, das Lippenpaar gespitzt. Wir warteten. Der Computer summte.

Dr. Pietsch war mir als Sieghard vorgestellt worden – seine Eltern seien eher so von der konservativen Sorte, erklärte er, meine Hand noch in seiner, nationalkonservativ, deshalb Sieghard, sein zweiter Vorname sei noch schlimmer, aber den verrate er niemandem, auch unter Folter nicht –, wir duzten uns also, ganz nach Verschwörerart, aber weil Marcs alter Kumpel von Anfang an den Paragrafenreiter heraushängen ließ, nannte ich ihn für mich nur Dr. Pietsch.

»Hab ich noch nie gemacht, so was«, murmelte er. »Noch nie, ehrlich.«

Dann brachte er beide Hände in Stellung, ließ sie wie Geier über der Tastatur schweben … ein leichtes Zittern … und plötzlich der Sturzflug. Das Trommelfeuer seiner Finger dauerte nur wenige Sekundenbruchteile. Paff, krachte der kleine Finger auf die Enter-Taste.

»Mein Passwort«, zwinkerte er uns zu. »Wollt ihr raten, wie es lautet?« Und als wir abwinkten, ein resigniertes: »Dürfte ich euch eh nicht sagen.«

Ich verdrehte die Augen.

Der und ein alter Studienfreund von Marc? Also wirklich. Ich stellte mir vor, wie sich die beiden damals, vor ungefähr zwei Jahrzehnten, im Kreis ihrer Kommilitonen gegenseitig unter den Tisch gesoffen hatten, bis sich zum Schluss aus dem Haufen von Alkoholleichen ein Finger hob: Abba dürfen tuma das nich, Marc. Weil, das ist vaboten, assolut. Mit seinem vorspringenden Kinn und den flackernden Augen hinter eckigen Gläsern wirkte der Arzt nämlich, als übten illegale Aktionen eine geradezu magische Anziehungskraft auf ihn aus, gegen die wiederum seine gute Kinderstube – Stichwort Sieghard – fortwährend Einspruch erhebe. Fortwährend und erfolglos.

»Streng genommen«, sagte er, während er mit der Maus zackige Bewegungen vollführte, »streng genommen, ist das Intranet eine Datenbank zu rein medizinischen Zwecken. Wenn ich es dazu benutze, mich über einen bestimmten Patienten oder eine Patientin zu informieren, für die ich nicht zuständig bin, mache ich mich strafbar. Von der Weitergabe dieser Informationen ganz zu schweigen.«

»Wir sind überhaupt nicht hier«, stellte Covet fest. »Oder bist du hier, Max?«

»Ich? Nö. Außerdem: Wer fragt mich das? Ist da jemand?«

»An einem Werktag hätte ich mich keinesfalls darauf eingelassen«, fuhr Dr. Pietsch fort. »Da geht es hier zu wie im Taubenschlag. Samstag ist besser. Aber sollte doch jemand kommen …«

»Schon gut, Sieghard. Wir wissen Bescheid.«

»Eigentlich schade, dass wir uns so selten sehen, Marc.

Obwohl wir beide in Heidelberg geblieben sind. Hast du eigentlich noch Kontakt zu Corinna?«

Covet rollte mit den Augen, aber so, dass es sein Studienfreund nicht sah. »Welche Corinna?«, fragte er unschuldig.

»Na, die Rothaarige.« Dr. Pietsch wurde passenderweise ein ganz klein wenig rot. »Mit der wir damals beide gern … Sie hat mir nach dem Abschluss noch ein paar Mal geschrieben, aber dann war Funkstille. Seit wann soll euer Patient in der Chirurgie sein?«

»Keine Ahnung«, antworteten Marc und ich gleichzeitig.

»Aha. Privatstation, sagtest du?«

Marc nickte.

»Einen Moment. Gleich haben wir's.« Dr. Pietsch drehte sich auf seinem Stuhl zu uns. »Wohl ist mir nicht bei der Sache. Schon weil sie wirklich nicht legal ist. Arztgeheimnis, ihr wisst ja.«

»Machst heute halt eine Ausnahme, Sieghard. Wird nicht wieder vorkommen.«

»Hoffentlich. Hat sie dir mal geschrieben?«

»Wer?«

»Corinna«, half ich meinem Freund. »Die Rothaarige.«

»Ach, die. Nein, mir nicht. Ich stand nicht auf sie. Nicht so wie du, Sieghard.«

»Aber ihr wart doch ganz dicke miteinander! Seid ihr nicht zusammen an den Gardasee gefahren?«

»Nein!«

»Komisch, dann war das ein anderes Mädel.«

»Oder ein anderer See«, sagte ich.

»Nein!«, stöhnte Covet. »Kein See, keine Corinna, nichts. Können wir jetzt zur Sache kommen?«

Tadelnd schüttelte ich den Kopf. So viele Hummeln im Hintern! Und das in seinem Alter! Marc musste noch viel lernen.

»Also«, murmelte Dr. Pietsch und stützte sein Kinn in eine Hand. »Was haben wir denn da? Aha. Das nenne ich mal einen interessanten Fall … Letzte Woche hatte ich eine ganz ähnliche Geschichte. Und da ist noch was. Auch interessant. Arme Sau.«

Wir warteten. Auf das Interessante, auf die arme Sau, vielleicht auch auf Corinna. Doch der Arzt zog bloß undefinierbare Grimassen und kratzte sich hinterm Ohr.

»Da fällt mir ein«, raunte mir Covet zu. »Ich habe eine Auswahl Fliegen für dich dabei. Christine sagte, ihr wolltet …«

»Schnauze! Wenn du nicht willst, dass ich das Zeug in den Klinikmüll schmeiße, erwähne es nicht.«

»Es sind wirklich sehr schöne dabei.«

»Vergiss es!«

»Soso«, kam es vom Computer. Mehr nicht. Nur: »Soso.«

»Ja«, sagte Covet schließlich, sich erhebend. »Und was heißt das nun, dieses Soso?«

»Stopp! Nicht gucken! Hört ihr? Gucken ist absolut verboten. Ich komme sonst in Teufels Küche.«

»Wir gucken doch gar nicht! Sag uns einfach … nein: Sprich vor dich hin, nur für dich, was das für ein Patient ist. Halte ein Selbstgespräch, Sieghard!«

Dr. Pietschs Augen wanderten nach rechts, um uns zu fixieren. Misstrauen, dein Name ist Sieghard! Dann kehrten sie zum Bildschirm zurück. »Zimmer 015, sagtet ihr?«

»Korrekt.«

»So?« Schweigen. Absichtlich oder nicht, mit seinem stummen Nicken, der Gestik der Eingeweihten, spannte uns der Arzt ordentlich auf die Folter. Marc rutschte unruhig auf seinem Stuhl hin und her, und auch ich musste mich beherrschen, um Dr. Pietsch nicht vom Bildschirm wegzudrängen.

»Ist das Programm abgestürzt?«, erkundigte sich mein Journalistenfreund, der die Stille nicht mehr ertrug.

»Also wenn da nicht Pankreaskarzinom stünde«, entgegnete Sieghard und fummelte zerstreut an seiner Brille herum.

»Dann?«, fragte ich ungeduldig und mit Nachdruck. Ich war nie gut in Deutsch, aber dass sein Satz nicht vollständig war, merkte sogar ich.

Er atmete tief ein. Sein Brustkorb unter dem Arztkittel hob sich, bis die Luft wieder aus Dr. Pietsch entwich. »Dann«, sagte er und widmete mir einen ernsten Blick, »würde ich sagen, der Dings ist wieder da.«

»Wer?«, machten Marc und ich gleichzeitig.

»Der Dings – wie heißt er noch? Mein Namensgedächtnis!« Dr. Pietsch kratzte sich am Kopf. »Kairo, Ägypten. Der Staatspräsident von dort unten. Na?«

Wir sahen uns an. »Keine Ahnung, wie der jetzt heißt«, sagte Covet. »Die politische Lage in Nordafrika ändert sich ja wöchentlich.«

»Nein, der frühere. Den sie nach 30 Jahren endlich abgesägt haben.«

»Kuhstall«, sagte ich.

»Was?«

»Kuhstall auf Ägyptisch. So heißt er.«

Der Finger von Dr. Pietsch richtete sich auf mich. »Exakt. Den meine ich. Der war doch im März 2010 in Heidelberg.«

»Richtig!«, rief Covet, plötzlich hellwach. »Wegen einer Gallenblasenoperation. Und halb Ägypten hat Blumensträuße geschickt, ich erinnere mich noch bestens. Bei uns in der Stadtredaktion sind sie fast durchgedreht vor Anteilnahme.«

»Gallenblase«, nickte der Arzt. »Das ist der Punkt. Hier steht nun etwas von Pankreaskarzinom. Auf Deutsch Bauchspeicheldrüsenkrebs.« Mit einem Seitenblick kontrollierte er, ob wir auch nicht heimlich mitlasen. »Aber der Rest stimmt: ein arabisch klingender Name, das ungefähre Alter des Patienten, der Hinweis auf einen ersten Besuch 2010, die Behandlung durch den Chef – und natürlich die Unterbringung auf der Privatstation.«

»Ja, und?« Marc hielt es kaum noch auf seinem Stuhl. »Was steht da für ein Name?«

Grinsend lehnte sich Dr. Pietsch zurück. »Ein sehr schöner: Halef Omar.«

»Karl May?«

»Karl May. Hadschi Halef Omar ben Hadschi Abul Abbas ibn Hadschi Dawuhd al Gossarah. Solche Tarnnamen sind üblich, wenn ein VIP ohne größeres Aufsehen behandelt werden möchte.«

Marc sah ihn verwirrt an. »Das verstehe ich nicht. 2010 kam der Staatspräsident doch ganz ohne Tarnung. Hochoffiziell, mit Delegation und Pressesprecher.«

Sein Studienfreund kniff ein Auge zusammen. »Könnte es sein, dass sich die politische Großwetterlage mittlerweile geändert hat? Dass es nach dem Arabischen Frühling möglicherweise nicht mehr opportun ist, unter dem Klarnamen durch die Welt zu reisen?«

»War der nicht in Haft, der Typ?«, warf ich ein. »Und vor Gericht sollte er auch gestellt werden.«

»Haft?« Marc lachte. »In einem ägyptischen Luxuskrankenhaus hatten sie ihn geparkt. Verhandlungsunfähig bis zum Exitus.«

»Und der könnte bald bevorstehen«, sagte Dr. Pietsch. »Falls die Diagnose Pankreas stimmt. Nun ist es so, dass schon 2010 gemunkelt wurde, der Mann müsse mehr haben als bloß ein Problem mit der Gallenblase. Denn das können sie in Ägypten ebenso gut behandeln wie hier. Heidelberg wiederum hat sich auf Pankreasoperationen spezialisiert.«

»Na, also«, rief Covet. »Das ist es! Darum wird der Patient so gut versteckt und bewacht. Politisch ist er erledigt, ein offizieller Klinikaufenthalt in Deutschland nicht möglich, also kommt er inkognito und mit einer Truppe Bodyguards im Schlepptau. Halef Omar! Ich krieg die Motten.«

»Aber weshalb wird so einer überhaupt aufgenommen?«, fragte ich. »Für die Klinik bedeutet das doch vor allem Aufwand, Geheimniskrämerei – und eine miese Presse, falls die Sache herauskommt.«

»Gelebtes Samaritertum«, flötete Dr. Pietsch. »Dem Manne muss geholfen werden, krank und gebrechlich, wie er ist. Oder sollte in diesem Fall etwa Geld eine Rolle spielen? Der schnöde Gott namens Mammon?«

Wir warteten. Aber warten allein reichte nicht. Unser Informant wollte gebeten werden, sein Wissen mit uns zu teilen.

»Nun erzähl schon«, tat ich ihm schließlich den Gefallen. »Wie funktioniert das mit dem Geld?«

»Folgendermaßen«, begann Dr. Pietsch und strich zärtlich über sein langes Kinn. »Bei Normalsterblichen wie uns ist die Sache klar: Da rechnet die Klinik direkt mit der zuständigen Kasse nach den vorgeschriebenen Sätzen ab. Anders bei Ausländern. Diese Patienten zahlen per Vorkasse, und zwar den Privatpatientensatz. Wobei da Spielraum nach oben besteht. Von freiwilligen Spenden ganz zu schweigen. Die Abrechnung erfolgt über das International Office, das ein großes Interesse daran hat, ausländische Patienten nach Heidelberg zu bringen. Sie steigern das Renommee der Klinik.«

»Und sie bringen Geld.«

»Komischerweise handelt es sich bei diesen Ausländern immer um gut betuchte Damen und Herren, die es sich leisten können, ein paar Wochen Urlaub in Deutschland zu machen. Mitsamt ihrer Familie. Sind euch noch nie diese verschleierten Araberinnen am Neckar begegnet? Deren Verwandte liegen bei uns auf Station: Saudis, Kuwaitis und andere Leutchen aus den Ölstaaten. Bis zum Anschlag auf das World Trade Center ließen sie sich bevorzugt in den USA behandeln, seither lieber im sicheren Europa. Russen kommen auch gern. Da hat sich ein regelrechter Krankentourismus entwickelt.« Dr. Pietsch unterdrückte ein Gähnen. »Was natürlich einige Probleme mit sich bringt. Allein die sprachlichen Barrieren! Manche haben Dolmetscher dabei, aber was die so erzählen, will ich lieber nicht wissen. Oder stellt euch vor, einer dieser Scheichs soll sich seine Männlichkeit von einer deutschen Ärztin untersuchen lassen.«

»Und wie könnte das in unserem Fall gelaufen sein?«, fragte ich. »Angenommen, es handelte sich bei diesem Patienten tatsächlich um den ehemaligen ägyptischen Staatspräsidenten. Hat der sich dann auch an das International Office gewandt?«

»Nein, der wird private Kontakte genutzt haben. Zu einem der Ärzte, die ihn 2010 behandelt haben, vermute ich. Vielleicht gibt es auch einen Mittelsmann, sagen wir: einen ägyptischen Arzt, der schon lange in Deutschland ansässig ist und gute Verbindungen zur Chirurgie hat. Dann meldet man dort einen hochkarätigen Patienten an, der aus bestimmten Gründen anonym bleiben will, und unterfüttert den Deal mit einer großzügigen Spende an die Klinik.«

»Oder an die behandelnden Ärzte«, brummte Marc.

Sein Studienfreund wiegte den Kopf. »Nun mach mal keine Räuberpistole draus. Der Teufel steckt im System, nicht in den Menschen.«

»Und wie sicher ist es nun«, fragte ich, »dass es sich bei unserem Patienten um den Expräsidenten von Ägypten handelt?«

»Ich habe euch ja erklärt, weshalb ich auf ihn kam«, erwiderte Dr. Pietsch. »Es gibt Übereinstimmungen, vom Namen und der offiziellen Diagnose einmal abgesehen. Aber einen Beweis kann ich euch nicht liefern. Da müsst ihr schon warten, bis der Herr mal aus dem Zimmer lugt.«

»Das kannst du vergessen«, meinte Marc. »Da sind seine Bodyguards vor.«

»Tja, dann.« Achselzuckend schloss Dr. Pietsch das Programm. »Ich glaube, ich werde Corinna mal eine Mail schreiben, dass wir zwei uns hier getroffen haben.«

»Warte!«, rief Marc. »Kannst du uns keinen Ausdruck der Patientendatei machen?«

»Bist du wahnsinnig?« Der Arzt schaute ihn entgeistert an. »Wozu rede ich mir eigentlich den Mund fusslig? Was ihr hier gehört habt, müsst ihr sofort wieder vergessen, klar? Kein Wort zu niemandem! Einen Ausdruck …!« Er tippte sich an die Stirn. »Wo kämen wir denn da hin?«

»Verstehst du nicht, Sieghard? Für mich ist das die Story des Jahres: der gestürzte Präsident heimlich in Deutschland! 800 Tote bei der ägyptischen Revolution, und der Verantwortliche dafür bekommt in Heidelberg eine Extrabehandlung.«

»Wusste gar nicht, dass du neuerdings einen auf Sensationsreporter machst«, bremste ich Covet, sehr zum Vergnügen Dr. Pietschs.

»Was hat denn das mit Sensationsreporter zu tun?«, erwiderte Marc wütend. »Hier geht es doch nicht um Klatsch und Tratsch, sondern um die Frage, wie wir uns gegenüber Diktatoren verhalten.«

»Wir? Du meinst, die Klinik.«

»Nein, wir. Wir als Gesellschaft. Nehmen wir das hin? Sagen wir: Okay, unser Krankenhaus profitiert davon, wir also auch? Oder sagen wir: Nein, dieser Mann gehört vor ein Gericht anstatt in eine Privatstation? Und deshalb werde ich meinen Artikel schreiben.«

Dr. Pietsch begann, seine Brille am Arztkittel zu reinigen. »Aufgrund eines Verdachts?«

»Etwas Handfesteres brauche ich natürlich schon.« Nach diesen Worten wandte mir Marc seinen Kopf zu.

»Warum schaust du mich so an?«, lachte ich. »Meinst du, ich könnte dir die Beweise liefern?«

»Wer sonst?«

»Danke für die Blumen. Wobei ich, wenn ich ehrlich bin …«

»Ja?«

»Für dich ist es eine Story, Marc. Für mich etwas ganz anderes. Du magst ja recht haben mit deiner ethischen Diktatorenfrage. Aber ich ermittle in einem Mordfall, und in diesem Zusammenhang interessiert mich viel mehr, ob das Versteckspiel um den Patienten von Zimmer 015 Anlass gewesen sein könnte, jemanden zum Schweigen zu bringen.«

Marc starrte mich an. »Du meinst: diesen Lehrer aus Rohrbach? Daran habe ich noch gar nicht gedacht.«

»Ist ja auch meine Aufgabe. Was, wenn Thorsten Schallmo

hinter die Identität des Patienten kam? Ich weiß, dass er in der Chirurgie war. Und noch am selben Abend starb er.«

»Weil er den ägyptischen Staatspräsidenten erkannt hat?« Dr. Pietschs Skepsis war nicht zu überhören.

»Weil er mit seinem Wissen an die Öffentlichkeit gehen wollte. Denkbar wäre es.«

»Aber das hieße ja«, Marc grinste schief, »das hieße ja, dass ich auch in Gefahr wäre.«

»Schicksal aller Sensationsreporter«, entgegnete ich.

25

Unser Gespräch mit Dr. Pietsch, auch wenn es in dieser Form nie stattgefunden hatte – Arztgeheimnis, logo –, fand zu Marcs Bedauern ein baldiges Ende. Ich war schließlich mit Gizem und Frau Kaiser verabredet. Beim Abschied versuchte er mit allen Mitteln, mich davon zu überzeugen, dass die ägyptischen Angelegenheiten keinen Aufschub duldeten. Man müsse so rasch wie möglich zur Tat schreiten. Am besten sofort und gemeinsam. Wenn in der Montagsausgabe seiner Zeitung ein Bericht erscheinen solle, brauche er bis morgen Mittag verwertbare Fakten. Dokumente, Fotos, Zeugenaussagen, Schriftliches. Ja, sagte ich, ja, ich stünde inhaltlich, ethisch und überhaupt ganz auf seiner Seite, da passe kein Blatt Papier und so weiter, bloß von überstürzten Aktionen hielte ich nichts. Selbstverständlich sei auch ich daran interessiert, die Identität des geheimnisvollen Patienten zu lüften. Ich würde mir etwas überlegen. Einen Plan. Bastel, bastel.

Dann fuhr ich. Marc schaute mir enttäuscht nach.

Nun schau nicht so, Junge! Hätte ich ihm falsche Hoffnungen machen sollen? Es gab einen gewichtigen Grund, mich bedeckt zu halten, und dieser Grund hörte auf den Namen Covet. In seiner glühenden Gerechtigkeitsemphase wirkte mein Journalistenfreund nämlich, als wolle er zwecks Entlarvung des kranken Bösewichts auf der Stelle Zimmer 015 stürmen. Und zwar mit mir als Rammbock. Max Koller ist fürs Grobe zuständig, man selbst erntet die Früchte. Nein, mein Lieber, solche Dinge erledigte ich lieber persönlich. Auf meine Weise. Immerhin gab es da ja noch Verbindungen zu meinem Fall.

Bloß welche? Hatte sich Thorsten Schallmo in irgendeiner Form mit den Gorillas der Privatstation angelegt? Wenn ja, würde es schwierig, dafür Beweise zu finden.

Um kurz vor vier betrat ich zum zweiten Mal an diesem Tag den Frisörsalon Kaiserschnitt. Gegen einen neuerlichen Ausflug nach Japan hätte ich nichts einzuwenden gehabt. Aber jetzt sollte erst mal der Magen auf seine Kosten kommen. In der Bäckerei von heute Morgen hatten sie mir zusammengekratzt, was die Auslagen noch hergaben: eine Mohnschnecke, zwei Rosinenbrötchen, eine Apfeltasche und einen Bobbes. Der sah am besten aus, war allerdings ziemlich mickrig. Ihn durch drei zu teilen, lohnte nicht.

»Nur herein!«, empfing mich die Chefin, die hinter dem Tresen mit Büchern beschäftigt war. Im Hauptraum fegte Gizem Haarberge zusammen. Ein verstohlener Blick, das war alles, was mir das Mädchen gönnte. Ich stellte meine Bäckertüte auf den kleinen Tisch in der Sitzecke und nahm Platz. Still arbeiteten die beiden Frauen weiter. An der Wand Plakate von Schön- und Grellheiten, mit Frisuren in allen möglichen Stilrichtungen: frech, mondän, romantisch, verführerisch, schräg, verwegen. Teuer nicht zu vergessen. Trockenhauben und Climazon-Geräte standen wieder an ihrem Platz, es gab jeweils ein Regal für Handtücher und eines für diverse Schönheitsmittel. Unter den Waschbecken entdeckte ich die größten Shampoobehälter, die mir jemals zu Gesicht gekommen waren. Ich schätzte ihren Inhalt auf fünf Liter.

Frau Kaiser war eben fertig mit ihren Büchern, als die Ladentür ging. Eine weizenblonde Frau mittleren Alters, die sich trotz ihrer Leibesfülle geschmeidig bewegte, kam freudestrahlend auf uns zu und rief: »Nur ein kleiner Gruß an meine kaiserlichen Hoheiten! Nur ein klitzekleiner Gruß!« Mit beiden Händen trug sie eine Tortenschachtel aus Pappe vor sich her.

»Was haben Sie uns da schon wieder mitgebracht, Frau Rainer?«, gab die Frisörin halb tadelnd, halb geschmeichelt zurück.

»Nun lassen Sie mir doch die Freude, Frau Kaiser! Machen Sie sich einen Feierabendkaffee und genießen Sie die paar Häppchen. Du auch, mein Schätzchen!« Letzteres war auf Gizem gemünzt, die ein knappes Lächeln zustande brachte, während sie das Mitbringsel entgegennahm. »Und Sie ebenfalls, Herr Koller. Mit wem soll ich meine gute Laune denn sonst teilen?«

»Das ist lieb von Ihnen«, nickte die Kaiser. »Vielen Dank!«

»Lassen Sie es sich schmecken. Und bis in zwei Wochen!« Fort war sie.

»Die reine Sünde«, murmelte die Frisörin, an der Schachtel schnuppernd. »Aber sie meint es ja so gut.«

»Wer war das?«, fragte ich verdattert. »Und woher kennt mich die Frau?«

»Sie hat Ihr Buch gelesen«, lautete die Antwort, als sei dies eine Selbstverständlichkeit. »Kaum waren Sie heute

Morgen gegangen, fragte mich Frau Rainer nach Ihrem Namen.«

»Moment!« Mir ging ein Licht auf. »War das die Dicke ... also, die kräftige Dame, der Sie die Haare geschnitten haben, als ich im Laden war?«

»Geschnitten und blondiert. Haben Sie sie etwa nicht erkannt?«

»Hören Sie auf! Das war eine total andere Frau!«

»In gewisser Weise, ja.«

»Die hier war viel schlanker. Sie bewegte sich auch völlig anders!«

Frau Kaiser schmunzelte zufrieden. »Da sehen Sie mal, wozu eine neue Frisur gut ist.«

Ich fuhr mir mit derart verzweifeltem Gesichtsausdruck über meine Stoppelhaare, dass sich sogar Gizem ein Lächeln abrang.

»Tut mir leid«, sagte sie. »Solche Wunderdinge können Sie von mir nicht erwarten. Ich bin bloß Azubi.«

»Ja, aber im Kuchenverdrücken schon Meisterin«, rief ihre Chefin, die Schachtel öffnend. »Immer schnappt sie mir die besten Stücke weg. Und das bei der Figur! Da, schauen Sie mal: Stachelbeer-Baiser! Und Sahne über Sahne – himmlisch!«

Düpiert sah ich zu, wie die Kaiser und Gizem unter Ah und Oh ein Tortenstück nach dem anderen aus der Schachtel ans Tageslicht beförderten. Acht Riesenteile zählte ich am Ende; da konnte ich mit meinen zweieinhalb Rosinenbobbes glatt einpacken.

»So ist sie, die gute Frau Rainer«, trällerte die Frisörin. »Na, dann mache ich uns mal den Kaffee. Nein, du bleibst sitzen, Kleine. Schließlich ist Herr Koller wegen dir hier.«

Mit dieser Bemerkung war Gizems kurzer Ausflug

ins Land des Lächelns auch schon beendet. Sie legte die Hände in den Schoß und harrte schweigend meiner Fragen. Delinquentenhaltung. Ich schwieg jedoch ebenfalls, in Gedanken noch bei dem mausgrauen Trumm von heute morgen, das sich in die beschwingte Blonde von eben verwandelt hatte. Von der Stachelbeere zum Baiser sozusagen.

Schließlich räusperte sich das Mädchen. »Wer weiß denn noch von Thorsten und mir?«, fragte sie vorsichtig. »Außer Ihnen, meine ich.«

»Was?« Ich war wirklich noch woanders. Frisuren machen Leute – gab es nicht einen Schulbuchklassiker dieses Titels?

»Wer außer Ihnen von unserer Beziehung weiß.«

»Niemand.«

»Sind Sie sicher?«

Auf der Suche nach einer neuen Sitzposition rutschte ich hin und her. »Ich würde dich gern duzen, Gizem. Ist das okay? Ich bin Max.« Und als sie nickte, fuhr ich fort: »Du brauchst dir keine Sorgen zu machen. Wenn du es nicht zu vielen oder den falschen Leuten erzählt hast, wird es keiner erfahren. Ich kam auch nur durch Zufall auf dich.«

»Wie denn? Haben Sie … hast du uns beobachtet?«

»Nein, wo denkst du hin! Ich habe Schallmos Handy gefunden.«

Erst mit Verzögerung wurde ihr klar, was das hieß. Sie wurde blass, so blass, wie man unter bronzefarbener Haut nur werden kann. Dann schlug sie beide Hände vor den Mund.

»Langsam, langsam«, winkte ich ab. »Ich habe die SMS gelesen, die du ihm am Dienstag geschrieben hast. Es gab zwei Anrufe aus dem Frisörladen, das war dann aber auch schon alles. Ich hatte nicht einmal deinen Namen. Und als ich deine Handynummer wählte, meldete sich dein Vater. Es war gar nicht so einfach, dich zu finden.«

Frau Kaiser kam zurück und setzte sich zu uns. »Der Kaffee ist gleich fertig. Alles in Ordnung, Kleine?«

Gizem nickte. In ihren Augen schimmerte es. »Sie haben es mir weggenommen«, sagte sie. »Das Handy. Sie wussten ja, wen ich da dauernd anrief.«

»Das wussten sie?«, fragte ich. »Woher?«

»Fikret hat es herausgekriegt. Das mit Thorsten und mir.«

»Bist du sicher?«

Wieder nickte sie.

»Diese kleine Hornisse«, warf die Frisörin ein, und ich nehme an, sie meinte Fikret. »Mädchen, du brauchst etwas zu essen, du fällst ja völlig vom Fleisch. Greif zu – Sie auch, Herr Koller – und dann erzählst du uns, was du erzählen möchtest. Nicht mehr und nicht weniger. Inzwischen sorge ich für den Kaffee.«

Das war ein extrem gescheiter Vorschlag, denn erstens geierte ich schon die ganze Zeit auf eines der Sahnestückchen, und zweitens fiel Gizem das Erzählen nach einigen Bissen tatsächlich leichter. Auch der Kaffee trug zum Redefluss bei. Fikret, so berichtete sie, war von seinem Vater beauftragt worden, jeden Männerkontakt seiner Schwestern zu melden. Das Viertel war klein und übersichtlich, umso größer dagegen der Freundeskreis Fikrets, in dem Informationen blitzschnell weitergegeben wurden. Ob Gizem mit einem Rohrbacher Fußballer schwatzte oder sich im ärmellosen Shirt auf einer Bank sonnte – alles ging sofort an die Zentrale. Dort saß Papa Akşchir in seinem Rollstuhl wie die Spinne im Netz. Grollend. Als er von Fikret erfuhr, dass sich seine älteste Tochter bereits zum dritten Mal mit einem übel beleumundeten Lehrer traf, spielte er Rumpelstilzchen auf Türkisch.

»Wann war das?«, fragte ich.

»Im Herbst. Kurz vor Weihnachten. Wir wurden dann noch vorsichtiger, aber noch vorsichtiger hieß, sich gleich gar nicht mehr zu sehen.«

»Und dann?«

»Dann kam Weihnachten. Thorsten fuhr zwei Wochen in Urlaub, ich arbeitete. Hinterher war alles anders. Als hätte er das Interesse an mir verloren. Oder die Energie, sich den Schwierigkeiten mit meiner Familie zu stellen, was für mich das Gleiche war. Ich glaube, er hatte eine andere.«

»Glaubst du oder weißt du?«

»Ich weiß es nicht. Wir sahen uns ja nicht mehr. Bloß ein paar Anrufe, Mails – das war alles.« Sie fuhr sich mit einer Hand über die Augen. »Vor ein paar Wochen meldete ich mich noch einmal bei ihm, und er meinte, okay, treffen wir uns. Wir fuhren zum Schloss hoch, wie die Touristen. Aber auch das bekam mein verdammter Bruder mit. Er hatte dann nichts Besseres zu tun, als seine Kumpel auf Thorsten zu hetzen.«

»Du meinst, sie haben ihn verprügelt? Geplatzte Augenbraue und so was?«

»Ja. Fikret hat sich zu Hause noch damit gebrüstet. Es gibt ein paar Jungs, die alles für ihn tun würden. Genauer gesagt, für meinen Vater, wegen seiner Verletzung.«

»Was fehlt ihm denn?«

»Bei dem großen Erdbeben in der Westtürkei 1999 hat er Kinder aus den Trümmern gerettet. Da war ich noch ein kleines Mädchen. Bei der Aktion wurde er selbst verschüttet und ist seitdem gelähmt. Ein paar Wochen lang war er der Held der Nation. Irgendwelche Orden hat er auch gekriegt. Aber Orden bringen kein Geld, arbeiten konnte er nicht mehr, und ein Jahr nach seiner Heldentat stand er mit seiner Frau und mir auf der Straße. Da ging er nach Deutschland. Die Türkei hat ihn vergessen, die Türken aber nicht. Das ist die Lage.«

»Dein Vater ist also Held und Tyrann gleichzeitig.«

Sie zuckte die Achseln.

»Gut. Soweit ich das verstehe, versucht dein kleiner Bruder in die übergroßen Fußstapfen seines Vaters zu treten und verursacht dabei jede Menge … na, wie heißt es?« Zu dumm, da fiel mir das Wort nicht ein! Tischfußball-Kurt hatte es doch vor wenigen Tagen erst … »Kollateralschäden, richtig. Siehe Thorsten Schallmos Augenbraue. Wie hat Schallmo auf den Angriff reagiert?«

Gizem lachte bitter. »Gar nicht! Er hat gekuscht, der Feigling. Rief nicht zurück, stellte seine Mailbox aus – Funkstille!«

»Er hat dich hängen lassen. So schreibst du es in deiner SMS.«

»Würdest du es anders nennen?«

»Und sein Verhältnis zu Fikret? Immerhin war er sein Lehrer.«

»Keine Ahnung. Fikret war in der Nacht ja nicht dabei. Er hat schön seine älteren Kumpel vorgeschickt. Das Verhältnis war vorher schlecht und nachher noch schlechter.«

»Eine Anzeige kam nicht in Betracht? Schon gut, ich ziehe die Frage zurück.« Ich überlegte. »Was sind das für Freunde, die Fikret da hat? Kennst du sie?«

»Ich weiß nicht genau, wer Thorsten zusammengeschlagen hat. Tarek und Ömer waren bestimmt dabei. Tarek ist 18, Ömer ein bisschen jünger.«

»War Tarek auch an der Rohrwaldschule? In der Klasse von Brutsch womöglich?«

»Ja«, machte sie verwundert.

»So allmählich kenne ich den halben Hasenleiser«, grinste ich. »Vom Drogenhändler bis zur Tortenspendiererin. Die Eliteschüler nicht zu vergessen. Apropos: Kennst du jemanden vom Kurpfalz College?«

»Nein, wieso?«

»Eine gewisse Inez? Daniel? Niemanden?«

Sie schüttelte den Kopf.

»Sagt dir der Name Nadja was?«

Dieselbe Reaktion.

»Eine meiner Kundinnen heißt Nadja«, warf Frau Kaiser ein. »Aber die ist über 80 und stammt aus Sankt Petersburg. Passt das?«

»Eher nein.« Ich zog einen Zettel aus der Brieftasche, auf dem ich Schallmos ›Chir. 015‹ notiert hatte, doch Gizem fiel nichts dazu ein. Mit meinem Hinweis auf Ägypten und abgehalfterte Politiker konnte sie noch weniger anfangen. Alles, was recht ist, Frau Kaiser, aber so clever scheint mir Ihr Azubi nun auch wieder nicht zu sein.

»Gut«, sagte ich und klopfte mit dem Zeigefinger ein paarmal gegen meine Tasse. »Wenn ich das alles zusammenfasse, bleibt für mich eine zentrale Frage: ob du Fikret oder seinen Freunden den Mord an Thorsten Schallmo zutraust. Ob es vielleicht sogar konkrete Hinweise darauf gibt.«

Sie wich meinem Blick aus. Natürlich, Fikret war ihr Bruder, außerdem war er erst 14, auch wenn er sich wie ein mieser Halbstarker aufspielte – da brauchte man kein Hellseher zu sein, um ihre Antwort vorauszuahnen.

»Nein«, sagte sie schließlich. »Das kann ich mir nicht vorstellen. Ein Streit, der blutig endet, eine Prügelei, die außer Kontrolle gerät – das schon. Aber ein Mord aus dem Hinterhalt?« Weiterreden konnte sie nicht. Sie presste ihre

Faust gegen die Lippen, die zu zittern begannen. Dann kamen die Tränen.

»Sorry«, murmelte ich.

Das war vielleicht besser als nichts, aber weit entfernt vom Trost, den eine Frau Kaiser bieten konnte. Sie beugte sich zu Gizem hinüber und drückte sie fest an ihren großen, weichen Busen. Dort weinte das Mädchen still vor sich hin. Ich sah auf mein angegessenes Kuchenstück, das mir plötzlich nicht mehr schmeckte.

Schade, dass ich nicht den Busen von Frau Kaiser hatte.

Und dann wurde ich wütend. Wütend auf diesen Idioten von Schallmo. Was hatte der nur alles angerichtet! Heulendes Elend pflasterte seinen Weg: Gizem, vielleicht Nadja, Inez. Ein schiefes Bild, ich weiß, denn von Geheule konnte bei der robusten Spanierin keine Rede sein. Jeder trauerte halt auf seine Weise. Siehe Daniel, der den starken Mann markierte und doch nur nach Papas Anwalt rief. Ehrlich, Leute, dieser schwanzgesteuerte Ethiklehrer hatte sich seine Abreibung durch Fikret & Co. redlich verdient.

So. Das musste doch mal gesagt werden! Auch wenn es nicht besonders intelligent war.

Aber Mord?

»Ich halte das auch für ausgeschlossen«, erklärte die Frisörin, Gizems Kopf tätschelnd. »Einen Menschen kaltblütig und hinterrücks erschießen? Von den Leuten, die ich kenne, und ich kenne fast jeden im Hasenleiser, traue ich das keinem zu. Egal, ob Türke oder Deutscher oder sonst was. Allerhöchstens im Affekt. Aber danach sieht es ja nicht aus, oder?«

Ich zuckte die Achseln. »Für eine Affekttat gibt es derzeit keine Anzeichen.« Einen Schluck Kaffee nehmen, nachdenken. »Genau genommen, tappen wir total im Dunkeln.

Die Polizei wahrscheinlich genauso wie ich. Motive gibt es genug; jeder Zweite aus Schallmos Umfeld hatte irgendwann mal Grund, sauer auf ihn zu sein. Tut mir leid, das zu sagen, Gizem, aber sein Frauenverschleiß war überdurchschnittlich.«

»Na und?«, erwiderte sie trotzig und befreite sich aus dem Trostgriff ihrer Chefin. Wenigstens heulte sie jetzt nicht mehr.

»Schon recht. Mir geht es nur um ein mögliches Tatmotiv. Und da wird man bei vielen Leuten fündig. Kannten Sie ihn eigentlich, Frau Kaiser?«

»Nein. Nur aus Erzählungen.«

»Schön.« Ich nahm einen weiteren Schluck Kaffee, aber im Gegensatz zu ihm ließ sich die Frage, die mir auf der Zunge lag, nicht so einfach hinunterspülen. Man konnte sie gar nicht behutsam genug stellen, diese Frage: Wie steht es eigentlich mit dir, Gizem? Warst du wütend auf Thorsten? Nee, nicht traurig, nicht enttäuscht oder verletzt. Sondern wütend. Sauer, eifersüchtig, voller Rachegedanken. So kannst du mich nicht hängen lassen! War das bloß Verzweiflung oder schon eine Drohung?

Verstohlen beobachtete ich das Mädchen. Mein Gott, nun schau mich nicht so jämmerlich an! Okay, okay, ich werde die Frage nicht stellen. Ich glaube dir und deinem Bernsteinblick. Du wirst mir schon nichts vorspielen. Und falls doch, wird es später heißen, der Koller ist auf die geheimnisvollsten Augen von ganz Heidelberg reingefallen.

»Apropos«, sagte ich. »Was meintest du mit dem Wort Geheimnis am Ende deiner SMS? Euer beider Geheimnis, oder was?«

Sie errötete leicht. »Das ist mein Name. Gizem bedeutet Geheimnis.«

»Ein schöner Name.« Ich meinte es sogar ernst.

»Das deutsche Wort klingt viel schöner. Es klingt nach dem, was es meint. Deshalb habe ich Botschaften an Thorsten immer so unterschrieben.« Erneut begannen ihre Lippen zu zittern.

26

Bald würde ich sie im Schlaf radeln können, die Strecke von Bergheim in den Hasenleiser und zurück. Um nicht in Routine zu verfallen, wählte ich diesmal einen anderen Weg: Hinter dem Quartier am Turm, einer Ansammlung bunter Lego-Kästchen für junge Familien, nahm ich den Fahrradweg, der längs des Bahndamms nach Norden führte. Rechter Hand ein hoher Metallzaun und dahinter Ami-Kasernen. Vor einer Tür stapelten sich Kartons. Packten sie schon, unsere Gäste aus Übersee?

Es war ein gemütliches Radeln, abseits der großen Ausfallstraßen. Ich nahm die Hände vom Lenker und streckte mich. Wie ging es nun weiter in Sachen Schallmo? Als Erstes musste ich mir Gizems Bruder vorknöpfen. Einen 14-Jährigen, der in seiner Familie für Recht und Ordnung sorgte. Die Vorstellung, dass Fikret für den Mord an seinem Lehrer verantwortlich sein sollte, fiel mir zwar schwer, aber da waren ja noch Tarek und Ömer, da waren die anderen Kumpel aus der Türkenszene – und da war sein Vater. Auch aus einem Rollstuhl heraus ließen sich prächtig Strippen ziehen.

Fikret also. Das würde eine tolle Unterredung werden. Kenne ich nicht, war ich nicht, weiß ich nicht. Bloß Achselzucken und Verachtung. Hast wohl was gegen Türken,

Alter? Ohne Beweise für seine Mittäterschaft würde ich mir nur den Mund fusslig reden. Fikrets Hass auf Schallmo war kein Beweis. Der bestand schon viel zu lange. Vor ein paar Wochen war er wieder aufgeflackert, als sich der Lehrer mit Gizem getroffen hatte. Prompt setzte es eine Abreibung. Tja, die Zeiten hatten sich geändert. Früher verprügelten Lehrer ihre Schüler, heute war es genau andersherum.

»Ach, du Schande!«, platzte es aus mir heraus. Ich legte eine Vollbremsung hin. Aber nicht wegen Fikret.

Der Fahrradweg beschrieb eine Kurve. Und in dieser Kurve war ich soeben auf James Bond gestoßen. Oder sagen wir: auf James Bond für Arme, Ausgabe Heidelberg-Süd. Ein Typ im Anzug, schwarz spiegelnder Helm über dem Kopf, kerzengerade auf einem Brett mit zwei Rädern stehend. Gleich würde er sich zischend in die Luft erheben! Hinter dem Bond-Imitat kam ein zweites zum Vorschein, dann ein drittes und viertes. Alle mit Helm auf dem Kopf. Alle mit beiden Händen an einem Lenker, der über eine Stange mit dem Brett verbunden war.

»Segways«, flüsterte ich. Ja, sie waren es. Wegen dieser Halunken lag Maria im Krankenhaus, trieb der Englische Jäger führerlos durchs Weltall. Mir fiel ums Verrecken keine Beleidigung ein, die wüst genug war, um sie diesen Kaspern an den Kopf oder an den Helm zu werfen. Acht von ihnen schnurrten an mir vorbei, dann kam mit etwas Abstand noch einer, der wohl der Chef oder Leitwolf der Truppe war.

»Na, auch Interesse?«, rief er mit einem Grinsen und reichte mir, ohne zu verlangsamen, eine Karte. Ich zuckte zurück, als hätte ich einen Wespenstich erhalten.

»Ihr Geisterfahrer!«, brüllte ich der Armada hinterher, aber da waren sie schon fast außer Hörweite. »Ihr Plastikkrieger, ihr verdammten! Möge ein Gully euch verschlingen!«

Dann stieg ich wieder auf. Sollte ich ihnen nachsetzen? Sie einzeln von ihrem Trittbrett holen und in die Brombeeren werfen? Vielleicht reichte es, wenn ich den US-Soldaten hinter der Absperrung erklärte, dass da ein Trupp von Darth Vaders im Anmarsch war.

Natürlich tat ich nichts von alledem, sondern berauschte mich bloß an meinen eigenen Blutfantasien. Konnten sich diese Leute nicht normal durch die Stadt bewegen? Wozu hatte der Mensch denn Beine? Unsere Gesichtsmuskulatur war doch nicht bloß dazu da, um einem dieses angespannte Segway-Grinsen auf die Backen zu zaubern! In der Chirurgie lümmelte sich ein nordafrikanischer Diktator, und diese Herrschaften übten sich im Stehrollen! Da hörte doch alles auf!

Hm. Dieser letzte Gedanke, der mit dem Diktator, kam mir erst kurz vor meiner Wohnung. Und als ich ihn beim Aufsperren des Hoftors noch einmal dachte, fand ich ihn nicht mehr ganz so intelligent wie zu Beginn. Mein Puls hatte sich wieder beruhigt, die Adrenalinsäule sackte langsam in sich zusammen. Nein, mit Nordafrika hatten diese Schaufensterpuppen auf zwei Rädern nichts zu tun. War wohl eher ein dezenter Hinweis meines Unterbewusstseins darauf, dass es wichtigere Dinge gab als alberne Verkehrsteilnehmer.

Ich schob mein Fahrrad in den Hof, sperrte es ab und ging nach oben. Schon wahr: Die Spur, die in die Chirurgie führte, musste ich unbedingt verfolgen. Wer garantierte mir, dass der Kranke auch morgen noch in Heidelberg weilte? Der blieb bestimmt keinen Tag länger als absolut notwendig. Marc wollte sich zwar hinter die Sache klemmen, wollte recherchieren und neue Kanäle anzapfen. Offizielle Anfrage an die Klinikleitung, an den Boss der Chirurgie. Aber das konnte dauern.

Ich öffnete die Wohnungstür und schaute in das strahlende Gesicht meiner Ex. Stimmt, da war doch was. Alte Köhlerei, sieben Uhr. Wie sie sich aufgetakelt hatte! War ja kaum zu erkennen hinter der Maske aus Schminke und Puder. Und wenn sie noch breiter grinste, würde das Kunstwerk bröckeln.

»Pünktlich, Max«, nickte sie anerkennend. »Und ich dachte schon …«

»Wofür hältst du mich?«, sagte ich und trat ein. »Gib mir eine Minute, um mich in Schale zu werfen. Nein, 30 Sekunden reichen.«

Drei Minuten brauchte ich dann doch. Dass ich Christine aber auch ausgerechnet heute ausführen musste! Zum Hochzeitstag, es war zum Piepen. Seit wann feierte man mit seiner Verflossenen den Tag des Scheiterns? Okay, die Scheidung hatten wir vermieden, wegen des ganzen Papierkrams und der Steuer – Christines Argument, was sonst. Getrennt waren wir trotzdem: solo, eigenverantwortlich und eher aus Zufall unter einem gemeinsamen Dach lebend. In mäßiger Eintracht.

Hochzeitstag, so etwas Dämliches! Und wenn wir uns nicht beeilten, würden wir auch noch zu spät kommen.

Bis sieben Uhr blieb zwar noch etwas Zeit, aber die Alte Köhlerei liegt oben auf dem Berg, hinter der Königstuhlkuppe, und da keiner von uns auf Alkohol verzichten wollte, nahmen wir den Bus. Christine schaffte es, das Gefährt innerhalb von Zehntelsekunden bis zum letzten Platz mit ihren Parfümausdünstungen zuzunebeln. Erstaunlich, dass keiner zu spucken begann. Auf Covets Fliege hatte ich natürlich verzichtet und Christine nichts anderes erwartet. Nach einer endlosen Fahrt kamen wir oben an und tappten einen abschüssigen Weg hinunter zum Gasthof.

»Hier herrscht ja noch Winter«, knurrte ich.

»Allerdings«, meinte Christine und nahm das zum Anlass, sich ganz eng an mich zu kuscheln.

Das Essen war anscheinend extrem gut, jedenfalls ließ sich das der verzückten Miene meiner Exfrau ablesen. Ich versuchte, nicht an die Rechnung zu denken, sondern stellte mir lieber das Gesicht von Tischfußball-Kurt vor, wenn ich auf einem Honorar im Fall Thorsten Schallmo bestand. Wahrscheinlich würde er mich in Feuerwürstchen ausbezahlen. Oder selbst zu einem werden.

»So eine Wurst mit Senf wäre jetzt aber auch was Feines«, sagte ich beim Hauptgang, nur um Christines Züge entgleisen zu sehen.

»Traust du dich das auch der Chefin zu erzählen, du Großmaul?«, knurrte sie. »Übrigens gibt es hier Würste. Drüben in der Vesperstube haben sie Deftiges zum kleinen Preis.«

»Und das sagst du erst jetzt?«, rief ich. »Warum muss ich mich dann diesem experimentellen Gekoche aussetzen, wenn drüben echtes Essen serviert wird? Von echten Menschen und nicht Bedienautomaten wie hier?«

Aber mit solchen Sprüchen konnte ich bei einer kollergestählten Frau wie Christine nicht landen. Ganz offensichtlich hatte sie sich vorgenommen, zur Feier des Tages ihren Humor unter keinen Umständen zu verlieren. Und wenn ich es gar zu arg trieb, streichelte sie mir übers Haar. Vor allen Leuten! Daran hatte nur Gizems Reparaturschnitt Schuld. Insgesamt war es ein ganz passabler Abend, bei dem wir nicht, wie ich befürchtet hatte, nach jedem zweiten Bissen über *damals* sprachen.

Nur einmal sagte Christine: »Weißt du, Max, ich war wirklich verliebt in dich.«

»Ich nicht«, gab ich zurück, um sofort nachzuhaken: »Was heißt war? Bist du es nicht mehr?«

»Natürlich nicht!«, machte sie erstaunt. »Könnte ich sonst mit dir zusammenleben?«

Diese Antwort gab mir mehr zu denken, als ich zuzugeben wagte. Während des Fischgangs vergaß ich völlig zu lästern. Allerdings wurde ich auch bald abgelenkt, als neue Gäste den Raum betraten.

»Um Gottes willen!«, entfuhr es mir. »Womit habe ich das verdient? Nicht umdrehen, Christine, bitte nicht!«

Natürlich verrenkte sie sich jetzt erst recht den Hals. »Wen meinst du? Bären, Aliens, Verbrecher? Ich sehe nur ganz normale Menschen.«

»Das täuscht. Es sind keine Menschen. Es sind Eltern, die ihre Tochter an ein Privatgymnasium schicken.« Ich machte mich so klein wie möglich. Welcher Teufel hatte die Warburgs geritten, ausgerechnet heute Abend die Alte Köhlerei aufzusuchen? Obwohl – die Frage war falsch gestellt. Wahrscheinlich speisten sie jedes Wochenende hier oben, und wir waren es, das Exehepaar Koller/Markwart, dem der Teufel im Nacken saß. Verfluchter Hochzeitstag! Wenn ich damals gewusst hätte, was ich mir mit meiner Unterschrift alles einbrockte …

»Ich binde mir mal eben den Schuh«, flüsterte ich. Inez und ihre Eltern ließen ihre Blicke durch das Restaurant schweifen. Ich nahm noch Christines Kopfschütteln wahr, dann verschwand ich unter dem Tisch. Als ein Kellner kam, um die Fischteller abzutragen, tauchte ich wieder auf. Die drei hatten an einem etwas entfernteren Tisch Platz genommen. Inez wandte mir ihre Seite zu, ihre Mutter den Rücken. Direkten Blickkontakt gab es nur mit dem Vater.

»Seit wann sind dir solche Begegnungen peinlich?«, fragte Christine. »Früher hättest du sogar deinen Lateinlehrer mit Handschlag begrüßt.«

»Früher bin ich auch nicht über Gartenmauern geklettert, um die Tochter des Hauses beim Freiluftsex zu erwischen.«

»Wie bitte?« Nun schaute sie doch konsterniert. »Lass uns zahlen, Max. Sofort!«

»Warte.« Aus Flaschen, Gläsern, Speisekarten und der Tischrose errichtete ich einen Schutzwall gegen die Blicke der Warburgs. »Wenn du noch etwas weiter nach links rutschst, entdecken sie mich nicht. Außerdem war es kein richtiger Sex, nur ein bisschen Petting.«

»Und auch keine richtige Mauer, sondern bloß Stacheldraht mit Selbstschussanlage? Wirklich, Max, manchmal könnte ich dich …« Ein Seufzer beendete ihren Satz.

Der Rest unseres gemeinsamen Mahls verlief weitgehend ungestört. Wenn man von meinen diversen Manövern mit dem Ziel, unentdeckt zu bleiben, einmal absieht. Als der Nichtsnutz von Kellner Gläser und Rose wieder zurechtrücken wollte, bekam er von mir eins auf die Finger. Und als Inez aufstand, um zur Toilette zu gehen, war mein anderer Schnürsenkel dran. Hin und wieder kreuzte sich mein Blick mit dem ihres Vaters. Ein Obersympathikus war das, genauso eckig wie sein Haus in der Scheffelstraße. Quadratschädel mit Schablonenscheitel, der Mund ein Strich, kantig die Schultern, die Bewegungen zackig. Seine Frau, die ihm gegenüber saß, machte einen auf Zappelliese, rutschte ständig mit dem Po auf dem Stuhl herum, ansonsten sah ich von ihr nur die dunklen Haare, die auf schmale Schultern fielen. Inez saß stumm dabei und blätterte in der Speisekarte.

»Hübsches Mädchen«, meinte Christine. »Deswegen ist dir die Sache so peinlich, was?«

Ich ignorierte ihre Bemerkung. Was mir peinlich ist, bestimme ich immer noch selbst. Mich an meinem Hochzeitstag zusammen mit meiner Ex in einem Heidelberger Edelschuppen erwischen zu lassen, war mir tausend Mal peinlicher als jede Begegnung mit den Warburgs. Ein paar Dosenbier am Schlossblick hätten es doch auch getan, oder? Wäre Inez dort aufgetaucht, dann garantiert ohne ihren Herrn Papa, den Eisenfresser. Ich linste an Christines Rotweinflasche vorbei zum Tisch der Warburgs. Fräulein Tochter stocherte im Salat herum. Von ihrem Wein hatte sie noch keinen Schluck getrunken. Ihr Vater saß leicht vorgebeugt auf seinem Stuhl und beschrieb mit der Linken große Kreise in der Luft. Dabei fixierte er seine Frau mit den Augen, nagelte sie regelrecht fest auf ihrem Platz. Ab und zu schnellten seine Mundwinkel nach oben, dann schwappte ein kaltes Gelächter zu uns herüber. Nur die Gabel in seiner rechten Hand, auf der ein Stück Fleisch steckte, blieb ganz ruhig.

Komisch: Je länger ich das Stück Fleisch anstarrte, desto überzeugter war ich, es handle sich um Menschenfleisch.

»Sehen doch ganz nett aus, die Leute dort«, sagte Christine mit unschuldigem Wimpernschlag.

»Kannibalen sind das«, flüsterte ich. »Auf dem Königstuhl verschwinden immer wieder Wanderer spurlos. Jetzt weiß ich, warum.«

Vor dem Dessert musste auch Christine mal für kleine Mädchen. Ja ja, der Rotwein, der ins Freie drängt. Parfümumnebelt verließ sie den Tisch. Wenige Augenblicke später saß Inez auf ihrem Platz.

»Sie hätte ich hier nicht erwartet«, sagte sie.

»Ich mich noch viel weniger«, murmelte ich.

Ihr Daumen zeigte zu den Toiletten. »Ist das Ihre Frau?«

»Hab keine Frau. Sind das deine Eltern?«

»Hab keine Eltern.« Sie lächelte schwach. »Im ersten Moment dachte ich, Sie seien wegen mir hier. Wenn Sie von meinem Telefonat mit Thorsten wussten, konnten Sie auch von unserer Reservierung in der Alten Köhlerei erfahren haben. Aber es scheint wohl doch eher Zufall zu sein.«

»Wer glaubt schon an Zufall? Du?«

»Sind Sie weitergekommen bei Ihren Ermittlungen? Haben Sie mich immer noch in Verdacht?«

Unwillkürlich sah ich zu ihren Eltern hinüber. Papa Warburg glotzte mich an wie einen Straßenköter, den seine Tochter mit nach Hause nehmen will. Die Mama beachtete uns nicht, sondern spielte auf ihrem iPhone herum.

»Ich habe dich nicht in Verdacht. Ich befrage Leute und ziehe meine Schlüsse aus dem, was sie mir sagen. Und aus dem, was sie mir nicht sagen.«

Ihre Miene verdüsterte sich. »Es ist furchtbar, was mit Thorsten passiert ist. Sie wissen gar nicht, wie furchtbar. Aber ich habe nichts damit zu tun. Und Daniel auch nicht, verstehen Sie? Er ist doch der Leidtragende bei der ganzen Sache.«

Ich schwieg. Wenn es nach mir gegangen wäre, hätten wir uns noch Stunden unterhalten können, Inez und ich. Auch wenn keiner dem anderen die Wahrheit sagte. Aber da war ja noch meine Mitbewohnerin und Exgattin, die selten länger als drei Minuten auf dem stillen Örtchen verbrachte.

»Einen schönen Abend noch«, sagte Inez, die anscheinend Gedanken lesen konnte. »Und bitte klären Sie den Fall so schnell wie möglich.«

Damit ging sie. In der Tür, die zu den Toiletten führte, stand Christine und sah ihr mit erhobenen Brauen nach. Papa Warburg lehnte sich auf seinem Stuhl zurück, dass die Spitze seiner Krawatte bis über den Hosenbund rutschte. Inez setzte sich. An diesem Abend würdigte sie uns keines Blickes mehr.

27

Am Ende gelang es mir doch noch, Christine zu verärgern. Nicht in der Alten Köhlerei, da spielte ich den Exmann mit Bravour, meckerte nicht, kleckerte nicht und hätte dem Kellner fast ein Trinkgeld gegeben. Ich bezahlte sogar das Taxi, das uns zurück in die Stadt brachte. Aber als ich Christine beim Aussteigen erklärte, ich hätte noch etwas vor, da wurde sie sauer.

»Jetzt? Heute? An unserem Hochzeitstag? Das ist nicht dein Ernst!«

»Hör doch erst mal zu!«

Sie schäumte. »Das glaube ich einfach nicht, Max!«

»Dann lass es halt.« Diskussion beendet. Wenn ich ihr nicht einmal meine Gründe darlegen durfte, warum ich dem Patienten von Zimmer 015 heute noch auf die Schliche kommen musste, konnten wir uns das Gespräch schenken. Die Taxitüren knallten, meine Ex stolzierte wutschnaubend davon, ich holte mein Fahrrad aus dem Hof und fuhr los.

Ebenfalls mit Wut im Bauch. Frauen! Sonst wollten sie alles bereden und kleinquatschen, aber wenn es um echte Argumente ging, kniffen sie. Morgen war der Kerl womöglich schon wieder in Kairo. Und dann stand ich da mit meinem blöden Hochzeitstag. Christine und ich sollten uns endlich korrekt trennen, um von nun an unseren Scheidungstag feiern zu können. So was schweißt zusammen.

»Ist doch wahr, ey!«, rief ich dem nächstbesten Auto zu, das mich überholte. Es war ein Streifenwagen, ausgerechnet. Die Insassen schauten ein bisschen misstrauisch, aber ich fuhr keine Schlangenlinien, und mein Licht funktionierte, also gab es keinen Anlass, mich von meiner Mission abzubringen. Sollten sie lieber ein paar Segways einbuchten.

Hinter der Ernst-Walz-Brücke wechselte ich auf den Fahrradweg am Neckar, der mich zum Südende der Chirurgie brachte. Dort versperrte ein hoher Zaun den Zugang. Seitlich aber führte ein Fußpfad im Schatten einer dichten Hecke um das Klinikgelände herum, und irgendwann hörte diese Hecke einfach auf. Bestens. So ersparte ich mir eine Kletterpartie wie bei den Warburgs. Ich stellte mein Rad etwas abseits unter einen Baum und wartete. Erst mal die Lage sondieren. Meine Uhr zeigte halb zwölf. Der Fahrradweg lag verlassen da, im Hauptgebäude der Chirurgie waren noch viele Fenster hell erleuchtet, insgesamt aber herrschte Stille. Dort, wo die Hecke endete, erstreckte sich eine Wiese bis zu dem flachen Anbau, der die Privatstation beherbergte. Es war geradezu lächerlich einfach, sich von hier aus den Krankenzimmern zu nähern.

Nummer 015 musste dasjenige ganz außen sein, mit Blick zum Neckar. Zu jedem Zimmer gehörte eine kleine Terrasse, die von der daneben liegenden durch eine Wand aus hölzernem Flechtwerk getrennt war. Kniehohes Grünzeug schloss die Terrassen zur Wiese hin ab. Die Zimmer selbst besaßen Glaswände – Privatstation halt –, doch überall waren Rollos heruntergelassen. Mehr als ein paar spärliche Lichtschlitze drang nicht hinaus in die Dunkelheit.

Nach einer Weile wagte ich mich näher an den Anbau heran. Das weiche Gras dämpfte meine Tritte. Leichter Wind kam auf, der in den alten Bäumen rauschte. Unablässig sah ich mich nach allen Seiten um. Es wollte mir nicht in den Kopf, dass eine Krankenstation nicht besser geschützt war. Aber niemand trat mir in den Weg, kein Scheinwerfer flammte auf. Rechts bei der Hecke stand eine verlassene Bank, das Gelände zum Neckar hin war von Kieswegen durchzogen und endete an einer Säulenpergola. Komischer Aufenthaltsort für einen Präsidenten vom Nil.

Dann stand ich vor der Terrasse von Nummer 015. An der Außenfront des Zimmers zeichneten sich dünne Lichtfäden ab. Trotz der späten Stunde schien der Patient noch wach zu sein. Vorsichtig stieg ich über die Miniaturhecke. Mein Herz klopfte, als ich endlich mein Ohr gegen die Glastür pressen konnte. Nichts zu hören. Zu sehen noch weniger, da waren die Rollos vor. Ich bewegte mich von einer Seite zur anderen, kniff die Augen zusammen, hielt den Atem an – keine Chance. Ob das Zimmer leer war oder ob sie dort drinnen stumm Skat droschen, war nicht zu entscheiden.

Frustriert trat ich den Rückweg an. Dabei entfuhr mir ein kräftiger Rülpser. Blödes Hochzeitstagsmenü! Mit Freds Feuerwürstchen wäre mir das nicht passiert. Hastig zog ich mich in den Schutz der Dunkelheit zurück.

Und jetzt? Ich schlich weiter um das Gebäude herum, bis ich durch eine der Glaswände in den Flur der Privatstation blickte. Vor Zimmer 015 saß ein strammer Kerl im Anzug und las. Hatte ich mir doch gedacht, dass sie ihr Goldstück auch nachts nicht unbewacht ließen. Gut für ihn, schlecht für mich. Vielleicht ging das Kraftpaket mal pinkeln? Nein, solche Typen pinkelten nicht. Die schwitzten lieber. Warten, bis er ein Nickerchen machte? Vorher würde ich einschlafen. Oder erfrieren. Wenn man hier draußen untätig herumstand, wurde einem sofort kalt.

Also?

Herrje, es war zum Haareraufen. So nahe dran an dem Unbekannten, aber keine Möglichkeit, auch nur einen Blick auf ihn zu werfen! Vielleicht konnte ich den Gorilla von der Tür weglocken. Nur wie? Er hatte bestimmt seine Anweisungen: Du rührst dich nicht von der Stelle, und wenn eine Bombe fällt, capito? Capito, Boss!

Bombe. Bombenalarm … Na ja, eine Bombe musste es ja nicht gleich sein. Aber wie würde sich der Typ bei Feueralarm verhalten?

Ich setzte meine Erkundungen noch ein Weilchen fort. Im ebenfalls gläsernen Verbindungsgang zwischen Haupttrakt und Privatstation gab es eine Tür, die von außen über eine Rampe erreichbar war. Um zu Zimmer 015 zu gelangen, musste man also nicht um die gesamte Chirurgie herumlaufen und den Haupteingang nehmen. So weit, so gut. Aber das änderte nichts an meinem Problem. Mein Problem trug Anzug und blätterte in einer Zeitschrift. Und wenn ich ihm dumm kam, würde es mich zerquetschen wie eine Motte. Einhändig.

Langsam schlich ich zurück. Der Typ hatte seine Haltung nicht verändert, nur seine Fußspitze wippte leicht. Sonst war kein Mensch zu sehen. Ein kalter Windstoß von Osten. Fröstelnd ging ich weiter, bis zu den Terrassen. Auch hier alles beim Alten. Ich setzte mich auf die Bank und zog meine Jacke eng um mich.

Max Koller ratlos – ein Anblick mit Seltenheitswert. Was blieb mir übrig, als umzukehren, nach Hause zu radeln und Christine Abbitte zu leisten? Na, vielleicht wartete ich doch noch ein bisschen. Unser Hochzeitstag war ohnehin gleich vorüber. Aber diese Kälte! Ich sprang auf, tänzelte auf der Stelle herum, dann machte ich mich wieder auf den Weg. Die Terrassen, der Flur vor den Zimmern, der Bodyguard. Sein Fuß wippte. Alles wie gehabt.

Fast alles. Denn plötzlich sah ich einen Arzt den Flur entlang kommen. Wobei dieser Satz natürlich Humbug ist. Nur weil ein Mensch in einem Krankenhausflur einen weißen Kittel trägt, muss er noch lange kein Arzt sein. Aber Kleider machen Leute, darüber hatte ich ja schon im Salon der Frau Kaiser philosophiert. Wo hat der Kerl bloß seinen

Doktortitel her? – Das fragte ich mich noch, als ich meinen Freund Covet längst erkannt hatte.

»Marc?«, stotterte ich.

Er war es wirklich. Sein kurz geschnittener Bart, das kastanienbraune Haar, die ganze gepflegte Erscheinung – und der Arztkittel. Beide Hände auf dem Rücken verschränkt, die Lippen gespitzt, so näherte er sich Zimmer 015. Für ihn wohl die typische Medizinerattitüde. Aber was suchte er hier?

Unfähig, mich zu rühren, verfolgte ich die Szene. Der Bodyguard ließ seine Illustrierte sinken und drückte das Kreuz durch. Marc kam näher. Der Bodyguard stand auf. Marc nahm die Hände vom Rücken, um mit ihnen herumzufuchteln. Wildes Gestikulieren hier, Schweigen dort. Endlich bewegte sich auch der im Anzug: Er schüttelte den Kopf. Marc zeigte auf die verschlossene Zimmertür und erntete ein weiteres Kopfschütteln. Nächste Runde: ärgerliches Emporwerfen der Arme, drohend gereckter Zeigefinger – no, Mister! Wenn es so weiterging, würde es gleich einen Ringkampf geben.

»Reiß dich zusammen, Marc!«, stieß ich hervor.

Es war der Satz, der meine Starre löste. Ich flitzte los, immer im Schutz der Dunkelheit, einmal um den Anbau herum, bis zu der Rampe, die zu der Außentür führte. Kein Mensch zu sehen. Ich drückte die Klinke: offen. Gott sei Dank! Drinnen suchte ich nach einer Gelegenheit, mich zu verbergen, fand aber nichts. Also wartete ich außerhalb des Gebäudes.

Und da kam er auch schon: Dr. Marc Covet, Schweißperlen auf der Stirn, Wut und Enttäuschung im Gesicht. Ich klopfte gegen das Türglas. Du meine Güte, der Kerl war nicht einmal überrascht, mich zu sehen! Ein Kontrollblick über die Schulter, dann schlüpfte er zu mir ins Freie.

»Na, endlich!«, flüsterte er. »Muss man hier alles allein machen?«

»Wie bitte? Du spinnst wohl! Was bezweckst du eigentlich mit deinem Auftritt? Und wo hast du diesen Kittel her?«

»Von Sieghard, woher sonst? Irgendwie muss ich mir ja Zutritt zu dem Zimmer verschaffen.«

»Und? Erfolgreich?«

»Noch nicht«, zischte er. »Aber mit dir, dem Meisterdetektiv, dürfte es ein Leichtes sein.«

»Sei froh, dass dich der Gorilla dort drinnen nicht zu Kleinholz verarbeitet hat.«

»Danke für den Ratschlag! Warum kommst du erst jetzt? Ich warte schon Ewigkeiten auf dich.«

»Bin ich Hellseher? Ich kann doch nicht ahnen, was du vorhast!«

»Verdammt noch mal!«, platzte es aus Covet heraus. »Und was ist mit den zig Nachrichten, die ich dir hinterlassen habe? Auf deinem Anrufbeantworter, auf der Mailbox? Sag jetzt bitte nicht, du hättest keine einzige davon abgehört!«

»Hab ich auch nicht.«

Die Flüche, die mein alter Freund daraufhin von sich gab, waren alles andere als druckreif. Die hätte mir jede Lektorin der Welt aus dem Manuskript gestrichen, obwohl sie nur mit halblauter Stimme vorgebracht waren. Ich erklärte Marc, dass ich mein Handy während des Gesprächs mit Gizem ausgestellt und seither nicht wieder angeschaltet hatte. Und dass Christine und ich den ganzen Abend außer Haus gewesen waren. Das Wort Hochzeitstag kam dabei nicht über meine Lippen.

»Verstehst du, das war das Erste, was sie mir sagte, als wir zur Köhlerei hochfuhren: Stell bloß dein Handy aus,

Max! Christine hätte mich eigenhändig den Königstuhl runtergeschmissen, wenn unser heiliges Mahl durch einen Klingelton entweiht worden wäre. So. Außerdem bin ich jetzt da.«

»Ja, jetzt bist du da«, schimpfte Covet. »Gleich schlägt es Mitternacht, aber Max Koller hat es auch schon geschafft.«

»Alte Heulsuse! Kannst du mir mal verraten, welche Story du dem Muskelprotz da drinnen aufgetischt hast?«

Marc wischte sich den Schweiß von der Stirn. »Was werde ich wohl gesagt haben? Dass ich die Medikation des Patienten überprüfen müsste. Es hätte einen Fehler gegeben und so was.«

»Das hat ihm aber nicht imponiert.«

»Nein, ihm ist eingeschärft worden, nur ganz bestimmte Personen vorzulassen. Den Chefarzt, ein oder zwei Pfleger, sonst niemanden. Ich behauptete, ich käme vom Chef, aber das war ihm zu vage. Er wollte eine schriftliche Bestätigung sehen oder gleich den Anruf von ganz oben.«

»Und dann?«

»Ich sagte ihm, wenn der Präsident stirbt, ist das Ihre Schuld; er meinte, er hätte seine Anweisungen, und so ging es eine Weile hin und her. Am Ende drohte ich, den Chef aus dem Bett zu klingeln, aber nicht mal das fruchtete.«

»Blöd gelaufen.«

Achselzuckend zog er einen Gegenstand aus der Tasche. »Ein letztes Mittel hätte ich da noch.«

»Pfefferspray!« Ich nahm ihm die Metalldose aus der Hand. »Was willst du denn damit, Marc? Du bist doch ein Mann des Wortes. Weißt du überhaupt, wie man das Ding in Gang setzt?«

»Theoretisch, ja«, murmelte er.

»Überlass die Praxis lieber mir.« Ich steckte das Spray ein. »Okay, wie gehen wir vor? Wenn der Typ tatsächlich glaubt, du seist auf dem Weg zum Chefarzt, dann ist das unsere Chance. Geh hin und sag ihm, dass der Obermacker euch sprechen will. In seinem Büro im Hauptgebäude oder wo auch immer. Hauptsache, er verlässt seinen Posten. Sobald ihr fort seid, schleiche ich mich in das Zimmer und mache ein Foto von dem Typen dort.«

»Und wenn er nicht mitkommt?«

»Du musst ihn halt überreden. Sag ihm, der Herr Professor bestehe auf persönliche Anwesenheit. Willst du nun die Story oder nicht?«

Covet zögerte. »Hast du eine Kamera dabei?«

»Mein Handy.«

»Das ist doch ausgeschaltet«, giftete er, hatte sich aber gleich wieder im Griff. »Mach mehrere Fotos, ja? Und gute. Man muss den Präsidenten einwandfrei erkennen können. Nimm auch das Zimmer auf, wenn die Zeit reicht. Apropos: Was mache ich eigentlich mit dem Bodyguard? Ich kann ihn ja nicht ewig durch die Chirurgie schleppen.«

»Kein Problem. Ich brauche nur ein paar Sekunden. Sobald ich draußen bin, betätige ich den Feuermelder. Dann kannst du den Typen zurückschicken und dich verdünnisieren.«

Covet schnappte nach Luft. »Feueralarm? Bist du wahnsinnig?«

»Hast du eine bessere Idee?«

»Mannomann, das ist mir jetzt aber …« Er fuhr sich durchs Haar. »Wenn ich nur wüsste, ob in dem Zimmer tatsächlich dieser Diktatorensack höchstpersönlich liegt …«

»Hast du gegenüber dem Bodyguard nicht vom Präsidenten gesprochen? Na, also. Los, Marc, die Öffentlichkeit zählt auf dich!«

»Aber was tun wir, wenn der Kerl partout nicht mitkommen will?«

»Dann haben wir immer noch das hier.« Ich klopfte auf die Tasche mit dem Pfefferspray.

»Na gut.« Er holte tief Luft und ging in das Gebäude zurück.

Während ich draußen wartete, machte ich mein Handy bereit. Als Kamera hatte ich es erst ein- oder zweimal eingesetzt, aber jetzt durfte nichts schiefgehen. Aufgeladen war es noch, immerhin. Ich steckte es in die andere Jackentasche und lauschte. Hoffentlich hatte Marc Erfolg. Auf die Aktion mit dem Spray konnte ich gut verzichten.

Endlich hörte ich Schritte. Da kamen die beiden, tatsächlich! Marc redete ohne Unterlass. Der Name des Chefarztes fiel, dazu Begriffe wie Verantwortung und internationale Beziehungen. Ja, das konnte er, mein Freund Covet, mit Nebelkerzen um sich werfen! Ich wartete, bis das Pärchen um die nächste Ecke gebogen war, dann setzte ich mich in Bewegung.

Der Flur vor den Patientenzimmern war verwaist. Ich huschte zu Nummer 015 und lauschte. Kein Laut von drinnen. Mein Herz klopfte bis zum Hals, als ich die Klinke vorsichtig hinunterdrückte. Geräuschlos öffnete sich die Tür. Ich schlüpfte hinein.

Das Zimmer war hell erleuchtet. Keine guten Voraussetzungen, um sich gesund zu schlafen. Aber der Mann in dem einzigen Krankenbett schlief tief und fest. Er lag auf dem Rücken, sein Kopf war leicht zur Seite geneigt. Unter der Bettdecke krochen Schläuche bis zu einer imposanten Apparatur, die rechts an der Wand stand. Der Mann war alt, hatte einen großen, eckigen Kopf mit eingefallenen Wangen. Aus seiner olivbraunen Gesichtsfarbe war jede Frische gewichen.

War das der ehemalige Staatspräsident Ägyptens? Beschwören wollte ich es nicht.

Außerdem war ich nicht zum Schwören hier. Ich war hier, um Fotos zu schießen und schnellstmöglich wieder zu verschwinden. Also her mit dem Handy. Ich richtete es auf den Patienten und betätigte den Auslöser.

Im nächsten Moment segelten wir beide durch das Zimmer, mein Handy und ich.

Wo das Handy landete, konnte ich nicht sagen. Wo ich landete, dagegen schon: an der verglasten Außenwand, vor der ein Rollo schaukelte. Ich schaukelte mit ihm, obwohl ich auf der Erde lag. Mein Kopf wackelte, die Glieder zitterten, mein Puls raste. Seit wann gab es Erdbeben am Neckar?

Es war kein Erdbeben. Es war ein Kollege des Muskelprotzes vor der Tür. Nur mittelgroß, aber kräftig für zwei und mit kleinen, verschlafenen Augen. Hatte wohl ein Nickerchen drüben auf dem Stuhl gehalten, als ich das Zimmer betrat. Und deshalb hatte es zu mehr als einem raschen Stoß in den Nacken nicht gereicht. Dafür war der Junge jetzt hellwach; während er mich mit seinen Äuglein am Boden festnagelte, zog er sein eigenes Mobiltelefon aus dem Jackett und drückte ein paar Tasten, ohne auch nur hinzusehen.

Der Patient hatte sich nicht gerührt. Auf seiner Bettdecke lag mein Handy. Das erinnerte mich – hübsche Gedankenübertragung – an den anderen Gegenstand, der in meiner Tasche steckte. Ich tat so, als könne ich mich nur unter Schmerzen erheben, und griff dabei nach der Spraydose. Dann stürzte ich mich auf den Bodyguard. Er glotzte in die kleine Sprühöffnung direkt vor seinem Gesicht, wie andere auf den Fernsehbildschirm starren. Nur kürzer. Das bisschen Nebel brachte den Klops zu Fall. Während er sich heulend auf dem Zimmerboden wälzte und mit den Füßen um sich trat, klaubte ich mein Handy von der Decke. Ein Foto des Schlafenden, noch eines und noch eins. Dann das Zimmer in Panoramaansicht und zuletzt, weil es ein gar so drolliger Anblick war, eine Aufnahme des jammernden Bodyguards. Was war mein bisschen Pfefferspray schon gegen das Donnerwetter, das ihm von seinen Bossen drohte!

Der Kranke hatte sich übrigens in all dieser Zeit nicht einmal gerührt. Fast hätte man meinen können, er sei tot.

Aber jetzt nichts wie weg! Ich steckte das Handy fort, eilte aus dem Zimmer – und prallte gegen die nächste Leibwächterbrust.

Der Fußwipper, der mit Marc gegangen war! Er gaffte, ich gaffte; dank meiner jüngsten Erfahrungen war ich jedoch einen Tick reaktionsschneller als er. Bevor er auch nur Piep sagen konnte, zischte es ihm beißend zwischen den Augen, und er machte dieselbe Bodenturnübung wie sein Kollege. Nur sein Geheule war noch prachtvoller. Laut war es, durchdringend, schmerzhaft: der reinste Feueralarm!

Erst hinter der nächsten Ecke, als mir Covet händefuchtelnd entgegenkam, kapierte ich, dass es tatsächlich Feueralarm war, was durch die Flure gellte. Und schon wurden Türen aufgerissen, stolperten verschlafene Patienten aus ihren Zimmern, machten sich die Nachtschichten auf den Weg. Ich winkte Marc, riss die Tür zum Außenbereich auf und stieß ihn hinaus.

»Er bekam plötzlich eine SMS oder so was«, keuchte mein Journalistenfreund. »Und als er zurück zum Zimmer rannte, habe ich mich an den Alarm erinnert.«

»Du machst dich«, entgegnete ich. Dann blieb ich auf der Schwelle stehen. Eines der vorbeihuschenden Gesichter war mir bekannt vorgekommen. Trotz des Tohuwabohus ringsum.

Dieser Fall wurde immer undurchsichtiger. Was suchte die Mutter von Fikret und Gizem nachts in der Chirurgie?

28

»Das ist er«, sagte Covet.

»Ist er nicht«, meinte sein Chef.

»Ist er das?«, fragte ich.

Drei Männer, drei Meinungen: die Heilige Dreieinigkeit am heiligen Sonntagmorgen. Ausgelöst durch eine Handvoll Fotos, die den Schreibtisch in Marcs Büro bedeckten. Er hatte meine Aufnahmen aus Zimmer 015 ausdrucken und vergrößern lassen, um sie mit Bildern des gestürzten ägyptischen Staatspräsidenten zu vergleichen. Auf den ersten Blick gab es keinerlei Ähnlichkeiten. Rechts ballte ein kraftstrotzender Politiker mit tiefschwarzem Haar und funkelnden Augen die Faust, links schlummerte ein Greis, die Wangen eingefallen, das Haar aschgrau. Rechts der Herrscher vom Nil, links ein Intensivpatient. Maßanzug versus Baumwollpyjama.

»Tut mir leid, Leute«, sagte Covets Chef und tippte auf eines der Bilder. »Aber das ist er nicht.«

»Na, dann schau halt mal genau hin, Stefan!«, rief Marc erregt.

Streng genommen, handelte es sich bei diesem Stefan gar nicht um seinen Chef, sondern um den Ressortleiter Politik der Neckar-Nachrichten. Aber weil Marcs Story politische Sprengkraft barg und weil die komplette Leitung der Stadtredaktion gerade zum Häppcheneinwerfen bei irgendeiner Mäzenatenbeweihräucherung weilte, hatte er sich an ihn gewandt. Stefan war ein drahtiger Typ mit randloser Brille, kaum älter als Marc. Beim Heidelberger Halbmarathon landete er angeblich stets unter den besten Hundert.

»Ich schaue ja«, sagte er. »Aber für mich sind das zwei

völlig unterschiedliche Menschen. Der Mann im Bett wiegt doch keine 60 Kilo.«

»Ja, weil er krank ist. Pankreaskarzinom, schon mal gehört?«

»Bekommt man davon auch graue Haare?«

»Nein, die bekommt man vom Älterwerden, Stefan. Und es soll Politiker geben, die glauben, von gefärbten Haaren ließe sich das Wahlvolk beeindrucken. Deutsche Kanzler ebenso wie ägyptische Staatschefs.«

Unwillkürlich fuhr sich Stefan über den Kopf. Keine Sorge, alles noch im grünen – beziehungsweise dunkelblonden – Bereich. »Und seine Haut?«, sagte er. »Das Gesicht, die Schädelform? Was ist damit? Sieht doch komplett anders aus.«

»Finde ich nicht.« Covet nahm eines der Fotos, um es seinem Kollegen unter die Nase zu halten. »Denk dir die Altersflecken weggeschminkt, die Augen offen und einfach alles besser durchblutet. Dann hast du deinen Präsidenten.«

»Diktatoren lassen sich doch doubeln«, warf ich ein. »Der von Nordkorea auf jeden Fall. Und Saddam Hussein soll es sogar mehrfach gegeben haben.«

Mit einem Grunzen warf Marc das Foto auf den Tisch zurück. Fand meinen Diskussionsbeitrag wohl nicht sonderlich konstruktiv.

»Wie auch immer«, meinte Stefan und setzte sich. »Ob es sich bei den beiden Herren hier um ein und dieselbe Person handelt, darüber können wir uns noch endlos streiten. Als Beweis für die Anwesenheit irgendeines Staatspräsidenten taugen die Fotos jedenfalls nicht. Im Gegenteil, wir laufen Gefahr, uns lächerlich zu machen.«

»Wie bitte?«, rief Marc. »Und was ist mit den Bodyguards vor seiner Tür und im Zimmer? Auf wen sollen die aufpassen wenn nicht auf ihn?«

»Welche Bodyguards? Die ihr mit Pfefferspray außer Gefecht gesetzt habt?«

»Immerhin haben sie uns angegriffen. Außerdem muss man das ja nicht an die große Glocke hängen, darüber waren wir uns doch einig, oder?«

»Du begreifst nicht, Marc. Als du mir deinen Bericht geschickt hast ...«

»Die Rohfassung meines Berichts«, unterbrach Covet, der sich ebenfalls setzte.

»Ja, die Rohfassung. Ich habe daraufhin mit der Klinikleitung telefoniert und sie zu einer Stellungnahme aufgefordert. Folgendes wurde mir mitgeteilt: In besagtem Zimmer liege ein schwer krebskranker ägyptischer Staatsbürger namens Halef Omar, der niemals ein politisches Amt in seinem Heimatland bekleidet habe. Eine gewisse Ähnlichkeit mit dem ehemaligen Staatspräsidenten sei nicht auszuschließen. Zweitens: Von Wachmännern oder Bodyguards, die Herrn Omar angeblich begleiteten, könne keine Rede sein. Das widerspreche dem Geist des Heilens, dem sich die Klinik verpflichtet sieht.«

»Keine Bodyguards?«, lachte Covet. »Dann frag mal das Personal auf Station, was das für schwere Jungs waren, die vor Zimmer 015 herumlungerten!«

»Angeblich Verwandte von Herrn Omar, die sich um seine Gesundheit sorgten. Wenn ihr jetzt die Station besucht, werdet ihr dort niemanden finden.«

»Nein? Umso besser! Dann gehen wir hin, und zwar sofort, Stefan. Bin gespannt, ob mir Herr Omar immer noch ein Interview verweigert.«

»Wir sind zu einem Ortstermin um 17 Uhr geladen. Vorausgesetzt, der Patient ist dazu in der Verfassung.«

»Mach dir keine Illusionen, Marc«, sagte ich. »Entweder erleidet er um 16.55 Uhr einen Herzstillstand und kann den

Termin nicht einhalten, oder sie präsentieren einen Klempner vom Nil, der dir erzählt, dass er seine gesamte Klempnerrente aufgebraucht hat, um sich in Heidelberg operieren zu lassen.«

»Besser hätte ich es auch nicht ausdrücken können«, nickte Stefan.

Covets Blicke wechselten geradezu panisch zwischen uns hin und her. »Moment, Moment ... So einfach dürfen die nicht davonkommen! Zur Not erzählen wir eben, was gestern Nacht passiert ist. Inklusive Pfefferspray und Feueralarm, das ist es mir wert.«

»Dir vielleicht«, sagte ich.

»Marc, schalte bitte wieder deinen Verstand ein.« Stefan erhob sich, um durch das Büro zu wandern. »Ich will es mal auf den Punkt bringen. Wir drei wissen, dass drüben in der Chirurgie ein krummes Ding gelaufen ist. Vielleicht nichts Illegales, aber irgendeine Mauschelei unter Ausschluss der Öffentlichkeit. Nehmen wir an, es war tatsächlich ein übel beleumundeter Politiker, der sich dort behandeln ließ. Wenn du darüber einen Artikel bringen willst, brauchen wir Beweise. Die Fotos kannst du vergessen, leider. Inzwischen wird sich kein Haar dieses Mannes mehr in Zimmer 015 finden, den haben sie längst ausgeflogen. Seine Bodyguards: dito. Außerdem waren es keine Bodyguards, sondern bloß Mitglieder der ägyptischen Großfamilie, mit denen es letzte Nacht ein paar bedauerliche Kommunikationsschwierigkeiten gab.«

»Von wegen, das waren Deutsche«, rief Marc. »Verstehst du, Stefan, Wachmänner von hier!«

»Hast du ihren Pass gesehen? Und eine Kopie davon gemacht? Na, also. Dass die Eintragungen im Intranet der Klinik nichts taugen, erklärt sich von selbst. Jemand von der Klinikleitung müsste plaudern, aber das ist völlig illusorisch. Für die steht viel zu viel auf dem Spiel.«

»Und die Stationsärzte? Pfleger und Schwestern? Was ist mit denen?«

»Du sagtest doch selbst, dass nur eine ausgewählte Gruppe von Leuten vorgelassen wurde. An die kommst du nicht ran. Und dass die anderen etwas Konkretes wissen, halte ich für unwahrscheinlich.«

Covet saß wie erschlagen auf seinem Stuhl. Da war er zum ersten Mal in seinem Journalistenleben über seinen Schatten gesprungen, hatte körperlichen Einsatz gezeigt und die Grenzen des Legalen mutwillig überschritten – und was war das Ergebnis? Eine Abfuhr, kalt wie eine Hundeschnauze. Fassungslos schüttelte er den Kopf, dann donnerte er mit der Hand auf den Tisch, dass das Fotopuzzle verrutschte, und sprang auf.

»Warum schaffst du dir kein gescheites Handy an?«, brüllte er in meine Richtung, ohne Blickkontakt zu suchen. »Eines, mit dem man gescheite Bilder macht. Auf denen auch was zu erkennen ist!«

Seufzend nahm ich eines der Fotos zur Hand. Klarer Fall von Ablenkungsmanöver, diese Schreierei. Besonders scharf waren die Aufnahmen nicht, zugegeben. Aber was man erkennen sollte, erkannte man. Dass da ein alter, kranker Mann im Bett lag, den man mit allem Möglichen in Verbindung brachte, nur nicht mit der Führung eines Staates. Nicht mit ägyptischen Foltergefängnissen, in denen aus Oppositionellen Al-Qaida-Terroristen wurden. Andererseits: Hieß es nicht, dass das Amt einen Menschen prägte? Vielleicht auch sein Äußeres? Steck den Alten in einen Anzug, stell ihn ans Rednerpult oder setz ihn an den Kabinettstisch – ob er dann noch immer so harmlos wirkte?

»Ich hätte ihm ein Haar ausrupfen sollen«, sagte ich.

»Dann gäbe es wenigstens die Chance auf einen DNA-Abgleich.«

Covet setzte sich wieder. »Stefan«, sagte er heiser und arbeitete dabei mit den Händen, »es muss doch auch im Interesse der Zeitung sein, diese Geschichte aufzudecken. Schließlich geht es nicht um einen abstrakten Fall, bei dem irgendwelche Panzer nach Saudi-Arabien geliefert werden, sondern um etwas ganz Handfestes. Mitten in unserer Stadt, durch Heidelberger Ärzte, wird ein Mensch behandelt – und zwar bevorzugt behandelt –, dem Folter, Willkür, Bereicherung und der Tod von Demonstranten vorzuwerfen sind. Sollen wir da wegsehen?«

»Natürlich nicht.« Der Ressortleiter kratzte sich hinterm Ohr. »Ich bitte dich sogar, ganz genau hinzusehen, Marc. Du hast meine volle Rückendeckung, meine eiserne Solidarität. Aber wir brauchen Beweise, stichhaltige Beweise. Sonst haben wir am Dienstag einen Prozess am Hals, von den fetten Gegendarstellungen auf Seite eins ganz zu schweigen. Was ich dir noch nicht gesagt habe: Die Klinikleitung ist hell empört über die Störung der Krankenruhe durch Eindringen in ein Patientenzimmer und Auslösen des Feueralarms. Sollte sich herausstellen, dass einer unserer Redakteure daran beteiligt war, wird man sich rechtliche Schritte vorbehalten.«

»Die werden nicht klagen«, fauchte Marc. »Am Ende stehen sie selbst als die Gelackmeierten da.«

»Sorry, aber jetzt träumst du.«

»Ich könnte alles auf mich nehmen«, schlug ich vor. »Nach dem Motto: Privater Ermittler, eingeschaltet zwecks Erbringung von Beweisen, benimmt sich wie der Elefant im Porzellanladen, hat aber für die nötigen Informationen gesorgt. Im Grunde war es ja so.«

»Abgesehen von den Informationen«, sagte Stefan. »Denn die reichen nicht aus.«

»Ich muss mit dem Herausgeber sprechen«, stöhnte Covet. »Verdammt, ich tu's nicht gern, aber ich muss.«

Stefan verdrehte die Augen. »Was meinst du, wem mein erster Anruf heute Morgen galt?«

»Und? Was sagt er?«

»Er sieht seine Zeitung den Bach runtergehen, was dachtest du? Überzogen von Prozessen, im Clinch mit dem größten Arbeitgeber der Stadt, verrufen als Skandalpostille. Die Montagsausgabe wird er persönlich abnehmen.«

»Scheiße!«, brüllte Covet. »Der hat doch bloß Schiss vor seinen Politikerfreunden! Und wo bleibt das Recht auf Information?«

»Zum letzten Mal, Marc: nicht ohne Beweise. Wenn du die bringst, sind wir alle mit im Boot. Dann verfasse ich einen Leitartikel, dass es scheppert.«

»Umso mehr«, warf ich ein, »als uns das Versteckspiel um den Präsidenten auch ein mögliches Mordmotiv liefern könnte. Ohne in die Einzelheiten zu gehen: Eine Person, die vor ein paar Tagen erschossen wurde, hat sich ebenfalls für den Patienten von Zimmer 015 interessiert.«

Stefan schaute mich überrascht an. Bevor er etwas entgegnen konnte, klopfte es an der Tür. Ein älterer Redakteur kam herein und reichte ihm wortlos ein Schreiben. Stefan überflog es, dann gab er es an Marc weiter. »Schlechte Nachrichten«, meinte er. »Aber das war ja zu erwarten.«

Covet schluckte. »Ich könnte kotzen«, flüsterte er. »Gut, dass ich den nie gewählt habe.«

Der Wisch enthielt eine Stellungnahme des Außenministeriums zu den Fotos, die ich gemacht hatte. Die abgebildete Person, hieß es dort, könne nicht zweifelsfrei identifiziert werden. Ob es sich bei ihr um den ehemaligen ägyptischen Staatspräsidenten handle, lasse sich aufgrund der schlechten Bildqualität und vielfältiger Fälschungsmöglichkeiten nicht beurteilen. Gleichwohl werde man alles daran setzen, dem ägyptischen Volk in seiner jetzigen schwierigen Lage beizustehen und etwaiges Fehlverhalten der gestürzten Präsidentenfamilie aufzudecken. Die Förderung demokratischer Bewegungen, gerade im Nahen Osten, sei schon immer vordringlichstes Ziel des Ministeriums gewesen.

»Damit kannst du es vergessen«, sagte Stefan. »Ich hatte so eine kleine Hoffnung, dass dort einer über seinen Schatten springt und den Kerl identifiziert.«

»Alte Bündnistreue.« Ich zuckte die Achseln. »Seit an Seit mit Ghaddafi und Konsorten; Hauptsache, es herrscht Ruhe dort unten.«

»Gut«, sagte Covet, immer noch heiser. »Versuche ich es eben auf eigene Faust. Erst saufe ich eine Flasche Whisky auf ex, dann starte ich durch. Ich habe noch ein paar Freunde beim Radio und beim Fernsehen. Echte Freunde!«

Er stürmte aus dem Raum und warf die Tür hinter sich zu, dass wir zusammenzuckten.

29

Whisky war das Stichwort. Marcs rauschender Abgang hatte mir Lust auf einen Schluck gemacht. Dabei war noch nicht einmal Mittagessenszeit. Besondere Tage erfordern eben besondere Maßnahmen, und das hier *war* ein besonderer Tag. Mein Körper signalisierte es mir: durch trockenen Gaumen, Nackensteifheit, innere Unruhe. Natürlich lag es auch an der kurzen Nacht, die ich unten im Büro, auf meinem knarrenden, durchhängenden Feldbett zugebracht hatte, um Christine und ihrer schlechten Laune aus dem

Weg zu gehen. Mit schmerzendem Schädel war ich aufgewacht. Hatte doch ganz ordentlich zugelangt, der Gorilla von der Privatstation.

Aber all das zusammengenommen ließ nicht erahnen, was an diesem Sonntag noch alles auf mich warten sollte.

Als ich mir morgens einen schnellen Kaffee gemacht hatte, um auf Betriebstemperatur zu kommen, hatte Christine noch geschlafen: eingehüllt in ihren Ärger über mich, den Hochzeitstagsverächter. Dann das ernüchternde Gespräch in den Redaktionsräumen der Neckar-Nachrichten. Wieder zu Hause, wirbelte mir der Kopf vor lauter Namen und Gesichtern: Fikret, Gizem, ihre Mutter, Inez, Daniel. Was Marc wohl vorhatte? Wie es Kurt heute ging? Mit Fatty den Fall durchsprechen, das wäre jetzt mehr als angebracht. Aber mein dicker Freund kam erst abends von seiner Fortbildung zurück.

Also musste der Whisky ran. Ich öffnete den Küchenschrank, griff praktisch ohne hinzuschauen an eine ganz bestimmte Stelle – und griff ins Leere. Himmel! Das konnte nicht sein! Hier hatte noch vor ein paar Tagen eine randvolle Flasche Talisker gestanden, einer meiner Lieblingswhiskys. Und jetzt? Gähnende Leere. Eine whiskyflaschenbreite Lücke. Hinter der Lücke wurde ein Probierfläschchen Mac Allan sichtbar, das sie mir bei einer Buchvorstellung im Odenwald in die Hand gedrückt hatten. Immerhin. Aber wundern tat es mich doch, was aus dem Talisker geworden war.

Ich schraubte die putzige Flasche auf und schenkte mir ein Gläschen ein. Dieser Schotte und ich, gemeinsam würden wir es mit der ganzen Welt aufnehmen, zur Not sogar mit Papa Akşchir. Denn der würde mein nächster Gesprächspartner sein, daran führte kein Weg vorbei. Egal, welche Nummer ich anwählte, die von Gizems Handy oder den Festnetzanschluss der Familie, immer würde der Alte den Türsteher spielen.

Und so war es denn auch. Der erste Schluck Mac Allan war eben durch meine Kehle gerauscht, als sich die harsche Stimme von Herrn Akşehir meldete. In Sonntagslaune schien er nicht gerade zu sein, aber das musste er auch nicht, er war ja Moslem.

»Fikret ist nicht da«, schnarrte er. »Rufen Sie später an.«

»Ich will nicht mit Fikret sprechen«, konterte ich, beflügelt vom Alkohol. »Sondern mit Ihrer Frau. Und wenn Sie jetzt behaupten, die sei auch nicht da, steht in einer halben Stunde ein Streifenwagen mit Blaulicht vor Ihrem Haus, um sie persönlich mit offenem Seitenfenster durch die Stadt zu eskortieren. Kapieren Sie das?«

Pause im Äther. Irgendwann hörte ich ein verunsichertes »Polizei?«

»Ja, Polizei. Ich komme zusammen mit Kommissar Fischer, meinem Kollegen. Und dann kriegt Ihre Frau eine polizeiliche Vorladung, mit allem Drum und Dran.«

»Aber sie ist wirklich nicht da. Bei ihrer Freundin, Bruchsal.«

»Und wann kommt sie zurück?«

»Heute Abend. Spät.«

»Glaube ich nicht. Wer macht Ihnen denn das Abendessen?«

»Macht Gizem.«

»Dann geben Sie mir die.«

Schau an, nach kurzem Zögern hörte ich seine Stimme durch die Wohnung gellen. Gizem kam und versprach, in einer halben Stunde am Schlossblick zu sein. Der Frisörladen hatte ja geschlossen, und zu Hause, wo sämtliche Männer der Familie die Ohren spitzten, wollte ich nicht mit ihr sprechen.

Es war kurz vor zwölf, als ich am Imbiss eintraf. Fred brutzelte seine Würstchen, Jung und Alt gönnte sich ein Mittagessen im Stehen.

»Du solltest ein paar Stühle aufstellen«, sagte ich. »Oder Bistrotische. Dann haben es die Leute bequemer.«

»Außenbewirtschaftung?«, gab er zurück. »Bis die Stadt das genehmigt, bin ich in Rente.«

Gizem kam allein. Nichts anderes hatten wir vereinbart, trotzdem war ich erleichtert, sie ohne Begleitung durch ein Familienmitglied oder Freundinnen zu sehen. Ich lud sie zu Feuerwürstchen und einem Getränk ein.

»Oder isst du kein Schweinefleisch?«

»Doch, doch, Freds Würstchen sind klasse.«

»Sehr gut.« Diesen Fettnapf hatte ich also vermieden. Ich überlegte kurz, ob ich mir einen zweiten Whisky gönnen sollte, aber im Schlossblick gab es garantiert nur drittklassigen Fusel. »Ein Wasser für mich, Fred.«

Die Türkin bestellte einen Orangensaft. Ausgerechnet! Ich grinste Fred an, der das allerdings gar nicht lustig fand. Gizem bekam die Flasche eines anderen Herstellers als diejenige, die Tischfußball-Kurt zum Verhängnis geworden war. Fred hatte schnell reagiert. Fragte sich nur, warum dann schon wieder drei der verdorbenen Sorte in seinem Regal standen. Hatte er nicht von einer Rückrufaktion gesprochen? Na, solange er sie nicht an seine Kunden vertickte, konnte mir das egal sein.

»Deine Mutter ist in Bruchsal?«, eröffnete ich das Gespräch.

»Ja, sie besucht eine Freundin. Erst wollte sie nicht, weil sie so müde war, aber dann ist sie doch gefahren.«

»Müde?«

»Sie hatte gestern Spätschicht.«

Ich nickte. Spätschicht. Die hatte ich gestern auch gehabt.

Bremste oder beschleunigte der Whisky meine Gedanken? Lieber einen Schluck Wasser nehmen. Und die entscheidenden Fragen für später aufsparen.

»Hast du noch einmal nachgedacht, Gizem? Ist dir etwas eingefallen, was mit Thorsten Schallmos Tod zu tun haben könnte?«

Sie schüttelte den Kopf. Ich wartete, doch es kam nichts.

»Und wie geht es dir jetzt?«

Sie sah erst mich an, dann zur Seite. »Schlecht. Wie sonst?«

»Hast du wenigstens jemanden, mit dem du reden kannst? Zu Hause wird das ja kaum möglich sein.«

»Doch, schon. Meine Mutter, meine Schwester. Dann meine Freundinnen, und Frau Kaiser ist auch noch da. Aber das ändert nichts an der Tatsache, dass Thorsten tot ist und mein Bruder sich darüber freut.«

»Dein Verhältnis zu Fikret ist nicht besonders gut?«

»Bis vor Kurzem war es gut. Aber seitdem er glaubt, uns den Vater ersetzen zu müssen, liegen wir uns ständig in den Haaren.«

»In den Haaren«, grinste ich. »Kein Wunder bei einer angehenden Frisörin.«

»Zweimal Feuer!«, rief Fred und reichte uns die Pappteller mit seiner Spezialität.

»Lass uns ein wenig zur Seite gehen«, schlug ich vor. Direkt beim Schlossblick gab es mir zu viele Neugierige. Wir suchten uns einen Verteilerkasten, der an der Straße stand und auf den man die Würstchenteller legen konnte. Kein optimaler Platz zum Essen, aber Fred Bremer schaffte es ja nicht, Stühle aufzustellen.

»Meine Chefin kommt auch jeden Sonntag hierher«, sagte Gizem kauend.

»Frau Kaiser? Hierher, zum Schlossblick?«

»Ja. Ihr Verhältnis ist immer noch ganz gut.« Und als ich verständnislos schaute, fügte sie an: »Die beiden waren mal verheiratet, sie und Fred. Wusstest du das nicht?«

»Hör auf! Deine Chefin und Fred Bremer? Das glaube ich nicht.«

»Wieso nicht?«

»Hast du seine Haare gesehen? Diese Steppenlandschaft? Welche Frisörin könnte das auf sich sitzen lassen?«

Sie lachte. »Ist ja auch eine Ewigkeit her, dass die zwei ein Paar waren. Damals sah er bestimmt ganz anders aus.«

Kopfschüttelnd blickte ich zum Imbiss hinüber. Die gepflegte Frisörin und der gammlige Würstchenbräter – ein Ding der Unmöglichkeit. Ein Widerspruch in sich selbst. Und dann waren die beiden auch noch verheiratet gewesen! Na, das hätte ich ihnen gleich sagen können, dass das mit ihnen nichts würde. War ja sozusagen Experte in solchen Dingen.

Und nun komme mir keiner mit dem Argument, dass der Mensch sich ändern könnte! Klar, wir waren alle mal jung, aber was hieß das schon? Der Typ, der da eben auf seiner Vespa angelärmt kam, war jung. Und stand trotzdem vor den Scherben seiner Beziehung.

»Kennst du den?«, fragte ich Gizem.

»Ich glaube nicht.«

Daniel trug seinen Helm mit heruntergeklapptem gelbem Visier, von daher war ihre vorsichtige Antwort verständlich. Er brachte die Vespa ein paar Schritte von uns entfernt zum Stehen und ließ seinen Beifahrer absteigen. Ich erkannte einen seiner Klassenkameraden wieder: den Kräftigen, der in karierten Shorts Basketball gespielt hatte. Er grinste genau wie damals. Wenn er in der Zwischenzeit überhaupt je aufgehört hatte zu grinsen. Am Imbiss drängelte er sich durch die Kunden, um mit Fred zu sprechen.

»Kleiner Sonntagsausflug?«, rief ich Daniel zu.

Keine Antwort. Der Blonde verschanzte sich hinter seinem Plastikvisier und rührte sich nicht. Nur die Finger seiner rechten Hand spielten unruhig auf dem Lenkergriff.

»Die beiden gehören zum Kurpfalz College«, erläuterte ich. »Mit denen habt ihr wohl nicht viel zu tun?«

Gizem schüttelte den Kopf. »Woher kennst du sie?«

»Ich hatte im Laufe meiner Ermittlungen mit ihnen zu tun. Sag mal, Daniel …« Während ich die Stimme hob, beobachtete ich Gizem aus den Augenwinkeln. »Weißt du, ob Inez zu Hause ist? Meinst du, ich könnte sie mal anrufen?«

Der Blonde strafte mich noch immer mit Missachtung. Schon recht, ich hatte keine Antwort erwartet. Mir ging es einzig und allein um Gizems Reaktion: Sagte ihr der Name Inez etwas?

Nein, offensichtlich nicht. Gleichmütig kaute sie an ihrem Würstchen und beobachtete Daniel.

»Danke für die Auskunft«, grinste ich. »Dann werde ich es mal versuchen.«

Sein Beifahrer kam zurück. In der Hand eine Orangensaftflasche, und zwar eine der inkriminierten. Hoppla, was war denn das? Freds persönlicher Denkzettel für hochnäsige Eliteschüler? Oder bestanden die Jungs auf dieser einen Marke?

»Schönen Tag noch«, grinste der Kräftige.

»Ich würde das Zeug nicht trinken«, sagte ich. »Gestern musste ein Kumpel von mir danach speien. Aber wie!«

Der Junge schnallte seinen Helm fest. »Wie meinen?«, flötete er.

»Kotzen musste er. Krankenhaus, capito? Es war genauso

eine Flasche wie die da. Schau mal aufs Haltbarkeitsdatum.«

»Ich kann leider nicht lesen. Aber im Bedarfsfall werden wir Ihnen von unseren Erfahrungen berichten. Ade allerseits!«

»Ich hab euch gewarnt«, brummte ich den beiden hinterher.

»Dass Fred verdorbene Ware verkauft, kann ich mir nicht vorstellen«, sagte Gizem. »In solchen Dingen ist er total pingelig. Das Gesundheitsamt hat ihn schon so oft kontrolliert, und nie gab es einen Grund zur Beanstandung. Frag Frau Kaiser.«

»Meinem Kumpel ging es gestern gar nicht gut.«

»Das lag bestimmt an etwas anderem.«

Ja, vielleicht. Bei Tischfußball-Kurt schien das sogar denkbar. Trotzdem war die Zeit der Nettigkeiten nun vorbei. Zum x-ten Mal zog ich den Zettel ans Tageslicht, auf dem ich mir Schallmos letzten Kalendereintrag notiert hatte, und zeigte ihn Gizem. »Gestern«, sagte ich, »konntest du damit nichts anfangen. Heute vielleicht?«

Sie runzelte die Stirn. »Nein, tut mir leid.«

»Könnte das Kürzel nicht auf ein Zimmer in der Chirurgie hinweisen?«

»Ja, möglich.«

Ich sah sie scharf an. »In der Chirurgie arbeitet deine Mutter, Gizem.«

Sie erwiderte meinen Blick mit einer Unschuld und Offenheit, dass mir ganz mulmig wurde. »Möglich«, wiederholte sie.

»Wie? Was heißt das: möglich? Du musst doch wissen, wo deine Mutter arbeitet, verdammt!«

Erst zuckte sie zusammen, dann begann sie zu lachen. »Nein, so genau weiß ich das nicht. Meine Mutter arbeitet in einer Putzkolonne, und die wird jede Woche woanders hingeschickt. Manchmal wechselt es sogar tageweise. In der Regel arbeitet sie im Neuenheimer Feld, aber längst nicht immer. Und in welcher Klinik sie eingesetzt wird, erfährt sie oft erst morgens bei der Besprechung.«

»Ach so.« Wahrscheinlich lachte sie, weil ich so belämmert dreinschaute. »Das heißt, du wusstest nicht, dass sie gestern Abend in der Chirurgie putzte?«

»Nein. Über solche Sachen spricht sie schon lange nicht mehr. Warum auch? Ist ja nichts Spannendes dabei.«

»Und dass sie so spät noch arbeiten muss? Samstags, um Mitternacht?«

»Kommt nicht oft vor, kommt aber vor. Zur Schonung der Patienten, vor allem auf Privatstationen. Außerdem soll nicht auffallen, dass die Putzkolonnen komplett aus Ausländerinnen bestehen.« Sie sah auf. »Schau mal, da ist meine Chefin.«

Ich drehte mich um. Frau Kaiser näherte sich in Begleitung einer anderen Dame dem Schlossblick. Als sie uns entdeckte, winkte sie uns zu.

»Okay«, sagte ich. Noch war ich nicht durch mit meiner Fragerei. »Deine Mutter wird also an verschiedenen Orten eingesetzt. Unter anderem in der Chirurgie. Kannte sie Schallmo?«

»Nein!« Gizem sah mich starr an. Ich sah, wie es in ihrem Gehirn arbeitete: Warum stellt mir der Kerl diese Frage?

»Bist du sicher? Der Lehrer deines Bruders, und deine Mutter kannte ihn nicht? Es gab doch sicher Elternabende, Schulfeste, irgendwelche Besprechungen.«

Gizem senkte den Kopf. »Da ging meine Mutter nicht hin.«

»Wer denn? Dein Vater?«

»Auch nicht. Ein-, zweimal kamen Lehrer zu uns nach Hause. Thorsten nicht, soviel ich weiß.«

»Aber dieser Eintrag«, ich legte meinen Finger auf den Zettel, »dieser Eintrag hier, Gizem, stammt aus seinem Terminkalender. Dort steht er unter dem Datum vom Dienstag. Entweder wurde er kurz vor seinem Tod gemacht, oder er bezieht sich auf jenen Tag. Er ist sogar unterstrichen.«

»Keine Ahnung, warum«, flüsterte sie. »Ich weiß es wirklich nicht.«

»Hat deine Mutter nicht erzählt, dass ihr auf der Privatstation etwas aufgefallen ist? Hat sie vielleicht einen Namen erwähnt? Den eines ägyptischen Politikers?«

Sie schüttelte nur den Kopf.

Ich gab es auf. Gizem war ein nettes Mädchen, aber auch ein klein wenig naiv. Nix sehen, nix hören, nix wissen, nur Seufzer und Liebe, große, tiefe Liebe. Musste wirklich ein toller Hecht gewesen sein, dieser Thorsten Schallmo, dass halb Europa auf ihn hereinfiel.

Letzter Versuch: »Kennst du eine Nadja?«

»Das hast du mich gestern schon gefragt. Nein, kenne ich nicht.«

Hatte ich schon gefragt, auch das noch. Musste am Whisky liegen. Oder an der Spätschicht. Ich war nicht konzentriert, und prompt musste ich gähnen. Wie es mir die Kiefer auseinanderdrückte! Ich hatte kaum die Zeit, mich ein wenig zur Seite zu wenden.

»Zu wenig geschlafen, junger Mann?«, lachte Frau Kaiser, die dank meiner Drehung in den vollen Genuss meines Gähnens gekommen war.

Eine Hand vor dem Mund, schüttelte ich den Kopf.

Die Frisörin gesellte sich samt Begleiterin zu uns. Beide nippten an ihrem Kaffee, lobten das Wetter und freuten sich auf Freds Erbsensuppe. Die war nämlich noch viel besser als die viel gerühmten Würstchen. Aber alles der Reihe nach. Erst den Kaffee.

»Mhm«, sagte ich. Der Gähnreiz wurde übermächtig. Entweder schwang ich mich jetzt auf mein Rad, oder ich würde auf der Stelle einschlafen. Zu Füßen eines Verteilerkastens im Hasenleiser. Da half auch kein Kaffee mehr. »Ich verschwinde«, kündigte ich an. »Mit deiner Mutter muss ich heute unbedingt noch sprechen, Gizem. Sag ihr, dass ich sie anrufe. Oder sie mich. Du hast ja meine Nummer.«

Sie nickte.

Die drei Damen sahen mir nach, wie ich mich zu meinem Fahrrad schleppte. Es war ja so verdammt weit nach Bergheim! Ein kurzes Winken in Richtung Imbiss, aber Fred schien es nicht bemerkt zu haben. Ging ja auch ordentlich geschäftig zu vor seiner Bude.

Dann fuhr ich. Ich war noch nicht weit gekommen, als sich mein Handy meldete. Seit dem Anschiss durch Covet gestern Nacht hatte ich es nicht mehr ausgeschaltet. Bestimmt wollte er mir die nächste Strophe seines journalistischen Heldenepos singen.

Aber es war nicht Marc. Es war Frau Kaiser, mit der ich eben noch auf dem Schlossblick-Parkplatz gestanden hatte. Und sie klang hochgradig erregt.

»Bitte, kommen Sie schnell!«, rief sie. »Anscheinend bricht gerade jemand in meinen Laden ein. Eine Nachbarin hat mich informiert.«

Meine Müdigkeit war wie weggeblasen.

30

Am Kaiserschnitt traf ich als Erster ein. Aber da kamen sie schon: Frau Kaiser, Gizem und sogar die Kaffeefreundin von eben, auch wenn sie mit ihren kurzen Beinen sichtlich Mühe hatte, Schritt zu halten. Die Frisörin hätte lieber ihren Exmann mitbringen sollen, der besaß schließlich einen Baseballschläger als Waffe. Nun, vielleicht hatte sie es versucht und Fred mit Hinweis auf seinen brummenden Laden abgelehnt. Außerdem war ich ja da.

»Warum haben Sie die Polizei nicht gerufen?«, fragte ich.

»Und wenn es nun Fehlalarm ist?«, gab sie keuchend zurück.

»Was hat Ihre Nachbarin denn beobachtet?«

»Leute, die sich prügelten. So hat sie es mir gesagt.«

»Eine Schlägerei in Ihrem Laden?«

Sie nickte.

Auf den ersten Blick konnte ich nichts Verdächtiges entdecken. Keine Prügelei, keine Eindringlinge, bloß sonntägliche Stille und Einsamkeit. Sämtliche Geschäfte ringsum waren geschlossen, nur auf der Straßenseite gegenüber trieben sich ein paar Menschen vor einem Dönerladen herum. Passanten: wenige.

Dann öffnete sich eine Tür neben der Reinigung, und eine ältere Frau huschte heraus. Mein Gott, sie zitterte ja!

»Jetzt ist alles ruhig«, wisperte sie.

Danke, das hatten wir schon selbst festgestellt. Viel interessanter fand ich, dass auch diese Dame nicht die 110 gerufen, sondern ganz auf das hiesige Netzwerk gesetzt hatte. Auf das Hasenleiser-Intranet, um es in den Worten der

Uniklinik zu sagen. Ich trat zur Ladentür und drückte die Klinke. Abgeschlossen.

»Also, ich weiß ja nicht …«, brummte ich.

»Ich glaube, sie sind unten rum«, flüsterte die Nachbarin und zeigte Richtung Durchgang.

»Dort gibt es einen Kellerraum, in dem das Fenster immer gekippt ist«, erläuterte Frau Kaiser. »Wegen der Lüftung. Wenn man es drauf anlegt, kommt man da rein.«

Ich überlegte kurz, ob ich nachschauen sollte. Aber nun stand ich schon mal vor der Eingangstür, kein Laut war zu hören, also ließ ich mir von der Frisörin den Schlüssel geben und schloss auf. Ein süßlicher Geruch schlug mir entgegen. Immer noch herrschte Totenstille. Ich wies die beiden betagteren Damen an, draußen zu warten, und trat ein. Gizem und ihre Chefin folgten mir auf Zehenspitzen.

Ehrlich gesagt, rechnete ich nicht damit, jemandem zu begegnen. Sollte es tatsächlich Einbrecher im Kaiserschnitt gegeben haben, waren sie längst über alle Berge. Vielleicht flüchteten sie in diesem Moment durch das Kellerfenster. Mir sollte es recht sein. Immerhin war ich unbewaffnet.

Hinter mir hörte ich den schweren Atem von Frau Kaiser. Ich bewegte mich leise, aber zügig durch ihren Salon. Von der Wand grinsten mir die Werbebeauties zu. Dann sah ich die Verwüstung. Im hinteren Teil des Ladens befand sich kaum noch ein Gegenstand am vorgesehenen Platz. Handtücher, Tuben, Dosen, Kämme, Spiegel, alles lag durch- und übereinander auf dem Boden herum. Ein Regal und mehrere der Rollwägelchen waren umgefallen, ihr Inhalt weit verstreut. In einer Ecke glänzte es feucht. Sogar die schweren Frisörstühle waren umgekippt und mit Scherben übersät. Ein einziger Stuhl stand noch aufrecht. Und in ihm saß jemand.

Frau Kaiser schrie auf. Gizem schlug die Hand vor den Mund.

Ich begriff erst mit Verzögerung. Ist doch schön, wenn einer in aller Seelenruhe über dem Chaos thront! Aber erstens tat es derjenige nicht freiwillig, denn seine Unterarme waren an die Stuhllehnen gefesselt. So viel sah man, auch wenn er mit dem Rücken zu uns saß. Und zweitens steckte sein Kopf tief in einer Trockenhaube. Die Haube lief, wie die Digitalanzeige verriet, und sie würde noch eine knappe Stunde laufen, wenn wir sie nicht ausschalteten.

»Um Gottes willen!«, rief Frau Kaiser. Bevor ich die Situation erfasst hatte, eilte sie zu dem Gerät und drückte auf den Tasten herum. Aber ihre Finger zitterten viel zu sehr. Ich kam hinzu, packte die Haube, die eine enorme Hitze ausstrahlte, und riss sie nach oben.

Dann schrie auch ich auf.

Der Kopf, der unter der Haube zum Vorschein kam, bot einen grässlichen Anblick. Er schlug Blasen. Es brodelte regelrecht auf diesem Schädel. Haare und Haut waren zu einem schmierigen Brei verschmolzen, der auch noch ekelhaft stechend roch. Mir wurde übel.

»Ein Handtuch!«, rief ich. »Schnell! Und dann rüber zum Waschbecken!« Nicht schwach werden, Max. Handeln! Ich kippte den Stuhl nach hinten und zog ihn quer durch den Frisörsalon zu den Waschbecken. Frau Kaiser half mir.

»Das ist unser Bleichmittel«, jammerte sie. »Jemand muss ihm Wasserstoffperoxid übergegossen haben.«

»Auswaschen«, keuchte ich. Wir traten über all die Gegenstände, die im Weg herumlagen, ständig knackte und knirschte es unter unseren Füßen. Ohne Rücksicht zerrte ich den Stuhl weiter durch den Laden. Gizem kam mit einem Handtuch und rubbelte die Schmiere von dem lädierten Kopf. Das Haar blieb gleich büschelweise in dem Tuch hängen.

»Dreh den Hahn auf«, kommandierte ich, als wir das nächstgelegene Becken erreicht hatten.

»Das daneben«, schluchzte die Frisörin, der die Tränen über das Gesicht liefen. »Das hier ist ein Vorwärtswaschbecken.«

»Egal!«, schnauzte ich sie an und kippte den Stuhl so gegen das Becken, dass das Gesicht des Verletzten zur Decke zeigte. Dann ließ ich kaltes Wasser über seinen Kopf laufen.

Immerhin, er lebte. Um seine geschlossenen Augen herum zuckte es. Aber da waren blaue Flecken überall und eine geplatzte Lippe. Von der verwüsteten Kopfhaut ganz zu schweigen. Der blonde Daniel würde einige Zeit brauchen, bis er wieder so smart aussah wie vorhin am Schlossblick.

Vielleicht würde er nie wieder blond sein.

»Wer tut denn so was?« Frau Kaiser wischte sich die Tränen aus den Augen. Gizem stand stumm daneben und schluckte.

Schweigend verteilte ich das Wasser über Daniels Kopf. Erst mit den Händen, dann mit Hilfe des Handtuchs, das ich unter den Hahn hielt. Seine Haut war rot, weniger verbrannt als verätzt und löste sich überall in dünnen Fetzen ab. Hoffentlich wachte er nicht auf. Er würde brüllen vor Schmerz.

»Wasserstoffperoxid?«, fragte ich die Frisörin.

Sie nickte. »Wenn man es zu konzentriert aufträgt oder zu lange auf der Kopfhaut lässt, bilden sich Bläschen und die Haare fallen aus. Aber so etwas habe ich noch nie gesehen! Die müssen ihm das Zeug unverdünnt verabreicht haben.«

Gizem wandte sich ab und rannte zur Toilette.

»Rufen Sie einen Notarzt, Frau Kaiser«, sagte ich.

»Und die Polizei?«

»Die auch. Aber erst in ein paar Minuten. Ich sage Ihnen, wann.«

Sie ging nach vorn. Während sie telefonierte, hielt ich weiterhin Daniels Kopf und sah mich um. Dass hier eine Schlägerei stattgefunden hatte, stand außer Zweifel. Aber wer war daran beteiligt? Von Daniels Klassenkameraden fehlte jede Spur. Und mit wem sollten sich die beiden geprügelt haben? Wer hatte einen derartigen Hass auf Inez' Freund, dass er zu solchen Methoden griff?

Und wie hing das alles mit den Schüssen auf Thorsten Schallmo zusammen?

Dass ich in diesem Moment kaum zu logischen Schlussfolgerungen in der Lage war, wird man verstehen. Daniels Zustand und das heillose Chaos im Laden machten mich fassungslos. Hoffentlich war Frau Kaiser gut versichert. Eine ganze Menge der bunten Strähnchen, die gestern noch an der Wand gehangen hatten, lagen nun in allen Ecken und sorgten für eine bizarre Note innerhalb der Verwüstung. Dann entdeckte ich auch die Orangensaftflasche aus Freds Imbiss.

Gizem kam zurück, blass und etwas wacklig auf den Beinen. Ihre Chefin sprach im Vorraum mit den beiden Damen, die offenbar auch mal gucken wollten.

»Wer war das?«, herrschte ich die Türkin an. »Hast du eine Ahnung?«

»Nein!«, gab sie schrill zurück. »Wieso ich?«

»Kann Fikret etwas damit zu tun haben? Oder einer seiner Freunde?«

»Wie soll ich das wissen?«

»Ja, verdammt, du weißt ja nie etwas.« Ich hielt ihr das

Handtuch hin. »Hier, mach mal weiter!« Sie kämpfte mit den Tränen und dem Ekel, übernahm aber ohne Widerspruch. Breitbeinig stieg ich über das Chaos, um die Flasche vom Boden aufzuklauben. »Welche Farbe hat denn dieses Wasserstoffperoxid? Gelb?«

»Nein, farblos. Wie Wasser.«

Es sei denn, man verdünnt es mit Orangensaft, dachte ich und öffnete den Verschluss. Natürlich war das ein unsinniger Gedanke. Warum sollte sich ein Bleichmittel in Freds Flaschen befinden? Aber Kurts Reaktion ging mir nicht aus dem Kopf: wie er das Zeug in hohem Bogen ausgespuckt, wie er sich gekrümmt und gewunden hatte. Irgendetwas stimmte nicht mit diesem O-Saft! Vorsichtig schnupperte ich an der halbleeren Flasche. Apfelsine, ja. Aber da war noch mehr. Kein stechender Geruch wie auf Daniels Kopf, sondern eher alkoholisch … verdammt, es roch gar nicht schlecht! Es roch eigentlich wie …

»Wodka Orange«, stöhnte ich und nahm einen Schluck. Das war es also, was sich die Jungs vom College heimlich genehmigten! Und das war es, was meinen Freund Tischfußball-Kurt ausgeknockt hatte. Verdorbene Ware? Aus Kurts Sicht mochte das sogar stimmen. Köstlicher Fruchtnektar, mit Wodka verunreinigt! Die Mehrzahl der Menschheit würde es zwar nicht verunreinigt, sondern verbessert nennen, aufgepeppt, aber die Mehrzahl der Menschheit ernährte sich ja auch nicht von Saft. Das hatte er nun davon, mein Kumpel. Einmal Alkohol, und Kurt war reif für die Notfallaufnahme. Eigentlich zum Lachen.

Doch ich lachte nicht. Ich steckte die Flasche ein und sah mich um. Vielleicht fanden sich Hinweise auf die Täter. Oder sollten Daniel und sein Freund in Streit geraten sein? In einen Streit mit solchen Folgen? Unmöglich. Außerdem: Was hätten sie hier, im Kaiserschnitt, zu suchen gehabt?

»Gizem«, rief ich. »Wusste dein Bruder von dem offenen Kellerfenster?«

Kurze Bedenkzeit, dann ein Nicken.

Ihre Chefin kam zurück. »Der Notarzt ist informiert«, sagte sie mit belegter Stimme. »Herr Koller, wer macht denn so etwas?«

»Fragen Sie mich was Leichteres, Frau Kaiser. Hat Ihre Nachbarin denn niemanden erkannt?«

»Das weiß ich nicht. Sie war ja so aufgeregt.«

»Ist sie noch da?«

»Ja. Wann darf ich denn nun die Polizei rufen? Das muss doch sein!«

»Natürlich. Lassen Sie mich noch rasch im Keller nachschauen und mit Ihrer Nachbarin sprechen, dann können Sie telefonieren. Wo geht es denn runter?«

Sie zeigte mir den Weg. Hinter den Toiletten gab es eine Treppe und im Untergeschoss einen schmalen Flur, von dem mehrere Türen abgingen. Die einzige, die sich öffnen ließ, führte in einen muffig riechenden Raum mit weit aufstehendem Fenster. So weit war die Sache also klar.

Zurück in den Laden, ein kurzer Blick auf den Verletzten, um den sich immer noch Gizem kümmerte, dann in den Vorraum, wo die beiden Damen miteinander tuschelten.

»Entschuldigung«, unterbrach ich sie und wandte mich an die Frau von gegenüber. »Was waren das für Leute, die Sie gesehen haben? Konnten Sie jemanden erkennen?«

»Nein!«, antwortete sie regelrecht erschreckt. »Von außen sieht man ja kaum etwas, selbst wenn man direkt vor der Scheibe steht. Ich habe Lärm gehört, als ich vorbeiging, das kam mir komisch vor. Dann habe ich natürlich mal geguckt.«

»Und?«

»Wie gesagt, gesehen habe ich nichts. Nur Bewegungen und dass mal was durch die Luft flog.«

»Also keine konkreten Personen? Ein paar junge Türken vielleicht?«

Sie schüttelte den Kopf. Dann legte sie einen Finger an den Mund und sagte: »Aber kurz danach, als ich oben am Telefon stand …«

»Ja?«

»Da kamen drei Jungs um die Ecke gerannt, das weiß ich genau. Und die sahen türkisch aus.«

»War einer von denen Gizems Bruder? Sie kennen doch Fikret, oder?«

Sie zuckte zusammen. »Könnte sein«, murmelte sie. »Ja, doch … jetzt, wo Sie mich fragen. Ich glaube, er war dabei.« Ein tiefer Atemzug. »Aber verraten Sie der Kleinen nicht, dass Sie es von mir haben.«

»Danke«, sagte ich. In der Ferne hörte ich ein Martinshorn. Rasch verließ ich das Kaiserschnitt.

31

War ich vor einer Viertelstunde noch müde gewesen, hundemüde sogar? Vorbei und vergessen, ein Zustand aus einer anderen Zeitrechnung. Ich hätte mal wieder einen Whisky gebrauchen können. Der kleine Schluck Wodka, vermischt mit O-Saft, hielt nicht lange vor.

Von Müdigkeit konnte also keine Rede mehr sein, von Zielstrebigkeit aber noch weniger. Die unterschiedlichsten Gedanken schossen mir durch den Kopf, als ich mich und mein Rad in aller Eile aus der Gefahrenzone brachte. Wobei die einzige Gefahr für mich darin bestand, dass Kommissar Fischer und seine beiden Wadenbeißer auftauchten, um meinen Ermittlungen ein Ende zu setzen. Und genau diesen Triumph gönnte ich ihnen nicht. Nicht jetzt, wo ich dicht vor dem Abschluss meines Falles stand. Wenn Fikret und seine Freunde zu einem derartigen Anschlag fähig waren, dann waren sie auch in der Lage, einen Lehrer zu erschießen. Woher sie Schallmos Gewohnheiten kannten, wer von ihnen den Auslöser betätigt hatte und woher die Waffe stammte – all das würde sich klären. Hauptsache, ich bekam Gizems Bruder in die Finger. Dieses kleine Scheusal! Warum in aller Welt hatte er Daniel so zurichten müssen? Wütend schwang ich mich auf mein Rad und fuhr davon. Erst mal weg von hier.

Aber da waren noch andere Gedanken, unangenehme. Der an Inez zum Beispiel. Wer benachrichtigte sie? Was war mit Daniels Eltern? Und dann sein Klassenkamerad: Der musste doch auch irgendwo stecken. Hatten die Türken ihn vielleicht verschleppt? Um ihm in aller Ruhe eine ähnliche Spezialbehandlung zu verpassen?

Verdammt, ich musste Fikret finden!

Am Ende der Straße hielt ich an. Das Martinshorn verstummte; jetzt war der Notarztwagen vorm Kaiserschnitt angelangt. Ich zückte mein Handy und den Zettel mit Schallmos Telefonliste, den ich zusammengefaltet in meiner Brieftasche trug. Gizems Handy … Mist, das lag ja bei ihrem Vater herum. Aber hier, der Festnetzanschluss des Frisörsalons. Schon nach zweimaligem Läuten hob Frau Kaiser ab.

»Ich habe eben die Polizei benachrichtigt«, erklärte sie.

»Gut. Könnten Sie Gizem etwas ausrichten? Sie soll sich zu Hause melden und möglichst unauffällig nach Fikret fragen. Wo er steckt oder stecken könnte. Verstehen Sie, es muss schnell gehen, aber sie darf sich nichts anmerken lassen.«

»Meinen Sie wirklich, dass es Fikret war? Herr Koller, das glaube ich einfach nicht!«

»Ich fürchte, es ist so. Wenn sie etwas erfährt, soll sie sich sofort bei mir melden. Meine Nummer haben Sie ja.«

Damit legte ich auf. Wie hoch war die Wahrscheinlichkeit, dass sich die Jungs nach vollbrachter Tat getrennt hatten und nun brav zu Hause saßen? Nach dem Motto: Coole Aktion, Leute, aber Mama wartet mit dem Sonntagskaffee auf mich? Verschwindend gering. Eher hockten sie in einem Versteck, berauscht und verstört gleichzeitig, das Adrenalin dröhnte ihnen im Schädel, und sie wussten nicht, wie es weitergehen sollte.

Vielleicht konnte Steve Bungert mir helfen, der Lehrer mit dem Hang zum Sozialarbeiter. Er hatte zwar behauptet, Fikret nur flüchtig zu kennen. Aber war nicht Tarek, einer der Älteren, einmal sein Schüler gewesen? Und ein Klassenkamerad von Brutsch? Ein wenig Hoffnung bestand also.

Steve jedoch war nicht da. Ich sprach ihm auf die Mailbox und schickte eine SMS gleich hinterher, wobei ich an Vokabeln wie dringend und sofort nicht sparte.

Okay, das war das. Wo konnte ich es jetzt versuchen? Da hatte ich doch eben einen Namen erwähnt: Brutsch, mein Freundchen aus Kasachstan. Eine Bemerkung fiel mir ein: Der Tarek hat voll den Hass auf den Schallmo. Voll den Hass. Brutsch wusste wahrscheinlich dreimal besser Bescheid als Bungert, wie an die Türken heranzukommen war. Vielleicht konnte ich ihn am Kirchheimer Bahnhof abpassen, wo er sich laut Steve öfter herumtrieb. Oder in seinem Kampfsportstudio. Oder – dritte Möglichkeit – ich besorgte mir seine Handynummer. Bei einem, der seine Finger überall drin hatte.

Gut, nun hatte ich wenigstens ein Ziel. Ich gab meinem zweirädrigen Gaul die Sporen und erreichte den Schlossblick eine gute Minute später. Der Andrang vor dem Imbiss war ein wenig abgeflaut, aber Fred hatte immer noch alle Hände voll zu tun. Als ich mich zur Durchreiche drängte, machte ich mir eine ganze Menge Feinde.

»Es gibt ein Problem, Fred«, sagte ich.

»Hinten anstellen«, rief einer. Fred schenkte schweigend Kaffee aus.

»Und zwar ein verdammt großes Problem. Im Laden deiner Exfrau holt der Notarzt gerade einen jungen Kerl ins Leben zurück, und die Bullen sind ebenfalls im Anmarsch.«

Fred kratzte sich am Ohr, schwieg aber noch immer.

»Ist der taub?«, lärmte es hinter mir. »Du sollst dich gefälligst anstellen, Kollege!«

»Ich trink dir deinen Kaffee schon nicht weg«, herrschte ich den renitenten Spießer an. »Sei froh, wenn die Bude hier diesen Tag überlebt.«

»Auch noch frech werden, oder was?«

Mir reichte es. Ich stürmte um den Imbiss herum, riss die Wagentür auf und schob Fred einfach beiseite. Dann nahm ich sämtliche Orangensaftflaschen aus dem Regal und warf sie nacheinander in die Menge. »Hier«, rief ich. »O-Saft Marke Bremer! Von Fred mit Wodka veredelt. Damit man schon mit 14 das wahre Leben kennenlernt.«

»Was soll'n das?«, knurrte Fred. Herrgott, der Kerl war wirklich nicht aus der Ruhe zu bringen!

»Wie hast du den Alkohol denn reingekriegt? Mit einer Spritze, oder wie?«

»Du machst aber auch einen Aufstand! Wegen ein bisschen Alk in der Flasche.«

»Hast du das Zeug nur an die Collegeschüler verkauft? Oder auch an Jüngere?«

»Natürlich nicht. Hab ja Verantwortung. Darf ich jetzt wieder meine Arbeit machen?«

»Gleich. Das mit dem Wodka mag harmlos sein. Aber wie steht es mit Brutsch und dem Zeug, das er verkauft? Hast du deshalb so einen guten Draht zu ihm, weil er es bei dir verticken darf?«

Schau an, nun wurde Fred doch nervös.

»Wie?«, sagte er, und seine dicke Unterlippe zuckte nach links. »Versteh ich nicht.«

»Natürlich verstehst du. Ich will wissen, ob der Schlossblick als eine Art Drogenumschlagplatz dient. Was ist los, Fred? Plötzlich so schweigsam?«

»Nö. Nicht schweigsam. Nur ... Klingt irgendwie bescheuert, was du sagst.«

»Seid ihr endlich fertig da drin?«, kam es von draußen. »Oder redet bisschen lauter, damit wir auch was mitkriegen.«

»Schmeckt hervorragend, deine Saftmischung, Fred«, rief ein anderer. Der Spießer von eben, wer sagt's denn!

»An deiner Stelle hätte ich auch keine Lust auf die Bullen«, fuhr ich fort. »Am Schluss finden die noch was bei ihrer Schnüffelei. Aber ich sage dir was, Fred: Die sind so kurz davor, deinen Laden auseinanderzunehmen. So kurz! Gerade eben wurde nämlich die Inneneinrichtung vom Kaiserschnitt kurz und klein geschlagen und die beiden Collegeboys, die vorhin noch hier waren, gleich mit. Leider haben sie dabei ihre Saftflasche verloren. Das Ding ist jetzt ein Beweismittel.«

»So?« Freds Lippe zuckte immer stärker.

»Pass auf: Mir ist völlig gleich, mit was die Jungs vor deiner Bude dealen. Aber ich habe einen Mord aufzuklären, und deshalb brauche ich deine Hilfe. Du rufst jetzt Brutsch an und bringst ihn dazu, für mich den Aufenthaltsort von Fikret, Tarek und Ömer zu ermitteln. Und zwar sofort, ohne jedes Wenn und Aber. Wie du das machst, ist mir egal. Hauptsache, es passiert. Ist das klar?«

Fred holte Luft. Mit seinen runden, wässrigen Augen starrte er mich an wie eine Brunnenfigur.

»Wenn's sein muss«, murmelte er. »Versuchen kann ich's ja mal.«

»Nee, Fred. Nicht versuchen. Tun! Einfach tun. Ich brauche Ergebnisse, klar? Dann werde ich auch die Sache mit der Orangensaftflasche in Ordnung bringen.«

»Na, gut«, brummte er misslaunig. »Ich rufe ihn an. Stell dich an deinen Verteilerkasten und warte, bis ich dir Bescheid gebe.«

»Okay. Aber lange warte ich nicht.«

Damit verließ ich den Wagen. Die Flasche aus dem Frisörladen ruhte in meiner Jackentasche. Draußen vor dem Imbiss ließ man den Wodka Orange kreisen, die Stimmung war ausgelassen. Ich hatte meinen Warteplatz noch nicht erreicht, als mein Handy klingelte. Es war Bungert.

»Klingt ja mächtig spannend, deine Botschaft«, sagte er. »Was ist denn los?«

»Kampf der Schulkulturen. College gegen Hauptschule, mit einer ganz neuen Art der Kriegsführung. Im Ernst, zu Scherzen besteht kein Anlass. Ich muss Fikret Akşehir unbedingt finden. Und seine Kumpel Ömer und Tarek.«

»Soll ich kommen und helfen?«

»Danke, ist nicht nötig. Aber wenn du eine Idee hast, wo sie im Fall der Fälle Unterschlupf finden, immer her damit.«

Steve überlegte. Zu Fikret könne er nicht viel sagen, der kehre wahrscheinlich früher oder später nach Hause zurück. Ömer und Tarek dagegen … Er nannte mir die Namen von zwei türkischen Cafés und einem Spielsalon, in dem sie regelmäßig verkehrten.

»Aber ob das die richtigen Orte sind, um unterzutauchen, wage ich nicht zu beurteilen.«

»Trotzdem danke.«

»Ich komme nachher mal raus. Im Moment kann ich noch nicht weg. Die holde Weiblichkeit verlangt ihre Opfer.«

»Na, denn«, murmelte ich und legte auf. Wenn auch Steve nicht weiter wusste, blieb nur noch Brutsch als Informant. Die Cafés und den Spielsalon hob ich mir für später auf. Von Türken dominiertes Terrain – da stand ich ohnehin auf verlorenem Posten.

Ein Blick zum Imbiss hinüber: Fred war nicht zu sehen. Vielleicht telefonierte er gerade im Inneren des Wagens mit Brutsch. Ich hoffte es jedenfalls – für ihn und für mich!

Dann rief ich Inez an. Als ich sie fragte, ob sie etwas von Daniel wisse, wurde sie sofort hellhörig.

»Wieso? Ist etwas passiert?«

»Könnte man so sagen. Wie kommst du darauf?«

»Was denn?«, rief sie. »Na los, red schon!«

»Er wurde zusammengeschlagen.«

»Von wem? Wie geht es ihm?«

»Mittelprächtig. Er war ohnmächtig, als wir ihn fanden. Aber er ist in guten Händen, mach dir keine Sorgen.«

Stille. Ich hörte ihren Atem. Dann sagte sie leise: »Keine Sorgen? So, wie du das formulierst, klingt es, als sollte ich mir sehr wohl Sorgen machen.«

»Nein, Inez, wirklich nicht. Er wird wahrscheinlich gerade ins Krankenhaus gefahren. Kannst du seine Eltern vorwarnen? Die werden demnächst einen Anruf bekommen.«

»Ja, mach ich. Mit wem hat er sich denn geprügelt?«

»Anscheinend mit Schülern einer anderen Schule.«

»Warum denn das? Und was für Verletzungen hat er?«

»Ich bin kein Mediziner«, mogelte ich mich um eine

Antwort herum. »Aber es wird schon wieder. Sag mal … eben klang es so, als hättest du geahnt, dass etwas passiert sein muss. Oder irre ich mich?«

»Ich weiß nicht«, sagte sie, wieder sehr leise. »Ja, vielleicht habe ich etwas geahnt. Er war so komisch drauf, schon gestern. Wollte irgendwas tun, was einrenken oder jemanden zur Rede stellen. Was genau, hat er mir nicht gesagt.«

»Verstehe.«

»Seit du bei uns im Garten warst, benahm er sich so seltsam.«

»Echt?« Sollte ich jetzt ein schlechtes Gewissen bekommen? Nicht schon wieder! »Inez«, sagte ich stattdessen, »er war mit einem aus eurer Klasse unterwegs. Kräftig, kurze, dunkle Haare, nicht besonders groß. Am Donnerstag im Sportunterricht trug er ein weinrotes Poloshirt.«

»Arthur. Sein bester Freund.«

»Kannst du mir seine Nummer geben? Er ist verschwunden, und ich muss ihn unbedingt erreichen.«

»Die muss ich raussuchen. Ich schicke dir eine SMS. Oder ihm.«

»Vielen Dank.«

»Danke für die Nachricht, Max.«

Ich atmete durch. Inez' Stimme war nur noch ein Flüstern gewesen. Sie würde sich ausmalen können, dass es ihrem Freund dreckig ging. Fred gegenüber hatte ich behauptet, Daniel werde gerade ins Leben zurückgeholt. Und falls nicht? Was machte mich so zuversichtlich? Woher wollte ich wissen, was eine Verätzung mit Bleichmittel anrichtete? Und sollte er überleben: Welche Narben blieben? In Inez' Haut mochte ich jetzt nicht stecken. In Daniels erst recht nicht.

»Brutsch meldet sich«, sagte jemand hinter mir.

Ich drehte mich um. Da stand Fred, ich hatte ihn nicht kommen hören.

»Hast du ihn erreicht?«, fragte ich. »Und hält er Ausschau nach den Türken?«

»Es ist so ein schönes Wetter«, entgegnete Fred. »Ein Frühlingstag wie aus dem Bilderbuch. Und da macht ihr alle so einen Aufruhr, Leute. Ich versteh das nicht.«

»Schon gut«, sagte ich.

32

Anruf Nummer eins kam nicht von Brutsch. Ich war eine halbe Stunde kreuz und quer durch den Hasenleiser geradelt, von der Rohrwaldschule bis zum Bahnhof, an Schwimmbad und Kindergarten vorbei und zurück zum Schlossblick – ohne Erfolg. Einige leer stehende Geschäfte fielen mir auf. In einer verlassenen Bäckerei hingen noch die Preise für Brezeln und Brötchen aus, ein Pizzaservice war vollständig zuplakatiert. Vor eintönig grauen Mietshäusern parkten Rollatoren. Weiter hinten die Parade der Teppichstangen. In einer Gruppe schnatternder Mädchen entdeckte ich das Rehaugengirl aus Schallmos Klasse. Ich fragte sie nach Fikret, aber natürlich wusste sie von nichts.

»Die Türken treiben sich immer woanders rum«, meinte sie, und ringsum nickte es blond-brünett.

Dann der Anruf. Ich hatte eben die Freiburger Straße erreicht.

»Hallo, Chef, hier ist Arthur«, klang es fröhlich aus meinem Handy. Fröhlich? Sogar superfröhlich; bloß heiser war die Stimme des Jungen vorhin noch nicht gewesen. »Ich soll Sie anrufen, sagt Inez.«

»Wo steckst du?«

»Och, irgendwo. Was ist denn mit Daniel? Alles okay so weit?«

»Nichts ist okay!«, brüllte ich, dass die Passanten rechts und links zusammenfuhren. »Womöglich stirbt dein Freund, während du einen auf cool machst! Du verrätst mir sofort, wo ich dich finden kann, und dann erzählst du mir, was passiert ist!«

Jetzt war es natürlich vorbei mit der Heiterkeit.

»Was haben die ihm getan?«, röchelte Arthur.

»Och, irgendwas«, äffte ich ihn nach. »Eine ätzende Flüssigkeit über die Haare gegossen, mehr nicht. Und ihm den Kopf in eine heiße Trockenhaube gesteckt. Wir hätten fast gekotzt, als wir es sahen.«

»Nein!«, wimmerte der Kräftige. »Sagen Sie, dass das nicht wahr ist …«

»Zum letzten Mal: Wo bist du?«

»Zu Hause.« Er zog die Nase hoch. »Aber kommen Sie bloß nicht vorbei, meine Eltern kriegen den Herzkasper.«

»Bist du verletzt?«

»Der Arm. Vielleicht gebrochen. Ich hab meinen Eltern erzählt, es wär beim Sport passiert. Der eine von den Typen hat mit einer Stange voll draufgehalten.«

»Was für Typen? Wer war das?«

»Türken. Ich kenne die nicht. Erst hatten wir den Kleinen in der Mangel, dann kamen die beiden anderen als Verstärkung.«

»Ihr wart hinter Fikret her?« Auf offener Straße griff ich mir an den Kopf und ließ einen lauten Fluch folgen. Sollten sie nur glotzen, in der Freiburger Straße! Mit viel Geduld und Spucke brachte ich den immer stärker schluchzenden Arthur dazu, mir die Geschehnisse rund um das Kaiserschnitt im Zeitraffer zu schildern. Heute Morgen, kurz nach dem Frühstück, hatte ihn Daniel um Hilfe gebeten. Der Blonde war stinksauer auf eine Gruppe von Türken, die mir, Max Koller, von Schallmos Affäre mit Inez erzählt hatten. Und sie, nicht zu vergessen, als Hure beschimpften. Einen von ihnen hatte Daniel aufgespürt und war nun fest entschlossen, ihm eine Abreibung zu verpassen.

»Moment«, unterbrach ich. »Woher wusste Daniel, dass der Hinweis auf Inez von den Türken stammte? Das wusste nicht einmal ich!«

»Er hat sie beobachtet, sagte er mir. Vor ein paar Wochen war das, als er wissen wollte, was dieser Schallmo für einer ist. Er folgte Inez, immer schön versteckt, und da fiel ihm ein Grüppchen von Türken auf, die vor Schallmos Haus herumlungerten und sogar ein Foto von Inez machten. Er kannte die nicht, dachte sich aber, dass sie Hauptschüler oder ehemalige Hauptschüler sind.«

»Und wie kam Daniel dann auf Fikret?«

»Er hat sich wohl am Freitag vor der Rohrwaldschule umgesehen und den Kleinen aus der Gruppe wiedererkannt. Den Namen rauszukriegen, war kein Problem.«

»Und dann wollte er Rache.«

»Ja«, schniefte Arthur. Anfangs schien alles nach Plan zu laufen. Kurz nach ihrem Stopp am Schlossblick begegneten die beiden Fikret, der nach Hause wollte. Als er sie sah, flüchtete er. Einmal um das Hochhaus herum, dann ins Untergeschoss und durch das Kellerfenster in die Räume unter dem Kaiserschnitt. Daniel und Arthur entdeckten das Schlupfloch mit etwas Verzögerung, und in dieser Zeit musste Fikret per SMS Verstärkung angefordert haben.

Seine Prügel bekam er trotzdem. Ein 14-Jähriger gegen zwei Abiturienten! Ich ersparte mir jeden Kommentar.

»Und dann kamen die beiden anderen. Ey, die waren so was von brutal drauf! Die hätten uns massakriert, die Türken, wenn wir nicht abgehauen wären.«

»Daniel ist nicht abgehauen.«

»Er wollte aber!«, rief Arthur. »Wir sind zusammen los, und irgendwie hat er es nicht geschafft. Was hätte ich denn machen sollen? Zurückgehen? Damit sie mir auch was über den Kopf kippen? Außerdem konnte ich meinen Arm kaum noch bewegen.«

»Dann geh jetzt gefälligst zum Arzt, mit welcher Ausrede auch immer. Und weißt du, was? Ihr seid solche Idioten, ihr beiden. Elitegymnasium? Ich scheiß drauf.«

Seine Antwort drückte ich weg. Besonders intelligent war mein Kommentar nicht, aber ich fühlte mich besser danach.

So, und jetzt? Es waren also tatsächlich Fikret und seine Freunde gewesen, die Daniel so zugerichtet hatten. Nachdem er sich den Kleinsten der drei als Prügelopfer ausgesucht hatte. Geschieht ihm recht!, gellte es in mir. Natürlich war das Quatsch, und dazu musste man nicht einmal an die grässlichen Verätzungen auf Daniels Kopf denken. Es war Quatsch, totaler Quatsch – aber was willst du gegen deine instinktiven Regungen machen?

In diesem Moment fuhr ein Streifenwagen an mir vorbei. Ich konnte nicht erkennen, wer darin saß, ich sah nur, dass er nach einigen Metern hielt. Sofort steckte ich das Handy weg. Die Bullen waren wirklich das Letzte, was ich heute gebrauchen konnte. Egal, ob sie Kriminalkommissar waren oder kleine Beamte, die nach einem gewissen Max Koller suchten. Rasch das Rad wenden und um die nächste Ecke biegen. Eine Einbahnstraße in der Gegenrichtung. Da sollten sie sich mal schön an die Verkehrsregeln halten.

Ich bog noch zweimal ab und hatte eben die Sportplätze der TSG Rohrbach erreicht, als sich mein Handy meldete. Eine unbekannte Nummer. Ich suchte Schutz hinter einer abblätternden Plakatwand und nahm das Gespräch an.

»Hier Brutsch. Sie wollten mich sprechen?« Da schau her, der Junge konnte richtiggehend höflich klingen, wenn er wollte. Eine Tonlage, die genauso falsch und aufgesetzt war wie vorhin Arthurs Fröhlichkeit.

»Brutsch, mein Freund«, flötete ich zurück. »Danke für den Anruf. Aber waren wir nicht beim Du?«

»Stimmt. Jetzt, wo Sie's sagen.« Er räusperte sich. »Ich meine: wo Du's sagst.«

»Hat dir Fred erzählt, dass ich auf der Suche nach den Türken bin? Es geht um Fikret und seine Freunde, wahrscheinlich Tarek und Ömer. Und es ist verdammt, verdammt dringend. Wenn du also irgendwas weißt, wo die sich herumtreiben könnten …«

»Wie, irgendwas?«

»Na, falls du was gehört hast oder so.«

»Geht auch sehen?«

»Sehen?«, gab ich nach einer Überrumpelungssekunde zurück. »Willst du damit sagen, dass du die drei gesehen hast?«

»Nur den Tarek. Ich hab auch kurz mit ihm gesprochen. Der war aber irgendwie komisch drauf. So kenn ich den gar nicht.«

»Wo hast du ihn gesehen?«, rief ich. »Und wann?«

»Na, vorhin. Vor einer halben Stunde vielleicht. Am Kirchheimer Bahnhof.«

»Aber da war ich auch! Seit einer Stunde suche ich die Jungs. Am Bahnhof, überall. Brutsch, da war niemand!«

Er kicherte. Hatte der Kerl von seinem eigenen Stoff genascht?

»Weißt du was?«, tat er gutgelaunt kund. »Dich hab ich auch gesehen. Als du über die Brücke gefahren bist. Ey, ein affenscharfes Rad hast du da. Voll fürs Museum! Aber gut, Max, echt gut, deine Kiste, da gibt's nix.«

»Ich scheiß auf das Rad!«, brüllte ich. »Sag mir, wo Tarek steckt!«

»Hä? Hab ich doch gerade. Am Bahnhof. Also nicht auf Gleis 1, falls du das jetzt denkst. Du musst den Bahnsteig ein Stück weiterlaufen, dann kommen so Schuppen, und in dem ersten von denen sitzen sie.«

»Wer?«

»Na, Tarek und ein paar andere.«

»Du sprichst von den Schuppen auf der Kirchheimer Seite, richtig?«

»Wo sonst? Auf der Rohrbacher Seite gab es noch nie einen Schuppen.« Brutschs gelassener Ton brachte mich schier zur Raserei. Musste der hier den Besserwisser spielen? Und ob der unter Drogen stand, der Typ!

»Okay, Brutsch. Bist du noch am Bahnhof? Kannst du mir den Schuppen zeigen?«

»Tut mir leid. Dringende Geschäfte. Viel Erfolg, Max!«

»Du mich auch«, presste ich zwischen den Lippen hervor. Ich hätte dem Jungen für seine Informationen die Füße küssen sollen, stattdessen wünschte ich ihm die Pest an den Hals. Keine Ahnung, warum! Musste wohl an seinen Schuhen liegen.

Zum S-Bahnhof Kirchheim war es ein Katzensprung. Vor mir lagen die Sportplätze, und die wiederum erstreckten sich in Nord-Süd-Richtung entlang der Bahntrasse, die Rohrbach und Kirchheim trennte. Etwa 500 Meter weiter nördlich wurde der Verkehr über eine Brücke in den Nachbarstadtteil geführt. Dorthin radelte ich nun, so schnell ich konnte. Rechter Hand, in einem der letzten Häuser auf Rohrbacher Boden, war die Polizeidienststelle Süd untergebracht. Schon wieder ein Streifenwagen! Diesmal hielt er mit laufendem Motor auf dem Bürgersteig.

Auf dem höchsten Punkt der Brücke stoppte ich kurz. Das Geländer war zusätzlich durch mannshohe Glaswände gesichert. Rechts und links führten Treppen zu den Gleisen hinab. Alle übrigen Bahnanlagen, von denen keine mehr in Betrieb war, befanden sich auf Kirchheimer Seite. Am ehemaligen Bahnhofsgebäude prangte das Schild einer Pizzeria, die daran anschließenden Holzschuppen standen leer oder dienten verschiedenen Firmen als Lagerhallen. Vor einer halben Stunde war ich schon einmal hier gewesen und vor einigen Tagen ebenfalls. Der Bahnhof sah eigentlich immer gleich aus. Wehe, wenn Brutsch mich angelogen hatte!

Hinter der Brücke folgte ich einer weitläufigen Rechtskurve zur Pizzeria hinunter. Alles ruhig. Ich stellte mein Rad ab und ging zu Fuß weiter. Auf der ehemaligen Verladefläche des Bahnhofs lagen noch alte Schienen, die zu den Schuppen und weiter in ein Gewerbegebiet führten. Heute diente das schmale Areal als Teil eines Fahrradwegs vom südlichen Kirchheim ins Stadtzentrum. Grobes Kopfsteinpflaster, das einen kräftig durchschüttelte.

Jetzt war ich ganz nah am ersten Schuppen. Immer noch kein Laut zu hören. Aber das Ding war groß; wer weiß, in welcher Ecke oder welchem Raum sich die Jungs verbargen. Eigentlich totaler Blödsinn, sich allein hierher zu wagen. Einer gegen drei! Oder zweieinhalb, wenn man Fikret nicht ernst nahm. Vielleicht auch gegen mehr. Brutsch hatte schließlich von Tarek und ein paar anderen gesprochen.

In diesem Moment läutete mein Handy. Ich bekam einen

Adrenalinschub von der Wucht eines Magenschwingers. Wie der Blitz rannte ich zurück und verbarg mich hinter einer Anzeigentafel. Verdammtes Telefon! Das hatte ich nun davon, dass ich es nach Covets Anschiss nicht mehr ausschaltete. Nie wieder würde ich auf diesen Schwätzer hören!

»Du dämlicher, selbstverliebter, whiskysaufender Schwachkopf!«, presste ich zwischen den Zähnen hervor. Nie, nie wieder!

Okay, wenn in diesem Moment eine riesenhafte Hand ›Du Amateur‹ an den wolkigen Heidelberger Himmel geschrieben hätte, wäre das auch in Ordnung gewesen. Der arme Marc musste bloß als Prügelknabe herhalten, damit ich mich nicht selbst zerfleischte. Anschleichen mit betriebsbereitem Handy – ging es noch dilettantischer?

Aber da war keine Hand. Nur ich, der auf das Display starrte. Stand da nicht Steves Nummer?

»Was ist?«, zischte ich.

»Hi, Max!«, meldete sich Steve kauend. »Du, ich bin gerade bei Fred und genehmige mir ein Feuerwürstchen. Wo steckst du?«

»Am Kirchheimer Bahnhof«, flüsterte ich. Drüben traten zwei Personen vor den Schuppen, eine kleine und eine größere. »Kannst du kommen? Aber schnell!«

»Okay«, antwortete er. »Eine Minute.« Ende des Gesprächs. Auf Steve konnte man sich verlassen, er kapierte rasch. Jetzt das Handy auf stumm gestellt.

Die zwei vor dem Schuppen blickten sich suchend um. Sofort zog ich den Kopf zurück. Der Kleinere von beiden war Fikret, so viel hatte ich erkannt. Der andere wahrscheinlich einer seiner Lebensretter. Voll den Hass auf Schallmo. Voll den Hass auf Daniel. Kein unnötiges Risiko jetzt. Voll den Hass auf Max Koller brauchten sie nicht auch noch zu bekommen. Als ich kurz danach wieder einen vorsichtigen Blick riskierte, stand Fikret allein da. Er schlenderte die Gleise entlang, erst in die entgegengesetzte Richtung, dann auf mich zu. Ich hielt den Atem an und verschmolz geradezu mit der Anzeigentafel. Wenn jetzt ein Bahnkunde kam, würde er die Abfahrtszeiten von Kirchheim auf mir lesen können.

Andererseits: War das nicht die perfekte Gelegenheit, mir Fikret zu schnappen? Wenn ich ihm den Mund zuhielt, konnte ich ihn außer Hörweite seiner Freunde schleppen. Der Knirps war doch erst 14!

Aber irgendetwas lähmte mich. Vielleicht der Satz von Brutsch: Und einmal ist der Fikret mit dem Messer auf einen los, der war doppelt so hoch wie er! Vor Messern hatte ich Schiss. Vor allem in der Hand eines Jungen, der meint, er müsse den Clanchef geben.

Fikret war jetzt ganz nahe. Ich hörte ihn nicht, aber ich spürte es. Wenn er um die Tafel herumging, würde er mich sehen. Und dann hatte ich ohnehin keine andere Wahl, als mich auf ihn zu stürzen. Messer hin oder her.

Plötzlich das Quietschen von Reifen. Wagentüren knallten nicht allzu weit entfernt. Ich erstarrte. Was war denn jetzt los? Fikret stieß einen türkischen Fluch aus – zumindest klang es wie ein Fluch. Er wich zurück, Richtung Bahnsteigkante. Zwei Schritte, drei. Nun sah ich ihn. Wie gebannt starrte er am alten Bahnhofsgebäude vorbei, denn von dort näherten sich Personen. Und dann erblickte er auch mich. Sein Gesicht war von blauen Flecken übersät, unter einem Ohr klebte Blut, und mittendrin saß der Schrecken. Über meine Anwesenheit ebenso wie über das, was noch kommen sollte.

»Ganz ruhig, Fikret«, stieß ich hervor. »Lass uns reden, ja?«

Er glotzte mich an, dann fuhr sein Kopf wieder herum.

Auch ich sah jetzt die Männer, die auf das Bahnhofsgelände strömten: ein halbes Dutzend Polizisten und mitten unter ihnen meine Freunde Greiner und Sorgwitz. Bevor mir eine Erklärung einfiel, woher sie vom Aufenthalt der Türken wussten, ergriff Fikret die Flucht. Er stürmte an mir vorbei und entlang der Bahnsteigkante Richtung Brücke. Ich hinterher. Die Beamten waren viel zu sehr auf den Holzschuppen konzentriert, um uns zu beachten. In der Ferne gellte ein Zugsignal.

Fikret lief zur Treppe. Verdammt, war der Junge schnell unterwegs. Schon trommelten seine kurzen Beine die Stufen empor. Er wollte zurück nach Rohrbach, garantiert. Aber was war das? Auf der Brücke angekommen, blieb er stehen. Ich holte auf.

Erneut ein türkischer Ausruf, der nur noch aus Verzweiflung bestand. Ein Blick zurück, zu mir – und dann kletterte der Wahnsinnige doch tatsächlich über die Glasverkleidung! So sehr ich mich auch beeilte, ich kam zu spät. Schon turnte er außen am Geländer vorbei, fünf oder mehr Meter über dem Gleisbett.

Ein Mann eilte von der anderen Seite der Brücke auf uns zu: Steve Bungert. Deshalb also war Fikret über die Absperrung geklettert! Er saß in der Falle. Ich hinter ihm, Steve von vorn, da blieb nur noch die Aufgabe oder der Sprung in die Tiefe.

Gemeinsam hämmerten wir gegen die Scheiben. »Tu's nicht, Fikret! Tu's um Gottes willen nicht!«

Keine Chance. Mit dem Rücken zum Abgrund, beide Hände auf der oberen Glaskante, hangelte sich der Junge weiter, bis er mitten über den Schienen stand. In seinem Gesicht zuckte und zerrte es. Wenn er nicht gerade auf den Kopf fiel, würde er den Sprung überleben. Aber kam da nicht ein Zug?

»Der will den Helden spielen, der Idiot!«, fluchte Steve, rannte zum östlichen Ende der Brücke zurück, um sich dort neben der Scheibe über das Geländer zu beugen. »Wenn du jetzt springst, kannst du das nie wieder gutmachen«, rief er.

Dann schwieg er, denn er sah, dass ich zur anderen Seite der Brücke geeilt war, zum dortigen Ende der Glasverkleidung. Immer dieses Pädagogengeschwätz! Hier musste man doch was tun! Ich schwang ein Bein über die Begrenzung, zog das andere nach, klemmte mir dabei den Sack und setzte schließlich einen Fuß auf den schmalen Metallsims, der die Unterkante der Glaswand bildete. Fikret starrte zu mir herüber. Er war kalkweiß.

»Du brauchst keine Angst zu haben«, rief ich ihm zu. »Ich werde nicht näher kommen. Hör mir einfach zu, ja?«

Sah er mich an oder durch mich hindurch? Schwer zu entscheiden. In seinen blutunterlaufenen Augen glänzte es. Er ließ eine Hand los, um sich die Tränen abzuwischen.

»Ich bin kein Feigling!«, schrie er unvermittelt. »Die waren zu zweit und größer als ich. Die sind Feiglinge, nicht ich!«

»Niemand behauptet, dass du ein Feigling bist, Fikret. Niemand, verstehst du?«

Er antwortete mit einigen türkischen Brocken. Wieder das Zugsignal, nun schon deutlich näher als vorhin. Von der anderen Brückenseite beobachtete uns Steve, halb über dem Geländer hängend. Hoffentlich begann er nicht auch noch, hier herumzukraxeln. Wenn der Junge sich eingekesselt fühlte, würde er springen.

»Ihr habt Scheiße gebaut«, sagte ich. »Du, Tarek und Ömer. Aber wenn du erzählst, was die beiden vom College vorher mit dir angestellt haben, wird die Sache ganz anders aussehen. Nur reden musst du darüber, hörst du? Reden, nicht springen!«

»Quatsch!«, brüllte er. »Totaler Quatsch! Egal, was passiert ist, uns Türken wird es angehängt. Immer sind wir daran schuld. Wenn ein Lehrer erschossen wird, waren wir es. Auch wenn wir nichts damit zu tun haben. Der Schallmo war ein verlogenes Schwein, und er wollte meine Schwester ficken. Deshalb ist es gut, dass er weg ist, aber für den gehe ich nicht ins Gefängnis!«

»Sondern? Lieber springst du?«

Wieder eine Antwort auf Türkisch. Hinter den Scheiben gab es Bewegung. Die Brückenpassanten waren auf das Spektakel aufmerksam geworden.

»Du meinst, wenn du springst, hält dich keiner für einen Feigling?«, sagte ich. »Damit alle wissen, aus dem Fikret wäre was geworden, wenn ihn die Scheißdeutschen nur gelassen hätten? Ein Held wie sein Vater? Vergiss es! Springen kann jeder. Wenn du springst, springe ich auch.«

Er schwieg. Seine Arme zitterten. Der verdammte Zug konnte nicht mehr weit entfernt sein. Er kam von Süden mit Ziel Hauptbahnhof.

»Hörst du?«, schrie ich und näherte mich nun doch. »Wenn du springst, springe ich auch, Fikret!«

Aber er schien mich nicht mehr wahrzunehmen. Die linke Hand weiterhin an der Glaskante, drehte er sich zu den Gleisen um. Sein kurzer Oberkörper beugte sich vor. Nur noch die Fingerspitzen hielten ihn. Was sollte ich tun? Zu ihm hinrutschen, ihn zurückreißen? Ich musste mich doch selbst festklammern, und am Ende fielen wir beide. Der Zug kam. Fikret riss die Augen auf.

»Yok!«, schrie ich. »Nein, Fikret! Yok!«

Aber auch die türkische Vokabel drang nicht mehr in sein

Bewusstsein. Schon schoss die rote Lok des Regionalzugs dröhnend unter uns hervor, dass die Brücke bebte.

Fikret ließ los.

Einen Moment lang glaubte ich, es könnte gutgehen. Der Junge hatte seinen Platz so gewählt, dass er auf das gewölbte Dach des ersten Waggons fiel, ohne die mittig verlaufende Hochspannungsleitung zu berühren. Noch im Fallen streckte er die Hände aus, um sich sofort festhalten zu können. Es war kein Selbstmordversuch. Fikret wollte abhauen!

Aber dann sah ich ein grellweißes Licht, das sich schmerzhaft in die Netzhaut brannte. Ein Lichtbogen zwischen der Leitung und dem fallenden Körper. Fikret schrie – ja, da war ein Schrei zwischen all den rumpelnden Fahrgeräuschen des Zugs – er schrie, schlug hart auf dem Dach auf und rutschte zur Seite. Ein paar Meter wurde der regungslose Körper noch mitgeschleppt, dann fiel er nach rechts, neben die Gleise.

Vielleicht war es auch mein Schrei, den ich gehört hatte.

Ohne zu wissen, was ich tat, hangelte ich mich zu der Stelle, an der eben noch der Junge gestanden hatte. Sein Körper im Kiesbett. Mein Versprechen: Dann springe ich auch! Ich auch, Fikret! Waggon für Waggon schälte sich unter der Brücke hervor. Von hier aus war das Dach ganz nahe, ein Satz von höchstens zwei Metern. Kein Problem, an der Hochspannungsleitung vorbei zu springen. Warum hatte Fikret das nicht geschafft?

Wir sind beide keine Feiglinge, dachte ich, gab eine Hand frei und drehte mich wie er zu den Gleisen. Ich hatte es ihm doch versprochen!

In diesem Moment brach hinter mir ein Gewitter los. Reflexartig schnellte mein Kopf herum. Es war Steve Bungert, der mit beiden Fäusten gegen die Plexiglasscheibe trommelte. Seine Gesichtszüge waren verzerrt, die Augen sprangen schier aus ihren Höhlen. Und sein Mund formte ein einziges Wort, das ich nicht hören, aber sehen konnte: »NEIN!«

Ich legte meine Hand wieder um die Glaskante.

33

»Sehr gut«, seufzte Kommissar Fischer. »Eine Wohltat, wirklich. Sie sollten ins Frisörfach wechseln, Herr Koller.« Er stand auf, streckte sich, reckte den Hals, ließ das Kinn kreisen. »Man fühlt sich gleich zehn Jahre jünger nach Ihrer chinesischen Spezialmassage.«

»Japanisch«, verbesserte ich und schüttelte meine Finger aus. Ganz schön anstrengend, so ein bisschen Kopfhautkneten.

»Japanisch, genau. Waren Sie mal in Japan? Man könnte meinen, Sie hätten dort eine Fortbildung besucht.«

»Nö. Zu weit für mich. Da kommt man nicht mit dem Fahrrad hin.«

»Sie würden sicher einen Weg finden, Herr Koller. Schön, wer ist der Nächste?«

»Chris«, sagte Herr Greiner.

»Nee, geh du mal«, sagte Herr Sorgwitz.

»Moment!«, rief ich. »Wieso der Nächste? Von Ihren Untergebenen war nie die Rede!«

»Und ob es das war.« Fischer rieb sich die Hände.

»Nur über meine Leiche!«

»Bitte keine falschen Versprechungen«, sagte Greiner

und stand auf. »Dann werde ich es mal versuchen. Hoffentlich ist kein Wasserstoffperoxid in der Nähe.« Sein Kollege fuhr sich grinsend über die weißblonden – naturblonden! – Stoppelhaare.

»Nie und nimmer«, beharrte ich. »Herr Fischer, das können Sie mir nicht antun. Ich habe doch jetzt schon einen Krampf in allen Fingern. Und die Köpfe von denen sind viel größer als Ihrer! Außerdem weiß ich nicht, was diese jungen Leute sich heutzutage alles in die Haare schmieren. Nachher kriege ich Ausschlag unter den Fingernägeln.«

»Reden Sie nur weiter.« Kommissar Greiner nahm Platz, lehnte sich zurück und schloss die Augen. »So hübsch im Ton der Verzweiflung. Dabei kann ich mich am besten entspannen.«

Sein Chef gähnte.

»Herr Fischer!«, rief ich. »Das ist gegen unsere Vereinbarung! Ich sollte nur Sie massieren, nicht diese beiden …« Ich verstummte. Das Wort Volltrottel schien mir unangebracht, wenn einem eine Anzeige wegen Behinderung polizeilicher Ermittlungen drohte.

»Wollen Sie nun, dass wir die Anzeige zurückziehen?«, erwiderte Kommissar Fischer denn auch prompt. »Es liegt einzig und allein an Ihnen. Ja oder nein?«

»Aber ich habe meinen Teil der Abmachung erfüllt. Es ging immer nur um Sie, nicht um irgendwelches Fußvolk! Sind Sie nun der Chef oder nicht?«

»Gut, dann rufen wir eben Ihre Frau an und fragen, wie sie es gemeint hat. Ob sich die Wiedergutmachungsmassage auch auf meine – wie sagte sie noch? – feschen jungen Mitarbeiter erstreckt. Hier ist das Telefon, Herr Koller.« Er schob mir den von vielen Behördenfingern speckigen Apparat zu.

»Lieber nicht«, stöhnte ich. »Am Ende muss ich noch den Hausmeister massieren.«

»Der hat eine Glatze«, sagte Greiner und faltete die Hände vor der Brust. »Geht's jetzt los?«

Ich widerstand der Versuchung, ihn kräftig in die Ohren zu kneifen, und machte mich an Teil zwei meiner Strafarbeit. Dreimal Massage für eine klitzekleine Handyentführung! Hätte Gizem in ihrer Treuherzigkeit nicht erzählt, dass ich sie nur aufgrund von Schallmos Anrufliste aufgespürt hatte, und wäre Tischfußball-Kurt, zum Verbleib des Handys befragt, nicht eingeknickt, der Schlappschwanz – dann, ja, dann wäre die Geschichte eventuell glimpflich für mich ausgegangen. So aber hatte mir Kommissar Fischer mit juristischen Folgen und, schlimmer, mit dem Entzug seiner Freundschaft gedroht. Die ich zwar noch lange nicht besäße, aber gewissermaßen ins Vorzimmer seines erweiterten Bekanntenkreises hätte ich es geschafft, und dann sei da ja noch seine Gattin, die mich Schwerenöter in ihr großes Herz geschlossen habe und es gewiss nicht überlebte, wenn sie von meinem perfiden Vertrauensbruch hörte.

»Seien Sie froh«, sagte Fischer, »dass Ihre Frau ein gutes Wort für Sie eingelegt hat. Sonst säßen Sie jetzt nicht hier, sondern vor einem Strafrichter.«

»Sehr nett übrigens, Ihre Frau«, sagte Greiner.

»Exfrau«, murmelte ich.

»Und mit einem unbestechlichen Blick für ihre Mitmenschen«, ergänzte Sorgwitz, der immer noch im Manuskript meines neuen Krimis blätterte.

»Immerhin habe ich Ihnen den Täter im Fall Schallmo geliefert«, zog ich meinen letzten, wirklich allerletzten Trumpf aus dem Ärmel.

»Haben Sie?«, gab Kommissar Fischer zurück. »Richtig,

ich erinnere mich. Und dafür sagen wir Ihnen brav Danke. Aus vollem Herzen. Herr Greiner, Herr Sorgwitz!«

»Danke«, leierten die beiden in gewohnter Synchronizität.

»Das reicht, meine Lieben. Wir wollen es nicht übertreiben. Wie mein Hausarzt immer rät: Gehen Sie Übertreibungen aus dem Weg, Herr Fischer!« Er sah mich scharf an. »Manchmal frage ich mich allerdings, ob Sie nicht so eine Art fleischgewordene Übertreibung sind. Wie auch immer, ohne Ihren dicken ... ohne Ihren beleibten Freund hätten Sie den Fall nie gelöst. Wie heißt er noch?«

»Fatty. In seinem Pass steht Friedhelm Sawatzki.«

»Richtig. Fatty und der Zufall.«

»Es war kein Zufall«, widersprach ich. Sich durch das dichte Fell des Rottweilers zu wühlen, war noch viel anstrengender als bei Fischers schütterem Haupthaar. »Es war das Ergebnis umfassender, konsequenter Ermittlungsarbeit mit modernsten Methoden.«

Der Kampfhund zog die Brauen zusammen. »Umfassend?«

»Er meint die vielen Feuerwürstchen, die er verdrückt hat«, erklärte Greiner.

»Und falls Sie unter modernen Methoden das Springen von einer Eisenbahnbrücke verstehen«, hakte ihr Chef ein, »so muss ich Sie enttäuschen. Das lernt jeder unserer Polizeianwärter in der Grundausbildung.«

»Mit einer blonden Schönheit über der rechten Schulter«, präzisierte Greiner.

»Und einer MP in der Linken«, schloss Sorgwitz. »Damit er im Fallen die Gangster drei Zugdächer weiter vorn ausschalten kann. Lauter alte Hüte, Herr Koller!«

»Im Ernst«, donnerte jetzt Fischer und erhob sich. »Wie konnten Sie nur so dämlich sein und auf das Zugdach hüpfen wollen? Man muss ja um Ihren letzten Rest Verstand fürchten!«

Weil Kommissar Greiner so heftig nickte, sah ich mich gezwungen, die Massage für einen Moment auszusetzen.

»Ich bin doch gar nicht gesprungen«, maulte ich.

»Ja, diesem Bungert sei Dank! Aber Sie wollten. Nur weil es Ihnen ein durchgedrehter 14-Jähriger vorgemacht hat!«

»Ich hätte es überlebt. Genau wie Fikret.«

»So, hätten Sie? Mit der Haut eines knusprigen Hähnchens, ja!« Wütend schob der Kommissar seinen Drehstuhl gegen den Schreibtisch. »Tut mir leid für diese Wortwahl, der Junge ist die ärmste Sau, die mir seit Langem untergekommen ist. Aber für seine Harakiriaktion fehlt mir jedes Verständnis.«

»Sie kennen die Türken nicht«, sagte Kommissar Greiner. Im nächsten Moment jaulte er auf.

»Pardon!«, rief ich. Da hatte ich ihm doch tatsächlich beide Daumen in den Nacken gerammt! »Ein Reflex, Herr Kommissar! Immer, wenn ich das Wort Türken höre.«

Der Rottweiler fuhr sich verärgert über die schmerzende Stelle. »Spielen Sie hier bloß nicht den politisch Korrekten, Koller. Ist doch voll psycho, diese Familie Akşehir, oder?«

»Ein Hauptschüler hätte es nicht besser ausdrücken können«, flötete ich.

»Sehen Sie?« Fischer lachte knarrend. »Das war jetzt auch politisch unkorrekt. Aber lassen wir das. Ich frage mich, warum der junge Mann diese Art des Suizidversuchs gewählt hat. Normalerweise wirft man sich vor den Zug und nicht auf ihn drauf. Oder wie sehen Sie das?«

Kommissar Sorgwitz legte das Manuskript beiseite und meldete sich wie ein Schuljunge. »Wenn es nicht so zynisch wäre, könnte man behaupten, er habe den Zug verpasst.« Keiner lachte, auch Sorgwitz nicht.

»Es war kein Selbstmordversuch«, sagte ich und wechselte die Massageposition. »Fikret wollte türmen.«

»Und die Hochspannungsleitung? Sie meinen, er hätte nicht gewusst, was ihm blüht?« Kommissar Fischer schüttelte den Kopf. »Unwahrscheinlich.«

»War Ihnen vorher klar, dass man auch ohne direkten Kontakt mit der Leitung einen Stromschlag erhält? Mir nicht.«

»Aber selbstverständlich.« Sorgwitz schaute tadelnd drein. »Bei 15.000 Volt, überlegen Sie mal! Welchen Sinn hätten sonst die Warnschilder überall? Sie haben doch den Lichtbogen gesehen. Der überträgt die Spannung. Wenn Sie dem nicht mehr als Bruchteile von Sekunden ausgesetzt sind, haben Sie eine kleine Überlebenschance. Aber nur dann.«

Ich schwieg. Natürlich hatte ich den Lichtbogen gesehen. Und er war wunderschön gewesen. Später hatte ich auch Fikret gesehen. Im Krankenhaus, in einem Spezialbett liegend. Gegen diese Erinnerung half nicht einmal Whisky.

»Alles klar mit Ihnen, Herr Koller?«, ließ sich Fischer hören.

»Haut«, sagte ich, Greiners Kopf unter meinen Fingern, »ist was Besonderes. Wir haben nur die eine, und wenn sie weg ist, verbrannt, verschmort, verätzt, verbrüht – dann sind wir auch weg.«

»Sie meinen, dieser Fall ist Ihnen unter die Haut gegangen?«

»Auf die Haut, Herr Fischer. Auf die Haut.«

»Massieren können Sie jedenfalls ganz hervorragend«, sagte der Rottweiler und zeigte nach oben.

»Danke«, sagte ich müde. »Ist Fikret mittlerweile in der Lage, eine Aussage zu machen?«

»Wir konnten mit ihm sprechen, ja«, erwiderte Fischer und sah aus dem Fenster. »Was im Frisörladen geschah, wissen wir. Bevor der Junge von den beiden Collegeschülern vermöbelt wurde, hatte er noch Gelegenheit, seine Freunde per SMS zu Hilfe zu rufen. Und als Tarek und Ömer ihn so sahen, nahmen sie sich Daniel vor. Was dieses Bleichmittel auf der Haut anrichtet, war ihnen angeblich nicht klar. Sie ärgerten sich darüber, dass er schon nach dem ersten Schwinger k.o. ging, und wollten ihn durch die Spezialbehandlung ein wenig demütigen.«

»Na ja. Wer's glaubt.«

»Zum Glück waren Sie schnell vor Ort und konnten das Schlimmste verhindern. Sehr lange scheint das Zeug nicht eingewirkt zu haben. Nach einer gewissen Zeit werden Daniels Haare wohl nachwachsen.«

»Hmm«, brummte der Rottweiler wohlig. Irgendwie fand ich sein Gebrumme unpassend.

»Apropos nachwachsen«, sagte ich daher. »Sie wissen, dass Sie hier eine kahle Stelle haben, Herr Greiner?«

»Was?«

»Da wird mit Sicherheit nichts mehr nachwachsen. Tja, jeder hat so seine Problemzonen.«

»Unmöglich!« Greiner setzte sich aufrecht und suchte mit beiden Händen auf seinem Kopf herum. »Hier oben gibt es nichts Kahles!«

»Der Nächste, bitte!«, rief ich. »Bringen wir's hinter uns, Herr Sorgwitz!«

»Das war's schon?« Greiner wirkte aufrichtig enttäuscht. Immer noch am Hinterkopf herumtastend, trollte er sich zu seinem Stuhl.

Seinen Platz nahm Kamerad Sorgwitz ein. »Ich kann's kaum erwarten, lieber Herr Koller«, sagte er mit gebleckten Zähnen.

»Ja, ja.« Interessant, welche unterschiedlichen Kopfformen es gab. Der Kampfhund hatte einen eher hohen, schmalen Schädel, nicht so einen gedrungen quadratischen wie sein Kollege. »Was ich noch fragen wollte«, sagte ich nach einer Weile. »Wie kamen Sie eigentlich darauf, dass sich die Türken in den Schuppen am Bahnhof versteckten?«

»Angeborene Genialität«, antwortete Greiner. »Was dachten Sie?«

»Handyortung«, schnarrte Fischer. »Geht bei Gefahr im Verzug manchmal ganz fix. Gizem gab uns die Nummer ihres Bruders.«

»Hätten Sie nicht etwas dezenter anrücken können?«

»Dezenter? Und das aus Ihrem Mund!«

»Aus Ihrem Mund«, echote Sorgwitz.

»Aus meinem, genau«, sagte ich und strich meinem Kunden über den blonden Schädel. »Hoppla, was haben wir denn da?«

»Kommen Sie mir nicht mit angeblichen Kahlstellen«, knurrte Sorgwitz. »Ich weiß, dass ich keine habe.«

»Ja, stattdessen aber eine Art Auswuchs. So ein Knubbel, ein richtiger Wulst. Das kommt von Ihren sporadischen Denkattacken, Herr Sorgwitz. Lassen Sie das lieber, Ihr Schädel ist das nicht gewohnt.«

»Massieren Sie einfach so lange, bis der Knubbel verschwunden ist.«

»Bei Ihrem sensiblen Köpfchen? Lieber nicht. Wo doch schon Ihr Naturblond anfängt abzufärben …«

Sorgwitz grinste nur. Er hatte ja recht. Mit solchem Geplänkel würde es mir nie gelingen, ihm und seinen Kollegen den Spaß an der Situation zu verderben. Sie standen auf der Seite des Rechts, ich dagegen hatte bloß einen Mörder überführt.

Als ich auf Letzteres wieder einmal in einem Nebensatz hinwies – okay, es könnte auch ein Hauptsatz gewesen sein –, wischte Kommissar Fischer meine Anmerkung rüde beiseite: »Sie hatten Glück, Herr Koller. Dieser Fall war nur mit einer Portion Glück zu lösen.«

»Falsch!«, widersprach ich heftig. »Kein Glück, Herr Kommissar, ganz im Gegenteil. Manchmal braucht es halt Leute wie mich. Leute, die alternative Möglichkeiten ausloten, anstatt sich innerhalb der Zwänge von Mord und Motiv bewegen.«

»Von welchen Zwängen reden Sie?«

»Dass jeder Mord auch ein Motiv braucht. So denken alle Polizisten, so müssen sie denken.« Für diese Behauptung hätte mich Tischfußball-Kurt abgeknutscht. Einmal von Backe zu Backe. »Ursache und Wirkung, das sind Ihre persönlichen Scylla und Charybdis. Das eine geht nicht ohne das andere, Lektion eins auf der Polizeischule, und deshalb konnten Sie diesen Fall nicht lösen. Sie konnten nicht, Herr Fischer, weil Sie ein guter Polizist sind. So einfach ist das.«

»Wie bitte?« Die Miene des Kommissars schwankte zwischen Verblüffung und Unverständnis. Von Greiner kam ein belustigtes »Hört, hört!«, und sogar Kollege Sorgwitz verrenkte den Hals, um mir einen spöttischen Blick zuzuwerfen.

»Kommen Sie mir bloß nicht mit griechischer Mythologie, Sie Bildungslurch!«, polterte Fischer. »Scylla und Charybdis, dass ich nicht lache! Bevor ich an einem Fall scheitere, zerschellen Sie an Ihren dämlichen Metaphern!«

»Außerdem kam Odysseus doch heil durch die Meerenge, oder?«, zeigte sich Kommissar Greiner halbwegs homersicher.

»Erfasst, junger Mann«, rief ich. »Dieser Odysseus bin ja auch ich. Weil mir irgendwann klar wurde, dass es für den Mord an Schallmo kein Motiv gab.«

»Unsinn!«, dröhnte Fischer. »Natürlich gab es eines.«

»Nur eine Erklärung. Kein Motiv.«

»Und ob! Lassen Sie bitte die Finger von griechischer Literatur und lateinischen Vokabeln, Herr Koller! Motiv kommt von movere, das heißt bewegen, und die Beweggründe des Mörders kennen wir ja inzwischen. Richtig?«

»Die Beweggründe für den Schuss, ja. Und was hatten die mit Thorsten Schallmo zu tun? Nichts, Herr Fischer, überhaupt nichts. Kein Zusammenhang vorhanden. Weil Sie diese Möglichkeit von Anfang an ausgeblendet haben, konnten Sie den wahren Mörder nicht finden.« Ich gab Kommissar Sorgwitz einen Schulterklaps. »Außerdem hat es sich jetzt ausmassiert, meine Herren.«

»Und wenn es doch einen Zusammenhang gibt?« Fischer saß mit verschränkten Armen da. »Einen, den wir nur noch nicht gesehen haben?«

»Viel Spaß beim Suchen, Herr Kommissar.«

Finster zog er die Brauen zusammen, dann stand er ruckartig auf. An der Tür drehte er sich noch einmal um und zeigte zur Decke. »Den letzten Teil der Aufnahme löschen Sie gefälligst, meine Herren!« Grußlos verschwand er. War wohl doch getroffen, der Herr Kommissar.

Ich aber glotzte zur Decke hoch, wo eine kleine Kamera ihr eines Auge auf mich gerichtet hielt. Wie der Riese Polyphem! Es steht bei Homer. »Sagen Sie jetzt nicht, das Ding war an!«

»Nur ausnahmsweise«, erklärte Kommissar Greiner. »Damit die Kollegen sehen können, wie toll Sie massieren.«

»Sie werden sich vor Aufträgen gar nicht mehr retten können, Herr Koller«, grinste Kommissar Sorgwitz.

Ich warf einen Bleistift Richtung Kamera – und verfehlte sie. Odysseus müsste man sein.

34

Talisker. Die schlanke Flasche stand auf unserem Couchtisch, schön aufrecht und gerade, während ich krumm und schief auf der Couch lag und mir von den doofen Noppen einen Bandscheibenvorfall zuzog. Flasche und Glas in Reichweite, Fernbedienung in Reichweite. Lediglich den rechten Arm musste ich bewegen. Arbeit genug.

Wo der Talisker plötzlich herkam? Falsche Frage, Leute. Denn als ich mich am Abend nach Fikrets Sprung in unsere Wohnung schlich, stand die Flasche neben der Spüle und grüßte freundlich. Als wäre sie nie weggewesen. Nein, die Frage war vielmehr, wer aus der vollen eine halbvolle Flasche Whisky gemacht hatte. Ich hegte da so einen Verdacht. Meine Ex ließ sich nämlich immer noch nicht blicken, dafür lag neben dem Talisker eine angebrochene Packung Aspirin.

Vielleicht würde ich diese Nacht wieder auf dem Feldbett zubringen.

Aber so weit waren wir noch nicht. Erst kam mein Freund Marc Covet an die Reihe. Noch so ein Whiskyfanatiker! Abgehetzte SMS, irgendwann während meiner Gespräche mit der Polizei: Er hatte es tatsächlich ins Fernsehen geschafft. Sondersendung am Sonntagabend: ›Ägyptens Diktator in Heidelberg?‹ 20 Minuten nur im Dritten, dafür live. Weiß der Teufel, welche alten Seilschaften mein Freund genutzt hatte. Als er ins Bild kam, erkannte ich ihn kaum wieder. Im dunklen Anzug saß er da, ganz seriöser Reporter, die Fingerspitzen zusammengelegt, konzentrierter Blick, reichlich Puder auf den Stellen, die nicht von Barthaaren bedeckt waren. Ihm gegenüber die Pressesprecherin der Uniklinik, eine junge Schnitte im Kostüm, aalglatt wie ihre perfekt rasierten Beine. Die man allerdings nur kurz in der Totalen sah.

»Auf dich!«, prostete ich Marc zu. »Mach sie fertig!«

Ein SWR-Journalist gab den Ringrichter. Kurze Einführung ins Thema, dann die Frage an Covet: worauf er seine Annahme, dass sich der ehemalige ägyptische Staatspräsident im Heidelberger Universitätsklinikum behandeln lasse, stütze.

»Nach meinen Informationen«, antwortete Covet, »lag der gestürzte Präsident mindestens fünf Tage in Zimmer 015 der chirurgischen Privatstation. Während dieser Zeit wurde er von mehreren Zeugen gesehen und erkannt. Zudem bin ich im Besitz von Fotos, die ihn auf dem Krankenlager zeigen. Dass diese Fotos nicht in Umlauf gebracht werden dürfen, versteht sich von selbst. Dennoch, an der Anwesenheit des betreffenden Herrn in Heidelberg gibt es nichts zu rütteln.«

»Wie lautet die Stellungnahme der Universitätsklinik hierzu?«

»Bedaure«, lächelte die Pressesprecherin, »aber diese Behauptung muss ich mit Entschiedenheit zurückweisen. Von einer Aufnahme ägyptischer oder anderer nordafrikanischer Politiker, denen in ihrer Heimat der Prozess gemacht werden soll und die möglicherweise den Tod unschuldiger Menschen auf dem Gewissen haben, kann keine Rede sein. Ich weiß nicht, wen die angeblichen Zeugen Herrn Covets – den ich als Journalisten im Übrigen sehr schätze –, wen diese Zeugen gesehen haben wollen; um den Präsidenten kann es sich aber auf gar keinen Fall gehandelt haben. Gleiches gilt für mögliche Beweisfotos.« Mit beiden Händen deutete sie an, dass sie das letzte Wort in Anführungszeichen gesetzt wissen wollte.

»Was zeigen denn diese Fotos? Herr Covet!«

»Sie zeigen den ehemaligen ägyptischen Staatspräsidenten, offenbar schwer krank, in Zimmer 015. Dass es sich um einen Raum der chirurgischen Privatstation handeln muss, ist anhand der Einrichtung erkennbar. Die Aufnahmen stammen von gestern.«

»Und wer hat sie gemacht?«

»Bitte haben Sie Verständnis, dass ich meine Informanten nicht nenne.« Über Marcs Stimme konnte ich mich nur wundern. Sie war tiefer als sonst, er sprach betont ruhig und formte jedes Wort einzeln aus. Für mich, der ich ihn kannte, klang das affektiert, aber in der großen weiten Sendewelt machte er damit bestimmt Punkte. Nur nicht bei der Kliniktussi.

»So gern ich dieses Verständnis aufbringen würde«, trällerte sie, »fürchte ich doch, dass Herr Covet sich die Fotos auf illegale Art und Weise beschafft hat. Es gab am gestrigen Abend einen von Unbekannten offenbar absichtlich ausgelösten Feueralarm, in dessen Verlauf sich diverse Personen Zugang zu Patientenzimmern verschaffen konnten.«

»Nicht in dessen Verlauf!«, grölte ich dazwischen. »Sondern vorher, klar? Als die Sirenen losheulten, hatte ich meinen Kram längst erledigt.«

»Sollten die Fotos«, fuhr die Pressesprecherin fort, »in diesem Zusammenhang gemacht worden sein, sähen wir uns gezwungen, Anzeige wegen Hausfriedensbruchs zu erstatten. Ganz unabhängig davon, was die Fotos zeigen oder nicht zeigen.«

»Von einem Feueralarm ist mir nichts bekannt«, entgegnete Covet. »Sie dürfen natürlich Anzeige erstatten, so viel Sie wollen. Mir geht es nur um die Sache.«

»Die Sache, ja«, seufzte ich und nahm einen Schluck. Zu dumm, dass die Klinik einen weiblichen Pressesprecher beschäftigte. Bei Frauen fehlte Marc die Beißhemmung.

Die Türglocke ging. Mir entfuhr ein ärgerliches Brummen. Besucher abzuwimmeln, gehörte zu Christines Aufgaben. Aber die lümmelte sich ja als Whiskyleiche im Bett und zählte die Sternchen vor ihren Augen. Oder sie war immer noch sauer wegen des – ihrer Ansicht nach – missglückten Hochzeitsabends. Typisch! Da hatte sie mal die Chance auf Qualitätsfernsehen an der Seite ihres Exgatten, aber Madame blieb lieber im Schmollwinkel.

»Machst du auf?«, rief ich. »Es hat geklingelt!«

Keine Antwort. Koma, Ohrstöpsel oder Verstocktheit, eines dieser Dinge hielt sie ab, ihrer Hausfrauenpflicht nachzukommen. Mir doch egal. Ich erwartete keinen Besuch. Der nette Herr Moderator richtete gerade die nächste Frage an Marc. Wie er dem angeblichen Präsidenten auf die Spur gekommen sei. Es läutete wieder.

»Christine?«

Nach dem dritten Klingeln wälzte ich mich vom Sofa und ging zur Tür. Denen würde ich was pfeifen, den Fischers und Greiners dieser Welt. Dass sie einen nicht mal am Sonntagabend in Ruhe lassen konnten! Sollten sie mich vorladen wie jeden anderen auch.

»Keiner da«, tat ich per Sprechanlage kund.

»Darf ich rein, Max?«, kam es zurück.

»Klar«, sagte ich und drückte den Summer.

Tja, so schnell ändern sich Meinungen. Was drei gestandene Kommissare nicht geschafft hätten, gelang einer Halbspanierin mit einer geflüsterten Bitte. Während Inez die Treppe erklomm, versuchte ich meine leicht vernebelten Gedanken in Gang zu bringen. Dazu kratzte ich mich recht virtuos am Kopf und unter den Rippen gleichzeitig. Half aber nicht. Talisker und Ägypten hatten mich fest im Griff.

»Hi«, sagte ich, als sie vor mir stand. »Na, alles in Ordnung?«

Inez schwieg, und das hätte ich wohl auch besser getan. In Ordnung war bei dem Mädchen schon lange nichts mehr. Die Lippen aufeinander gepresst, starrte sie mich aus verheulten Augen an. Was war aus der jungen Furie geworden, die ihre Klassenkameradinnen vom Basketballfeld geschubst hatte und ausgerastet war, wenn sich eine beschwerte?

»Ich hab 'ne Flasche Whisky offen«, sagte ich. »Magst du reinkommen?«

Wortlos schob sich Inez an mir vorbei in die Wohnung. Ich schloss die Tür und knirschte mit den Zähnen. Danke, Max, ich bleibe lieber im Treppenhaus stehen – das wäre die passende Antwort auf meine Frage gewesen. Verdammt, ich musste mich konzentrieren! Ihr etwas Nettes sagen, etwas Aufbauendes, den Arm um sie legen. Sie trösten! Reiß dich zusammen, Max, und tu was!

»Ja, also, wie gesagt, ich kann dir einen Whisky anbieten.« Wir waren im Wohnzimmer gelandet. »Der Fernseher läuft, weil da eben ein Freund von mir einen Auftritt hat. Politik und so.«

»Ich war bei Daniel«, sagte sie.

»Oh.« Kurze Pause. »Wie geht es ihm? Hast du ihn gesehen?«

Als sich unsere Blicke trafen, hätte ich schwören können, Daniel sei tot. Doch sie antwortete nicht. Sie machte bloß einen Schritt auf mich zu und drückte sich an mich. Ich spürte ihren warmen Körper an meinem. Ihre Arme auf meinem Rücken, ihr Haar an meinem Kinn. Meine Nasenflügel gerieten ganz von selbst in Bewegung, um diesen Inez-Duft einzusaugen und nie wieder herzugeben.

»Unserer Auffassung nach«, hörte ich die Kliniktante sagen, »handelt es sich bei dieser Angelegenheit um ein bedauerliches Missverständnis. Um eine Verwechslung. In der Tat weilt seit einigen Tagen ein Patient aus Ägypten bei uns, der sich einem chirurgischen Eingriff unterziehen musste. Für uns Mitteleuropäer mag er eine gewisse Ähnlichkeit mit dem ehemaligen Präsidenten seines Landes haben, mehr aber auch nicht. Als die Vorwürfe gegen die Klinik laut wurden, haben wir den Neckar-Nachrichten sofort die Möglichkeit eingeräumt, mit diesem Patienten zu sprechen. Leider hat Herr Covet diese Gelegenheit ungenutzt verstreichen lassen.«

»Heuchlerin!«, knirschte ich und ballte die rechte Hand zur Faust. Dieselbe Hand, die eben noch auf Inez' Rücken gelegen hatte. So, wie es die linke weiterhin tat. Mussten ja irgendwohin, die Hände. In Brusthöhe wurde mein Hemd feucht. Inez weinte still vor sich hin.

»Dass Sie die Öffentlichkeit durch einen beliebigen Patienten, der zuvor entsprechend präpariert wurde, ablenken möchten, ist ein durchschaubares Manöver«, konterte Covet. Mittlerweile klang er nicht mehr so sonor wie anfangs. »Ich bleibe dabei: Bei dem Herrn, der bis gestern auf Zimmer 015 weilte, handelt es sich um den ehemaligen Staatspräsidenten Ägyptens.«

»Nun, damit steht hier vorläufig Aussage gegen Aussage«, mischte sich der Moderator ein. »Dann fragen wir uns doch einmal, was es zu bedeuten hat, sollten die Beobachtungen Herrn Covets und seiner Informanten zutreffen. Frau Dr. Schaar: Darf man einen gestürzten Diktator als Patient aufnehmen?«

»So einfach ist das nicht zu beantworten. Zumal es sich um eine bloß theoretische Überlegung handelt, weil es nie eine Anfrage aus Ägypten oder einem anderen Land gab. Wir sprechen hier gewissermaßen im Konjunktiv, nicht wahr?«

»Nein!«, rief Covet dazwischen. »Ich nicht. Meine Zeugen und ich bevorzugen den Indikativ!«

»Das sei Ihnen gegönnt«, lächelte die Tussi milde. »Zu Ihrer Frage: Sollte ein Maghreb-Politiker bei uns um Aufnahme und Behandlung bitten, würde die Klinikleitung zunächst eine Stellungnahme des Außenministeriums einholen. Und nur wenn diese positiv ausfällt, wenn es also keine rechtlichen oder moralischen Bedenken gegen eine Aufnahme gibt, wird die Klinik …«

»Es ist so schrecklich, Max«, schluchzte Inez und ließ mich los. »Er wird nie wieder so aussehen wie früher. Sein ganzes Leben lang wird er gezeichnet sein.«

»Meinst du?« Ich kratzte mich am Hinterkopf. »Wart mal ab. Das kann man jetzt noch nicht sagen. Die Haut wird sich erholen, und dann kommen irgendwann auch die Haare wieder.«

»Sie ließen mich nur kurz zu ihm. Aber schon das war so entsetzlich …« Sie hielt sich die Hände vors Gesicht.

»Nun setz dich doch erst mal.« Die Kliniksprecherin quasselte immer noch von Verantwortung, von der ärztlichen Schweigepflicht und dem Hippokratischen Eid. Ich wusste nicht, was ich tun sollte, aber Inez konnte doch nicht einfach so in unserem Wohnzimmer herumstehen. »Magst du was trinken? Ich kann dir auch ein Wasser holen.«

Sie schüttelte den Kopf.

»Setz dich doch.«

Immerhin, das tat sie. Nebeneinander saßen wir auf dem doofsten Sofa der Welt. Ich schenkte mir Whisky ein und nahm einen Schluck. In der Glotze holte Marc zum Gegenschlag aus. »Wie war das damals, im März 2010?«, rief er und zückte ein Blatt Papier. »Ich zitiere die Ärztliche Leitung der Klinik: Wir sind stolz darauf, dass das Universitätsklinikum Heidelberg die medizinische Betreuung des ägyptischen Präsidenten übernehmen durfte. Und an anderer Stelle: Er hat die Herzen all derer, die ihn betreut haben, in einer Weise berührt, die seinen aufrichtigen Charakter und sein offenes Wesen widerspiegeln. Ich und mein Team sind stolz darauf und fühlen uns geehrt, dass wir den Präsidenten medizinisch versorgen durften. Bitte entschuldigen Sie, Frau Dr. Schaar, aber was ist denn das für ein Gesülze? Das hat doch nichts mehr mit Versorgung eines Patienten zu tun, sondern mit Politik! Wo bleibt denn da die Gleichbehandlung?«

»Was Sie Gesülze nennen, lieber Herr Covet …«

»Stellen Sie sich nur einmal vor, ich ließe mich bei Ihnen operieren. Ich, Otto Normalverbraucher. Wäre Ihr Ärztlicher Direktor dann genauso stolz? Natürlich nicht! Hier ging es um Geld, um Medizinpolitik, und da hat sich die Klinik mit einem Diktator eingelassen – nicht anders als die deutsche Außenpolitik.«

»Ein Freund von mir.« Ich zeigte mit dem Glas auf Marc. »Hat seinen großen Auftritt heute. Ich kann das aber auch ausmachen, wenn es dich stört.«

Inez lehnte ihren Kopf an meine Schulter. Warum war sie zu mir gekommen? Ich meine, ausgerechnet zu mir, der ich eine gewisse Mitschuld trug an ihrer ganzen Misere? Längst hätte ich den Fernseher ausschalten müssen, aber wann bekam man einen Kumpel schon mal live im Studio zu sehen?

Außerdem fürchtete ich mich vor der Stille, die dann herrschen würde.

»Fragen wir uns doch einmal«, hörte ich Covets Stimme, »was passiert ist zwischen März 2010 und heute. Hat sich unser medizinisches Ethos verändert? Nein. Hat sich der Patient geändert, um den es geht? Auch nicht. Ein Gewaltherrscher war der Mann schon immer. Damals aber wurde ihm ein roter Teppich ausgelegt, während man ihn heute nur heimlich empfangen kann. Was also hat sich geändert? Ich sage es Ihnen, Frau Dr. Schaar: unsere Wahrnehmung. Unsere moralischen Maßstäbe. Plötzlich fassen wir nur noch mit Fingerspitzen an, was wir früher hofiert haben! Und genau das ist der Punkt: Wir Deutschen müssen uns fragen, ob wir nicht einen verlogenen Umgang mit den Despoten Nordafrikas gepflegt haben. Ob wir uns nicht mitschuldig gemacht haben an der jahrelangen Unterdrückung von ganzen Völkern.«

»Wo holt er das nur her?«, murmelte ich. Inez stand auf und ging zum Fenster. Dann begann sie, an ihrer Bluse herumzunesteln.

»Natürlich hat sich etwas geändert, Herr Covet. Immerhin wurden während der ägyptischen Revolution Hunderte von Menschen getötet, und der ehemalige Präsident wird dafür möglicherweise die Verantwortung übernehmen müssen.«

»Ach, und vorher war er ein lupenreiner Demokrat? Sehen Sie, genau das ist die Verlogenheit, von der ich gesprochen habe.«

»Was machst du denn da?«, stotterte ich. »Inez!«

Herrgott, das Mädchen war dabei, sich auszuziehen! Oder zumindest die Bluse auszuziehen – für begriffliche

Exaktheit blieb jetzt keine Zeit. In der Glotze ging es um alles oder nichts, Daniel lag mit verätztem Kopf im Krankenhaus, von Fikret ganz zu schweigen, aber Inez hatte nichts Besseres zu tun, als in meinem Wohnzimmer einen Striptease hinzulegen! In *unserem* Wohnzimmer, genauer gesagt, denn so viel Exaktheit wiederum musste sein, wenn sich die eigene Gattin – Exgattin! – nur zwei Türen entfernt befand.

»Hör auf, Inez!«, beschwor ich sie.

Aber alles, was ich erntete, war ein Blick, ein so trauriger, verlorener Blick, dass es mir kalt über den Buckel lief. Schweigend öffnete sie den letzten Blusenknopf, dann kam sie auf mich zu. Von ihrer puren Anwesenheit wurde ich in meinen Sitz gedrückt wie ein Formel-1-Pilot beim Start. Wetten, dass gleich Christine hereinplatzen würde?

Erst als Inez direkt vor mir stand, sah ich es. Ihre Brust war großflächig vernarbt. Zwischen Brustbein und Bauchnabel bestand ihre Haut aus einem unansehnlichen Muster von Wülsten, Knoten und Dellen. Eine Landschaft der Versehrtheit, die bis unter ihren Büstenhalter reichte.

Längere Zeit passierte nichts. Sie stand da, ich glotzte sie an. Hitze und Kälte schwappten abwechselnd durch meinen Körper. Dann merkte ich, wie meine Finger nach der Fernbedienung suchten. Ein kurzer Druck mit dem Daumen, und Covet verschwand gemeinsam mit seiner Widersacherin im Nirvana.

Ich hätte nie geglaubt, dass es so still sein kann in Bergheim.

Irgendwann – ob nach wenigen Sekunden oder einer Handvoll Minuten, weiß ich nicht – stand ich ebenfalls und nahm sie in die Arme. Verrückt, was man so tut, wenn einem gar nichts anderes mehr einfällt. Meine inneren Wechselbäder beruhigten sich; nun war mir konstant heiß. Inez lag an meinem Körper, ihre Arme hingen herab, ihre Haarspitzen kitzelten wie zuvor mein Kinn.

Und dann geschah etwas Sonderbares. Aus ihrem schwarzen Haar löste sich ein Nachtvogel, flatterte durchs Zimmer und durch das geschlossene Fenster ins Freie.

Um ehrlich zu sein: Ich fand es überhaupt nicht sonderbar. Ich empfand es als das Natürlichste der Welt.

»Wie ist das passiert?«, hörte ich mich fragen.

»Mein Vater«, antwortete sie mit gedämpfter Stimme, was daran lag, dass sie ihr Gesicht gegen meine Brust presste. »Er war betrunken. Wollte sich auf meine Mutter stürzen und warf dabei eine Pfanne mit rauchendem Öl vom Herd.« Sie machte eine Pause. »Ich war drei damals. Die Narben wachsen mit. Die sind einfach nicht totzukriegen.«

Ich schwieg und dachte an all die zerstörte Haut dieser jungen Menschen. Erst Daniel und Fikret. Jetzt sie, Inez. Was Daniel wohl gesagt hatte, als er sie zum ersten Mal so sah? Hatte sie ihn vorgewarnt? Hatte sie sich geschämt, hatte sie geweint? Nein, Inez hatte es bestimmt mit der bewährten Basketballstrategie probiert. Vorwärtsverteidigung: Nimm mich so oder lass es! Von Trotz beseelt. Ganz anders als jetzt.

Völlig anders. In meinen Armen lag ein hilfloser, weicher Körper, der zu Boden sinken würde, wenn ich ihn nicht hielt. Ich spürte, dass Inez die Augen geschlossen hatte, dass sie nichts mehr sehen, nichts mehr spüren wollte. Nur noch den Halt eines anderen Menschen. Verrückt, dass ich dieser Mensch sein sollte.

Ein tiefer Seufzer. Ihre Brust hob sich an meiner Brust. Verdammt, jetzt wurde mir doch anders. Was sollte ich tun? Warum war sie hier und zeigte mir ihre Narben, ihre Verletzlichkeit? Männern zeigte man so etwas nicht. Wollte sie beichten? Oder etwas ganz anderes?

Ihr Kopf hob sich. Sie brachte ihre Lippen nahe an mein Ohr und flüsterte, die Augen noch immer geschlossen: »Ich weiß gar nicht, wo wir hinsollen, wir zwei. Da ist nirgendwo ein Platz für uns. Ich weiß es wirklich nicht, Max.«

Wir zwei?, schoss es mir durch den Kopf. Sie und ich? War sie jetzt völlig von Sinnen? Sie wusste doch, dass ich verheiratet war. Beziehungsweise gewesen war. Moment mal! Sollte sie deshalb annehmen, ich sei frei und könnte mit jeder 17-Jährigen, die mir gefiel …?

Bevor ich diesen albernen Gedanken weiterspinnen konnte, schlug sie die Augen auf und starrte nach oben, in eine Ecke des Zimmers. Und da wurde mir klar, dass sie nicht von uns beiden gesprochen hatte. Auch nicht von sich und Daniel. Auf exakt dieselbe Weise hatte sie im Haus ihrer Eltern in die Zimmerecke gestarrt. Als wir über Thorsten Schallmo sprachen.

»Du bist schwanger?«, fragte ich. »Von Schallmo?«

Sie nickte.

Das also hatte Schallmo bei ihr vergessen. Und darüber hatten sie bei ihrem letzten Telefonat gestritten. Worüber Männer und Frauen eben so streiten, wenn sie etwas füreinander empfinden.

»Scheiße«, sagte ich.

Und dann war da nur noch große Stille und Wärme und ein belämmert dreinschauender Privatermittler, der einer jungen Frau über das Haar strich und sie fest an sich drückte.

Ein Kind mit 17. Von einem, der erschossen wurde. Den sie gar nicht geliebt hatte. Oder nur zeitweise. Da konnte man sich schon mal über die Menstruationswehwehchen einer Klassenkameradin aufregen.

»Max«, hörte ich sie flüstern. »Kannst du mir einen Grund nennen, warum ich nicht aus dem Fenster springen soll? Einen einzigen Grund?«

Ich räusperte mich. »Wenn du springst, springe ich auch«, erwiderte ich. Es gibt Sätze, die sagt man ein ganzes Leben lang nicht und dann zweimal innerhalb weniger Stunden. Leider bleibt Stuss auch bei der Wiederholung Stuss. Ich merkte es und hielt sie ganz fest.

Gut, dass meine Exfrau in der Tür stand. Wie lange schon, weiß ich nicht. Ob sie die Situation überhaupt erfasste, ließ sich noch viel weniger beurteilen. Schwankend stand Christine da, suchte am Türrahmen Halt und sagte mit der tiefsten Stimme, die ich jemals an ihr gehört hatte: »Gott, ist mir schlecht. Dabei hänge ich schon den ganzen Tag über der Toilette. Nie wieder Whisky, Leute. Nie wieder, hört ihr?«

35

»Feuerwürstchen!«, rief Fatty und streckte beide Arme aus. »Alles hierher! Für mich gleich zwei Portionen. Max nimmt auch eine, dazu eine in Reserve. Ab wie vielen gibt es Rabatt, Fred?«

»Bin ich Woolworth?«, brummte der Bezopfte. »Rabatt, bei dir piept's wohl! Kannste sie ja gleich leasen, deine Würstchen.«

»Siehst du, Max?«, strahlte mein dicker Freund. »Dafür lebt man. Nur dafür! Okay, 'ne Frau an deiner Seite ist auch was Feines und ein kühles Weizenbier im Sommer – ansonsten aber: Feuerwürstchen. Ein Hoch auf den Schlossblick!«

Donnerstag. Es regnete mal wieder. Seit der Prügelei im Kaiserschnitt und Fikrets Sprung auf den Zug waren vier

Tage vergangen. Vier Tage, in denen Fatty und ich uns nicht gesprochen hatten. Am Sonntag war er von seiner Fortbildung mit einer Erkältung zurückgekehrt, die ihn 48 Stunden außer Gefecht gesetzt hatte. Als er wieder einigermaßen auf dem Damm war, rief die Patentante seiner Freundin zum Geburtstagskuchen. Und zwischendurch verbrachte ich Stunde um Stunde auf dem Polizeirevier, wurde hoch-, auseinander- und in die Mangel genommen. Kommissar Fischer kündigte mir die nicht vorhandene Freundschaft, Greiner und Sorgwitz drohten mir mit Einzelhaft und Daumenschrauben. Derart gebeutelt, konnte ich meinen dicken Freund erst heute auf den letzten Stand im Fall Schallmo bringen. Auf den vorläufig letzten Stand, genauer gesagt. Telefonisch hatte er mich bereits gelöchert und sein Bedauern darüber geäußert, nichts zur Lösung beigetragen zu haben. Aber in Wahrheit fürchtete er wohl, dass Marc und ich aus der Geschichte irgendwann ein Buch machten, und dann kam er nicht drin vor.

»Dabei habe ich extra drei Kilo abgenommen«, sagte er kauend.

»Nur für das Buch? Glaube ich nicht.«

»Wenn ich's dir sage! Jetzt bin ich noch beweglicher. Rundum einsatzfähig. Schau, da fehlt eine komplette Rolle.« Er zeigte auf seine Hüfte.

»Platz für Feuerwürstchen«, mutmaßte ich. »Egal, wo waren wir?«

»Bei dem Verbrecher aus Kairo. War er nun in Heidelberg oder nicht?«

»Natürlich war er das. Den Beweis zu führen, dürfte allerdings schwerfallen. Außer mir und Gizems Mutter ist ihm keiner begegnet.«

»Gizems Mutter?«

»Sie hat ihn ein paar Tage vor Schallmos Tod zufällig gesehen, als er zu irgendeiner Untersuchung gefahren wurde. Da war sie mal wieder mit ihrer Putzkolonne in der Chirurgie. Und sie hat ihn, auch wenn man das der guten Frau nicht unbedingt zutraut, sofort erkannt. Zu Hause erzählt sie ihrem Mann davon, was für den wieder mal ein Grund ist, über Gott und die Welt herzuziehen: Seht her, so verlogen ist das Abendland! Erst wird dieser Diktator jahrzehntelang hofiert, und jetzt, wo er ein paar hundert Menschenleben auf dem Gewissen hat, bekommt er auch noch heimlich eine First-Class-Behandlung. Fikret sitzt als zukünftiges Familienoberhaupt mit am Tisch, nicht aber die Mädchen. Deshalb konnte Gizem später mit dem Kürzel Chir. nichts anfangen. Sie wusste nichts von dem Patienten in Zimmer 015.«

Fatty schüttelte den Kopf. »Irgendwie waren die früher schärfer, die Würstchen. Nee, wie sagt man? Pikanter, genau. Aber erzähl weiter.«

»Am Dienstag in der Rohrwaldschule hält Thorsten Schallmo einen seiner berüchtigten Vorträge über Ethik und Moral. Da platzt Fikret der Kragen, und er berichtet seinem Lehrer – mit ordentlich Häme, nehme ich an – vom Schulterschluss zwischen Medizin und Politik. Nach dem Motto: Während du bei uns deine Reden schwingst, scheren die da oben sich einen Dreck darum. Ob Schallmo beeindruckt war, wissen wir nicht, aber immerhin: Er notiert sich die Zimmernummer, um der Sache auf den Grund zu gehen. Was er noch am selben Tag tut.«

»Woher weißt du das? Von dem Türkenspezi?«

»Nein, Fikret hatte keine Ahnung. Ein junger Mann in der Chirurgie konnte sich an Schallmo erinnern. Der Besuch wird folgenlos geblieben sein, schließlich war der Präsident gut bewacht. Aber dass es Schallmo überhaupt versucht hat, hätten wohl die wenigsten erwartet.«

»Und jetzt ist er tot.«

»Und wir wissen immer noch nicht, warum. Fikret kommt als Täter nicht infrage, er war an dem Abend bei seiner Familie. Von Kommissar Fischer weiß ich, dass seine Freunde ebenfalls ein Alibi haben. Daniel war es nicht, die Mädchen schon mal gar nicht – wir tappen völlig im Dunkeln.«

»Wir?«

»Die Polizei und ich. Nein, falsch: nur die Polizei. Mir hat der Kommissar das Tappen nämlich strengstens verboten. Wegen Schallmos Handy kann ich mich ohnehin noch auf ein juristisches Nachspiel gefasst machen.«

»Da siehst du mal, was passiert, wenn ich nicht auf dich aufpasse«, sagte Fatty streng. »Was haben die für Bier hier?«

»Nur Dose.«

»Besser als nichts.« Er stellte sich an die Durchreiche und orderte zwei Bier. Während er mit Fred quatschte, hing ich meinen Gedanken nach. Kommissar Fischer war tatsächlich hochgradig sauer auf mich. Vertrauensbruch; Missbrauch der Freundschaft; schamlose Lügen – so lauteten seine Vorwürfe. Christines Laune war nach ihrem Whiskyrausch kaum besser gewesen, aber wenigstens sie hatte ich mit einer japanischen Kopfmassage vom Feinsten gefügig machen können. Worauf sie mir vorschlug, mich mit einer solchen bei meinem Lieblingskommissar zu entschuldigen.

Entschuldigen, ich! Wo kamen wir denn da hin? Und alles nur, weil Tischfußball-Kurt in einer schwachen Stunde an mein Gewissen appelliert hatte! Wo steckte der Kerl eigentlich? Wenigstens ein kleines Dankeschön hatte ich verdient, auch wenn der Fall nicht komplett gelöst war.

Nicht komplett? Sehr lustig. Überhaupt nicht gelöst war er!

»Schau mal«, rief Fatty fröhlich, ein paar Postkarten schwenkend. »So sah der Imbiss früher aus. Eine Reise in die Vergangenheit Kurpfälzer Esskultur!«

Gemeinsam schauten wir die Karten durch. Sie zeigten Aufnahmen aus den Fünfzigerjahren bis heute. Oma Bremers Imbisswagen auf der Neckarwiese, als er den Namen Schlossblick noch zu Recht trug. Dieselbe Ansicht ein Jahrzehnt später, mit der stolzen Besitzerin auf einem Motorroller davor. Weitere Fotos aus den Siebzigern, den Achtzigern und schließlich die Bude an ihrem neuen Standort. Auch eine Nachtaufnahme war dabei, auf der die Leuchtschrift mit ihren geschwungenen Lettern so recht zur Geltung kam.

»Wenn auf die damals nicht geschossen worden wäre«, sagte ich und tippte auf die Schrift, »lägen Daniel und Fikret jetzt nicht schwer verletzt im Krankenhaus. Damit fing die ganze Scheiße an.«

»Wann war das?«, erkundigte sich Fatty und nahm einen großen Schluck Bier.

»Vor ein paar Wochen, glaube ich.« Ich wandte mich zur Durchreiche. »Fred! Wann war das mit den ersten Schüssen?«

Freds Kopf wurde sichtbar. »Vor knapp zwei Monaten, würde ich sagen.«

»Und da hat es dir den Namenszug zerlegt?«

»Den ich mir gerade erst neu angeschafft hatte.«

»Neu ist gut. Das Design ist das alte.«

»Klar, das bin ich meiner Oma schuldig. Nur das ß habe ich gegen zwei s ausgetauscht. Musste ja, wegen der neuen Rechtschreibung.«

»Muss nicht«, schüttelte Fatty den Kopf. »Bei Namen gelten Extraregelungen. Ist aber egal.«

»Hast du das bei deinem Seminar gelernt?«, fragte ich, mit den Gedanken irgendwo anders.

»Nee. Allgemeinbildung nennt man das. Schon mal gehört, das Wort?«

Langsam setzte ich die Bierdose an und wieder ab. Die Gedanken woanders, das waren sie in der Tat. Aber wo? Wer hatte ihnen erlaubt, sich selbständig zu machen? Beziehungsweise selbstständig. Ich nicht. Die Polizei? Und warum kam ich deshalb ins Grübeln?

»Fatty … was hast du da gerade gesagt? Kannst du das bitte wiederholen?«

»Das mit der Allgemeinbildung?«

»Nein, das davor.«

»Davor habe ich nichts gesagt. Bloß Bier getrunken. Und eine Erklärung zur neuen Rechtschreibung abgegeben.«

»Genau. Schlossblick mit Doppel-s entspricht der neuen Rechtschreibung, korrekt? Und Schloßblick mit ß der alten.«

»Nicht ganz. Natürlich wird Schloss nach den neuen Regeln mit Doppel-s geschrieben. Als Namensbestandteil kann man allerdings das ß lassen. So wie in Meßkirch oder Haßfurt.«

»Und in Straßburg?«

»Da bleibt es so oder so beim ß.« Herzhaft biss er in Feuerwurst Nummer zwo. »Langes a, verstehst du? Da wäre Doppel-s ein Fehler.«

Ich zog meinen Rucksack ab und kramte den Brief hervor, den mir der alte Böker letzte Woche mitgegeben hatte. Immer noch war mir nicht klar, wohin mich mein Gedankenstrom trieb. Ich hielt Fatty den Umschlag vor die Nase. »Hier, schau dir das mal an. Was siehst du?«

»Was ich sehe?«, entgegnete er mampfend. »Eine falsch geschriebene Adresse, und deshalb geht der Brief zurück. Wo liegt das Problem?«

»Die Adresse ist richtig geschrieben, da liegt das Problem, Fatty. Dieser Dr. Böker wohnt im Straßburger Weg 10. Auch die Postleitzahl stimmt.«

»Aha.«

»Trotzdem ist die Anschrift durchgestrichen. Außerdem hat jemand versucht, über die beiden s von Strassburger zu kritzeln. Hier, auf der Klarsichtfolie hält die Farbe natürlich nicht, aber man kann erahnen, wie fest derjenige draufgedrückt hat.«

»Strassburger mit Doppel-s ist ja auch falsch.«

»Deshalb die verweigerte Annahme.«

»Echt?« Er tippte sich mit fettglänzendem Finger gegen die Stirn. »Wer macht denn so was?«

»Das würde ich auch gern wissen. Kommst du mit?«

»Jetzt gleich?« Er sah mir verblüfft zu, wie ich den Brief wieder einsteckte, den Rucksack aufzog und zahlte.

»Natürlich jetzt gleich! Was ist, Fatty?«

»Ich komme ja schon«, brummte er und stürzte sein Bier hinunter. Gemeinsam brachen wir auf in den Regen.

»Wir gehen durch den Garten«, entschied ich. Der Weg um den Block bis zum Vordereingang von Bökers Häuschen war unnötig weit. Fatty staunte nicht schlecht, als ich über den demolierten Zaun stieg und mich durch das Gestrüpp kämpfte. Wie vor einer Woche sogen sich Schuhe und Hosenbeine sofort voll Wasser.

»Gibt das keinen Ärger?«, fragte er von hinten, den Mund noch immer halb gefüllt mit Feuerwurst.

»Nicht für uns.« Einen Moment lang überlegte ich, mir auf andere als legale Weise Zutritt zum Haus zu verschaffen, verwarf diesen Gedanken aber sofort wieder. Böker war ein alter Mann, den man nicht wie einen Verbrecher behandeln durfte. Also läutete ich brav an der Haustür.

»Nummer 10«, stellte Fatty fest. »Ist er das, der Herr Oberlehrer?«

»Lehrer, ja.«

Die Tür öffnete sich einen Spalt. Das Männchen mit dem spärlichen Haarwuchs und der dicken Brille lugte nach draußen.

»Hallo, Herr Böker«, sagte ich. »Entschuldigung: Dr. Böker. Erinnern Sie sich an mich?«

»Ja?«, lautete die unentschiedene Antwort. Die Tür wurde ganz geöffnet.

»Ich war letzte Woche bei Ihnen im Garten und hatte etwas gesucht.«

Böker lächelte unsicher. »Kommen Sie wegen des Zauns?«

»Wegen dem Zaun, genau«, sagte ich und betonte das dem. Aber mehr als ein Stirnrunzeln ließ sich der alte Mann durch die Dativverwendung nicht entlocken. Kopfnickend trat er zur Seite und bat uns herein. Er trug dieselbe Strickweste und dieselben Pantoffeln wie eine Woche zuvor. Nur Hemd und Hose schien er zwischenzeitlich gewechselt zu haben. Im Wohnzimmer hingen die Bilder noch immer schief, die Sonnenblume in der Ecke war ein weiteres Stück zerbröselt, auf dem Schreibtisch stapelten sich die Papiere.

»Ich kann Ihnen leider nichts anbieten, meine Herren«, schallte Bökers hohe Stimme durch den Raum. »Seit meine Frau tot ist, habe ich kaum noch Gäste.«

»Das macht nichts, Dr. Böker. Um den Zaun kümmern wir uns gleich. Vorher hätte ich eine Bitte. Herr Sawatzki hier ist von der Stadt beauftragt, sämtliche Waffenbestände der Bürger zu kontrollieren. Ob sie vorschriftsgemäß verwahrt sind und diese Dinge. Würden Sie ihm bitte Ihre Waffen zeigen?«

Verständnislos starrte der alte Mann mich an. Seine Lippen zitterten leicht.

»Sie haben doch eine Waffe, Dr. Böker, oder?«

»Ja, natürlich«, nickte er. »Schon immer. Ich war im Verein.«

»Und wo ist sie?«

»Im Keller. Im Schrank.«

»Würden Sie ihn bitte aufsperren? Anschließend sehen wir nach Ihrem Zaun.«

»Ich habe keinen Schlüssel«, flüsterte er. »Ich … ich finde ihn nicht mehr. Meine Frau wusste, wo er aufbewahrt wird, aber sie ist ja tot.«

»Keinen Schlüssel?«

Er schüttelte den Kopf. Seine Brille stand über dem linken Ohr etwas nach oben.

»Geh trotzdem mal nachsehen«, bat ich Fatty. »Wo ist Ihr Keller, Dr. Böker?«

Im Flur gab es eine Tür, hinter der eine Treppe in die Tiefe führte. »Ich bleibe lieber oben«, flüsterte der Mann. »Die Stufen …«

Ich nickte. Während Fatty in Bökers Keller stieg, wartete ich zusammen mit dem Alten im Flur. Er warf mir unsichere Blicke zu, auf die ich mit einem beruhigenden Lächeln antwortete.

»Das war schon im Herbst«, sagte er schließlich. »Das mit dem Zaun, meine ich. Betrunkene, mitten in der Nacht.«

»Haben Sie keine Kinder, Herr Böker?«

Er schüttelte den Kopf.

»Max!«, tönte Fattys Stimme von unten herauf. »Kommst du mal?«

»Bin gleich wieder da«, sagte ich und eilte die Treppe hinunter. Unten roch es muffig. Fatty stand vor einem hohen, schmalen Schrank, der Halterungen für mehrere Schusswaffen aufwies. Einziges Problem: Da war keine Waffe mehr.

»Wie hast du den aufgekriegt?«, flüsterte ich.

»Gar nicht«, gab er leise zurück. »Er war offen, Max!«

»Und nichts drin?«

»Nur das hier.« Er reichte mir einen alten, abgegriffenen Ausweis einer Heidelberger Schützengilde mit einem fast gänzlich verblassten Foto. ›Böker, Wilfried‹ stand darunter. Das Foto zeigte einen jungen Mann oder wenigstens seine Umrisse, die in nichts an den Greis im Erdgeschoss erinnerten. Vor 60 Jahren war er in die Gilde eingetreten. Kurz nachdem Freds Oma den Schlossblick-Imbiss eröffnet hatte, schoss es mir durch den Kopf.

»Und jetzt?«, raunte Fatty.

»Schnell hoch. Aber vorsichtig!«

Oben angekommen, erwartete uns ein leerer Flur. Wir eilten ins Wohnzimmer. Auch hier keine Spur von Böker. Der Regen, der hinter dem Fenster niederging, ließ das Braun und Grün des Gartens zu einer einzigen Farbe verschwimmen. Ich zeigte Fatty den Artikel über Bökers verstorbene Frau.

»Wahnsinn!«, stöhnte er. »Der Typ hat tatsächlich alles, was nach neuer Rechtschreibung riecht, verbessert. Sogar Kommas und Trennungen.«

»Und dann hebt er den Bericht 13 Jahre auf. Das finde ich noch viel verrückter.«

»13 Jahre!« Fatty schüttelte den Kopf. »Mir war überhaupt nicht klar, wie alt die Reform schon ist. Das hier muss einer der ersten Artikel …« Er brach ab, denn über uns erklangen Schritte.

Sofort rannte ich zurück in den Flur, Fatty folgte. Zwei Stufen auf einmal nehmend, erklomm ich die Treppe, die in den ersten Stock führte. Ich war noch nicht oben, als ich hörte, wie sich ein Schlüssel im Schloss drehte.

Mist!

Ein schmaler Flur mit drei Türen. Eine stand halb offen

und gab den Blick auf ein benutztes Bett frei. Vorsichtig probierte ich die nächste. Sie öffnete sich geräuschlos. Ich sah Regale voller Bücher, einen dunklen Schreibtisch, einen Aktenschrank – und alles dick unter Staub begraben. Eine Art Arbeitszimmer, in dem schon lange niemand mehr gearbeitet hatte. Auf dem Tisch stand eine alte Schreibmaschine, daneben ein hellgraues Ungetüm, das ich mit einiger Mühe als einen Computer der ersten Generation erkannte. ›Nixdorf‹ war auf dem Gehäuse zu lesen.

Fatty tippte mir auf die Schulter und zeigte zur dritten Tür. Stumm formten seine Lippen ein einziges Wort: »Bad?«

Ich nickte. Zwei Schritte nach vorn, die Klinke in Zeitlupe hinuntergedrückt – verschlossen. Von drinnen kein Geräusch. Ich räusperte mich.

»Herr Böker?« Keine Antwort. Also noch einmal: »Hallo, Herr Böker? Es ist alles in Ordnung mit Ihren Waffen. Herr Sawatzki hat nichts Beanstandenswertes gefunden. Sollen wir jetzt nach Ihrem Zaun sehen?«

Stille. Fatty ging auf Zehenspitzen in das Schlafzimmer des alten Herrn und sah sich um. Kopfschüttelnd kehrte er zurück.

»Sollen wir unten warten, Herr Böker?«, fragte ich. »Im Wohnzimmer?«

»Ich … nicht«, kam es mit brüchiger Stimme aus dem Bad.

»Bitte? Was sagten Sie?«

»Ich wollte das nicht!«

Fatty und ich sahen uns an.

»Was wollten Sie nicht?«, erwiderte ich schließlich.

»Der junge Mann stand plötzlich in meiner Schusslinie. Und es regnete doch! Es regnete schon den ganzen Abend.«

»Ja, das wissen wir. Hören Sie … wollen wir uns nicht

erst Ihren Zaun ansehen, und danach erzählen Sie uns alles?« Wir mussten unbedingt an den Alten herankommen. Am Ende tat er sich noch etwas an.

»Ich habe extra einen Regentag gewählt, weil dann kaum Publikum am Imbiss ist. Am Abend noch weniger.«

»Ich verstehe Sie sehr schlecht, Herr Böker. Sperren Sie bitte die Tür auf.«

»Nein!«, schrie der Alte, dass seine Stimme kippte. »Ich bleibe hier drin! Und wenn Sie die Tür aufbrechen, schieße ich Sie über den Haufen!«

»Scheiße!«, entfuhr es Fatty. Ich biss mir auf die Lippen. Er hatte sich mitsamt seiner Waffe eingeschlossen! Wahrscheinlich lag sie seit Tagen unter seinem Bett oder gleich in der Badewanne. Und wir hatten uns übertölpeln lassen wie die Schuljungen.

Wie Schuljungen, ja. Vom alten Schulmeister!

Ich zog mein Handy und wählte Kommissar Fischers Nummer, bevor ich es Fatty in die Hand drückte.

»Er soll kommen«, flüsterte ich. »So schnell wie möglich!«

Fatty nickte und eilte die Treppe hinab.

»Keine Sorge, Herr Böker«, sagte ich, um Gelassenheit bemüht. »Wir halten uns von der Tür fern. Nur bitte machen Sie nichts Unüberlegtes.«

»Wenn Sie reinkommen, schieße ich. Und ich treffe! Ich treffe immer. Nur das eine Mal nicht, letzte Woche.«

»Weil Ihnen da der Mann vor das Gewehr lief«, sagte ich, weil er eine Pause machte.

»Nein!«, kam es schrill aus dem Bad. »Das wäre ein Treffer geworden. Ich kann doch nichts dafür, dass der plötzlich auftaucht! Ich meine den Schuss davor. Gerade als ich abdrücke, bekomme ich einen Zweig ins Gesicht. Deshalb ging der Schuss daneben.«

»Sie wollten die Leuchtschrift treffen.«

»Natürlich! Wenn ich nicht schlafen kann und mich ans Fenster stelle, strahlt sie mir ins Gesicht. Jeden Tag, jede Nacht! Sie spucken mich geradezu an, diese hässlich gelben Buchstaben!«

Ich linste in Bökers Schlafzimmer. Durch das Fenster fiel mein Blick auf den Parkplatz. Und auf Freds Imbisswagen, über dem groß und unübersehbar der geschwungene Namenszug thronte. Fatty kam die Treppe nach oben und gab mir mit einem Nicken das Handy zurück.

»Aber das war nicht immer so«, sagte ich. »Als der Schlossblick noch mit ß geschrieben wurde, hat Sie die Schrift nicht gestört, richtig?«

»Dieser Mensch hatte überhaupt keinen Anlass, die Schreibweise zu ändern«, rief Böker. Jetzt überschlug sich seine Stimme wieder. »Bei einem Namen, stellen Sie sich vor! Aber es gibt ja auch Leute, die Litfaßsäule mit drei s schreiben. Der Kerl wollte mich provozieren mit seiner Leuchtschrift! Und dann das Volk, das abends bei ihm herumlungert. Sind das die neuen Zeiten, frage ich Sie?«

»Das weiß ich nicht. Aber ich denke, es ist zweitrangig, ob ich ein Wort mit ß oder Doppel-s schreibe.«

Das hätte ich besser nicht gesagt. »Zweitrangig?«, schrie Böker, und seine Empörung wurde von einem hässlichen Geräusch untermalt, wie es entsteht, wenn zwei harte Gegenstände aufeinanderstoßen. Ein Gewehr und der Rand einer Badewanne zum Beispiel. »Zweitrangig? Sie halten unsere Schrift für zweitrangig? Das, was uns vom Tier unterscheidet?«

»Nicht unsere Schrift, aber die Schreibweise.«

»Das gehört zusammen. Ohne Schreibweise keine Schrift, ohne Regel keine Verständigung. Und die Regeln müssen Sie schon uns Lehrern überlassen.«

»Das tue ich ja«, entgegnete ich. War der Alte nun verrückt oder nicht? Was er da von sich gab, klang weniger wirr als erschreckend absurd. Wahnhaft, im schrillen Tonfall der Dauerverfolgten formuliert. Und dass ich mit ihm auch noch diskutierte, hatte nur einen Grund: Solange er redete, griff er nicht zur Waffe. »Das tue ich ja, Herr Böker. Aber haben nicht auch Lehrer die neue Rechtschreibung mitentwickelt?«

»Sie wird zurückgenommen, das verspreche ich Ihnen. Der Widerstand wächst, an allen Fronten. Bald habe ich die Stadtverwaltung so weit, dass sie mir Briefe in korrektem Deutsch zukommen lässt. Einladungen, Bescheide, Mahnungen – ich habe alles zurückgeschickt. Alles! Und mich beim Oberbürgermeister beschwert. Bald ist die Reform Vergangenheit. Eine krude Fußnote der Sprachgeschichte.«

Fatty machte die Scheibenwischergeste. Hoffentlich kam die Polizei nicht mit Blaulicht und Martinshorn vorgefahren. Ich überlegte, wie sich das Gespräch mit dem Alten in die Länge ziehen ließ.

»Und der Zeitungsartikel über Ihre Frau?«, sagte ich nach kurzem Zögern. »Was ist mit ihm?«

Böker lachte bitter. »Damit fing alles an. Die erste Ausgabe der Neckar-Nachrichten in neuer Rechtschreibung. Ein Testlauf, lange vor der offiziellen Einführung. Und ausgerechnet da erschien der Nachruf auf meine Frau. Ich habe mein Abonnement natürlich sofort gekündigt. Wie so viele.«

»Kannten Sie Thorsten Schallmo?«

»Jetzt ist meine Frau tot, und ich weiß nicht mehr …« Böker verstummte. Es folgte ein schlurfendes Geräusch, dann ein leiser Plumps. »Was haben Sie gerade gefragt?«

»Ob Sie Thorsten Schallmo kannten.«

»Nein. Aber sind Sie nicht auch der Meinung, dass es bergab geht mit unserem Land? Nachts grölen die Besoffenen vor meinem Haus, pinkeln in meinen Garten, und dann die vielen Ausländer. Die unsere Sprache kaputtmachen.« Er stöhnte auf. »Ich weiß nicht mehr, was ich noch tun soll. Wo ich hingehöre. Seit meine Frau tot ist …«

»Herr Böker, wir finden jemanden, der sich um Sie kümmert. Ich verspreche es Ihnen.«

»Zuletzt bin ich im Garten gestolpert und habe mich an den Brombeerranken verletzt. Der Handrücken ganz blutig. Und dann konnte ich kein Pflaster finden. Ich wollte meine Frau fragen, aber die war nicht da, verstehen Sie?«

Unwillkürlich sah ich auf die Schramme an meiner Hand. »Ja, ich verstehe das.«

»Diese Welt ist nicht mehr meine.« Ein ziehendes Geräusch, wie das Spannen eines Hahns. »Aber Sie schauen nach dem Zaun, ja?«

Ich wollte antworten, doch in diesem Moment fiel der Schuss.

Epilog

Sehr geehrte Frau Koller,

für die Unannehmlichkeiten, die Sie nach Ihrem Besuch unseres Restaurants erleiden mussten, möchten wir uns vielmals entschuldigen. Regionale Produkte, direkt vom Erzeuger und frisch zubereitet – darauf beruht unsere Philosophie. Nicht umsonst zählt die Alte Köhlerei zu den begehrtesten und meistempfohlenen Gasthäusern Nordbadens. Aber natürlich wissen wir, dass auch wir nur Menschen und daher nicht perfekt sind. Aus diesem Grund möchten wir Sie ganz herzlich zu einem Wiederholungsbesuch in unser Restaurant einladen, gern in Begleitung Ihres Gatten. Seien Sie unser Gast!

Mit den besten Wünschen,
Ihr Team der Alten Köhlerei.

Christine ließ die Einladung sinken.

»Sag, dass das nicht wahr ist«, stöhnte sie. »Bitte, bitte nicht!«

Es war kalt hier draußen, auf 500 Metern Meereshöhe. Von den Frühlingsdüften, die unten durchs Neckartal zogen, keine Spur. Aber was für eine Nacht! Ich legte den Kopf zurück und schloss die Augen. Das Licht der Sterne war so hell, dass sie sich durch meine Lider brannten, wie Diamanten auf einer schwarzen Samtdecke. Die Dunkelheit einatmen, selbst zu Dunkelheit werden. Wo blieb der Nachtvogel, der um Inez und mich geflattert war? Ah, da kam er ja schon. Hier oben war er groß und böse, ein Raubvogel mit breiten Schwingen. So schnell würde ich das Biest nicht loswerden.

»Bitte, Max«, flüsterte Christine. »Ich war doch

bloß besoffen. Was können die von der Alten Köhlerei dafür?«

Ich öffnete die Augen und atmete aus. »Wofür?«

»Dass es mir sonntags so schlecht ging. Mit dem Essen am Abend zuvor hatte es rein gar nichts zu tun. Sondern mit dem Whisky, den ich dir weggetrunken habe.«

»Was eine fast so große Frechheit ist, wie mich als deinen Gatten zu bezeichnen.«

»Jetzt sei endlich mal ernst! Wie kommst du zu dieser verdammten Einladung? Ich dachte, du führst mich aus, als Entschuldigung, weil du unseren Hochzeitstag vergessen hast – und dann das! Sag schon, wie kommst du dazu?«

»Durch das Restaurant natürlich.«

»Aber woher wissen die von meinem Zustand?«

»Woher?« Ich blickte auf. Da war schon wieder eine Bewegung in den Bäumen über uns. Christine hatte es auch gesehen. »Wenn ich mich richtig erinnere«, sagte ich, »habe ich an dem Sonntagabend Kommissar Fischer erzählt, dass ich dich pflegen müsste. Du hättest dir in der Alten Köhlerei den Magen verdorben. Verstehst du, nach Fikrets Sprung verhörten die mich stundenlang, und ich wollte endlich nach Hause.«

»Und Kommissar Fischer?«

»Der muss es seiner Frau weitererzählt haben, die wiederum eine Cousine der Chefin hier ist. Kann man ja nicht auf sich sitzen lassen, so eine Peinlichkeit.«

Wieder stöhnte Christine auf. »Die einzige Peinlichkeit weit und breit bist du, Max Koller! An diesem Tag war ich schlicht und einfach betrunken. Sturzbetrunken! Randvoll!«

»Hätte ich das den Polizisten sagen sollen?«

»Ja!«, erwiderte sie kämpferisch. »Schon aus Gründen

der Gleichberechtigung. Ihr Männer habt schließlich kein Exklusivrecht auf Alkohol. Natürlich hättest du ihnen auch erklären müssen, wer der Grund für meinen Kater war. Du!«

»Ich?«, fragte ich mit Unschuldsmiene. Im nächsten Moment ging mein Handy.

»Ja, du!«, rief Christine. »Verdammt, wieso ist dein Handy an? Ich habe dir doch gesagt, dass ich es hasse, bei so einem Essen ...«

»Das soll dir Marc erklären.« Ich drehte mich ein Stück zur Seite und nahm das Gespräch an.

»Hier Fischer«, klang es durch die Königstuhlnacht. »Na, schon bei der Nachspeise angelangt?«

»Eher beim Nachschlag.«

»Ich störe also nicht?«

»Sie stören nie, Herr Fischer. Sie sind der einzige Polizist, bei dessen Anblick ich kein schlechtes Gewissen bekomme, und das will etwas heißen. In meinem Alter besteht der Mensch nur noch aus schlechtem Gewissen.«

»Klingt, als seien Sie in der Midlife-Crisis. Ich kann auch morgen noch mal anrufen.«

»Ach was, bei mir ist es höchstens eine Midnight-Crisis. Was brennt Ihnen auf dem Herzen?«

»Nun, ich hätte einen Beitrag zu unserer Diskussion über Zufall und Kausalität zu liefern.«

»Alles ist Zufall, Herr Fischer. Die Welt, unser Leben, einfach alles. Ob wir geboren werden, ob unsere Väter im Rollstuhl sitzen oder uns mit heißem Öl verbrühen: Zufall – und wir müssen es ausbaden.«

Christine umschlang mich von hinten und hielt mir die Einladung vor die Nase. »*Frau Koller* klingt gar nicht so schlecht«, hauchte sie in mein Ohr.

»Das ist auch Zufall«, murmelte ich.

»Mensch, Herr Koller, Sie klingen ja wirklich wie einer, der am Abgrund steht. Ich rufe Sie besser morgen noch einmal an. Wenn die Sonne scheint.«

»Vielleicht scheint sie ja nie wieder. Nein, nein, Herr Fischer, hören Sie nicht auf mich, mir geht es prima. Was wollten Sie mir denn nun erzählen?«

»Vielleicht eine Frage vorweg: Wären Sie bereit, auch unserem Polizeipräsidenten eine Thaimassage zu verpassen?«

Christine, die hin und wieder ein verdammt gutes Gehör hatte, prustete los.

»Thaimassage?«, blaffte ich in den Hörer.

»Dieses Japanzeug, Sie wissen schon. Das so warme Ohren macht. Wir Kommissare haben zusammengelegt, um zum Dienstjubiläum unseres Präsidenten ...«

»Nein!«

»Wie meinen?«

»Ein für allemal nein, Herr Fischer. Keine Massage von Polizistenhäuptern mehr. War's das? Mein Akku macht schlapp.«

»Ich glaube, mir wird schon wieder schlecht«, flüsterte mir Christine ins Ohr. »Es muss doch am Essen liegen.«

»Dieser Böker«, sagte der Kommissar, und ich konnte ihn förmlich sehen, wie er sich räkelte und streckte, »dieser Böker war ja lange im Schuldienst.«

»Ich weiß.«

»Sehr lange sogar. Und fast ebenso lange war er in der Lehrerausbildung tätig.« Pause. »Wissen Sie, wen er unter anderem ausgebildet hat?«

»Sagen Sie es mir.«

»Schallmo. Thorsten Schallmo, das Opfer. Es ist zwar schon ein paar Jährchen her, aber ...«

»Böker kannte Schallmo nicht. Ich habe ihn gefragt, und der Name sagte ihm nichts.«

»Das glauben Sie?«

»Was denn sonst?«

»Nun, ich will nicht behaupten, dass der alte Böker den Mord an Schallmo geplant hat. Das nicht, Herr Koller. Kruzitürken, bleib mir bloß vom Hals mit dieser Kalorienbombe! Fort damit!« Er räusperte sich. »Entschuldigen Sie, das war meine Frau. Eine Schwarzwälder Kirschtorte, um diese Zeit! Das riecht doch nach schleichendem Gattenmord! Ja, genau, von dir sprechen wir! Gut, wo war ich?«

»Beim alten Böker«, gähnte ich. Christine hängte sich bei mir ein, während wir zu ihrem Wagen gingen.

»Böker, richtig. Einen geplanten Mord können wir ausschließen. Ich stelle es mir so vor: Böker wartet eine Regennacht ohne Zeugen ab. Versteckt sich auf dem Sportgelände, zielt auf die Leuchtschrift. Aber er ist nervös, er friert und zittert. Der erste Schuss geht denn auch prompt daneben. Zweiter Schuss, die Nervosität ist noch stärker. Er hat den Finger schon am Auslöser, als er plötzlich Schallmo vor sich sieht.«

»Den er nicht kennt.«

»Den er wiedererkennt!«, rief Fischer. »Dem er schlechte Noten gegeben hat, jawohl! Wir haben es schwarz auf weiß. Und dann – Sie können es Reflex nennen oder eine Mischung aus Absicht und Instinkt – dann drückt er ab. Nicht *obwohl* er Schallmo sieht, sondern *weil* er ihn sieht. Was sagen Sie dazu, Herr Koller?«

»Na ja.« Wir hatten den Wagen erreicht. Auf der Kühlerhaube saß ein großer schwarzer Vogel, der seinen Kopf unters Gefieder gesteckt hatte. Ich spürte Christines warmen Körper neben meinem. Es war ganz still hier oben.

»Einigen wir uns auf unentschieden, Herr Koller?«

»Sie können wohl nie verlieren, Herr Fischer«, sagte ich.

ENDE

MARCUS IMBSWEILER

Die Erstürmung d. Himmels

462 Seiten, Paperback.
ISBN 978-3-8392-1213-4.

DER KOMPONIST UND DAS MÄDCHEN Franz Liszt, gefeierter und umschwärmter Klaviervirtuose, zieht sich im Sommer 1841 zur Erholung auf die Rheininsel Nonnenwerth zurück. Mit ihm kommen seine Lebensgefährtin, die Gräfin Marie d'Agoult, und ihre gemeinsame Freundin, die Schriftstellerin George Sand. Schon bald wird die Insel zum Ziel von Musikliebhabern und Liszt-Verehrern, die per Dampfschiff anreisen. Ruhe findet der Komponist daher kaum.

Im August gibt er ein gefeiertes Konzert zum Weiterbau des Kölner Doms, was die Liszt-Begeisterung am Rhein noch einmal steigert. Dafür kriselt es zusehends im Verhältnis mit Marie, die seinen Tourneeplänen kritisch gegenübersteht. Und als kurz vor Liszts 30. Geburtstag ein kleines Mädchen spurlos verschwindet, überschlagen sich die Ereignisse …

PETER PARADEISER

Himmelreich u. Höllental

324 Seiten, Paperback.
ISBN 978-3-8392-1121-2.

ÜBER DEN WOLKEN Der Himmel ist auch nicht mehr das, was er einmal war. Einzelzimmer, Roomservice, ewige Seligkeit – aber auch ein heftiger postmortaler Brummschädel. Zumindest bei Erwin Knautschke, dem Privatdetektiv aus Freiburg. Frisch verstorben, geht ihm das Gesäusel der Paradiesbewohner schon bald auf die Nerven, Nektar und Ambrosia sind auch nicht sein Fall. Wenn er wenigstens wüsste, wie er zu Tode gekommen ist! Und was soll dieser rätselhafte Zettel um seinen Zeh? Knautschkes Spürsinn ist geweckt. Und bald schon ahnt er: Antworten findet er nur auf der Erde …

GMEINER

Wir machen's spannend

MARCUS IMBSWEILER
Butenschön

321 Seiten, Paperback.
ISBN 978-3-8392-1106-9.

BRANDHEISSES MATERIAL Prof. Albert Butenschön, der fast hundertjährige Chemiker und Molekularbiologe aus Heidelberg, gilt als einer der wichtigsten deutschen Nachkriegswissenschaftler. Warum wird auf das Büro der Historikerin Evelyn Deininger, die an einer Promotion über sein Leben und Werk arbeitet, ein Brandanschlag verübt? Hat Butenschön etwas zu verbergen? Oder stecken rabiate Studenten dahinter? Bei seinen Ermittlungen gerät Max Koller nicht nur zwischen die Fronten universitärer Scharmützel, sondern erfährt auch einiges über das Verhältnis von Politik, Wissenschaft und Moral …

MARCUS IMBSWEILER
Altstadtfest

373 Seiten, Paperback.
ISBN978-3-8392-1001-7.

FALSCHE FÄHRTEN Das Heidelberger Altstadtfest. Tausende drängen sich durch die Straßen des historischen Zentrums. Plötzlich fallen Schüsse auf dem Uniplatz, es gibt etliche Tote und Verletzte. Der Täter flüchtet unerkannt.
Der Amoklauf eines Verwirrten? Ein Terroranschlag? Oder die Tat von Rechtsradikalen? Fieberhaft ermitteln Polizei und Geheimdienste. Und auch Privatdetektiv Max Koller wird in den Fall hineingezogen: Flavio Petazzi, italienischer Politiker und Vater eines der Opfer, betraut ihn mit eigenen Nachforschungen. Er soll Belege dafür finden, dass allein Petazzis Tochter Ziel des Anschlags war. Gegen seine Überzeugung nimmt Koller den Auftrag an. Und kommt am Ende zu einer unerwarteten Lösung …

GMEINER

Wir machen's spannend

BURGER / IMBSWEILER / SCHÖBEL (Hrsg.)

Tödliche Wasser

327 Seiten, Paperback.
ISBN 978-3-8392-1024-6.

WASSER-LEICHEN Ohne Wasser kein Leben. Gäbe es auf unserem Planeten kein Wasser mehr, dann würde alles Leben verschwinden. Kein Wunder, dass für Wasser getötet wird – und manchmal auch mit Wasser. Wie in der vorliegenden Krimisammlung.

Zwei Getränkeproduzenten bekämpfen sich umbarmherzig, ein See färbt sich blutrot, auf einem Konzert unter dem Motto »Wasser ist Menschenrecht« kommt es zur Katastrophe, ein Serienmörder nutzt das kühle Nass auf höchst ungewöhnliche Weise …

18 bekannte Krimiautorinnen und -autoren haben sich zusammengefunden und das Lebenselixier der Menschheit zum Thema ihrer ebenso spannenden wie abwechslungsreichen Kurzgeschichten gemacht. Ein Hochgenuss!

MANFRED BOMM

Mundtot

558 Seiten, Paperback.
ISBN 978-3-8392-1247-9.

LIEBLING DER MASSEN Eine allgemeine Unzufriedenheit greift um sich. In der deutschen Politik fehlen visionäre und charismatische Köpfe, als ein Mann auftaucht, der durch Ausstrahlung und Optimismus sehr schnell die Herzen der Menschen gewinnt. Die Schar seiner Anhänger wächst explosionsartig. Doch mit zunehmendem Erfolg sieht sich der gebürtige Hohenstaufer Attacken und Verleumdungen der Medien ausgesetzt. Der Politiker soll zum Schweigen gebracht werden, sogar sein Leben gerät in Gefahr. Als dann noch seine engste Mitarbeiterin verschwindet, nimmt Kommissar August Häberle die Ermittlungen auf …

GMEINER

Wir machen's spannend

OLIVER WOLF

Netzkiller

326 Seiten, Paperback.
ISBN 978-3-8392-1239-4.

GAME OVER Es scheint ein Traum für Computerspieler zu sein. Eine Seite, auf der illegale Downloads angeblich verfolgungssicher angeboten werden. Doch der Traum wird zum Albtraum, denn jeder, der sich einloggt, ist dem »Gamemaster« hilflos ausgeliefert und nimmt an einem ganz besonderen Spiel teil. Die Regeln sind einfach: Finde eine Person auf einem vorgegebenen Google-Street-View-Bild oder sie wird sterben. Die Kriminalbeamten André Bürkle und Antonia Ronda machen sich auf die Jagd nach dem Mörder, doch selbst als dieser gefasst wird, ist das Spiel noch lange nicht vorbei …

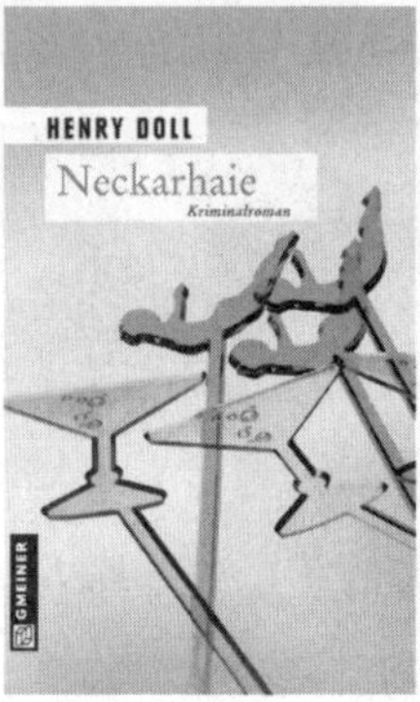

HENRY DOLL

Neckarhaie

321 Seiten, Paperback.
ISBN 978-3-8392-1233-2.

GROSSE HAIE, KLEINE FISCHE Longimanus, ein gewiefter Betrüger mit ausgeprägtem Hang zum Müßiggang, hat eine Idee. Er macht sich auf in die württembergisch-fränkische Metropole Heilbronn, denn die Stadt ist reich und das Umfeld ist wie geschaffen für einen Betrüger wie ihn. Tatsächlich bewegt sich Longimanus im Rathaus der Stadt bald wie der sprichwörtliche Fisch im Wasser. Er schlägt dem Oberbürgermeister vor, das Stiftungsvermögen der Stadt besonders gewinnbringend anzulegen. Doch er ahnt nicht, dass er nicht der einzige ist, der krumme Geschäfte treibt …

GMEINER

Wir machen's spannend

Alle Gmeiner-Autoren und ihre Romane auf einen Blick

ANTHOLOGIEN: Mords-Sachsen 5 • Secret Service 2012 • Tod am Tegernsee • Drei Tagesritte vom Bodensee • Nichts ist so fein gesponnen • Zürich: Ausfahrt Mord • Mörderischer Erfindergeist • Secret Service 2011 • Tod am Starnberger See • Mords-Sachsen 4 • Sterbenslust • Tödliche Wasser • Gefährliche Nachbarn • Mords-Sachsen 3 • Tatort Ammersee • Campusmord • Mords-Sachsen 2 • Tod am Bodensee • Mords-Sachsen 1 • Grenzfälle • Spekulatius **ABE, REBECCA**: Im Labyrinth der Fugger **ARTMEIER, HILDEGUNDE**: Feuerross • Drachenfrau **BÄHR, MARTIN**: Moser und der Tote vom Tunnel **BAUER, HERMANN**: Philosophenpunsch • Verschwörungsmelange • Karambolage • Fernwehträume **BAUM, BEATE**: Weltverloren • Ruchlos • Häuserkampf **BAUMANN, MANFRED**: Wasserspiele • Jedermanntod **BECK, SINJE**: Totenklang • Duftspur • Einzelkämpfer **BECKER, OLIVER**: Die Sehnsucht der Krähentochter • Das Geheimnis der Krähentochter **BECKMANN, HERBERT**: Die Nacht von Berlin • Mark Twain unter den Linden • Die indiskreten Briefe des Giacomo Casanova **BEINSSEN, JAN**: Todesfrauen • Goldfrauen • Feuerfrauen **BLANKENBURG, ELKE MASCHA** Tastenfieber und Liebeslust **BLATTER, ULRIKE**: Vogelfrau **BODENMANN, MONA**: Mondmilchgubel **BÖCKER, BÄRBEL**: Mit 50 hat man noch Träume • Henkersmahl **BOENKE, MICHAEL**: Riedripp • Gott'sacker **BOMM, MANFRED**: Mundtot • Blutsauger • Kurzschluss • Glasklar • Notbremse • Schattennetz • Beweislast • Schusslinie • Mordloch • Trugschluss • Irrflug • Himmelsfelsen **BONN, SUSANNE**: Die Schule der Spielleute **BOSETZKY, HORST (-KY)**: Der Fall des Dichters • Promijagd • Unterm Kirschbaum **BRENNER, WOLFGANG**: Alleingang **BRÖMME, BETTINA**: Weißwurst für Elfen **BÜHRIG, DIETER**: Schattenmenagerie • Der Klang der Erde • Schattengold **BÜRKL, ANNI**: Narrentanz • Ausgetanzt • Schwarztee **BUTTLER, MONIKA**: Abendfrieden • Herzraub **CLAUSEN, ANKE**: Dinnerparty • Ostseegrab **CRÖNERT, CLAUDIUS**: Das Kreuz der Hugenotten **DANZ, ELLA**: Geschmacksverwirrung • Ballaststoff • Schatz, schmeckt's dir nicht? • Rosenwahn • Kochwut • Nebelschleier • Steilufer • Osterfeuer **DIECHLER, GABRIELE**: Vom Himmel das Helle • Glutnester • Glaub mir, es muss Liebe sein • Engpass **DOLL, HENRY**: Neckarhaie **DÜNSCHEDE, SANDRA**: Nordfeuer • Todeswatt • Friesenrache • Solomord • Nordmord • Deichgrab **EMME, PIERRE**: Zwanzig/11 • Diamantenschmaus • Pizza Letale • Pasta Mortale • Schneenockerleklat • Florentinerpakt • Ballsaison • Tortenkomplott • Killerspiele • Würstelmassaker • Heurigenpassion • Schnitzelfarce • Pastetenlust **ERFMEYER, KLAUS**: Drahtzieher • Irrliebe • Endstadium • Tribunal • Geldmarie • Todeserklärung • Karrieresprung **ERWIN, BIRGIT / BUCHHORN, ULRICH**: Die Reliquie von Buchhorn • Die Gauklerin von Buchhorn • Die Herren von Buchhorn **FEIFAR, OSKAR**: Dorftratsch **FINK, SABINE**: Kainszeichen **FOHL, DAGMAR**: Der Duft von Bittermandel • Die Insel der Witwen • Das Mädchen und sein Henker **FRANZINGER, BERND**: Familiengrab • Zehnkampf • Leidenstour • Kindspech • Jammerhalde • Bombenstimmung • Wolfsfalle • Dinotod • Ohnmacht • Goldrausch • Pilzsaison **GARDEIN, UWE**: Das Mysterium des Himmels • Die Stunde des Königs

Alle Gmeiner-Autoren und ihre Romane auf einen Blick

[redacted]